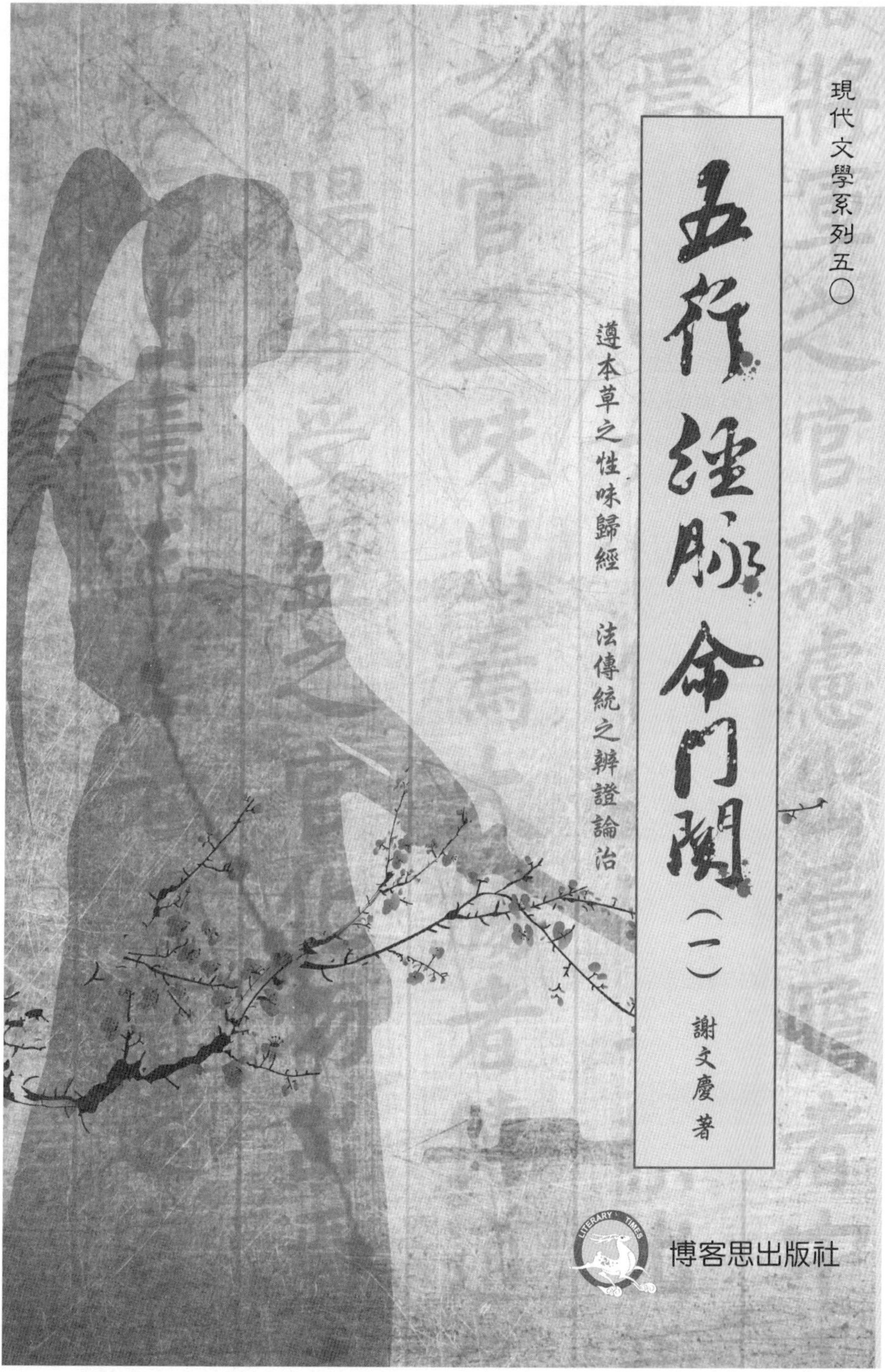

現代文學系列五〇

五行經脈命門關（二）

遵本草之性味歸經　法傳統之辨證論治

謝文慶　著

博客思出版社

人體周身經脈之相位區分與臟腑對照

人體周身上下		
正面	背後	兩側
陽明	太陽	少陽

	手			足		
	開	闔	樞	開	闔	樞
陽	太陽	陽明	少陽	太陽	陽明	少陽
	小腸	大腸	三焦	膀胱	胃	膽
陰	太陰	厥陰	少陰	太陰	厥陰	少陰
	肺	心包	心	脾	肝	腎

奇經八脈			
任脈	督脈	衝脈	帶脈
陽蹻脈	陰蹻脈	陽維脈	陰維脈

五行之於五臟與五方位

東為肝木

南為心火

中為脾土

西為肺金

北為腎水

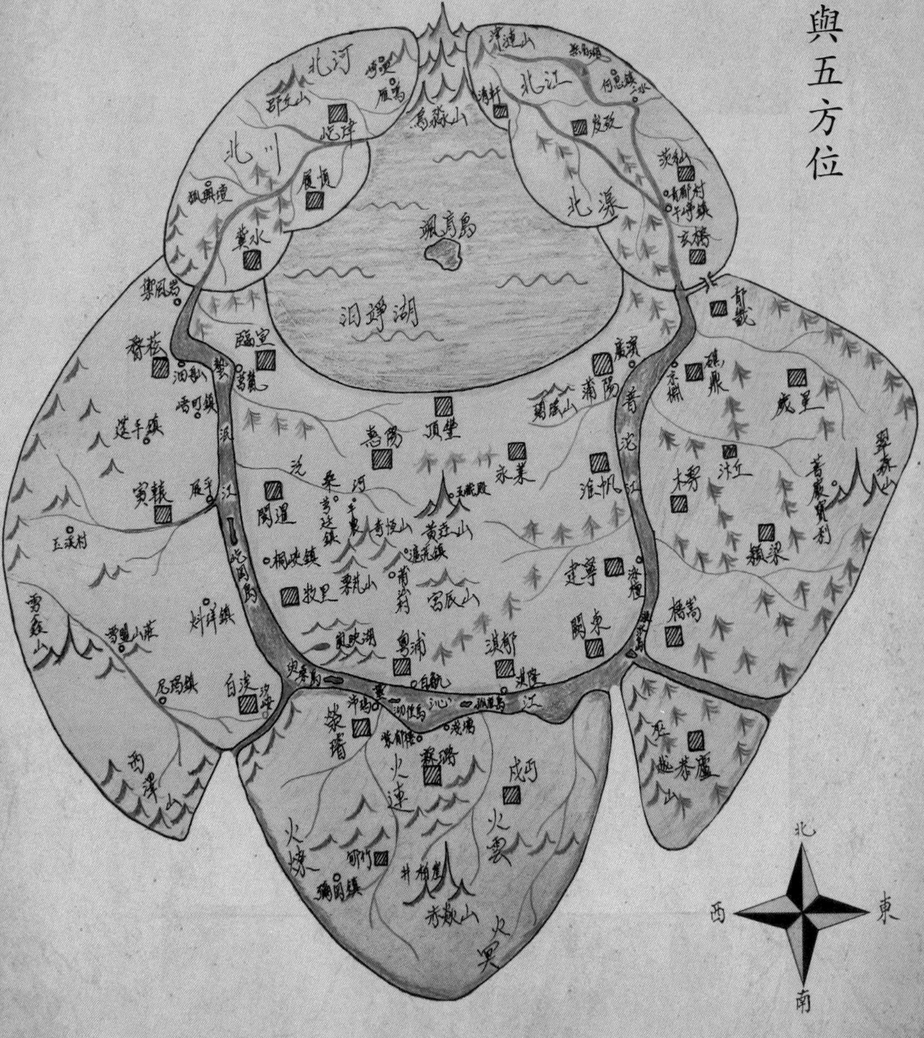

五州地域圖

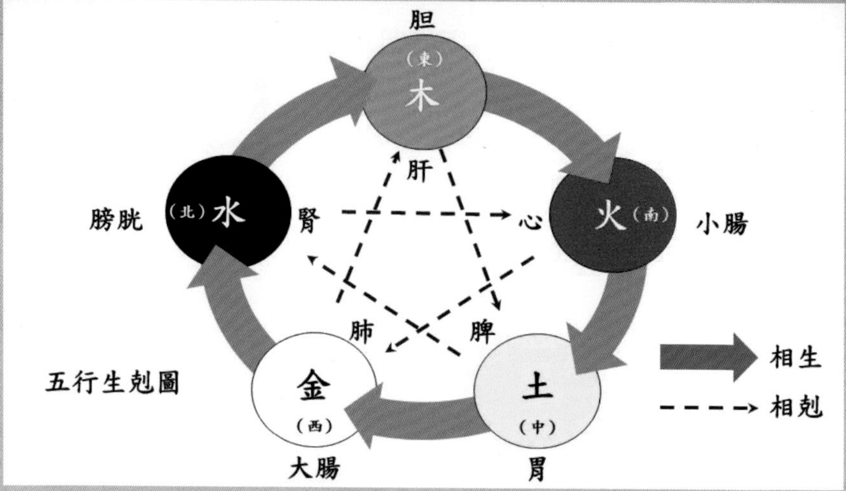
胆
(東)
木
肝
小腸
火
(南)
心
脾
土
(中)
胃
大腸
金
(西)
肺
膀胱
(北)
水
腎
相生
相剋
五行生剋圖

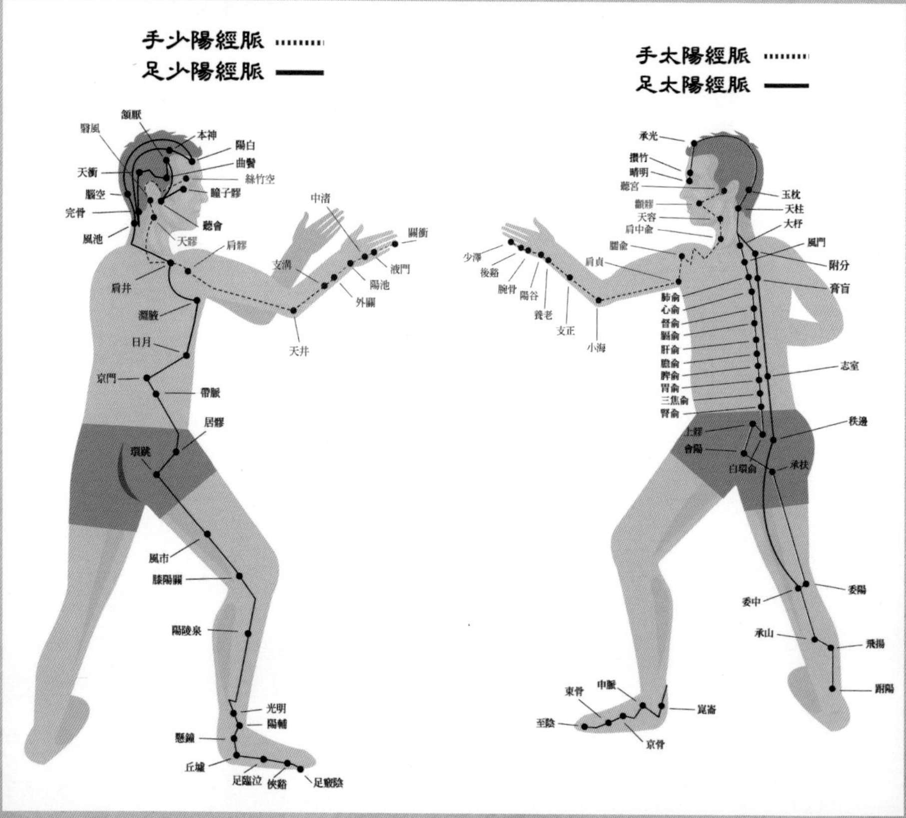
手少陽經脈
足少陽經脈
頷厭
翳風
本神
陽白
曲鬢
絲竹空
天衝
瞳子髎
腦空
完骨
聽會
風池
天髎
肩髎
肩井
淵腋
日月
京門
帶脈
居髎
環跳
風市
膝陽關
陽陵泉
光明
陽輔
懸鐘
丘墟
足臨泣
俠谿
足竅陰
中渚
關衝
液門
支溝
陽池
外關
天井
手太陽經脈
足太陽經脈
承光
攢竹
睛明
聽宮
顴髎
天容
肩中俞
臑俞
肩貞
少澤
後谿
腕骨
陽谷
養老
支正
小海
玉枕
天柱
大杼
風門
附分
膏肓
肺俞
心俞
督俞
膈俞
肝俞
膽俞
脾俞
胃俞
三焦俞
腎俞
志室
上髎
秩邊
會陽
白環俞
承扶
委中
委陽
承山
飛揚
跗陽
束骨
申脈
崑崙
至陰
京骨

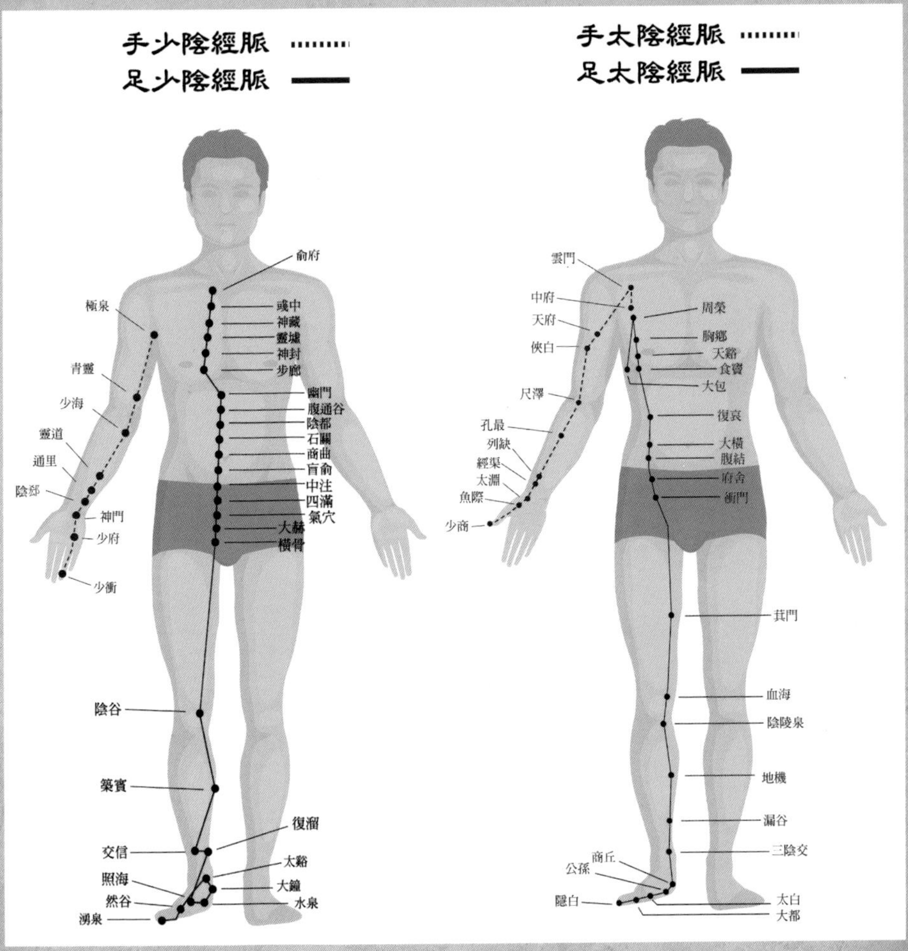

手少陰經脈
足少陰經脈
俞府
彧中
神藏
靈墟
神封
步廊
幽門
腹通谷
陰都
石關
商曲
肓俞
中注
四滿
氣穴
大赫
橫骨
極泉
青靈
少海
靈道
通里
陰郄
神門
少府
少衝
陰谷
築賓
復溜
交信
太谿
照海
大鐘
然谷
水泉
湧泉
手太陰經脈
足太陰經脈
雲門
中府
天府
俠白
尺澤
孔最
列缺
經渠
太淵
魚際
少商
周榮
胸鄉
天谿
食竇
大包
腹哀
大橫
腹結
府舍
衝門
箕門
血海
陰陵泉
地機
漏谷
三陰交
商丘
公孫
隱白
太白
大都

手陽明經脈 ....
足陽明經脈 ——

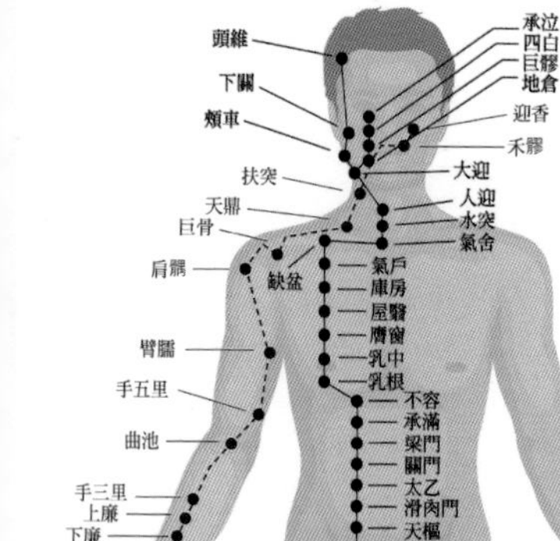

手厥陰經脈 ....
足厥陰經脈 ——

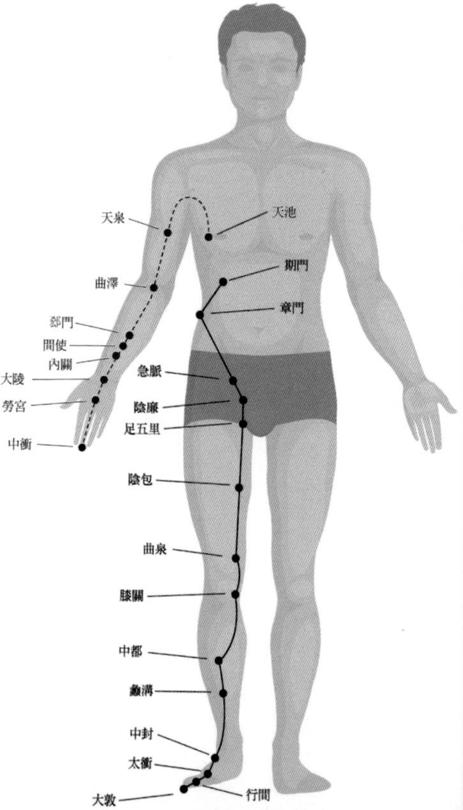

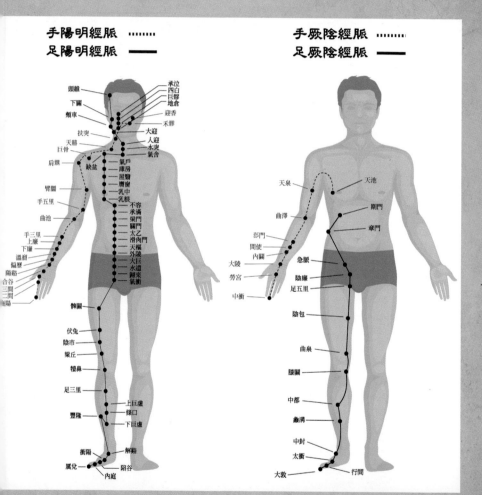

自序

中醫之傳經送寶，西醫之透視剖析，或可以兩大門派視之，而少以信仰待之！只因門派可相互切磋、取長補短，始能求精求實；但若持以信仰觀念，則易生區隔與排斥，甚因堅信一方，枉失了對證療治之良機。然而，門派各有所持，始能區分特色；倘若以「楚河、漢界」為棋盤之分野，中醫別於西醫之最大特色，則非「五行、經脈」莫屬，且指出「命門」乃生命之始，甚為壽終火熄之處！依此特點，遂令著作直取「五行 經脈 命門關」為名。

年逾不惑之後，心生疑問，何為「臟腑」？走過四十寒暑，自知對皮裡肉下之常識薄弱，遇身體不適，就醫服藥，縱然不知其成分為何？甚而自服成藥，以求「速效」了事，從未疑過若干症狀，或為臟腑之求救訊號？再則，知悉人有五臟六腑，若未能道出完整名稱，更別談臟腑之各司何職？

深秋某夜，歸途中淋著略伴風寒之細雨，隨後即引燃了筆者踏入中醫領域之「興趣」；只因雨水循著衣領而濕了項背，深覺一股涼意正伺機擴張版圖！當下僅熱泡紫蘇葉服飲，而後驚覺涼軍明顯潰退，煞是奇妙！果真大地自有驅解外感之良藥？自此引來筆者一探人體經脈之究竟。然而，循了經脈之路，自然連上陰陽五行之說、臟腑脈道之理。熟悉經脈穴位後，為進一步證驗其效，遂推開了針灸治術之大門！累積經驗之後，不禁折服臟腑之智慧，高出

自我思維甚多。一如：胃腑能將不適之物吐出，自個兒卻不能辨出物之有害，而直往嘴裡送。為此，探索中醫之醫經醫理，依循老祖宗之經驗文獻，始可嘗試與自個兒臟腑溝通，進而協助臟腑解決因誤吸、誤食、誤染、誤傷所致之過。

自入中醫領域之後，即是解人體疑惑之開始！然經研習之數年間，逢人即表中醫之美，但遇不瞭解中醫而排斥中醫者，絕無勉強對方接受之道理。惟因筆者年屆半百，以一己之力，無以永續推助中醫入於人心，遂回想自身之經歷，始知「興趣」乃成就一事之起始動力，故轉而關注引人對中醫萌生「興趣」之方法，一旦得效，即可種下推助中醫之幼苗。筆者欣慰發現，已見得有心人為著協助世人接近中醫，或以白話釋義，或以傳統說書形式，介紹歷代著名醫家之傳奇軼事，更見以漫畫圖解方式，精簡表達了中醫經典文獻，諸如此類，無不令人感佩。惟見坊間諸多編纂故事者，一味將穴位與草藥名稱，充於作品之中，姑且不論其對證與否，終讓閱者於腦海中留下了該故事之情節，卻視其中之取穴、施藥，以為點綴陪襯而已，煞是可惜！

然而，筆者受惠於老祖宗所傳之醫經藥理甚多，遂於推己及人之思維下，試想……

可否編纂以五行為綱，以經脈為本，以臟腑為基，以藥理為骨之著作？

可否讓人經歷一段故事後，即於潛移默化中，留下了五行與經脈之印象？

然於構思此般創作中，頗為惱人之處，即是該作品之時代背景與地理環境！倘若著重於《黃帝內經》之春秋戰國時代，除非仿效他人跨越時空之筆法，否則，勢必銜接不及醫聖張仲景之東漢，更別提藥王孫思邈之唐朝與金元四大家！再說，各時代之地理條件不一，根本無從下筆。

然為減少遺憾，筆者選擇了跳脫歷史與地理之禁錮，決採自創時空條件，藉以融合《黃帝內經》、《難經》、《傷寒論》、《金匱要略》與《針灸大成》之精要論點，並依據《神農本草經》、《本經疏證》、《醫方集解》等醫藥之載述，使之發揮於著作中之相關解析，並藉「傳世名方」四字，以尊敬先聖先賢所創之治症方劑；居中更以筆者體驗了醫聖張仲景，與歷代醫家所留醫案之心得為輔助，合以中醫之臟腑五行向位，作為地理環境，成就一發展於讀者皮肉之下、臟腑之間之故事情節，嘗試讓讀者能於閱歷故事之中，思索日常用藥觀念，並於耳濡目染中，感受中醫之美，進而於閱畢之後，燃起推開中醫大門之「興趣」。

通悟上乘醫經醫理者，可成為懸壺濟世之醫師，亦可為傳承之教者。然而，筆者依循各醫家、醫典，自研自習，藉此領略了各方對中醫之應用與見解；雖無以達於醫中之上乘，進而救人、授業，卻可藉由執筆，廣佈中醫之護身、強身、養生等理念，遂著手為中醫編纂一故事，以期能為中醫引來更多探索與響應者。

此作以小說方式呈現，故不若正統中醫書籍之嚴謹。著作中或有不及備載與筆誤之處，盼各方欲領略中醫之博大精深者，乃依循正統教材為宜。然欲引人對中醫萌生「興趣」，實乃筆者編纂此作之所期，畢竟研習醫術，上可療君親之疾，下可救貧賤之厄，中以保身長全，以養其身。以此聊表著作始末，謹此為序。

著者　謝文慶　二〇一八年八月八日

目錄

導讀
自序　七
第一回　亂世群雄　一二
第二回　奇人異術　六一
第三回　磐龍仙翁　一一〇
第四回　群英蛻變　一六二
第五回　身陷圄圇　二一九
第六回　風聲鶴唳　二七〇
第七回　專權跋扈　三二四
第八回　力挽狂瀾　三七七

第一回　亂世群雄

細雨絲絲，淅淅瀝瀝，三兩呢喃輕燕，伴隨晨曦微光翻飛，倏而高低，倏而環繞，順著燕羽尾剪之開合，徐徐柔風拂面，悄悄地緩了料峭春寒。惟見北方融冰，循江而化，折服於蜿蜒數百里之普沱江中而一路南向，江河之闊，非乘渡船不能及岸。然此拂曉之際，江上薄霧瀰漫，隱隱泛出三五漁舟，漂行其中。忽聞一童聲發出，劃破了霧江中之寧靜……

「哇！好快啊，這飛鳥的速度，真是了得！」一約莫十歲男童於船板上說道。

而後，一素衣男子走出了船艙，笑著對孩子說：「呵呵，那是由南方北歸的燕子，也就是春燕，意思是寒冬已過，春天來了。」

「爹！人們能否如燕子那般地離地飛翔？」男童認真地問道。

男子側身回道：「傻孩子，群鳥飛翔乃仗著牠們的羽翼，人們做不到的。不過，卻有習武之人，精鍊武藝，確實能達所謂身輕如燕、飛簷走壁，甚至翻躍於林木之間。」

「爹！咱們生活在船上，有辦法練功夫嗎？」男童又問道。

男子微笑應之：「阿昇啊，爹教過你用尖竹桿兒，仿魚叉兒獵魚，就是一種功夫啊！其實只要有心，哪兒都能學功夫的。」又說：「於江上謀生者，不僅平衡感優於常人，其雙目之視力，亦較為遠闊；當然，對水性之熟悉，自然不在話下。不過，體能及拳腳功夫固然能保健強身，惟人之於天地之間，更應領悟世間醫理，與經脈臟腑間之奧妙才是啊！」

這時，江上薄霧漸漸散去，見附近兩艘漁船緩緩靠了過來，忽聞船上一船夫嚷著：「泉兒，今兒個起了個大早，準備往哪頭捕撈啊？也好讓咱們有個標的可駛啊。」

素衣男子望著駛近船隻，笑道：「呵呵，原來是穆村兄與興哥啊，你們早啊！小弟哪兒來本事兒捕魚呀！這些日子來，若非倚靠二位的幫忙，小弟一家三口還真不知怎活過來的嘞？」話才剛講完，穆村與興哥即拎著兩尾大頭鰱魚，跳上了凌泉的船。

「穆村伯伯、李興叔叔，你們好呀！」男童欣喜若狂地叫著。

穆村回頭一瞧，叫著：「唉呀！一陣子沒見，阿昇已經長這麼大啦！來來來，穆伯託你興叔叔，自市集帶回了些陀螺和你最愛吃的水果，要不？你就去穆伯船上，同你伯母打理好，一起搬過來吧。」

「好啊，我這就去。」話說完，阿昇一上甲板，一個蹬躍就上了對船去了。而後，穆村替阿泉修了修船尾轉舵，聊著聊著，竟聞肚子發出咕嚕嚕聲。然而，難得有了大頭鰱，哪兒能不趁其鮮，大快朵頤一番！

隨後即見船上一陣熱鬧，或是張羅著鍋碗杯盤，或是擺上了清酒小菜；藉著兄嫂弟媳之聯手料理，兩尾大頭鰱已煎煮炒炸分理，想當然爾，定有砂鍋魚頭坐鎮其中。然午時未至，陣陣香氣早催著船板上的弟兄們入艙就座，倒是甲板上的阿昇，仍不亦樂乎地把玩著陀螺。

幾杯黃湯下肚，閒話家常後，穆村感嘆地表示，流光易逝，一彈指頃就是三載寒暑。回想三年前，中土大地不僅燒殺擄掠，以致群雄對立；不明瘟疫狂襲，以致腐屍遍野；加上地牛翻身、火山噴發，致使地表四分五裂。如此天災人禍、疾病肆虐，一片慌亂之中，只要能逃過災難，哪怕是居於洞窟、臥於深淵，皆有人願意捨命一試。穆村又說：「所幸吾穆氏，世代以獵魚為生，遂能藉老家的幾條漁船，倏而攜著內人，先行一步離開中州大陸，且循著普沱江而下，靠著江中魚獲，始能苟延殘喘至今。」穆村說完，隨即一杯熱酒下肚。

李興接著說道：「吾本居於普沱江邊，一市集中之魚販，親人多半喪於中土瘟疫之中。憶得當年為覓得避難之地，吾與內人不僅於途中，遇上了盜匪搶奪銀糧，甚遭一路追殺到普沱江岸，所幸遇上凌泉兄出手相救。不過，凌泉兄為了顧及嫂夫人與阿昇之安危，不慎於衝突中受了傷，惟吾等不願硬挑匪徒手中刀劍，一夥人遂一躍入江，然於浮沉之中，幸得穆村兄伸出援手，以致僥倖逃過一劫。」

凌泉飲了口熱魚湯後，靦腆地接道：「李兄弟所提過往，凌某至今歷歷在目。惟提及出手相救，實在愧不敢當。過往凌某曾向一練家子，習得一點兒拳腳功夫，欲擋個幾招還行，若真遇揮刀舞劍之場子，小弟亦是以逃為上策哩！倒是論及捕魚技巧，小弟尚須向二位大哥學習呢！瞧瞧這些日子來，二位刻意將魚獲，執到我船上，否則，單憑小弟之技巧，肯定是三餐不繼的啦，哈哈哈……」

這時候，淩泉之賢內又端上了盤蒜泥魚片兒，說著：「你們別只顧著聊過往，菜得趁熱吃，今兒個時間可多著呢！自去年冬至以來，難得大夥能再這麼齊聚一堂啊！」

「嗨呀！嫂子的手藝真是沒話講，簡直能開館兒啊！倒是難得遇上這麼大個頭的鰱魚，今天定得聊個盡興不可。」李興說完，立馬送了塊魚片入口。

穆村隨口提道：「當年，就在這江上，見著爾等載浮載沉，其中又聞幼童哭嗚，吾僅行個舉手之勞而已。」又說：「我是個粗人，大字也不識幾個，多虧淩兄弟懂得醫術，解決了咱們不少病症。唉！這世上就是這麼正邪交雜，有人燒殺奪權，亦有人行醫救世呀！」

淩泉接著表述道：「淩某原居於富藏鐵礦之西州，先祖以鑄鐵起家，而家父淩秉山承起此業，後以鑄劍成名；無奈群雄割據四起，各地列強脅迫家父，日夜趕製各類兵器，藉以壯大自己的軍隊，村里年及十五以上之少年，大都遭強行充軍。然家父為後輩著想，曾令吾待於西州一礦區山窟裡，而拳腳功夫即是在那兒練的。後來，耳濡目染下，亦學會了冶金之術。至於小弟之醫術，實乃源自家父一熟識多年之至交契友，名曰常元逸；此一長者不僅有著仙風道骨之勢，更得同道尊以『元宗真人』之稱呼。然常真人每輒前來拜訪家父時，均費時教授淩某有關人體經脈與本草之學，甚而無私地贈予淩某幾冊醫書，熟讀之後，始能應付**風、寒、暑、濕、燥、火等六淫外邪**之證。」

李興聽聞了這故事橋段，好奇問道：「何等原因讓泉兄離開西州嘞？」

淩泉回應表示，娶了溥媛之後不久，西州地牛翻動頻頻，礦區經常發生崩塌現象，遂令諸多西州人紛紛出走。家父於諸多考量下，令吾與阿媛先到中州另闢生路，待來到中州不久後，即生下了允昇。孰料，中州各方梟雄為擴張勢力，以致四處充斥著血腥與殺戮！然於屍橫遍野之慘景下，致使中州各地怪病肆起。凌某一家三口輾轉奔波數載後，最終決定，暫往東州另謀生路。凌又說：「憶得當年，一家三口餐風露宿，真是不堪回首！甚於一大寒之夜，吾等欲尋間廟宇歇腳，怎知於落腳之破廟旁，發現了輛馬車，上前一探，驚見一神秘人，佇立於馬車前方之林中，隨後見其拿了包東西，交予了諸提刀小混與若干商賈。而後，神秘人收了白花花的銀子後，即朝馬車走來。」

穆村直覺說道：「這明顯是一交易場合嘛！是否看清那包東西，什麼模樣？」

凌泉皺了下眉頭後指出，隱約聽見一商賈唸道：「有這玩意兒，咱們就發財啦！」這時，因寒風襲來，致使當時還小的阿昇，打了個噴嚏，此舉瞬讓落腳破廟之三人曝了光，其中一商賈叫道：「遭了，咱們手上的玩意兒，是見不得光的！」接著那幾個帶刀的，立馬衝來，並喊道：「殺了他們！」

凌泉又說：「當時，吾抱著阿昇，拉著阿媛，拼命地跳上那輛馬車，使勁地抽著馬鞭，試圖加速疾駛，藉以擺脫追殺。然於驚惶之中，駛了一天一夜路程，雖然逃過了一劫，終因此應急之四輪大車過於醒目，遂於棄車後，倏朝普沱江走去。接著就遇上了同樣逃往江邊的興哥與興嫂了。」

穆村聞後，直搖頭表示，數載以來，中州大陸災禍連連；死的死，傷的傷，甚有泯滅人性之不肖者，藉著販售矇幻禁劑而謀財圖利。又說：「吾等幸得老天爺眷顧，能待在這船上，遠離了災難是非，只是……歷經了三個寒暑，真不知陸上現況如何呀？」

此時，甫嗑完鰱魚頭的李興，興致大起，擦拭了嘴後，道：「近半年來，小弟已上岸數回，藉以討點兒生意做做。然於交易與交談當中得聞，這些年來，整個中土大陸，變化頗大，尤因戰亂與瘟疫、地震之後，習武、習醫即成了各州之共識。年輕人為了能出頭天，爭相拜師習武，且為了防範病疾，學子們亦開始留意傳統醫藥之相關知識，畢竟……抑不住外邪與疼痛，虛損且傷財啊！」又說：「然而世局如此，世人還真以為，想要啥？就能成就啥？這不太可能吧！總得身擁相當之條件才行吧！簡而言之，欲習武者也須有點兒慧根、欲習醫者也須是個讀書的料兒啊！再則，就算有了救命的藥單，也得有銀子來打底兒吧。唉！如小弟這般身世，還是早點認命，多掙點活命錢，存點棺材本兒，較為實際一點啦！」

突然！穆村的老婆攙著阿昇，急忙的進了船艙，打斷了李興一夥人的談話，隨即表示，見阿昇坐在船板上發抖，煞顯一副畏寒之貌。

阿媛接手後，瞬讓阿昇平躺，凌泉立馬挽起衣袖，凝神地把著阿昇雙腕處之**寸、關、尺脈**，隨後見其脈浮而緩、惡風而顫，且自汗而出。

一旁耐不住性子之李興，問道：「泉兄，允昇怎麼了？」

待凌泉鬆了袖子，回道：「還好，還好，僅是**太陽中風**證候，也就是**足太陽經脈**受了風邪所致。」

「是否如往常為吾等治病一般，扎扎針就行了？」穆村接著問道。

凌泉搖頭回應：「一般人可採下針治邪，惟阿昇尚幼，經脈與氣血皆處於蘊生之際，所以暫不宜施行針術以治。」

待泉話一說完，倏令阿媛燒壺熱水，再將三五**紫蘇葉**浸泡其中，約莫一刻鐘後，令阿昇趁熱服下，如此即可緩解其外感風邪之證。

穆村訝異道：「這……紫蘇葉，這麼厲害！」

凌泉笑著回應道：「**足太陽經脈**外感風邪，施以**桂枝湯**，並啜上熱稀粥，實為治症首選。惟因該方含溫經解表之**桂枝**，養血斂陰之**芍藥**，合以解肌散寒之**生薑**，補脾生津之**大棗**，益胃和中之**甘草**，始可達祛風解表、調和陰陽營衛之效。怎奈吾等身處大江之中，此等藥材不易取得。反觀**紫蘇葉**，其效雖不若**桂枝**，亦可作為發散風寒之用，更因質輕易攜，以致小弟的行囊裡，多少會帶著點，以備不時之需。」

李與連忙話道：「我就說唄！這習醫也須是塊讀書的料兒，得懂個什麼太陽經、月亮經的。村哥，咱們顧自個兒都來不及，更別妄想著診治他人啦！這輩子就好好地跟魚兒結緣吧！」

穆村點了點頭，笑道：「好！我來捕魚，你來賣魚，就此一生，就這麼回事兒囉！」說完，二人又乾了一碗清酒下肚。

隨後，李與興致一提，放聲表示，論及時局演變，中州之地廣人稠條件，自然成了兵家必爭之地。只要具備人口之優勢，即是繁榮市集、擴大交易之首要條件；主政者光是坐收稅金，即能擴充軍備與戰力。再則，中州之平原與丘陵遍佈，地質肥沃，每年生產之稻穀農作，不僅自給自足，亦能供應其他四州之需求。除了中州之外，其他各州亦擁有各自稱霸之條件！

李又說：「例如，地處普沱江上游之北州，其水資源之豐富，可謂源源不絕；而東州森林遍佈，每年輸往中州之木柴與木器，不可計數。再則，南州地處火山熔岩地層，其得天獨厚之天然產物，就是火焰石；此一玩意兒釋出之能量，可數倍於傳統煤炭所生熱能。最後即是凌泉兄之老家……西州，西州礦藏豐富，尤以鐵沙礦為最；當然，尚有著各群雄覬覦之金礦、銀礦囉！」

凌泉聽了，吃驚話道：「廣大之中土陸州，歷經戰亂、毀滅性瘟疫與地震後之三年，西州之差異並不算大，惟其他各州，竟能建構成互有供需之人文與地理形態，真令人意想不到啊！」

李興喝了口熱湯後，又說：「我李某人倒是聽聞了件尚無法證實之傳聞。」

聽到這話，穆村與凌泉不禁好奇心驅使，俄而將耳朵湊上前去。

李興說道：「中土五州於天災肆起之際，各州皆因發生強震而山崩地裂。聽說，各州因地層之推擠，陸續出土了神秘之物！一如北州冒出了烏黑石堆，東州則見青色岩堆，南州之熔岩洞中，竄出了紅色石塊，西州卻是出現了雪白石筍，而中州則由地層裂縫中，發現了土黃色之地洞。自此之後，地層漸趨平穩，而瘟疫之災亦日趨緩解。不知聞訊之二位，認為這般坊間軼事，真有其可信度？」

穆村搖搖頭表示，蒼生百姓向來喜於針對大自然諸多現象，穿鑿附會些怪力亂神的故事。一如從小即聽大人們講著什麼「女媧煉石補天」、「月亮上有嫦娥」之類。至於眼前聞得因山崩地裂而冒出個什麼石、什麼岩的，應該皆屬平凡現象罷了，根本無須再渲染其消弭瘟疫之說。

凌泉微幅點頭，稍顯認同穆大哥之說，惟認真地問道：「小弟至今好奇者，實乃關於歷經烽火戰亂後，現今各大州域，已由何方梟雄據守為政？」

李興回應指出，原本的群雄割據之戰，各方皆持著「戰到最後一兵一卒」之氣勢，孰料，一場毀滅性之瘟疫，令許多本於戰役當中得勢者，卻難敵病魔之摧殘。諸多沙場上倒下之兵馬，並非皆是因戰而死之鬥士，反而多為不戰而斃之亡魂，一如掌握中州之傅宏義霸主，甚而是西州之巨頭……石延英！均難敵病魔摧殘而撒手人寰。李興此話一出，直令凌泉瞠目結舌。

這時候，李興拿起兩雙木筷，隨手架起了個「井」字，隨即模擬著中土州域，說：「井字之上半區域，即是現今北州。據聞，為首者為莫烈；東州依舊為三代據守東州之嚴震洲所掌控；而南州領頭者則是盧猋，而凌泉兄所關心的西州，眼下即由侯士封所據；至於腹地最大之中州，則是由隨勢竄起之雷嘯天一手主政。上述五梟雄，能在五州相互牽制之局勢下，雄霸一方，絕非等閒之輩，若再論及各擁之蓋世武藝，自不在話下。」

凌泉驚訝道：「侯士封乃出身於西州礦區，曾聞家父提及，此人自幼習武，頗具幾分內力，唯此人之利字當頭，甚而有利可圖，不惜賣友以求榮。此人原為西州煤礦掘工，而後調任鐵礦區，為父親之一員下屬。惟侯士封藉著賄賂權貴而建立人脈，甚而動用關係，使其轉調至採掘金礦之伍，最後竟讓侯接掌了該伍之領頭！」又說：「吾以為，侯士封應是擁金自重，趁著石延英衰敗之際，接收了他的門下，而後一路殺上西州霸主之位。而今西州由此唯利是圖者主政，想必難以為西州百姓謀福才是。然而話說至此，不免令吾擔心現今家父之處境與安危？」話才說完，向來滴酒不沾的凌泉，皺了下眉頭後，隨即端了碗溫酒，直飲入喉。

李興接續指出，中土五州於近年來之重整期間，甫經群雄戰亂之陰影，各州霸主於檯面上之交流，尚稱謙恭有禮。惟聞一些江湖術士傳言，其實各霸主於檯面之下，早已互有較勁！除了爭奪各自利益之外，各州大舉蒐羅地方上之能人異士，一如方才提及，諳於武術或醫術者，皆被延攬重用。不過，於爭奪各自利益上，確有了新的制度形成。李興隨後又說：「由於中州腹地廣大，人口數逾五州總數之七成，故分布各州之居民，幾乎都會到中州做買賣。惟因如此，強勢作風之雷嘯天，遂訂出了每年根據交易之多寡，得向其他各州收取稅金。

穆村直接插話道：「要抽稅？這各州帶頭的，能服嗎？」

凌泉順口回應道：「來到這等局面了，我看，不服也得服；膽敢不服者，恐遭中州斷了生路，到頭來，苦的還是自個兒的百姓啊！然為大局著想，順著強勢者之步調，才是眼下之上策。雷嘯天出了這奇招，無怪乎各州霸主要私下較勁一番。不過，這雷嘯天有無可能併吞其他各州呢？」

李興表示，眼前局勢仍處於災後重建之末期，無人能斷言未來將如何？惟聞東南西北各州霸主，早已考慮到雷嘯天之野心，遂已共謀訂出同盟協議，一旦中州對他州採取侵略行動，另三州必須聯手進擊中州，藉此形成了新的相互牽制關係。然此結果，令雷嘯天極為不悅，惟雷嘯天自知，中州雖在人口上佔盡優勢，但其中多為平凡百姓，縱然軍兵數量較多，卻非盡是驍勇善戰之將才。反觀江湖上能叫得出名號之奇人俠士，多數居於他州深山，甚或偏僻隱地修練。若能延攬這些俠士，並使之效力於自個兒門下，絕對是有利之籌碼，無怪乎各霸主須於台面之下，另行隱性之較勁！

話匣子一開的李興，接著又說道：「小弟於進出市集作買賣時，常聽人提及兩賢者，其一乃江湖上敬以『武尊』封號之龍玄桓！此人不僅內力、武術，威震五州，其醫診治病之能力，煞是高明。另一即是凌泉兄甫提之『元宗真人』常元逸！」

李又說：「常真人幫助甚多因戰亂、瘟疫而流離失所之孤兒，並依據其性向與能力，逐一予以教導，進而輔其自立更生。比如，對農作有興趣者，授其四季耕作之法；對研讀有興致者，即授予習禮識字，甚至是醫藥治術。常真人如此行徑，德高望重，自不在話下，而五州霸主更是對常真人倍加謙恭禮遇。如此至尊至賢之兩位賢者，絕對是雷嘯天一心拉攏之對象。所幸，此二賢者，既不急功好利，亦不貪圖榮華富貴，否則，其他四州被吞併，早成定局。」

凌泉聽了李興的這段話，點了點頭唸道：「昔日家父最敬重之摯友，至今仍受眾人們所尊敬與推崇。倘若有機會回到中州，定偕同妻小，拜訪常真人。」

大夥兒興致濃烈地聊著天下事，殊不知，由杯酒佳餚間溜走之時光，早已讓船艙外悄悄地呈出西沉之夕陽。這時，躺了些時辰的阿昇，精神地跑到凌泉身旁，說：「爹，我好多了！」

李興連忙道：「嗯……小弟下回上市集，得多帶些紫蘇葉回來。」

凌泉笑著說：「哥兒們若有需要，待會兒讓阿媛包一些，好讓你們帶回。」

凌泉這話兒才剛說完，立見阿昇倉皇跑進船艙內，喊道：「爹，快出來看呀！江面上有多艘船隻，正朝咱們這頭駛來耶！」

穆村與李興飛快地上了船板，夕陽餘暉之下，仍可清楚見到江上船隻之形影。此時，惟見五艘形制相同，船艙上均插著一致之黃旗，凌泉斯須點亮船桿上之油燈，隨後即聞黃旗船傳來一宏亮聲音：「喂！爾等三船聚集江上，吾已於遠處瞧了大半天了，是否打著什麼見不得光之勾當啊？」

穆村立馬回答道：「咱們僅是江上的捕魚人家，敢問這位大爺，您是？」

「吾乃中州之都衛水師軍軍頭……蔡昌！」又說：「捕魚？三船緊靠在一起，能捕啥魚嘞？再則，是誰准予爾等在這兒捕魚的，捕魚是要繳稅的，知道嗎！」

說著說著，蔡昌眨眼躍上了凌泉的船。凌泉立迎上前，謙恭地說：「草民凌泉，蔡大人多慮了，三船於江上齊聚，僅是好友相逢，在此敘舊罷了。」

蔡昌極為不屑地喊道：「甫聞一土包兒說是捕魚，現在又稱是敘舊，不曉得待會兒又會是什麼嘞？」

這時，蔡軍頭瞧了下艙內，確實是一桌魚菜湯，與未飲盡之兩罈酒。接著，順手抓起了一罈，猛飲了一口，叫道：「嗯，的確是罈好酒啊！只是……老子我勞了一整天勤抓要犯，爾等不僅沒繳魚稅，還有閒情在這兒飲酒作樂？」

凌泉下氣的說：「蔡大人，草民確實不清楚魚稅為何？再說，此普沱江為中州與東州之界，更不清楚此稅該屬中州？還是東州？」

蔡昌反被質問後，胸中怒火直衝腦門，一腳踹爛了艙內桌板，其上之剩菜餚，瞬間散灑了一地。而後，蔡昌怒吼道：「大膽刁民，中州為大，區區個小東州，我蔡昌隨意吐個痰兒即可淹了它，還須質問我向何處稅繳？」蔡昌一回頭，立馬對著其他的黃旗船兵喊道：「馬研、丁勝，爾倆帶幾個都衛水兵，把這三船徹底地搜一搜，說不定這般刁民還窩藏著要犯哩！」

然因無端受擾，早已雙拳緊握的李興，瞬被凌泉撫了下來，溥媛則抱著阿昇，緊倚著凌泉。然於搜船之際，蔡昌仍不忘提起酒罈子，大口地狂飲。

一會兒後，馬研來報：「稟大軍頭，鄰近之昏暗兩船，除了些捕魚魚具外，搜到了兩小袋銀子。倒是點著魚燈的這一船，除了點銀兩外，還藏有許多草藥與銀針。」

蔡昌聽了，吃驚地站了起來，接過草藥與銀針後，問道：「眼前這些東西，應該不屬於漁夫的吧！難不成，現在的漁夫也懂得醫術啦！」

凌泉趕緊上前一步，回應道：「蔡大人所見這些草藥與銀針，實乃草民一時應急之用，與吾另兩位朋友無關。」

蔡昌冷笑道：「呵呵！說無關就能了事嗎？爾等沒繳魚稅，方才搜出的些許銀兩，就當老子代收好了。至於眼前這不像漁夫，卻反懂醫術的老弟，恐得隨吾走趟惠陽城；我雷王爺求才若渴，凡將通達醫術者，引介前來惠陽，即得賞賜。呵呵！姓凌的，我看，還是跟我走一趟，好讓我交個差，掙點兒賞賜吧！」

一旁衝動之李興，耐不住地對蔡昌咆哮：「喂！蔡軍頭兒是吧！莫仗恃職務而為所欲為啊！哼，拿了咱們的銀兩，中飽私囊，現又濫逞官威，恣意擄人，未免太囂張了吧！」

蔡昌聽聞逆言，立馬抽出腰際配刀，抵著李興頸子，大吼：「大膽刁民，我看，眼下這場子是難以善了了。丁勝，讓這些目無王法的刁民嚐點苦頭，立馬將旁邊那兩船給我燒了。

馬研，押走那姓凌的。」

阿昇緊抱著凌泉，嚷著：「爹……不要走！別跟這幫壞人走啊！」

馬研隨即出手架住凌泉的胳膊，阿昇倏而奔向蔡昌，並抱住其小腿，狠狠地咬上一口。「啊……」蔡昌痛得大叫，李與則趁蔡昌鬆了手，旋即跳開，立於凌泉的船上，急覓能禦敵的傢伙。

蔡昌怒吼：「你這死兔崽子，竟敢咬我！」隨即大腳一踢，狠狠踹飛了阿昇，阿媛立馬上前將阿昇抱住。見著阿昇被踹飛當下，凌泉之反擊氣焰，俄頃上衝，一記轉身旋踢，倏將馬研踹落江中。

蔡昌又叫道：「反了，反了，這……這幫刁民要造反啦！」

「轟……轟……」丁勝放火燒的船艙，眨眼竄出了熊熊火光，瞬將日落後之江面，照的極為明亮。蔡昌提著亮刀吼道：「立將這夥賤民，全都給我抓起來，違抗者，格殺勿論！」

令出當下，黃旗船上之水師都衛，個個亮刀，並陸續躍上凌泉的船。凌泉則衝著蔡昌一腳踹飛阿昇，早已來到了蔡昌面前，瞬間躲過了蔡昌揮出的三刀；接著，倏以左臂架起了蔡昌右上肢，隨即重戳其胳肢窩下之**極泉穴**，霎令蔡昌因痛麻而險握不住刀。凌泉順勢再重擊對手胳肢窩沿側身而下，於第六肋間之**大包穴**，中招後的蔡昌，一陣肋痛急發，當場嘔出方才狂飲之水酒。這時，穆村拿起了木棒，狠狠地朝蔡昌之頸背處擊去，蔡昌即於敲擊聲傳出後倒下。船板上之凌泉一夥人，一頭望著漸遭火蛇吞噬的兩艘漁船，另一頭卻是越駛越近之黃旗水師船。

突然！「呃……啊……」由船艙內傳出兩聲慘烈哀嚎之聲，李興火速進了船艙，此刻映入眼簾一幕，竟是身中數刀之穆村嫂，與頸湧鮮血之賢內，且已雙雙倒臥於血泊當中。李興抬頭瞧上行兇者，竟是方才遭凌泉踹落江中，後由船尾攀回船上之……馬研！

性急的李興，隨手持起了船上一魚叉，俄頃之間，已偕眼眶泛紅的穆村，衝向了船尾之馬研。不過，兩人合力並未占得上風，畢竟，漁夫平日撒網捕魚，鮮少與人舞刀弄槍。果然，不出三招，馬研之亮刀再次染上了鮮紅，唯此回倒下的是穆村！凌泉見狀，除了嘶喊之外，隨即朝著船尾奔去。孰料，方才遭穆村一棍擊昏之蔡昌，突然醒了過來。然而，傳入蔡昌耳裡的是船尾之廝殺聲，惟呈現眼前的，卻是背向自己之凌泉！蔡昌斯須持起配刀，立朝凌泉背後刺去。當下惟聞阿昇扯著嗓子，大聲疾呼道：「爹！小心後頭啊！」說時遲那時快，蔡昌的長刀已由背部刺入，並直穿前肚而出。這時候，阿昇再次用喊啞的嗓子，發出了顫抖之哭聲，「娘……娘……嗚……嗚……嗚……」

原來，為了擋下蔡昌這突來一刺，阿媛瞬間推開了阿昇，直接衝向背對刀鋒的凌泉，並替凌泉挨了這一刀。凌泉聞聲回首，為時已晚，旋即轉身摟抱溥媛，霎時無法自已地啼天哭地，當下僅聞阿媛氣若游絲地唸著：「阿泉！好……好地……照顧自己……和允昇……」隨後即現語盡氣絕。

凌泉含淚將阿媛未寒的屍首，平置於甲板一側，並囑咐阿昇於一旁守護。而後，緩緩走到蔡昌面前，見其仍撫著甫受創之右肋大包處，卻仍露出詭異冷笑，說道：「姓凌的，早提點過你，得罪了老子，絕對有你罪受的！啊……你……」

突然！憤恨難平之凌泉，一記直拳，眨眼重擊蔡昌於任脈上之巨闕穴，霎令其心氣脈道受阻，以致一時提不上話來。隨後再藉中指凸拳，狠擊對方於嘴唇上之督脈人中穴，趁著蔡昌頓失平衡剎那，凌泉一轉身起腳後，彈收小腿，瞬將蔡昌踹向船艙方向，惟令人不解的是，蔡昌竟朝後踉蹌至船艙門簾前，一動也不動地杵著。

原來，於船尾激烈廝殺之李興與馬研，從船尾一路互擊至船艙內，惟馬研不慎於船艙之內，觸及撒散一地之料理，瞬間一個滑步，立馬遭李興所持之魚叉刺斃，反觀李興亦因身中數刀，血流甚多，隨後氣絕於船艙門簾前。孰料，李興手上之鋒利叉尖，正巧迎上了被凌泉踹踢而來之蔡昌；惟因該魚叉不偏不倚地刺陷於脊椎之間，以致蔡昌一動也不動地杵於船艙門簾之前，嗚呼咄嗟。

丁勝驚見蔡昌命喪於漁船上，不禁大聲叫喊道：「這班刁民殺了咱們大軍頭，快將漁船圍起來，一個都不能放過！」接著，各都衛水軍之船艦，紛向凌泉之木船，拋出了六條鍊鉤，使其如行刑五馬分屍前之固定。

凌泉見著這般失控景象，順勢牽起阿昇的手，氣憤且無奈地說：「允昇，咱們恐是凶多吉少了！不要害怕，咱們並無做啥錯事，惟眼前這班……看似頂著王法行事之狗奴才，不過為虎作倀罷了！爾今日之所聞所見，無不源於人們的貪婪！」又說：「記得，方才穆伯已拉起了定船用之錨鐵，一會兒見著都衛水兵登船圍捕，你就抱著錨鐵下沉，一定深度後，藉著天色昏暗，隨即游向東州。」

允昇雖年幼，惟聽了父親這番話，仰首應道：「爹！允昇並不害怕，只要水師兵敢上咱們的船，我就用小石塊丟他們。」阿昇於發話當中，甚顯著一副不畏當前險勢之神態。然此一舉，引來凌泉無奈苦笑，說：「忘了那些石塊吧！切記，待會兒趁著混亂之際，儘速逃離！」凌泉話一說完，瞬自一旁抽出了根大鐵鉤，準備放手一搏。

這時候，丁勝倏令備上兵刃之都衛水兵，登船緝捕要犯。眨眼間，立見三帶刀水軍躍上了船之左舷。凌泉即與藉著漁網撒出，困住首躍水軍，而另一波攻勢，則由四位操著尖茅，循著船右膀子上來。凌泉為顧及阿昇逃離之徑，父子一路退至船頭。一旁黃旗船上之丁勝，洪聲吼道：「快……快將此要犯拿下！」

（噗嚕……噗嚕……噗嚕……噗嚕……）

丁勝於喊出命令當下，漁船旁不遠處之江面，突然冒出了頗具聲響之水泡，此景不禁令阿昇指手叫道：「爹！水面下似乎有東西耶？」眾人經阿昇這麼一指，無不被續持冒出之水泡所吸引。惟因夕陽漸趨轉暗，且原先遭丁勝放火焚燒的兩條漁船亦將燒盡。此時周遭稍顯晦暗，當下僅倚靠各黃旗船上之火炬照明。

突然！水泡聲響之處，水花四濺。半晌之後，忽由水泡區域，衝躍出一身著青衣，身形強過七尺之魁梧大漢，隨後即見此碩大身軀，瞬展騰空三翻轉，接著見其雙臂開展，昏暗之中，似乎見其雙手之掌指間，可伸出約莫一尺長之銀色鋼爪。待其翻飛到凌泉船上，立馬直衝持著尖茅刺槍之都衛水兵，惟見七尺大怪之雙爪銀光，隨著不同之出擊招式，頻頻耀閃於眾人之前。當下僅聞「唰嚓……唰嚓……」之連續掃擊聲響，四長桿尖茅即應聲遭鋼爪撕裂！

「哇……唰……」，突見遭漁網困於左舷之三都衛水兵脫網而出。凌泉倏而躍至船左，試圖制伏這幫帶刀水兵，惟昏暗之中，實難以一敵三，故不慎後背遭襲，左臂膀亦被劈中一刀，血流不止。孰料，七尺大怪於咄嗟之間，飛撲而來，見其雙腿騰空飛踢，凌泉身前之三水兵立被踹回黃旗船上，瞬時驚見此三兵個個抱胸咯血，伏臥呻吟。待凌泉稍一回神才發現，另四身攜長茅之水師兵，早已被這七尺巨漢拋入了普沱江中；隨後更見其舞動雙臂，旋即傳來鏦鏦錚錚之金鐵擊響，六條纏船鐵鍊鉤，隨即應聲而斷。接著，魁梧巨漢立於甲板上，不僅雙目直瞪著丁勝，甚而藉著銀爪，作出了單挑之舉。

丁勝見著眼前一幕，不僅嚇得兩腿直顫，嘴裡還直唸著，「有……有妖怪……有妖怪啊！」接著大喊：「撤……快撤……趕快撤啊！」霎時，諸水師船上之眾屬下，無不震懾於眼前之龐然巨物，縱使雙腿發軟，亦於聽令之後，立馬使著顫抖雙臂，拉回了遭斷之鍊鉤，須臾划槳，轉調船身，頭也不回地使勁兒將水師船艦划向了江岸。

然負傷之凌泉，立由阿昇攙著，並於昏暗中藉著一盞微弱油燈，屈著身子向佇立數尺前之魁梧巨漢謝道：「在下凌泉，對兄台之及時出手搭救，萬分感激！」

「唰……唰……」巨漢速速收回銀爪，此舉著實吸引著阿昇目光，卻又略帶幾分膽怯地瞧著眼前巨漢。巨漢以低沉聲音，說道：「吾非妖怪，惟命中注定，來自畸胎，如此怪異模樣，無怪乎初見吾之陌生人，皆直稱吾為怪物！」又說：「驚見江上出現了火燒船，遂前來一探究竟？至於此一事件之始末，吾並不想瞭解，惟因此處實屬中州與東州之交界，稍有不慎，即成事端之源！再則，那班趕回中州通風報信之黃旗水軍，肯定會有報復之舉，奉勸爾等盡早離開為妙！」話才說完，凌泉尚未來得及請教其名號，立見此巨漢轉身一躍，俄頃入於江中。隨後，更令凌泉父子瞠目結舌的是，從未見過類人之形，潛游水中，其速竟能快若水中海鮫！然而隨著巨漢拖曳之水波外展，其身影旋即消失於普沱江中……

回了神之阿昇，驚見父親臂膀上的傷口仍滲著鮮血，立馬搜尋甫遭水軍搜出的草藥袋中之止血藥，而後予凌泉敷上。

「拿著什麼敷吾傷口？」凌泉發了問。

「**白及**」阿昇回道。

「怎知可用**白及**？」凌泉微了一笑後，再問。

阿昇一邊包紮父親傷口，一邊解釋道：「曾見過與叔叔受了傷，鮮血直流；爹就是用上**白及**，幫與叔止血的呀！」

「呵呵！看來，爹得多教你些醫藥常識，既能自救，亦能救人。」凌泉話一說完，待傷口出血緩些後，意識朦朧地緩緩闔上了眼皮，不禁疲憊地深層昏睡。

歷經幾天的江上飄划，凌泉父子放棄了不甚熟悉之東州，終靠上了中州水岸。父子二人更於離岸不遠之坡丘上，齊力葬了溥媛與穆村、李與夫婦。然而，凌泉雖不忍昔日之種種，就此幻滅；但一味地消極逃避，亦非孩子之榜樣。待父子二人於墓碑前祭拜之後，雙雙拾起了行囊。

「爹！咱們要往哪兒去嘞？」

「朝中州建寧城去吧！過往曾隨你祖父到過那兒。」凌泉牽著阿昇說著。

接著，凌泉從背袋裡拿出了本小冊子，交予了阿昇。

「醫藥紀蒐？爹，是這樣唸，沒錯吧！這是您平時記載醫藥之手札嘛！」

凌泉點頭之後，道：「人之傷與病，之所以能被救治，正因老祖宗們累積了無數之治症經驗，一點一滴記載下來，致使後世之子孫能依循而受惠。」「此一小手札乃過去受惠於各醫賢前輩之口述或醫案，當然亦記載了常元逸大師之教授點滴。爹冀望你能繼續傳承下去。」允昇醫書在握，如獲至寶地翻著。凌泉看了下遠處後表示，欲抵建寧城，恐耗費幾天之路程，或可藉此醫書，以為一路上之消遣話題，寓教於樂！

遠離江邊之步徑中，映入眼簾一幕，盡是春寒櫻花綻，昂首枝葉展！此景之美，霎令過慣了江上生活之允昇，目不暇給，不禁心生一股「足留林間道，令人醉扶搖」之感。後於一片瀰漫花香之林間，凌泉父子倆歇腳於一處名為銀櫻亭之涼亭中……

「爹，什麼是五行啊？」阿昇坐在一旁，搔著後腦兒問著。

凌泉隨即指出，五行乃指陰陽演變過程中之五種基本動態：

木（**曲直**）、**火**（**炎上**）、**土**（**稼檣**）、**金**（**從革**）、**水**（**潤下**），其間相互存在著「**相生**」、「**相剋**」之循規，亦即**木生火**、**火生土**、**土生金**、**金生水**、**水生木**，此乃常相，亦為相生之常態。一旦常態受阻，無法循規運行，則產生：**木剋土**、**火剋金**、**土剋水**、**金剋木**、**水剋火**，五行相剋之異相。

然而，人體之奧妙，實為天地之縮影。

人之肝、心、脾、肺、腎，**五臟對應著天地之五行**，肝屬木、心屬火、脾屬土、肺屬金、**腎屬水**，當能持有「天人合一」，則五行相生可續；反之，若五臟相剋，則病由所生，故研習醫理，定得知曉「五行生剋」之道理。

再則，**五行亦對應青、赤、黃、白、黑之五色。木為青、火為赤、土為黃、金為白、水為黑**，此乃相應之說，非指實形之色，否則，指水為黑色，世人難以理解。然而，為了別於外來異族煉丹之術、蠱毒噬邪、巫術驅毒等醫治之術，中土五州所論之醫理、病理、藥理，統合稱之為「傳統中醫醫理」。

正當凌泉說得起勁兒，允昇突如其來之連聲唉叫，霎時亂了櫻花木林之幽靜。惟見允昇以左手扶著右肩，步履蹣跚地挪移身子至亭之中央，凌泉瞧著蒼白且表情痛苦之允昇，隨即診其手脈；然此一脈象，瞬時亂了凌泉頭緒，只因未曾觸及如此怪異之脈象。此脈振起於**寸**脈，洪大而頂指，倏而急降，後由**關**脈接續頂指，終而傳至**尺**脈。孰料，當異振依循**寸**、**關**、**尺**三脈之後，竟反向再由**尺**脈、**關**脈、**寸**脈，頂跳而回。為此，凌泉心中自語，為何允昇之**手太陰肺經**，蘊藏如此強衝之氣？且觸其肩臂部所發之熱，令人感到燙手！此等情況，霎令手持銀針之凌泉，遲遲未敢下手。

允昇於倒臥半時辰後醒來，若無其事地在凌泉前甩甩手臂，惟凌泉仍急切地問道：「阿昇，可記得身體之異狀，由何時起始？」

阿昇搔搔腦兒，想了一下說：「好……好像是……去年吃湯圓的冬至夜裡，突然覺到兩手臂交替發熱，唯當時天寒地凍，並不覺得難過。但最近發作時，逐次伴隨著疼痛之感。」

凌泉聽聞後，一時也理不出個什麼來由，更無以論及如何「辨證論治」了！而後，僅拍了下允昇說道：「待咱們進城後再打聽打聽，是否有高明的大夫可辨此奇證？」

凌泉甫一完話，銀櫻亭不遠處即傳來了馬蹄聲，且揚起了陣陣黃沙飛塵。半晌之後，見著約莫廿餘運工與騎士，齊力護送著五輛拖著巨大木塊之馬車，居中一位看似領頭者，巧於亭前拉住了馬韁，喊道：「大夥兒先歇歇，一會兒再上路。」接著一躍下馬，見著亭內有人先行歇著，謙恭有禮地拱手道：「這位兄台，吾等行伍打擾您了！」

凌泉立馬起身回應道：「哪兒的話，兄台客氣啦！在下凌泉，咱們也僅是路過這兒，瞬受這片櫻花林所迷惑，遂駐足片刻罷了。」

「在下陸洺煊，吾等來自東州林務坊。」領頭的說道。

允昇好奇的走向馬車，「哇！好大的木塊呀！而且香氣撲鼻耶！」

「呵呵，當然！此乃東州遠近馳名之紅檜木啊！」陸洺煊解釋道。

凌泉驚訝地接問：「知悉東州林業富饒，惟兄台如此舟車勞頓，運送五車紅檜到中州，不禁好奇，究竟何方富甲，能扛下此樁龐大買賣？」

「眼下五大車檜木，實乃東州贈予中州雷王府之大禮。時至今日，中土五霸主鼎立，已成定局，雷嘯天遂放帖邀約各州霸主於端陽齊聚。為此盛會，中州惠陽城已著手布置殿堂，眼前五車即是準備運往惠陽城，以備鋪設之用。」陸洺煊面帶苦笑，又說：「不過，說好聽點兒是樁贈禮，每輒雷王府向東州訂材貨，多少得半迎半贈。大夥兒為了拓展市場，多少都

得買雷王府的帳啊！」

「對了，凌兄弟，依您的穿著與口音，應該不是中州人吧？難不成也是前來中州做買賣的異鄉人？」陸洺煊問道。

「不瞞陸兄您說，凌某來自西州，本於普沱江上生活，卻不幸於江上遭中州都衛水軍刁難，一夕之間，家當與船隻皆成泡影，眼下正準備攜著小犬兒，朝建寧城謀點兒出路。」凌泉亦苦笑應之。

陸洺煊不禁搖頭嘆道：「唉！自雷嘯天雄霸中州後，本以為僅是州域間之較勁，怎奈蒼生百姓亦無端受到波及。欸……不如這麼吧！凌兄弟不妨隨咱們同行，畢竟建寧城位於吾等隊伍行經之路程上。」言出之後，凌泉父子連忙躬身致謝，隨後即登上了陸總管之備用艙車。

「喀噠……喀噠……嘶……」亭前突聞一陣狂奔蹄響，伴隨著馬鳴斯聲而來。隨後即見一班為數十五、六之黃旗騎軍，先後來到了銀櫻亭，立見其中一身著威武鎧甲者，於亮出令牌，喊道：「吾乃中州都衛飛騎隊軍長王欲，閣下運送如此龐大材貨，可有中州任何准行依據？」

「在下東州林務坊總管陸洺煊，眼前所見木料，實乃送往惠陽瑞辰大殿，以為端陽五霸盛會之用。」

「哦……原來是陸總管親自護送啊！失敬！失敬！」接著，王欲上前一瞧，果然有著「官用材料」之封條，然為了保有騎隊軍長之威勢，王欲隨即板著臉孔表出，數日之前，中州都衛水軍巡行於普沱江，不巧遇上刁民造反，甚而殺了該水軍軍頭！陸總管自水路而來，是否見著可疑人士，出沒於江岸附近？

這時，匿於艙車內之凌泉，摀著阿昇的口，深怕露出了點兒聲響。陸總管則皺眉應道：「吾等日夜趕路，只為能盡早抵惠陽，惟一路運行至今，並未見何奇異人士遊走出沒。」

王欲引頸瞧了下，發覺行伍中有一艙車，指著該車，疑道：「眼前艙車之內，是否仍為貯貨之用？」王欲順手觸上腰際之刀柄，並朝艙車移去。

陸洺煊冷靜地回覆道：「此艙車乃為內人休憩之用，惟因行程日夜顛簸，而今知其身感不適，遂令拙荊臥寢車中。」聽到這話兒，王欲沒敢再朝艙車挪近一步，僅冷笑應道：「陸總管遠到是客，本應禮遇待之。今日適逢賢嫂身子微恙，不巧騎隊又有要務在身，王欲就此以拱手之禮，與陸總管會過！」待雙方互行尊禮之後，王欲隨即上馬轉腰，調扯馬韁，惟聞「駕」的一聲喝出，飛騎隊立朝江岸方向奔去。

陸總管移步來到艙車旁，輕聲道：「凌兄，那群奴才走遠啦！至此之後，二位隻身闖蕩中州，得更加謹慎些了！」

凌泉父子再次感激道：「陸總管仗義相助，凌某銘感五內。」

「好了，好了，別嚇著小孩兒了，咱們上路吧！」陸總管回應後，運送行伍隨即啟程，待五大運車一一駛離後，旋即將醉人之林櫻花海，香氣浴人之粉櫻朵朵，逐一還予了寧靜的銀櫻亭。

然經數日之運木行程中，陸總管不時發作之足腿孿急症狀，得凌泉針下小腿外側，腓骨突前凹陷之**陽陵泉**，藉以舒筋緩急，並以養血斂陰之**芍藥**，合以溫中緩急之**甘草**，即成傳世

名方之芍藥甘草湯，藉其酸甘化陰，以致筋脈得養，始達鎮攣止痛之效，遂解去了陸總管纏身多年之痼疾。待運木行伍駛抵入城分叉口，陸總管隨即交予凌泉一袋銀兩，表明此乃父子二人連日為運送行伍之患病，施行醫護診治之酬勞罷了。而後，凌泉父子拜別了陸洺煊一行人，隨即來到了中州東三城之一……建寧城！

城中市集，熙來攘往，或聞叫賣緞繡綢紗之女紅，或見宅院差人攀掛喜帳，忙著張燈結彩之嫁娶喜事，更有客店鑼鼓喧天，醒獅躍舞地慶賀開張。眾人迎春祈福，虔誠地於廟寺道觀捻香膜拜。甫入城裡之允昇，入神地瞧著香火鼎盛之廟宇、生靈活現之石蟠龍柱、威武之驅魔神像，以及守護門前的火紅對獅，心頭好似湧起一股正氣，尤其喜歡廟內香柱之氣繚繞於身之感覺。

待凌泉添了廟宇香油錢後，父子倆回到大街張望。忽見街角告示牆前，有著若干眾人圍觀，父子二人上前一探究竟，驚見牆上張貼著，「重金懸賞要犯……徐逵！」且於告示上敘著：私劫官糧、官鹽，盜竊富豪商賈，若經舉報而令要犯歸案，可獲賞銀五百兩；若協助或藏匿要犯者，即刻問斬！

凌泉不甚理解此人行徑，僅記下了「徐逵」二字之後，隨即離開了圍觀人群。父子二人依舊持著新奇之感，觀望著城裡的一草一木。走著走著，直至幾步路後之大街交口，見兩名年不及而立者，走前的一人，眉深濃密，雙手擱於腰後，眼神猶似鷹眼般銳利，一副不可一世之貌；其後另一位，五官端正且略帶清秀之氣，唯嚴肅之下，瞬令人有股陰沉之感。然此二人自凌泉父子面前走過後，立聞允昇仰著頭說：「爹，方才走過咱們身前那兩貌似俠客者，瞬時身感一股異常冷風，隨其身後飄來，煞是奇怪！」

凌泉點頭表示認同後，僅簡捷應道：「江湖上諸多奇人異士，時時都應持有高度警覺性，始以因應瞬息萬變。」「啊！前方有間名為『萬安堂』之藥舖，咱們得購些草藥，以備不時之需。」

凌泉父子倆於萬安堂備妥了隨身藥草後，突感飢腸轆轆，一陣左顧右盼後，來到座落大街旁之盛隆客棧裡，凌泉隨即點了些包子小菜，藉以祭祭父子倆之五臟廟。當下見得客棧門庭若市，嘲雜聲響此起彼落，惟聞鄰座傳來之閒人閒語，自然清晰許多。

「嘿！老哥啊！您瞧瞧這雷王府，藉著懸賞招式，逮得到這徐逵嗎？」「吾倒希望這姓徐的，能跑多遠是多遠，畢竟此人乃劫富濟貧之義賊啊！」一嗑著花生之雜工說道。

「是啊！眼下之食鹽一直漲，聽說之前徐逵劫了批官鹽，全分給了貧苦的村落以救急啊！」一運工附和道。

另一位接著又說：「談起這姓徐的家族，值得一提的是，徐逵乃被重金懸賞的要犯，而其堂弟徐崇之，徐大人，卻是咱們中州極重要之稅務大臣啊！據說，每年收取東南西北各州之稅金，皆由他一人全權負責；惟能勝任此職者，並非其乃兇神惡煞之徒，而是徐大人靈活之外交手腕，令各州霸主頗為信任。不過，相形之下，這個身為堂兄的徐逵，案子越捅越大，可想而知，徐大人這碗官飯，應是越來越難捧了才是呀！」

凌泉耳尖地聽到這兒，突然！盛隆客棧湧入了一幫人，見其身上之行頭，即知是個頗具來頭之人物，幾桌識相之小民，一見這幫人入內，紛紛閃避為先。

待這幫人於客棧大廳內，理出了私用區域後，一位約莫加冠之年的年輕人，風流倜儻地手持畫扇，緩緩跨越了門檻，步入客棧大廳。劉掌櫃見狀，立馬三步當兩步用，飛快地來到了這高貴青年之桌前，恭敬地招呼道：「嗨呀！今兒個雷大公子難得雅興，來到了建寧城，劉瑨有失遠迎，還請雷大公子見諒啊！」

持扇青年僅呈出傲睨一世之態作為回應，惟見青年旁之大鬍子隨扈，喝道：「劉掌櫃，廢話少說，只管把店裡的美酒佳餚端上來就行啦！」

「是，是，小的這就去辦。」劉掌櫃應聲後，凌泉不明所以地問著身旁端菜小二，「眼前何等人物，如此盛氣凌人？」小二輕聲回應道：「此人即是雷嘯天之長公子雷世勛，其仗著有王府撐腰，處處耍威，江湖上不論是黑道，抑或白道，無不畏懼其三分啊！隨其身旁之大鬍鬚，即是隨身護衛林桀！想當然爾，又是個為虎作倀的傢伙。」小二又說：「這雷世勛還有個龍鳳雙生的妹妹，名曰雷婕兒；此女個性潑辣難當，發起脾氣來，打甕墩盆，暴跳如雷啊！所幸今兒個沒一起出現，否則，咱們的店又得遭殃了。」小二說完後，立馬端著盤子，轉身即走。

這時候，雷世勛顯出了些不耐煩，隨即打了個哈欠，並對著林桀說：「我看，今兒個好像沒什麼樂子囉！」

林桀一聽，立馬喚來劉掌櫃，「喂！掌櫃的，耳聞這盛隆客棧，常有吟歌奏琴者演出。

怎麼？今兒個咱們雷大少大駕，怎不見能助興的嘞？」

劉掌櫃連聲賠上不是後，回話道：「還請雷大公子先行用膳，待會兒本棧將邀來罕見戲團，之所以謂之罕見，惟因該團成員皆遠自境外而來，演出不落俗套，包準大爺您大開眼界啊！」

「什麼……境……外？」林桀好奇問道。

「回林爺的話，該團成員皆來自西州境外西南方約二百里的克威斯基國。不久前來到咱們中州，一家三口倚著奇幻之術謀生。煩請大公子與林爺先歇歇，待會兒就到啊！呵呵……」劉掌櫃緩著氣氛說道。

劉掌櫃話一說完，正巧兩位約六尺身形之少俠，緩步走進了盛隆客棧。允昇一眼即認出，並說：「爹，甫踏進客棧之二位，不正是方才街道口兒，步行生風的那兩位嗎？」

待凌泉端詳之後，「嗯……的確是他們倆沒錯！」

劉掌櫃立馬招呼甫入客棧之二位就坐。惟因一般人見著雷王府的人馬，自知惹不起，遂採「敬鬼神而遠之」以應。孰料，打從雷世勛眼前走過的這兩傢伙，竟然視若無睹地入棧就坐。自恃甚高之雷，心中實已冒生了些許不悦；隨後更以斜眼瞧了他倆一下，霎時覺得表情較嚴肅者，傲氣凌人，越瞧越是不順眼。

林桀一見雷大少拉下臉來，隨即起身，走向這兩來路不明傢伙，沒好氣地說：「瞧眼前二位，似乎非我中州人士？然中州於雷氏之執掌下，國富民強，周圍各州無不對我俯首稱臣。今我雷大公子巡城至此，民眾無不夾道歡迎，唯二位似乎有眼無珠，傲慢之至，毫無禮數。」

接著，林桀持起桌上酒壺，斟了兩杯清酒，嗆道：「藉這兩杯酒，二位上前向咱們公子賠個不是，順道包下今兒個店內所有酒錢，算是了事。」

這時，稍具笑容之少俠起了身，走上前去，持起了桌上酒杯，回應道：「在下狼行山，同行者乃我大師兄寒肆楓。吾等初訪建寧城，方位不慎熟悉，以致心浮氣躁；惟我大師兄一向沉厚寡言，若有得罪之處，小弟願為代表，向大夥兒賠個不是；當然，區區水酒開銷，就算吾等補上禮數了。」

雷世勛聽了，稍有緩頰，回道：「狼行山？呵呵，多野性的名字啊！聞得狼兄弟之遣詞語調，不似個武行，倒有幾分商賈之勢。爾等欲於中州擴展，順著我雷世勛，是絕對有好處的。」話一說完，雷世勛鬆了情緒後，立馬狂飲清酒下肚。狼行山立馬關注到，自大師兄知悉此一狂妄者乃出自雷王府時，其眼神好似遇上了仇家一般，霎時透出了殺氣，所幸先委身賠個不是，遂緩了眼前之尷尬氣氛。

待林桀回到自個兒座位後，見客棧的戲台子上，陸續來了班演者，其中之帶頭者乃一龍眉皓髮之老叟，另見得一男一女，是為老叟之助手。惟因此班演者來自境外異地，故五官甚為深邃而明顯，尤其是那碧玉年華之女藝者，眼神頗具靈氣，婀娜多姿，見其曼妙之水蛇腰配上金色細鈴，舉手投足間，呤呤作響。此時，機警之狼行山似乎已覺到，向來眉頭深鎖的大師兄，竟目不轉睛地盯著台上那異鄉女。當然，酒後微醺之雷大少，囂張地朝著台上嚷著，「再這麼拖下去，小心我把戲台子給拆啦！」半晌之後，聞得戲台上之年長老叟，開口介紹到……

「在座鄉親與英雄好漢，在下摩蘇里奧，偕同出演者乃小兒摩蘇維與小女摩蘇莉。吾等榮幸之至，得劉掌櫃之允諾，始能於此行演，隨後將呈現眾人眼前的是……移形幻術！」

「嘀哩……嘀哩……」，台上傳出笛音聲響，立見摩蘇維吹著家鄉民搖由後台走出，隨後即見摩蘇莉隨之手足舞蹈。接著，見戲台之兩側各豎起兩大木箱，而後，隨著音樂之進行，摩蘇里奧右手高舉一法杖，該法杖立馬引來寒肆楓之注意！惟見該法杖之頂端呈出了三尖叉，居中更鑲嵌著一透徹度極高之水晶球。待笛聲瞬間停止，老叟即揮動法杖，引領著摩蘇莉挪向右側之木箱前，僅見法杖一揮，木箱門隨即開啟，摩蘇莉立以滑步進了木箱，摩蘇維則順勢將門關上。在場僅聞摩蘇里奧發聲念著，「呼呢噠……呼呢噠……呼呢噠……」之後，摩蘇維緩緩打開木箱，瞬見箱內已空無一物，半晌之後，摩蘇莉瞬間由戲台左側之木箱，啟門而出，然此一幕，霎時引來台下一陣嘩然，惟因此等幻術，對從未見過這般演出之中州人士來說，煞是不可思議！

接著，摩蘇莉再舞出二三曲後，捧了個拖盤，來到台下各桌案旁，藉以領取觀眾打賞。寒肆楓置上重賞後，瞬與摩蘇莉四目相接，而摩蘇莉則回以甜美笑容以應，似乎透出極為欣賞眼前之俠士。稍後，值摩蘇莉來到雷世勛這兒，情況則迥然不同。雷世勛針對演藝者沒能先來領賞，頗有微詞，隨後更趁著酒意，挽住摩蘇莉的手，舉止輕浮而淺笑道：「嘿嘿！小美人兒，表演的真好啊！何不跟著本公子，一道回王府演出好啦！哈哈哈……」

雷世勛藉酒胡癲中，實已拉扯著摩蘇莉之衣袖。孰料，摩蘇莉極為不悅地甩開雷之手臂，摩蘇維見狀，斯須飛奔台下，卻遭林桀一手擋下，並聞林桀不屑地說：「我說，小兄弟呀！爾等如此辛苦，能賺幾個錢呀？還不如順著咱們雷大公子之步調，爾等絕對能於中州順遂拓展，榮華富貴，享用不盡啊！」「啊……」

林桀突然慘叫一聲，一陣刺痛立由右肘後傳來，隨後轉趨麻痺，惟此痛麻之感循著**手少陽經脈**，瞬間麻到了左耳側顱處。原來，不滿仗勢欺人之寒肆楓，瞬於林桀阻下摩蘇維後，俄頃折下一小段木筷，直射林桀右肘後凹陷之**天井**處。不過，隨著林桀之慘叫聲後，令人不解的是，甫見調戲摩蘇莉之雷世勛，驚見其兩眼上吊，且顫抖地倒臥於地，並聞其發出間斷之呻吟。寒肆楓見狀，倏而回頭望向了狼行山，狼行山則瞬間搖頭以對，顯出未對雷世勛暗地出手。

忍著肘痛之林桀，驚見雷大少倒地不起，直覺此地暗伏刺客，心想，「倘若公子在外出了事兒，恐難保住隨扈們之項上人頭啊！」接著，林桀撫著麻痺之右肘，倏令隨扈將雷大少送往建寧城主之官邸救治。隨後，林桀抓起劉掌櫃衣領，斥道：「掌櫃的，雷大公子於客棧內出了事兒，待會兒軍機處將差都衛軍前來調查，所有人都不許離開。尤其大廳內那幫不入流之江湖術士，何等來歷？你得先給我打量清楚！」「啊……」

寒肆楓瞬朝林桀一記飛踢，立馬將林桀踹飛客棧門外，林桀驚覺對方之內力甚強，情勢不利於己，遂攙著雷世勛，心有不甘地離去。然而劉掌櫃於聽了林桀之恫嚇後，神色一陣慘白後倒下，一旁凌泉見劉掌櫃右手直揪著左胸口，一時說不出話。凌泉立即取出銀針，針刺其**足陽明經脈**上，位於膝眼凹處正下三寸之**足三里**穴，以及右二腳趾甲旁之**厲兌穴**，不若一刻時間，已見劉掌櫃緩了呼吸且意識逐漸清醒。

狼行山來到了凌泉身旁，話道：「這位兄台之醫術了得，僅藉二銀針，即能解去胸痛急發之症，令小弟極為佩服。」

「狼大俠過獎了，在下凌泉，吾僅藉由針術，疏通劉掌櫃足陽明經脈之氣，進而緩其心口拘急之症狀罷了。」凌泉謙虛應道。

「啪啦……啪啦……」突然！一持劍女俠偕著隨從，氣沖沖地直闖客棧大廳。待其靜觀默察後，見戲台上一收拾道具之女子，立馬抽劍衝向前去，且沒好氣地喊道：「是妳？是妳這藝女，傷了我哥哥？凡忤逆我雷氏者，定得付出代價！喝啊……」

寒肆楓見狀，倏以左手作掩，瞬將右掌一推，戲台上惟聞一聲咻響，此一刺向摩蘇莉之利刃，似乎受著某種引力之牽引，直向摩蘇莉身旁之木樁而去。然此一幕，不僅吸引了同處台上之摩蘇里奧，更令一旁的狼行山看傻了眼，不禁疑到，「大師兄怎會這般武功？」接著，摩蘇維捋起了袖子，同眼前之怒盛女俠來上幾招拳腳功夫。然此二人由台上以至台下之過招，惟見女俠招招盡是攻人要害，霎令摩蘇維於有限空間下，僅以抵擋應對。

這時，狼行山連忙上前制止，並微笑說道：「甫聽得這位秀氣姑娘表示，客棧之內，有人傷了姑娘之兄長，莫非姑娘所指，即是雷王府之大公子囉！換言之，姑娘即是雷王府之千金……雷婕兒！」

「嗯……算你識點兒相！」雷婕兒點頭回應道。

狼行山接著說：「雷大小姐恐生誤會了，雷大少方才狂飲了幾杯烈酒，以致不勝酒力而倒地不起。而台上所見之異地姑娘，僅是演藝為生，壓根傷不了雷公子；況且，雷公子隨扈眾多，在座大夥兒更奈何不了雷大少才是！雷大小姐可能多慮了。說著說著，狼行山上了戲台，為雷婕兒取下插陷於木樁上之利刃。這時，狼突然發現了台上有著未曾見過之小豆兒，好奇之下，順手收下了幾粒，待其下了台後，恭敬地將利劍交予了雷婕兒。

然而狼行山藉機解釋，並親自取劍歸還之行徑，確實和緩了客棧內之衝突氣氛；但雷婕兒的目光卻是瞪著穩坐酒桌旁的寒肆楓，隨後喊道：「雖不知本姑娘方才這一劍，是否中了啥邪術？一旦查明，絕對讓造孽者……吃不完兜著走！待吾回了王府，定要爹爹好好整肅爾等江湖術士！」雷婕兒狠話一畢，即率隨從負氣離去。

狼行山向著寒肆楓表示，眼下尚有要務在身，趁著黃旗都衛尚未上門扣人查案，還是先行離開這是非之地為妙。接著，狼行山留下了先前應諾之酒錢後，旋即攜上行囊，而寒肆楓再次與摩蘇莉四目相交下，乾了杯中清酒後離席。惟摩蘇里奧看出了寒肆楓對女兒頗具好感，即於客棧一隅，對著摩蘇莉輕聲說道：「這個寒肆楓乃非等閒之輩，多留意此人，或許對咱們往後有益。」

摩蘇莉點頭以示認同父親所言後，為免官府人員找上麻煩，一家子於收拾好行囊道具，俯仰之間，離開了盛隆客棧。

待劉掌櫃意識恢復後，連聲向凌泉致謝。凌泉則於辨證後表示，劉掌櫃乃心氣不得疏，以致神志受阻，唯**心屬火**，**火剋肺金**，致使肺氣宣降不暢而氣滯心下、痰阻神昏。然而醫經有謂：**遠志**能定心氣，止驚悸，益精，去心下膈氣，利竅強志，聰明益智；**石菖蒲**主風寒濕痺，咳逆上氣，能開竅寧神，更具化濕、豁痰、辟穢之效。劉掌櫃不妨將**遠志、石菖蒲**合以煎湯服下，藉以疏通心氣而定神志，突發心口拘急之症狀，應得緩解。

劉掌櫃再三感激之下，凌泉順勢向劉掌櫃打聽一人，劉掌櫃藉其客棧往來賓客眾多，或有助於探問尋人。凌泉隨即表示，昔日得研習醫術，實乃受元宗真人常元逸之啟蒙與教誨。惟因時隔多年，中土五州之人事變遷甚巨，吾等遂欲藉此中州之行，尋訪並拜會恩師，不知劉掌櫃是否知悉常大師？抑或指引尋人之去向？

劉掌櫃回應道：「常真人可是咱們中州之大恩人啊！過往多少流離失所者，皆受惠於常真人之教誨，且輔人培育其一己之長，並曉以世人能知福、惜福、進而造福！」「耳聞江湖人士曾提，過往常真人往來於黃垚山之五藏殿，惟自中土戰亂爆發與瘟疫肆虐後，常真人則於宮辰山陽昫觀，續扮其濟弱扶傾之角色。凌兄不妨朝建寧城西向而行，約莫百里路程後再詢路人，即可得知陽昫觀座落之處。」

凌泉聞得常真人之可能方向後，連聲向劉掌櫃道謝。突然！棧內小二由樓頂上衝下，喊著：「見著諸多軍機都衛兵，朝咱們這兒來啦！」劉掌櫃為免凌氏父子遭雷大少事件牽扯，隨即指引二人循客棧後門，火速遠離了盛隆客棧。

離開盛隆客棧後，緩步穿梭城中之寒肆楓，不斷回想著雷世勛為何出人意料地倒下？不禁回頭提問狼行山，道：「方才僅以木筷襲向林桀，但雷世勛卻抽搐而臥地不起。然而衝突發生之瞬間，距雷大少最近者乃摩蘇莉，難道……暗中出手者……是她？」

狼行山搖了搖頭，立馬剖析指出，當下見得摩蘇莉雙手拖著一供人打賞之鐵盤，而後，雷世勛行輕薄之舉，以致摩蘇莉將雷的手甩開，若以當時甩手向後之姿勢，應不至使出令人倒地不起之功力；再則，上前支援之摩蘇維，立馬遭林桀攔下，故不可能是摩蘇維所為。至

於那諳醫術之凌泉，當時僅偕一孩童，飢餐渴飲於大廳一隅，應非出自其手。狼又說：「依此推理，客棧大廳之內，除了雷世勛之隨扈外，就剩店小二、戲台上之老叟，還有凌泉所攜小童兒。倘若再排除端菜的小二與小童兒，戲台上之摩蘇里奧乃身處大廳之內，距離雷世勛之最遠者，若要發功擊倒雷大少而不見其身上有任何外傷、亦不被咱兄弟倆察覺，大師兄覺得可能嗎？」

寒肆楓聽了阿山之分析後，還是不解地說：「難道雷世勛喝的酒，真有問題？」

「唉！尚且不管是誰出的手，這回雷王府的人在外出了事兒，非同小可，更別說出事者是雷家之大公子了！眼下僅冀望此一事件能大事化小，小事化無才好。畢竟，咱倆有著瓜田李下之嫌啊！」狼行山接著又說：「大師兄，咱們還是先打探五師弟之下落為先，暫不牽扯江湖恩怨為宜啊！」

「嗯，就先這麼辦囉！」寒肆楓於認同狼行山之說後，師兄弟倆旋即加速步伐，立朝離城之城門而去。

然而見得情勢不對，倏將雷世勛送回惠陽雷王府的林桀，立馬將雷大少臥倒盛隆客棧之事發始末，詳實稟告雷嘯天；而正值氣頭上之雷婕兒，更是繪聲繪影地形容散居各城之江湖異士，猶如明日即將造反之叛賊一般。一向寵溺這對孿生兒女之雷夫人，聽聞逆襲王府人員事件，霎時怒火直衝腦門，直嚷著：「反了！反了！一群江湖惡棍藉酒滋事也就罷了，竟然將咱們勛兒欺侮成這般虛弱不振模樣！」

眉頭深鎖之雷嘯天，仔細瞧了慵懶嗜睡的雷世勛，除了嗅得其一身酒臭外，身上並無任何外傷；然於進一步撥探眼眥之際，忽見雷世勛由昏睡中醒來。

「勛兒！覺得身子如何？」雷夫人急忙問道。

「呼！這兒是哪兒？我怎全身沒勁兒啊？」雷世勛深吸了口氣，吃力地說道。

「爾已回到惠陽王府，還記得是誰傷了你嗎？」雷嘯天接問道。

「吾僅記得眼前有個叫摩蘇莉的異地姑娘，接著即聽得林桀叫了一聲後，就不省人事了。」雷世勛虛弱地說道。

這時，佇立一旁之林桀隨即應話：「回王爺，事發當下，卑職直覺右手肘一陣痛感湧上，一回頭，即見大少爺倒臥桌下。當時在場有兩態度傲慢之年輕俠士，互以師兄弟相稱，論為師兄者，名曰寒肆楓，另一則為狼行山。此二人目空一切，舉止囂張，甚而引來大少爺之不悅。」

「寒……肆楓？真是他？」雷嘯天霎時皺起眉頭，咬牙握拳，兩眼炯炯有神地表示，此一寒姓俠士之劣根性甚強，縱然已隔了十來寒暑，依然如此狼突鴟張。

雷婕兒緊接話道：「爹，當下就是那陰陽怪氣者，施展了邪術，硬是將婕兒之利刃彈開。爹定要幫婕兒出這口怨氣，教訓教訓這幫惡徒。」

雷嘯天看著氣虛陽衰的雷世勛，倏令林桀與御醫李焜，妥善照護世勛，並囑咐以上等的紅參予以補氣。待雷世勛等離開王府大廳後，雷夫人隨即問道：「老爺，咱們雷家與姓寒的，究竟有何恩怨？竟讓這寒肆楓下這麼重的手？」

雷嘯天喝了口茶，嘆了口氣後，說道：「十多年前之中州，原由夫人之大師兄傅宏義稱雄，當時之民間商賈為了圖利，竟萃煉罌粟植物以成矇魂幻藥，此即坊間所謂……白粉！然因此物危害百姓至深，為振興民間正氣，傅宏義下令全力緝毒。惟因雷某當時身職都衛總刑官，遂扛起了緝毒大任。」

雷接續指出，寒肆楓年幼時，母親罹患久咳不癒之證，其父寒彬為了掙錢救治內人，鋌而走險，不僅煉毒製毒，甚而參與販毒，唯此見不得光之違禁物，終究脫不出緝毒都衛之法網。孰料，各城所緝得之毒販眾多，赭衣滿道，出乎傅中主意料之外；經刑求之下，眾多毒販皆指寒彬乃製毒之源頭。然為嚇阻其他宵小接續販毒坐大，身任總刑官之雷某，上書力諫傅中主得採「殺一儆百」之策；待得傅中主授權執行後，雷某直指寒彬禍稔惡積，罪不容赦，遂將其押往永業城南坤門前，斬首示眾。

雷又說道：「行刑當日，見刑台外圍之眾多圍觀百姓中，吾注視到一雙膝跪地，雙目直視刑台之男孩，更因其異常冷靜地看著罪犯伏法，好奇之下，差遣地方巡部詳查得知，此男孩即為寒彬之子……寒肆楓！此名之由來乃因其臨盆之際，秋風大作，一夜之間，滿山楓葉盡枯，不知此景是否早已預出，此人未來命運多舛。」又說：「然於寒彬伏法後不久，得聞寒肆楓母親因庸醫誤治而喪命。自此之後，寒肆楓性格大變，舉止行徑迴異，常不分究理地突襲坊間之醫者，藉以洩其心中怨恨。」

雷搖了搖頭後指出，當時之巡城都衛已多次訓誡寒肆楓之舉，唯雷某深覺，此一叛逆少年恐將成為民間不安之源，本欲予以監禁嚴懲，不巧寒肆楓於某次突襲醫者時，遇上了元宗真人常元逸，進而為其所擒。惟因寒肆楓之劣根極深，常真人於深感無奈之際，竟委身懇請江湖人稱「武尊」之龍玄桓代為約束管訓，以期能藉此感化寒肆楓。然而，歷經了十來寒暑，中州境域已由我雷嘯天稱霸，孰料，此回掀起坊間波瀾、挑釁我雷王府者，竟又直指那……寒肆楓！

雷婕兒隨即問道：「若依爹爹這麼一說，這寒肆楓確實時運不濟，命多乖舛。不過，既然是龍玄桓所收的徒弟，怎會使出如此邪門之武功呢？」

雷嘯天冥想了一會兒，表情稍顯嚴肅地回應道：「據吾所知，龍武尊向來不收徒，卻勤於啟人引動自體經脈之氣，並闡揚其『經脈武學』。然於常元逸的懇請之下，龍玄桓只允諾『代為管束』，並無實行師徒叩拜之禮呀！」

雷嘯天表示，一直以來，常元逸是位「論醫論道」、「教化育人」之尊者，其一生闡揚「天人合一」之說，並尊行「謹守莫攻」之法，以應世間任何逆襲之力。唯遇桀驁不馴，抑或天賦異稟而誤入歧途之輩，常真人遂於其憐憫驅使之下，懇請龍玄桓相助；不過，正因此輩未行正式拜師之叩拜儀式，又不同於認養義子之禮節，故世人多以「義徒」稱之。換言之，寒肆楓僅為龍玄桓所管束之義徒。然江湖上皆知，由龍玄桓所管束之義徒有五，為首的即為大師兄寒肆楓，次為刁刃，三為牟芥琛，居四為狼行山，老五為豫麟飛。至於寒肆楓能使上何等功夫，江湖上並不與龍武尊之「經脈武學」作為聯想。

雷婕兒更好奇地問道：「只收管此五義徒，難道，此五人皆異於常人？」雷嘯天又頓時不語。

惟因近年來雷之征戰沙場，雖耳聞龍玄桓管束了五義徒，只因朽木不可雕也，遂鮮少關注其發展；僅覺虞犯之輩，能受約束管訓，即能減少州域內不安之變數。況且，雷壓根聯想不到，此等泛夫俗子之輩、雞鳴狗盜之流，能成啥氣候？倘若不知進取，或將成為巡城都衛之緝捕對象，甚或成了絞刑台上之主角罷了！然而，雷嘯天能有今日霸勢，其身擁之絕世武功，乃其所向披靡之關鍵，對於提不上名號之平凡小卒，直是不屑一顧。倒是，得勢後之雷嘯天，為鞏固中州勢力，廣納賢才實為當務之急，惟其多年來所關注者，即是何以讓龍武尊與常真人能效力於黃旗麾下？遂對雷婕兒提到，黃旗陣營若能納入常、龍這兩股力量，中州一統周圍四州之霸業……指日可待。

這時候，一身著金耀炫目之袈裟，手持金環佛珠之僧人，緩步進到了王府大廳，不疾不徐地躬身說道：「貧僧於門前得聞，王爺對龍武尊五義徒之疑問，貧僧或可予以解析一番。」

「哦……原來是榮根大師來到！」雷嘯天倒屣相迎後，說道：「大師周遊五州，上知天象，下悉地理人事，能助吾取得中州，功不可沒，榮任中州國師之銜，實至名歸。」

榮根大師向王爺及夫人躬身致敬後，即對著婕兒表示，大小姐聰穎過人，一句「異於常人」，旋即道破了五位奇人。

「國師對龍武尊之五義徒，可有見解之說？」雷夫人問道。

榮根大師回應表示，寒肆楓之過往行徑，即因王爺殺一儆百之策，當眾處置寒彬一人，而令其心生嚼穿齦血之恨。此一過往，王爺清楚不過，遂無須贅言。至於排行次位之刁刃，實乃十多年前，對決天下無數劍客，人稱「劍林武癡」之刁鋒後嗣。惟武癡之名乃成於刁鋒矢志成為天下第一，其一生專研各路武學，一柄穿封劍在手，必令對手俯首稱臣方休。惟因求勝心切，以致亂了情志，走火入魔，終而自刎於靈沁江邊。然刁刃於初生之際，其母即命喪血崩之中，致使刁刃自幼與父相依為命，甚於耳濡目染下，視劍刃為解決逆境之道。小小年紀之出劍，實已具快、狠、準之勢，然此一舉，不禁引來常真人之關切。

至於老三牟芥琛，生於西州玉奚村，其雙親先後斃命於庸醫誤治，卻也因此激發了牟芥琛一探人體究竟之潛能。不過，因無正統門師指引，牟竟調配出數種致命毒劑，其中以色透無味之「絕寰砒霜」，最具殺傷力道。猶記當年西州霸主石延英，不惜滅了玉奚村上下，藉以杜絕毒害。不過，世人皆知，石延英此舉，美其名是禁制毒劑流於匪幫，然其真正目的，實為奪取「絕寰砒霜」之致命配方，藉以要脅、壓制群雄，以致壯大自我勢力。然而，正當石延英大舉搜查玉奚村時，牟芥琛為不使「絕寰砒霜」之配方外流，遂採焚燬湮滅之策以應。孰料，情急之下，牟不慎誤觸多類劇毒，傷及了脾胃，令其肌肉萎縮，血脈外溢，甚而癱軟而無以立。石延英見牟形似廢人，且毒劑配方已付之一炬，遂作罷了奪毒計劃。

曾因脾胃虛損之證，得御醫李焜叮囑再三之雷婕兒表示：**腎為先天之本，脾為後天之本；脾胃乃氣血生化之源，脾主水濕運化，統攝血路，亦養四肢肌肉**。牟芥琛因毒而重傷脾胃，縱能化毒得救，亦需一段長時療養才是。

「大小姐所言甚是。」榮根師父表示，醫經有云：**人之始生，本乎精血之源；人之既生，由乎水穀之養。非精血，無以立形體之基；非水穀，無以成形體之壯。是以水穀之海本賴先天為之主，而精血之海又必賴後天為之資。**又說：「牟芥琛因毒發而損及脾胃之後，少氣多臥，形同廢人。而後幸得常元逸出手療治，拾回了牟之一命。而牟芥琛自歸於龍玄桓義徒之後，據聞此人對正統醫理之領悟性極高，更有過目不忘之天賦異秉，甚得龍武尊之賞識。」

雷嘯天聽到這兒，不禁嘆息道：「真希望此等世間奇人，皆能為吾所用啊！」

雷婕兒聽了榮根大師之描述，突然心急地問道：「甫於建寧城客棧緩化衝突場面之狼行山，何等來歷？」

榮根大師稍微停頓了一下而後微笑著回應道：「貧僧與常元逸曾因交流『人之修行』而有些交情，惟自貧僧介入群雄割據之戰，效命於雷王爺而成國師後，則鮮少與常元逸有會面之緣。不過，由過往之對話中得知，狼行山雙親嗜賭如命，日日放縱於賭坊而不問世事。年幼之狼行山即於缺乏教化下，不時行竊鄰人，甚而行乞街頭而遭街坊鄰里唾棄！然其所為，僅為求得溫飽而已。後來因父母積欠龐大賭債，其父狼敏池攜著一家三口，四處藏匿以避債主；最終狼敏池採了焚碳氣絕之下策，藉以一走之，而狼行山則因當下風向之故，遂幸運地逃過一劫。」

榮根大師接著表示，狼行山自幼深受窮困所苦，故自重生以來，凡事以利為先；只要有利可圖，不惜算計他人。故常真人曾形容狼行山，「一味求己之利，遂善於觀察他人舉動，剖析他人心思；唯旁人永遠不解其內心，將為何而鋪陳？」遂欲藉助龍玄桓之力，以匡正狼行山自私自利之思維。

這時候，雷夫人正經向雷嘯天道：「吾等知悉王爺求才若渴，倘若王爺能釋出明顯利處，相信唯利是圖者，不請自來。唯如狼行山這等城府甚深之人，王爺甚須提防在先，以免後患無窮啊！」

雷嘯天微微地點了點頭後，回應道：「狼行山就算不為我用，將來亦可能是我中州之一股逆勢力，是該小心提防以應。」

「那麼，請教榮根大師，這龍玄桓之第五義徒，如何呢？」雷嘯天再問。

「排行老五者，名曰豫麟飛！」榮根師父接著指出，豫麟飛初生時，不幸是個畸胎兒，然此畸兒並非手足殘缺之類，而是俗稱「穿山甲症」之畸胎。

聽聞穿山甲症之名，雯令聞訊三人露出驚訝面容。

榮根師父指出，豫麟飛自頸背處之**風府**、**風池穴**起，延伸至雙肩背面，且順背而下至左右雙臀，再加上雙手臂之陽側，皆覆蓋著如穿山甲般之鱗片。臨盆當下，此一畸胎遭村人譏為妖怪降臨。豫麟飛父母受不了輿論壓力，加以經濟困乏之雙重夾擊下，順應巫師之說，將怪胎交予山神，終將豫麟飛棄置於山林之間，孰料此棄嬰幸由一行經山林之道士拾獲。然而面對這般身擁怪異病症之畸兒，各寺廟道觀皆以此畸胎生命，恐不出三日視之，但最終由常元逸將之收留，並以道士拾獲之處為其姓氏，取其名為……豫麟飛！

榮根又說：「當年貧僧拜訪常真人時，曾見過這一畸兒。然隨著成長，豫麟飛身上亦起了變化，惟其心智成長屢因怪異外形而受創，致使性格漸趨孤僻而自卑。惟經龍武尊開導與啟發其少年階段，致使豫麟飛之體能與氣力，倍於常人。傳聞其真如穿山甲般，具有開山鑿洞之神力。」此一描述，雯令在場嘖嘖稱奇；而後卻見榮根師父嚴肅說道：「貧僧於不久前聽聞，豫麟飛於鑿山練功時，不慎觸及地底伏流，俄而遭大水沖走，至今下落不明。」此聞一出，在場無不瞠目以對。

然雷嘯天因榮根大師之觀星相助，進而順利奪取中州，此時不免好奇地再向榮根大師求問：「大師是否能為雷某推算出，上述之五位能人異士中，將來可有助吾一同征戰天下之人？」

榮根師父雙手合十，躬身向著雷嘯天深沉的一聲：「王爺，恕貧僧無能；無能之因乃起於龍玄桓之五義徒，無一不來自於流離失所之背景，唯其生辰八字已不易取得，自然不易推算其所屬之天象及命盤。」

適值雷嘯天露出了失望表情，榮根師父隨即表明，世間尚有一門推演神功，其可進化到藉由天磁地氣，對照天象之吻合度，始可臆測未來之可能。當然，能練就此等神功者，其天賦盡佔五成以上。然而，此等能人並非隱居於高山深壑，就貧僧所悉，此等高人，近在中州州域之內！

「難道……是龍玄桓？還是……常元逸？」雷嘯天急忙猜測道。

「非也！非也！」榮根師父立馬將食指中指合併，指向惠陽城東方向，說道：「王爺是否想起……置身東靖苑之貴客……」

「是他？……惲子熙？」雷嘯天驚訝道。

「沒錯！正是被王爺軟禁於城東之東靖苑，亦是前中州霸主傅宏義之義弟，人稱『釋星子』之……惲子熙！」榮根師父回應道。

「是他？」雷夫人恍然大悟地表示，無怪乎每輒惲子熙與我傅師兄議事，傅師兄均能捨下身旁要務，即便是師兄妹習武對招，傅師兄都肯冒岔氣之險而中斷對劍。原來，惲子熙乃身擁神功之輩！

雷嘯天嘆了口氣，道：「唉！當年群雄戰亂時期，以傳宏義之霸勢，根本無人能出其右，若非一場災難性之瘟疫，撂倒了傳宏義及其主力武將，我雷嘯天能出頭之機會，呵呵，極為渺茫啊！」又說：「不過，幸得榮根大師指點，讓吾奪下中州重要城池。然於慌亂當下，依稀記得大師囑咐過，一惲氏之子嗣命格，將對我雷氏家族……逆中藏煞！唯吾初取中州，亦須安撫各部雄才，尤其各城要官，傾於惲子熙者眾，故先遵循大師之意，軟禁惲子熙於東靖苑。然事隔多年，而今卻要藉惲子熙之手，以助雷某推測未來，應非容易之事啊！」

榮根師父手推佛珠，緩步走向雷嘯天，娓娓指出，當年傳宏義罹患重疾時，其師妹覃婨燕，亦即現今之雷夫人，引薦王爺暫掌御醫坊，以研製因應之藥劑。惟此時段，正巧惲夫人妊娠難產。所謂「聞道有先後，術業有專攻」；惲子熙之觀星能力再高，論及醫理之奧妙，卻非其所能掌控。

榮根師父進一步表示，惲子熙曾於其夫人產前推估命盤，預先將胎中之子，取名為惲敬歆。時遇妊娠難產當下，王爺以職務之責，遣來御醫予以協助。而後雖產下一子，卻因此胞遇上臍帶繞頸而氣血不暢，遂於臨盆一週後夭折。然此惲氏之劫數，禍不單行，惲夫人因喪子悲痛，加上妊娠難產，以致衝任（衝脈與任脈）氣血雙虛，遂於產後十四日，氣絕辭世，惲子熙自此意志消沉。榮根又說：「後來王爺順勢奪權之後，因惲子熙之子已歿，對雷氏之威脅已解，王爺遂賜予惲子熙安居於惠陽城東靖苑，此乃凡人望塵莫及之禮遇。王爺現今求助於他，念於回饋過往恩惠，貧僧認為惲子熙應不致推辭王爺所求才是。」

雷嘯天來回踱步，想了又想，點頭回道：「大師言之有理！好，近日就擇個時辰，走趟東靖苑試試！」

忽然！王府都衛進殿來報，表明稅務大臣徐崇之已回到了中州，現於廳外候見。榮根大師聞訊後，再次躬身一拜：「王爺有稅務會商，貧僧先行告退。」

待雷嘯天送別榮根師父後，雷婕兒耐不住性子地說：「爹爹，娘，江湖軼事，能引女兒注意。但要談論稅務帳目，女兒可是興趣缺缺啊！」雷婕兒話一說完，立馬拎起佩劍，離開了大廳。

徐崇之一進大廳，立受到雷嘯天與夫人之交口讚譽，而後，徐即呈上過去一年來，各州稅收之手抄帳冊，說道：「王爺，今年各州與我中州交易頻繁，尤以東州之木業與西州之礦業為最。所有細目，皆詳記於帳冊之中。」

「徐大人呈上之帳目，雷某安心落意，只是……有勞徐大人探查之事，進展如何？」雷嘯天稍顯急切地問道。

徐崇之放下帳冊，神情自若地回應道：「回王爺的話，據下官巡訪各州之取稅經歷，針對王爺提及之傳聞，並非空穴來風！」又說：「數年前於戰亂時期所發生之中土地牛大翻身後，各州確實出現了奇異景象；一如咱們中州奇恆山之地底岩層，裂開了個土黃石洞一般。惟因南州之岩層推擠，不少地方出現了能釋熱能之火焰石，遂令各州霸主於地層發生異狀之處，築起探勘研究處所，藉以進行探索晶石岩洞之計劃。故東州之主嚴震洲，北州之霸莫烈，已率先探研晶岩裂洞，且雙方甚有交流探勘計劃之舉。而西州與南州更藉地象師之實地勘查，道出了各州晶石洞窟，各以五色呈現，巧合於天地五行之說。」

此時，疑心頗重之雷嘯天，禁不住四州霸主私自之舉，隨即表示，各州出現特異晶礦且相應了天地五行之說，應具有其特殊之含意，亦或各州內蘊某一特殊能量。然各州霸主之所為，應是本著一窺究竟而為之；倘若中州不採勘開採，何以能解開其中奧秘？再則，北州與東州一向和睦，此回兩州藉採勘交流，對中州極為不利。雷嘯天又說：「前些時候，於普沱江州界上，若干江上刁民與罕見之江中鮫怪，狙殺我都衛水軍。然此事件，或為東州策劃之挑釁舉動。此事兒得查個究竟才行！」接著，雷嘯天顯出了冷笑貌，心想著，「嗯……看來我中州是該起個頭，強腕施以威脅利誘手段，藉以分散各州之實力才是啊！」

雷嘯天收回了冷笑後，撫著鬚鬍對徐崇之讚道：「很好！徐大人做得很好。環顧四下，能隨意出入各州，亦受各州霸主禮遇者，就屬徐卿一人啦！」

「王爺過獎了，以王爺之勢力與威望，倘若造訪他州，定見夾道相迎才是。」徐謙虛地回話道。

雷嘯天刻意走近徐大人，悄悄地說：「不知徐卿是否見過各州之奇岩晶石？」

「不瞞王爺您說，下官確實見過！」徐接著說道：「下官總合各州開採工匠之形容後，皆有一共通點，五色晶石除了相互之顏色差異外，其外貌雷同於坊間之水晶石；值得一提的是，五色晶石於硬度及質量上，皆高於水晶石甚多。不過，聞若干掘工反應，待於洞窟內過久，深感萎靡不支，惟因下官學識有限，未能就近鑑定晶石與診斷掘工狀況，故僅此稟告王爺。」

正當雷、徐二人談論之際，坐於大廳一旁的雷夫人，仔細翻閱著徐大人所呈上之稅收帳冊。而後，見王爺與徐大人歇語片刻，雷夫人發聲道：「東州在咱們中州做了這麼多買賣，不藉機討好咱們，竟跟北州的莫烈合作，真不識實務啊！」「喔，對了！先前勞徐大人差人向東州訂下五車上等紅檜，以備端陽大會之用，可有進展？」

「回夫人所提，東州已派其林務坊總管陸洺煊，親率運輸行伍，將木料運至惠陽城，嚴東主亦已表明，此五車紅檜將全數饋贈中州，據飛騎都衛軍長王欲來報，五車之檜木約莫半月後抵達惠陽。」徐回應道。

雷夫人嘴角一揚，道：「呵呵，饋贈？嚴東主畢竟是老江湖了，以這般進退拿捏手法，作為後續之鋪陳，果真是遠見卓識、飽經世故之輩啊！」

惟因過往嚴震洲與夫人之間，存有曖昧情誼，夫人此番話語，不禁令雷嘯天一陣敏感，俄而急轉了話題……

雷嘯天深深嘆了口氣後，說道：「徐卿辦事得利，雷某甚感欣慰。唯對徐卿之堂兄所為，令人甚感苦惱。徐逵不務正業，屢劫我朝官員，甚而率人劫我官糧，不知徐卿可有對策可獻？」

神情稍顯惶恐之徐大人回應道：「稟王爺，徐逵雖是下官之旁係親屬，惟自下官從政以來，已多年不曾與之聯繫，對其個人偏差之舉，下官不予置評；只是，近來幾樁劫案，均發生於中州南部與南州諸城，下官實在無法理解，徐逵為何選擇南方幹案，難道……另有陰謀者，嫁禍栽贓我堂兄？」

雷嘯天兩眼泛著怒火地斥道：「錯不了！一定是他！根據巡察案發現場之都衛軍來報，見得飛簷走壁之黑衣人，既殺我都衛，亦劫我糧倉。然江湖上早有傳聞，徐逵身懷輕功絕技，且具躍高數丈之功。吾已派輕功之最……迅天鷲展鵬，即刻南下緝捕，定要讓這幫劫匪……

插翅難飛！」

而後，徐崇之收回了稅務帳冊，並表述了王爺所託之後，謙恭地告辭了王爺與夫人，隨即上了馬車，駛離了雷王府。

雷嘯天於徐崇之離去後，依舊對蔡昌等都衛水軍，殉職於普沱江界，耿耿於懷；立馬令旗下大將……七骨銀鍊樊曳搴，一則前往東州探察虛實，二則聯繫東州之益東派人士，藉以製造北東二州之反目為要務。唯雷之內心仍唸著：「五行之說有謂：**水以生木、木亢剋土**。只要北方之水無以潤東方之木，居於中土之雷嘯天，欲撂倒東木之嚴震洲，將是指日可待之事。」

半晌之後，雷嘯天旋即下令都衛軍長孟楠，立馬整飭軍隊，並召集探鑿工匠。待妥善之後，雷嘯天親率大批人馬，倏朝奇恆山之黃石裂洞奔去。然雷嘯天此番不為征戰沙場而親自率隊前往奇恆山，如此勞師動眾，只為迎頭趕上各州探掘晶石岩洞之舉。雖說此行乃探究出土中州之黃石晶岩，惟雷嘯天仍對徐崇之先前所提，深居穴洞以致萎靡不適之說，不免心有餘悸！

第二回 奇人異術

立春節氣悄來，浸沐春風之惠陽城，市集街坊熙來攘往，不論是叫賣小販，抑或雜耍賣藝，無不為人群蜂擁之聚點。然而坐觀城東之向，距市集約莫十來街口之處，卻反向呈出門禁森嚴之對比！

一座外觀莊嚴肅穆，配以磚牆圍繞之大宅院，惟見院外都衛軍兵，五步一崗，十步一哨地守著；乍看之下，如似軍機要地，唯城中人皆視之為政要官邸而鮮於接近，待就近視之，此即座落於城東之……東靖苑！然官邸一說亦不為過，惟因居於苑內者，正是前朝謀略大臣……惲子熙！昔日雷嘯天因尊從榮根大師之言，遂將惲子熙軟禁於此，然而此處並非與世隔絕，唯訪客之身份，須由雷王府認可，方可進出。

一日，時居申酉交際，黃昏逐重謝去，夜幕隨之鋪開。忽聞一陣平快馬蹄，伴著車輪碾壓

石路之碎石聲，由遠而來。惟見揚著金黃旗幟之馬車抵了東靖苑，一人身著官服，緩緩步下馬車。東靖苑都衛長周康，立馬上前對應道：「徐大人方回惠陽，可有要事前來東靖苑？」

「沒啥要事！唯徐某長年在外，處理各州稅務，今回惠陽，於王府呈報王爺所囑任務後，順道造訪多年之摯友惲先生，如此閒話家常，應不致礙了周將軍職務才是。」接著，徐大人贈上了臨宣城釀製之清酒，以慰辛勞。

周康知曉了徐大人來意，遂於受下酒罈後，令屬下敞開大門，引領入內。

惲子熙見徐大人來訪，小心留意了四週動靜，畢竟，眼下二位皆曾服於前朝公職，周康應會提升戒備才是。接著，惲子熙偕徐大人前往書房，見房案上之文房紙筆早已備妥，徐大人旋即提起筆墨，繪下此次巡迴各州所記下各奇岩晶礦之地理方位。惲子熙瀏覽一番後，頓時不發一語地面朝窗外望去。

徐崇之問道：「惲兄，這五州出土之五色晶石，正好對應著**東青、南赤、中黃、西白、北黑**，五行之說；此景應非巧合，唯此之外，可有其他線索可循？」

惲子熙回頭拿起了徐大人之墨畫，說道：「徐兄，五色相應五行，這是可想而知的。不過，依您所繪之方位，青晶石出於東州翠森峰西側、赤晶石出於南州赤焱峰北面、白晶石現於西州雪鑫峰東側、黑晶石產於北州烏淼峰南面，唯獨黃晶石卻出現於奇恆山西北面。再就這五晶石之洞口方位延伸推算，其交會處直指中州最高之黃垚峰；然黃垚山上之五藏殿，實乃中州百姓祭祀祈福、捻香膜拜之聖地。過去，元宗真人常元逸亦曾在那兒參悟修行數年。吾以為，黃垚山之地理氣場，應與各州的晶石能量有某程度之關聯性。倘若能有機緣，惲某能再次與常真人、龍玄桓二位大師一聚，應能推斷出更多線索才是！」

話後，惲子熙突然捻指推算。然為防範隔牆有耳，惲子熙走到徐大人身旁，悄悄地交流了其演算之推論。徐聽聞後，頻頻點頭，覺得惲之說法頗為有理，遂回應道：「徐某任官之職務，須每年巡訪東南西北各州，以取得稅收。若依惲兄之論斷，吾將再花費一載光陰，方能證驗惲兄之說。不過，確實值得一試！」接著，徐崇之倏將甫繪之五晶石方位圖撕毀，並加以焚燒，以防此事有節外生枝之可能。

惲子熙另行提道：「王府近來積極關注著徐逵之行徑，不知可有其消息？」

徐崇之小心翼翼地回道：「曾於西州徵收稅務時，巧遇了徐逵，其對於多年前，失手了惲先生之託付，至今仍耿耿於懷。」

「快別這麼說，當年得徐大人的引薦，惲某才有機會認識徐逵兄；惟仗其輕功了得，才能於慌亂當下，將吾備好之竹藤箱帶離現場，否則後果不堪設想。」惲子熙回應道。

徐崇之憶得過往後指出，依稀記得當年嫂夫人妊娠產下一子，居中一度發生血崩之急。雷嘯天於知悉狀況後，親率御醫前來支援，但惲兄卻急於雷嘯天到府之前，託付徐逵將竹藤箱帶離當時於永業城之官邸。待徐逵離開了官邸，竟於飛簷走壁間，遭巡城都衛發覺，而後經歷一段不知長遠的深夜追逐後，徐逵竟失手讓竹藤箱由屋瓦上滾落，至今下落不明。然而，惲兄急於將此竹藤箱子運走，想當然爾，該竹藤箱應對惲兄極為重要才是！

惲子熙神情稍顯凝重地回應道：「當年中州仍為吾義兄傅宏義執掌時，因其不幸罹患重疾而臥病不起，待吾推演天磁地氣後，即知傅中主此劫難逃。不巧，又逢賢內妊娠即產，遂又再行推演相關者之命盤，因而得知雷嘯天此行來訪，名為協助，實則對吾等極為不利，遂於咄嗟間決定，將惲家之要物，帶離當時居所。試想，倘若當時徐逵兄之失手，進而落入雷氏掌中，至今我惲子熙怎可能仍在東靖苑與徐兄談天說地，所以吾僅能猜想，竹藤內之物，恐已散落不知名之處了！」

徐大人知悉了過往之來龍去脈後，深深嘆道：「雷嘯天乃一寧可錯殺一百也不願錯放一人之輩，也許如惲兄所述，拾獲竹藤箱者，若見某家族之要物，可能不若見到叛國密案那般緊張懼怕，所以無須交由官府人員處理。否則，以奪權後之雷嘯天，肯定會對忤逆者抄家滅族的。由此，確如惲兄所斷，此竹藤箱並未被中州都衛拾獲。唉！中州有此等跋扈之主，實非百姓之福啊！」

然此夜談，徐、惲二人對各州出土之奇岩晶石有了共識，徐崇之即於東靖苑道別了惲子熙後，隨即登上馬車離去。

數日之後，雷嘯天自奇恆山回到了惠陽王府，經東靖苑之周康來殿，稟告了惲子熙之近況後，不禁想起了榮根大師之建議，遂決定親自造訪一趟東靖苑。

雷嘯天一入苑內，只見惲子熙於正廳閉目息坐。惟因雷今日有事相求，故格外客氣地走到廳堂旁等候。孰料，惲子熙突然起身，不失恭敬道：「雷……不不不，子熙一時順口著過往稱謂，現應稱一聲王爺才是！呵呵，王爺來訪，子熙有失遠迎，真是失禮！」

雷嘯天委婉地說道：「惲先生客氣了！知悉先生過往為中州立下不少功績，實為雷某請益之對象。更於惲先生休憩之間叨擾，雷某深感歉咎！」接著，雷面露些許靦腆，嗫了口口水後，說道：「今日親訪東靖苑，除了巡察防護都衛是否怠慢先生外，欸……另有樁事兒，特來煩請惲先生指點與打理。欸……唯聞先生身擁推演天磁地氣之神功，今日前來……欲藉先生之力，推估一事兒。」

「王爺曾於賢內有難之際，挺身相助，此等恩德，子熙沒齒難忘。只是……子熙受王爺禮遇，安逸於東靖苑多時，推演之能力……恐已不若以往啊！」惲微笑應道。

「先生謙虛了！」雷嘯天直接了當地說：「自雷某掌得中州以來，事事以大局為重，求才以賢能為先；唯近日來，江湖口耳相傳英雄少年倍出，其中又以嵐映湖畔之龍玄桓所管束之義徒，最受雷某所關注。雷某藉此請教先生，能否推演估算，此五英豪可有為中州效力之可能？」

惲子熙知悉對方之來意後表明，曾與龍武尊有過數面之緣。而後，得聞龍大師受常真人之託，承諾收管五位義徒。孰料，當年桀驁不馴之五孩兒得龍大師之管訓下，耳聞個個已身擁撼動武林之勢，令子熙好生佩服。惲轉身接著說道：「記憶中這五娃兒，皆出於顛沛流離，實際生辰已不可考，若王爺直意推估爾等未來，尚有難處；惟單憑天磁地氣之推演，恕惲某直言，僅能推測約略之勢罷了！」

聞訊後之雷嘯天，雖顯失望，但能預知約略之勢，亦可供為參考之用，遂請惲子熙傾力推估以告。

這時，惲子熙於案几上鋪起一星象圖毯，而後持起一羅盤，置於星象圖毯中央。由於嵐映湖位於中州西側之蟄泯江下游，故惲子熙面朝西南方，盤腿而坐，接著運行雙手之陰陽六

脈，斯須見得星象圖毯上之羅盤，緩緩上浮，隨後見其不定向旋轉且於圖毯上挪移。然此一幕，霎令一旁雷嘯天看傻了眼，而雷本欲藉此窺探圖毯之標示，怎奈其上除了佈滿各類星象外，盡是標註著未曾見過之文字與符號。惟見惲子熙前後運行多次，頗具內力之雷嘯天，清楚地見惲推動其雙手之陽陰脈氣達六次之多；更令雷起疑的是，惲子熙於最後一次推運羅盤時，竟見其眉頭緊鎖、額中自汗而出、雙目微闔、頻頻搖頭。

待羅盤回歸星象圖毯中央，惲子熙起了身，緩步移向雷嘯天，道：「知悉王爺求才若渴，但僅以淺薄之地理磁氣，確實不易全盤通曉。眼下之子熙，單憑有限之能力，臆測可能之未來，斗膽將推演所示，呈報於王爺。」接著，惲針對龍玄桓五義徒之動向，直言表示，眼下之嵐映五俠仍將遊走於五州，若將時軸延長，五英俠與中州雷王府相映之下，將呈現「一入一合」之勢。

「一入一合？何等意義？」雷嘯天急表不甚瞭解之態。

惲子熙隨即指出，此即意味著五英俠中，有一位將歸入中州雷氏之下，而另有一英俠雖未納入王府，卻將於某種互取所需之關係下，與雷王府合作共事。至於是哪兩位英俠？唯推演有限，遂不得而知。

雷嘯天冥想了一會兒後，銘感不忘惲子熙的推演告知。然而甫由奇恆山歸回之雷嘯天，不禁再次請教有關各州出現奇岩晶石，是否蘊有隱意？惟聞惲子熙回應表示，五行之說相應於天地之間，此乃不能抹滅之事實。惟五色晶石隨地震出土至今，並不見坊間穿鑿附會之災難預言；再則，子熙並未親自探索五州岩洞，單憑傳聞即憑空斷言，實非子熙所為之事。

雷嘯天接話道：「日前，吾等率隊前往奇恆山裂洞探察，火炬照耀下，果真於洞之深處岩層，見得晶黃色岩呈現。眼下已聞他州著手建構探研處所，為不落人後，雷某已下令集結能人志士，齊力探索究竟，並將該岩洞命名為……麒麟！」

惲微笑以答：「王爺舉手投足，動見觀瞻，麒麟本歸土德，契合中州之屬性，能以此祥獸為名，尤顯王爺睿智。子熙冀望各州霸主能藉此相互交流，倘若此五色晶石另有隱意，相信於各方能人居士演繹之下，終將化暗為明才是。」

雷嘯天突聞惲子熙不虞之譽，淺淺竊笑，惟心中想著，「今日一訪，雖不如預期，卻可藉著推演而事先謀劃，畢竟五英俠之『一入一合』，絕非待其毛遂自薦。倘若能以名利為誘，不久之未來，或許見得寒肆楓歸於黃旗麾下，為吾所用。適值他州為著地層下之未知岩石而勞師動眾，尚不如吾積極擴充地層上之實力；一旦成就了一統五州之大業，還擔心五色晶石不歸我雷氏所有嗎？呵呵」

待別了惲子熙，離開了東靖苑，雷嘯天倏召文武臣相齊聚瑞辰大殿，藉以共商國是，以應未來。

春雨絲絲，潤著建寧城之城廓屋瓦。惟見兩身影駐足於城北大門，只因寒肆楓與狼行山巡遍整城，依舊不得五師弟下落。

寒肆楓唸道：「四弟，咱們找尋五師弟已有些時日了，不如四弟先回嵐映湖告知師父一聲，而吾續往北州探尋。」狼行山領了大師兄之意後，二人就此分道揚鑣。然自見過寒肆楓於客棧移走雷婕兒那一劍，狼行山即對冷酷個性之大師兄萌生了好奇，遂又折回了原路，暫由遠處靜觀大師兄之所為。而表明前往北州之寒肆楓，卻於一陣躊躇之後，最終折返了建寧城。然而一向堅守原則之寒肆楓，如此反常之舉，原因無他，只為再遇一回曾與他目光相交之……摩蘇莉！

「啪……啪……好呀……」一處距北城門不遠之市集，一街角傳來眾人之叫好聲，霎時引來寒肆楓上前一探究竟。孰料，引頸一望，目光瞬遭眼前一幕所吸引，只因眾人圍觀之街坊賣藝，其所呈現，即為摩蘇里奧一家之幻術表演。然而異於先前的是，此回表演之後，演出者並未向觀眾討賞，反而呈上了兜售靈丹妙藥之橋段。現場惟聞摩蘇里奧嚷著：「平日受著筋骨酸痛、頸肩疼痛所擾之鄉親父老，能服下這粒鬆筋丹，不出一刻，立見筋開頸鬆，不酸不痛。甚有鎮咳、驅風之丸劑，解症速效，出乎意料！」

圍觀眾人聽了這段話，怎奈肩酸膀痛早已困擾大夥兒許久，瞬時引來一陣搶購。然而，現場籠罩於兜售叫賣之嘈雜聲裡，幾乎讓人忽略了街道上傳來之馬蹄聲！

忽然！見市集眾人紛遭衛兵推開，巡城都衛長梁進章，眨眼來到了摩蘇里奧的攤子前面，立聞其大聲喝斥道：「喂！眼前就地賣藝者，膽子真不小啊！爾等賣藝雜耍，居然賣起藥丸兒啦！」梁接著又叱：「於咱們中州各城，販賣私製藥丸兒乃須報備待查，爾等擅自就地交易，我看，爾等這回得吃不了兜著走囉！」

摩蘇里奧緩緩走向了梁進章，彎腰說道：「巡城大人，吾等一家三口，初到中州討生活，所兜售之藥丸兒乃家傳配方，並未混上違禁之矇魂幻藥。至於須要報備待查，吾等更是不明來龍去脈，還望巡城大人能網開一面！」

「呵呵！要本大爺網開一面是吧！」梁進章沒好氣地說：「方才所有交易之銀兩，與爾等袋囊內所有的藥丸兒，全數交出來，本大爺即可饒你們一次！」

摩蘇莉激動地吼道：「什麼東西都讓你給拿走了，咱們一家子怎麼活嘞！」

「唉呦！瞧瞧妳這臭丫頭，膽敢在我梁進章的地盤兒叫囂撒野。哼！給你們臉兒，你們不要臉。來人啊！將此藉機賣藥者，全數給我拿下！」

命令一出，約莫十來個都衛兵一擁而上，摩蘇維與摩蘇莉隨手拿起了雜耍用長棍，合力擋下三五都衛。梁進章見狀，再次喝道：「如此刁民，竟以下犯上，怪不得我出手啦！」話一說完，梁抽出了腰際配刀，蹬躍下馬，其餘都衛亦亮出了配刀，齊圍摩蘇里奧等人。然此一舉，立馬讓原本圍觀眾人，四散而去。

佇立一旁的寒肆楓，眼見此官逼民反之一幕，恰巧又因兜售藥包而起，俄頃之間，腦海中浮現了年幼時，見父親遭官兵強行押走之情景，瞬令其怒火衝發，並自退散群眾中翻飛而出。摩蘇莉見寒肆楓出手相助，倏偕摩蘇維再次出棍，聯手力抗都衛軍兵。衝突當下，見寒肆楓雙掌一出，正擊兩都衛之胸腹中脘穴，使其臥地不起。待見梁進章提刀殺來，寒即以拳腳應候。不過，寒肆楓似乎欲運起自身內力，藉以偏移敵對直刺而來之刃鋒；怎奈寒之奇異神力雖天賦所賜，卻仍未達隨心所欲之境界。再則，與人對招當下，寒肆楓亦為顧及摩蘇莉之安危，一心二用，因而亂了對外之招術與拳路。

然此時刻，匿於遠處窺視之狼行山，見得大師兄以正規之招式，混雜著奇功異術，雜亂無章地交替使著，直覺與平時練功之大師兄，判若兩人。隨後，一陣群鬥狂殺之中，摩蘇維左腿遭都衛亂刀砍中，而與梁進章纏鬥之寒肆楓亦於疏忽中，右肩與左下腹遭兩旁圍上的都衛砍傷，鮮血直流，適值處境危急之際，摩蘇里奧縱身一躍，藉著騰空三迴旋翻轉，彈指間放出了迷濛煙霧，霎令現場白煙一片，頓時難分方位。然因摩蘇里奧這一出手，瞬讓引頸翹望之狼行山鉗口撟舌，心中不禁唸著，「原來，這外地來的賣藝老叟，確實隱有兩把刷子。嗯……於盛隆客棧衝突中，因不明原因而倒臥於地的雷世勛，應與這老頭兒脫離不了關係才是！」

然於一片煙霧瀰漫之中，狼行山彷彿見到一發光體移動，倏而消失；待煙霧漸趨散去，現場僅見撫胸哀嚎之梁進章等一干都衛軍兵，而摩蘇一家人與寒肆楓則就此失去了蹤影。受創之梁衛長見此奇幻異狀，一臉不悅地喝斥道：「這群藉著幻術招搖撞騙的異鄉人，若不能儘速緝捕歸案，未來必成後患。」話後隨即上馬，並下令增調巡城都衛軍，立馬守住各出城要道，全力圍堵逆賊出城。

離開城北市集之摩蘇里奧，率一行人來到建寧城西北一處廢墟。摩蘇里奧先為摩蘇維與寒肆楓所創之刀傷搗藥，隨後由摩蘇莉將藥泥一一敷上傷口，惟因傷口頻發陣陣劇痛，霎令失血過多而昏迷之寒肆楓醒了過來，且於疲憊惺忪中，見到摩蘇莉為他細心地照料，不禁將其小手挽起，怎料摩蘇莉擔心被爹爹瞧見，立馬將手收回。然寒肆楓因氣血雙虛，實在挺不起身子，摩蘇里奧遂撐起寒肆楓，倏以雙掌觸及寒之身背，將自身內力傳予寒肆楓。惟運功過程中，摩蘇里奧原以為寒肆楓是因傷重而身顯虛寒，卻意外發現寒之體質異於常人，不僅體溫低於常人許多，更令摩蘇里奧詫異的是，自身內力無須強行推出，寒肆楓即能將他人內力，循循導入其體內。此態不禁令摩蘇里奧想著，「寒肆楓之罕見體質，百年難得一遇。吾練了多年之至陰神功大法，每輒練至第二重之陰陽輪替時，總因陰氣無法迅速凝聚而失敗，倘若能將部份陰凝大法傳授予寒肆楓，或許能補上吾之不足，只要能掌握這股至陰力量，絕對能稱霸中土、傲視群雄。」果然，寒肆楓自得了摩蘇里奧之陰凝真氣，恢復甚速，超乎想像！

「多謝摩蘇前輩相救，晚輩沒料及您身具特異功力，而前輩身擁此等功力，又何須前來中州奔波賣藝？」寒既感激且驚訝道。

一旁的摩蘇莉回應道：「這沒什麼啦！咱們摩蘇一家，每個人均有某程度之特異體質。」又說：「我娘親出生於巫術世家，其練就之巫術，可予人治病；而後，因聽聞中土之中醫醫理，博大精深，遂於十多年前，隻身前來中土領略與參悟；孰料，中土大地遭遇天災巨變，一場瘟疫之後則杳無音訊。而今我阿爹領著咱們來到中州，不僅能藉著四處賣藝以維生，亦可伺機打探娘親之下落。」

寒肆楓撫著傷口，挺身坐起。看著摩蘇一家人，道：「在下同情著爾曹之遭遇與不幸，卻也存著幾分好奇？爾等以街坊演藝為生，亦以叫賣為主；然自客棧邂逅至今，卻未曾聽聞摩蘇維大哥……發聲言道？」

一陣鴉雀無聲後，摩蘇里奧緩緩走近寒肆楓，當面表明了摩蘇維自出世人間，即患聲帶不全之症，僅能勉強咿呀作響；唯其特殊之處，乃擅於移行幻術中之〈借像顯形〉大法。換言之，其可記憶住另一人之身態模樣，適值月光之照射下，可將自已完全複製成記憶中之身形，直至月光消失；惟此等〈借像顯形〉之術，僅能用於同性相仿，亦即摩蘇維之記憶顯像，僅能仿出男性身形，再加上他無法發聲，因此展現效能有限。

「此等〈借像顯形〉大法，真能讓人無法辨識？」寒肆楓顯出驚異神情問道。

摩蘇莉回應道：「平常維哥哥假冒阿爹捉弄我，後來才發現，原來施展此一顯形術時，實乃幻術之一種，所以施展者於月光之下，並不具有影子！自從抓住了這罩門，哥哥就不敢再捉弄我了。」又說：「至於我呢！是個善於放毒的女人，特殊之處在於雙手十隻指頭之指甲縫內有毒腺，故能於端水酒時，瞬間施毒；當然，亦可於赤手空拳對擊時，順勢抓傷對方而使其中毒，故鄭重告知，不可太靠近或隨意觸摸我，以免中毒喔！」寒肆楓聽聞後，立即看了下自個兒甫觸摸過摩蘇莉之手。

「傻丫頭，可不能橫豎不分地亂施毒啊！咱們在建寧城北遇上巡城都衛，見那都衛長梁進章領兵圍攻咱們，危急之際，幸得這位英俠挺身相助，與咱們齊力對抗惡勢力，妳可不能善惡不分，誤毒恩人啊！若真如此，老爹唯妳是問！」摩蘇里奧笑著說道。

摩蘇莉一邊鋪著稻草，一邊笑著說：「阿爹，我才不會善惡不分呢！我只是善盡告知之責而已啦！好了，好了，眼前這位英俠需要休息了，咱們先到一旁打理睡鋪去吧！」

待寒肆楓臥下之後，腦裡霎時浮上於盛隆客棧衝突之一幕。猶記雷世勛拉扯摩蘇莉後，突然倒地不起，難道是……中了摩蘇莉之指尖毒？如果真是中了摩蘇莉的毒，那是雷世勛罪有應得，怨不得他人。想著想著，睡眼欲闔之寒肆楓，隨即於此陰暗之廢墟稻草上，緩緩調理著體內氣機……靜靜地睡去。

觀離開建寧城而一路朝西行進之凌泉父子，欲於途中詢問陽晌觀座落何方？怎奈，前不著店，後不著村，只見眼前竹林一片。見得足下草鞋欲散之阿昇，不禁問道：「爹，咱們走了這麼久的路，越走人煙越少，會不會錯了方位啊？」凌泉一時無法回答，僅能聳聳膀子應道：「忍著點兒，就快到啦！」接著，二人硬著頭皮，持續地走下去。

忽然！見前方不遠處，一婦人牽著一未及齠齔之年的小男童。當其形影越走越近時，凌泉看出此婦人神情凝重，淚流滿面，慌張地牽著小男童穿梭於竹林之中。凌泉隨即上前，客氣問道：「打擾您了！在下偕子行經此地，見婦人愁容滿面地攜子急行，是否需要援助？」這時，婦人雙膝跪下，顯出虛弱模樣，而小男孩像是久未遇人般地顫抖叫著：「爹爹……臥在床上好多天了，娘……也沒睡，我也好餓……好餓！」接著，婦人再以微弱的聲音唸道：「這位大人您行行好，咱們當家的重病不起，又沒錢找大夫，就算找到了大夫也不肯來這偏僻山林，眼下僅帶著小兒慌忙奔走，為的只是到附近村落，看看能否賒點米飯，撐點兒命罷了！」

凌泉與允昇扶起了婦人後，對著小男童道：「先去看看你爹，快帶路！」

「沒想到這荒山竹林內，竟還有人家啊！」允昇說著說著，來到了一處小小木搭房，一進房門即見一男子臥著。凌泉一見該男子眼白泛黃、眼球內陷、手撫脅肋而呻吟、身黃、爪甲亦黃，立馬說道：「是黃疸病！」

「什麼是黃疸病？」允昇隨即問道。

「肝膽主疏泄，肝鬱久則生熱，膽不疏則脅肋生疾。當體內濕熱疫毒瘀於血分，即脾胃之濕熱與瘀血相結合，則發為**黃疸**，亦可稱為**黃癆**。若欲退黃，採活血之法則黃自退，治濕則當利其小便。」凌泉解釋道。

「阿昇，快將裝草藥的包袱拿來！」凌泉一邊兒取藥，一邊兒教著阿昇道……

「施以**鬱金**配**薑黃**，既行氣又活血；**茵陳蒿**可清利濕熱，疏肝利膽，消退黃疸；**山梔子**可清洩三焦濕熱；**大黃**可蕩滌腸胃瘀熱；亦可外加**茯苓**與**車前子**，則可祛濕利尿以治小便短赤。」

允昇了解這些草藥用途後，立馬拿出了些食餅予該母子充飢，並問男童：「有鍋子嗎？」小男童咬著餅，找出了個破口砂鍋。允昇接手後，倏盛水煎藥。男童的娘見了凌泉父子傾力救助，立即下跪磕頭，以表感激之意。凌泉立將婦人扶起，說道：「見爾等身形羸瘦，推知母子倆近來受盡折騰，以致損身不少。」說著說著，順手又抓了**桂枝**、**芍藥**、**炙甘草**、**生薑**、**大棗**、**飴糖**，再外加些**黃耆**，交予婦人熬煮服用。

一旁允昇又好奇道：「爹，這些又是治什麼的嘞？」

「阿昇，此戶人家為病所累，這婦人不僅照顧重病丈夫，亦得顧及小孩兒之溫飽，折騰至今，肌不充盈，骨瘦如柴，說話氣若游絲，甚至乏力挺身，此乃脾胃之陰陽兩虛，外加氣虛之證候；此證多出於虛勞至極，以致諸多不足；故藉**桂枝**與**芍藥**以調和陰陽，**黃耆**與**生薑**治脾胃虛寒，進而溫中補虛。」

「為何小孩兒愛吃的**飴糖**，也能入藥呢？」允昇又問。

「**飴糖**即麥芽糖，**飴糖**於此配方中能起補氣養血，亦有甘緩解痙止痛之作用。所以，在不納**黃耆**的配伍下，此方即為傳世名方之**小建中湯**，可用以治胃痛腹痛之證；納入**黃耆**乃針對氣虛者而用，亦稱之為**黃耆建中湯**！惟因**飴糖**之甜可以增濕，故濕熱內盛而有嘔吐現象者，不可施以此配方。」凌泉解釋道。

允昇聽了，反問道：「若是虛勞者於此春寒未退之際，又因衣著單薄而再受外感邪氣，那是該治其外感？還是治其虛勞呢？」

這時，凌泉露出了笑容，道：「呵呵，多年前，爹也曾向常元逸大師請教過相同疑問啊！」聞常真人回應指出，病者平素氣血兩虛，一旦受了外感傷寒，由於正氣抗邪於表，以致裡氣更加虛衰，因而導致心臟失養，進而心中悸而煩；故對一般外感與氣血兩虛之外感，醫者應依循『**實人傷寒發其汗，虛人傷寒建其中**』為施治原則。自受得常真人之解惑後，遇虛人之外感，則採**小建中湯、黃耆建中湯**，藉以溫中補虛，益氣養血，和裡緩急。」

允昇聽了解答後，讚道：「好厲害的一門學問！中醫醫理，玄妙至極啊！」

「阿昇，把咱們帶的糧食全拿出來，將剩下的一小包白米拿來熬些米粥，今晚大夥兒就湊和湊和著用吧！」凌泉說道。

允昇應諾後，立偕男童於簡陋灶房裡，猶如大廚領小廚般地煽火煎藥熬粥，然允昇此舉，不禁讓咬著餅兒的男童，直呼：「大哥哥，你認得藥草，又會煎藥，真是厲害呀！將來我也要學會這門能救人的功夫呀！」

翌日清晨，凌泉起了個大早，來到身發黃疸的病人旁，見婦人徹夜倚著床頭，照應著丈

夫。婦人一見凌泉，立馬起身相應：「感激大爺相救，咱一家老小沒齒難忘！咱們鄉下人不知禮數，至此尚未請教大爺稱呼啊？」

「快別稱什麼大爺了，在下凌泉，隨同者乃小犬……凌允昇！」

婦人回應道：「咱們當家的，名曰揚閳仁，而那七歲男童則是小兒揚銳。因南州老家遭火山熔漿吞沒，遂舉家前來中州謀生。揚氏一家原是田間種稻人家，惟中州自從由雷嘯天掌控後，地方治官串通都衛軍兵，變相地對務農者增繳糧付且逐年增稅，若繳不出稅，則以年滿七歲之孩童，須入軍營服役以抵稅。咱們不堪其擾，遂遷居至此偏僻竹林以編竹製籃，而後拿到城裡兜售。」凌泉聞訊之後，瞬感現今中州官府之剝削蒼生，遂頻頻搖頭以對。

這時，見揚閳仁清醒之後，露了些微笑，雙手合握，頻向凌泉感恩著。凌泉見患者服下三劑後，精神稍有好轉，惟見身黃未退，心想，「難道吾之配藥不力？不過，如此重症，單憑我凌泉抓幾個藥，果真能**一劑知，二劑已**，豈非神仙了嗎？」隨後，凌泉安撫且要求病患繼續休養，並建議揚大嫂持續讓揚大哥服下湯藥。凌泉走出了屋外，持續想著可有其他醫治之法。

「趴……趴……」允昇拉著揚銳跑到凌泉前：「爹，揚叔叔這般病症，能採針灸之術嗎？」

「不成！不成！取穴下針乃提引經脈之真氣，藉以**補瀉**手法，使之通經達絡，唯揚銳雙親氣弱陽虛，此刻實不宜施行針灸之術；倘若患者無陽虛症狀，一般肝膽陽亢之證，則可針下**少陽**與**厥陰**經脈穴位，以助其恢復氣機之疏泄。」凌泉解釋後，旋即回到解治黃疸之思緒中。

「咻……咻……咻……」陣陣勁風入林，翠綠竹枝因風搖曳，霎時竹葉窸窣作響，隨後即見瀰漫綠竹之晨霧，漸伴著竹葉窸窣之聲而散去。忽然！「喀……喀……喀……」綠林中隱隱傳來馬蹄緩步前進之聲響，瞬令允昇一陣驚嚇，「爹，有人正向著咱們靠近耶！會是都衛巡兵嗎？」

「是都衛軍就麻煩了！阿昇，隨機應變！」凌泉嘴裡唸著。

男童疑道：「這兒已經很久沒人來過了？」突然！揚銳指著前方叫道：「是……是匹白馬耶！」只因凌、揚三人處於向陽位置，不禁陽光刺眼，一時沒能察出騎坐於白馬者乃何許人物？

這時，馬背上之騎人，縱身一躍丈高，隨後翻躍而下，來到了凌泉三人面前，惟聞其不疾不徐地道出：「闊別多年，凌泉賢姪之出手，令老夫刮目相看啊！」

凌泉這才發現，佇立眼前這一頭白髮，手持拂塵之白眉長鬚道士，正是多年未見之常元逸大師。霎時，難掩一臉驚訝之凌泉，雙膝一跪，一旁的允昇與揚銳亦不知何故地跟著跪下，聞凌泉喊道：「快！快叫常師公！」

三人叩拜聲後，常元逸立即扶起凌泉等三人。凌泉隨口道：「常大師曾授予凌泉醫經醫理，受益匪淺；正所謂：一日為師，終身為父。晚輩藉由習醫，結緣於常大師，凌泉厚顏，就此尊您為師。」話後即看著阿昇，又說：「小犬允昇自然就得稱您一聲師公囉！」

「呵……呵……呵……」常元逸長笑了三聲後，道：「憶得當年之凌賢姪，尚未及加冠

之年，眨眼間，孩子都這麼大啦！」

凌泉牽著兩孩童指出，眼前乃小兒……凌允昇，陪同其旁之小男童，乃這竹林中一戶人家之子，名為揚銳。這時，允昇偕著揚銳，上前喊出了聲：「常師公好！」

常元逸再笑三聲道：「老夫何其有幸，能有爾等這般聰穎之徒子、徒孫啊！」又說：「其實，昨日老夫經過此地，發現林中腳步紊亂，遂駐足觀察。而後見到爾等為著素不相識的山野人家，傾囊相助，老夫甚為感動；再見賢姪能辨證論治，依理開藥以治病，此乃方才老夫所言，對賢姪刮目相看之緣由啊！不過，今日見賢姪面帶愁容地左右跺步，恐是遇上了難題，於此，不妨由老夫親自診察病患，順道檢驗施用藥方。」

適值無計可施之凌泉，連忙應道：「能得常師父相助，應可補上徒兒之不足啊！」待凌泉入屋後，告知了揚大嫂來龍去脈。揚氏一家得知有貴人相助，再次躬身致謝。

常元逸再次辯證診斷後指出，揚兄弟確實身患黃癆之病。凌泉立馬提問：「以**茵陳**、**山梔子**、**大黃**共組之**茵陳蒿湯**治黃癆，難道有誤？為何揚兄弟之身黃不易退去？」

待常元逸仔細端詳過藥材之後，露出了淺淺一笑，而後娓娓地解釋道……

「**青蒿**，味苦，性平而微寒。藥入脾、胃、膽經，並能清熱利濕，故向來多為醫家治黃之常用藥草。惟**青蒿**僅幼嫩之莖葉可以入藥治病，並將之取名為**茵陳**，其效可清熱利濕，解毒療瘡，力退黃疸。然而，受惠於前人不斷嘗試後發現，春三月百草發芽，唯三月所採之**茵陳**，其退黃之力為之最；故自古有云『**三月茵陳四月蒿，三月茵陳治黃癆，四月青蒿當柴燒**』所以，賢姪之**茵陳蒿湯**雖適用於黃癆症，惟退黃力道尚顯不足。」又說：「不過，眼下正值春三月，所以老夫甫採之**三月茵陳**，不妨拿去重新調和試試。至於揚兄弟之脅肋疼痛，此乃**足少陽**病證，治證可用上**柴胡**，取其心散氣升，以順肝之性而使之不鬱；另再配上**香附**，用以通達脅肋之氣，故胸脅不暢之感，即可得以緩解。」

聞訊之後，凌泉茅塞頓開，頻頻點頭。允昇則對著揚銳說：「方才咱們喊著師公的白眉老翁，真的好厲害呀！」揚銳接話道：「嗯，這師公還會從高處飛下來耶！我將來也要好好習醫，如此即可幫他人解決病證了！允昇哥哥，咱們一起去煎藥，試試那**三月茵陳**的厲害吧！」

允昇與揚銳於謝過常師公所予之藥草後，隨即撿柴生火去。

凌泉趁著閒暇之際，與常真人聊起過往所歷之事，常元逸聽了凌泉所經波折，不禁搖頭感慨世道紊亂，人事無常。而凌泉從常真人口中得知，西州自從侯士封稱雄後，為了能壯大自我，傲視群雄，日夜不斷採掘鐵礦以煉製兵器；眾多鐵匠遭集中管理，想當然爾，凌泉之父凌秉山，亦列入其中。常真人又說：「江湖皆知，令尊乃一代鑄劍名師！侯士封自然對凌大師頗為禮遇，耳聞令尊受侯士封之邀，進駐了侯王府，實際上則形同軟禁。此等行徑，不難讓人猜測，侯士封想藉令尊之力，打造一把絕世兵器。所幸於不久前得聞，令尊已趁隙逃離侯王府，惟至今音訊全無。」

凌泉說道：「侯士封曾是家父之下屬。父親非常瞭解侯之為人，遇有利用價值者，侯士封會與之稱兄道弟，但遇有威脅者，則趁其不備，眨眼將對手撂倒。但無論如何，冀望父親現今安好才是。」又說：「話說至此，吾已多年沒回西州了，允昇更是自出生以來，未曾到

過西州老家。或許，找個時候回西州探探實情，順道打聽父親下落。」

「也好！倘若能有秉山兄之消息，老夫定全力協助，以期再與老友敘舊一番。」常真人接著表示，前方竹林小徑能通我陽昫觀後山，待揚兄弟病況和緩後，既然爾等皆已稱老夫一聲「師父」與「師公」，不妨順道來我陽昫觀，看看老夫還能授些什麼，讓爾等受益。

凌泉隨即表示，知悉允昇對傳統醫經醫理極具興趣，若能得常師父之指點，絕對好過吾等庸才之雜亂摸索。當下聞常真人發出了「哈哈哈」三聲後，直言現今世道，確是需要更多謙虛與包容，藉以誘導後生晚輩跟進才是。然師徒倆談天說地，惟不耐用之時間，轉眼又將天上金輪，推往了西山之下。

然經**三月茵陳**之加助下，揚閩仁的身黃果真退去不少，且可自行起身挪動。揚銳見父親病況好轉，興奮地抱著允昇哥不停地跳著，待揚氏夫婦躬身感激常真人與凌泉的患難相助時，常真人突然好奇問起屋內諸多之竹編籃？揚閩仁點著頭表示，眼前所見製品，皆是偕內人合力編製，而揚銳則幫忙查驗製品有無瑕疵後，再帶到城裡兜售。凌泉甫於一旁欣賞著竹籃之編工，常真人則說：「老夫所居之道觀後山，樹藤叢生，恰巧老夫喜賞藤製工藝，亦結識不少此等同好。倘若揚兄弟願意，不妨進一步研製竹藤與樹藤製器，或可藉此增擴謀生領域。再則，行叩拜之禮後，喊老夫一聲師公的揚銳，亦可順道於道觀裡習字讀書才是！」

凌泉這才瞭解，原來常真人見揚閩仁生計堪慮，更別談如何顧及小孩子之啟蒙教育；遂藉一藤編話題，以期能使揚氏之窘境得以轉圜。而後，揚閩仁一家三口，再次叩謝常真人所施厚德，並決定隨常真人前往陽昫觀後山，藉以瞭解當地之樹藤分布狀況。

然於整裝之後，向著陽昫觀前進之一行人，放眼所見，綠蔭盎然，惟足下所踩，卻是崎嶇之石礫小徑，煞是對比！怎料途中驚聞允昇「啊……」的一聲慘叫，頓令大夥兒止下了前進腳步。

「它……它又來啦！」允昇兩手臂連結上胸處，突然疼痛了起來。凌泉見狀，上前扶了允昇並對常真人表示，此狀類似於銀櫻亭之所發，唯此回允昇所遇，似乎較上回痛苦。常元逸頃刻診起允昇雙手**寸關尺**之脈象；一會兒之後，立將允昇上衣卸下，驚見其雙臂疼痛之處，既紅且腫，不禁心想，「真是不可思議啊！年僅十歲之孩童，其**太陽**與**太陰經**脈所釋之熱，竟足以灼人啊！」

常元逸續以手指指力，按壓允昇之痛處，說著：「人皆身擁**太陽**、**陽明**、**少陽**之三陽，**太陰**、**厥陰**、**少陰**之三陰於一身，唯此徒孫之**太陽**與**太陰經**脈，竟能儲備且倍於常人甚多之能量。眼下允昇之年紀，尚且未及天癸之至，以目前之體能，尚無法掌控這般儲備能量；待此能量累積至某一程度，或將瞬間爆發，藉以釋放該能量，始達體內之陰陽平衡！而**手太陰肺經**之氣，起於**中府穴**接**雲門穴之處**，眼前允昇所生之疼痛處，正是由**中府**透向**雲門**！」

「何等病證證候，如此呈現？」凌泉心急問道。

「診允昇之臟腑，並無病證之象，老夫尚不認為我這徒孫兒有病，待其能量釋放後，應會回歸正常才是；否則，後果堪慮！」常真人診斷道。

果真一會兒後，允昇眼睛一亮，立即站了起來。揚銳立馬拉著允昇：「允昇哥哥，你還好吧？」

允昇聳了聳肩表示，每輒發作之瞬間，煞是痛苦；但忍痛一陣之後，卻覺得漸有舒暢之感。倒是，發作復原之後，鼻子都能聞到特別之味道。一如上回於銀櫻亭，瞬間能聞得濃郁之花香，卻說不上是怎一回事兒？

常老笑著說：「老夫醫人無數，此回真是遇上難題啦！不過，允昇這般奇特現象，要令老夫聯想到一高人，或許此人能予以分析解釋。」

「高人？何方神聖，能讓常師父謂為高人？」凌泉又問道。

常老隨即表出，此一高人乃受江湖人士尊其一聲「武尊」之……龍玄桓！

常老又說：「龍大師之所以榮得武尊之名，實因其乃首位將人之三陽三陰真氣，融入傳統武學之人，且能隨心所欲地運化真氣，並由雙手經脈釋出體外，此刻若結合手持兵器，則可將無形之真氣與有形之利器，合而為一，進而使出倍於常人之各路招式。老夫何其有幸，數次接過龍大師出招，見其出神入化，堪稱一絕。」

「千里馬需由伯樂；巧能者需藉啟蒙。老夫認為，允昇之奇特體質若得人啟蒙，或將不致內力反噬；否則，以方才寸口三脈之灼熱，當足以逆損自身經脈的。」常真人語重心長道。

揚銳立對允昇小聲說著：「甫聞常師公所提那個龍什麼的，好像很厲害耶！還會發氣功出招。哪兒像我，只會放屁，不曉得這算不算氣功的一種嘞？」

「噓……傻小子，那不是氣功啦！」允昇唸著揚銳後，顯出一派輕鬆地說道：「常師公，允昇現已沒事，不耽擱大夥兒時間了，咱們還是繼續上路吧！」

突然！「啾……啾……」驚見兩五彩羽翼飛燕，穿梭於林間，並頻發啾啾鳴聲，隨後即不停飛繞於凌泉一行人之周遭。

「陽昫觀有重要訪客了！」接著，常真人向著大夥兒道出：「此對罕見之五彩飛燕乃為老夫所飼養，每當陽昫觀有重要人士造訪，道觀內的徒兒就會放出此二飛燕。」

「常師父不妨先回陽昫觀，徒等一行人將循此山林小徑，隨後就到。」凌泉建議道。

「嗯，這樣也好！」常老於點頭認同後，隨即囑咐大夥兒一路謹慎小心，而後蹬躍咄嗟，立馬翻上白色坐騎，俄而見其馬轡一扯，一聲「駕」響即出，大夥兒立見常真人之身影，隱隱地消失於馬蹄揚起之矇矇塵土中。

凌泉一行人於蜿蜒山林中，歷經了一天一夜，終於來到了陽昫觀後山。揚閩仁見眼前一片樹藤林，對著凌泉道：「凌大哥，小弟見了這片藤林，確實有其開發性，但也需要時間仔細勘查；不如小弟與內人先留於後山打量規劃，凌大哥則偕令公子先行前往道觀。」

「爹，我可以跟允昇哥哥一起去陽昫觀嗎？」揚銳急問著。

「唉！你去只會礙著人家的。」揚父說著。

「揚叔叔，您放心地勘查吧！我會照顧好揚銳，直到叔叔理完事後來接他。」允昇替揚銳回道。

「這……」揚閩仁一時沒敢允諾。

「揚兄弟，爾夫妻倆甫抵此一陌生之地，爾等探索墾伐時，恐無心照料揚銳；不妨如阿昇所言，由我帶著這兩小先前往道觀，待爾等安妥後，再來接回揚銳，這倒不失為兩全其美之做法。」凌泉提議道。

揚閩仁夫婦不好意思推辭凌泉之善意，遂再三囑咐隨行之揚銳，不得無理。揚銳則於一旁，欣喜地點頭如搗蒜。一會兒後，凌泉三人整裝好行囊，旋即朝著陽昫觀挺進。

時屆春分，料峭春寒漸退，遠眺宮辰山石階，佈著前往陽昫觀祈福之虔誠百姓；其中不乏曾受常真人之恩惠者，更是本著「知恩」、「感恩」、「報恩」之心，推助陽昫觀之香火，永續不絕。信眾齊心齊力，令觀內桌案一塵不染；而道觀東廂之學子吟讀聲，彷彿讓人深感置身書香聖地。

來到道觀後院之凌泉三人，駐足拭汗，並褪去一路沾染之泥濘塵埃。這時侯，忽見一男童自道觀內走來後院，不疾不徐地問道：「眼前所遇，可是凌泉，凌師叔？」

「師……師叔？」凌泉一時楞住：「哦！是……是，我是凌泉！」

「常真人是我師公，所以理當稱您一聲師叔囉！」男童回應道。

揚銳又拉著允昇道：「他也叫咱們的常師公為師公耶！哇……常師公到底有多少徒孫啊？」

允昇對著男童道：「我叫凌允昇，身旁的是揚銳。」

「小弟摯中岳，欣喜於此邂逅諸位。惟因熟悉陽昫觀之地形與方位，常師公遂吩咐晚輩前來接應師叔等，前往觀內休息。」

「借問小師姪，先前已知常真人有重要訪客，吾等此刻到來，是否有不便之處？」凌泉問道。

「凌師叔多慮了，陽昫觀平日為眾人所敞開，若常師公不在觀內，道觀依舊能在眾道長協助下，供信眾祭祀祈福。惟數日前，中州官府人員來道觀送帖，藉帖表明雷中主將於七日後，親訪陽昫觀。惟此茲事體大，故諸道長決定放出五彩羽燕，以期常師公能回陽昫觀主持大局。」中岳回應道。

凌泉一陣納悶後認為，雷嘯天平日處理中州政務，著重的是整軍操演，怎會特別撥冗前來道觀？難道……雷已查出了普沱江上阻殺都衛水軍之始末？凌泉又想了下，道：「不可能！若真要來道觀緝拿嫌犯，一定採迅雷不及掩耳之勢，怎會事先差人送上拜帖？」

「師叔所提之疑慮，晚輩不得而知；不過，今日午後，於常師公吩咐晚輩前來後山當下，依稀聞得快馬蹄聲前來道觀，常真人旋即前往道觀大門，唯此時刻，並不符雷中主所約之期；然為避免耽誤迎接凌師叔，晚輩遂立馬朝著後山來。此刻陽昫觀如何，當真不甚瞭解！」中岳應道。

「中岳師姪雖屬年幼，惟浸潤於道觀之中，耳濡目染之下，處事不紊，敘事不糊，對答字句分明。允昇、揚銳，如此模範，爾等大可師法啊！」凌泉謂道。

揚銳一旁叫道：「聽娘說我已七歲，允昇哥哥是十歲，那中岳哥哥是幾歲呢？」

擎中岳回應道：「中岳是個孤兒，而後輾轉隨常師公來到陽眗觀；若依師公所述而推算，我應已滿九歲了。」

「嘿嘿！咱們也是常師公之徒孫，不妨就以允昇哥為大哥，中岳哥為二哥，而我來當三弟囉！好！就這麼說定啦！」揚銳道。

原本嚴肅的擎中岳，突然多了兩師兄弟，隨即露了笑容，隨後聞其說道：「遠到之凌師叔、師兄與三弟，不妨先隨中岳入於道觀；待回觀後再靜待師公安排！」說完，一行人入觀後，便朝北廂客房而去。

傍晚時分，擎中岳快步來到了北廂客房。

「中岳師姪，何事如此急促？」凌泉看著擎中岳問道。

「常師公請諸位隨中岳到書齋房。」

半晌之後，四人來到了燈火通明之道觀書齋。大夥兒一進房內，即見常真人微笑道出：「後山小徑難為爾曹了，允昇、揚銳，是否累著啦？」

四人於拜見了常真人後，允昇偕著揚銳回應道：「不會的，師公，這點兒山路，難不倒咱們的！」

這時候，由常元逸身後走出一烏黑髮鬚之六旬長者，見其面色紅潤，眉宇間透出了種世間少有之靈氣，此等靈氣配上其極為銳利之眼神，好似可將人看透一般。隨後，常真人介紹道：「眼前爾等所遇，即是人稱『武尊』之龍玄桓，龍大師！」

凌泉立馬拱手躬身示敬，甚為興奮道：「晚輩久仰龍武尊盛名，今日有幸一見龍大師，直覺正氣凜然，名不虛傳。」又說：「身旁乃小犬凌允昇，另一則是友人之子揚銳；惟因此二童與觀內小師姪摯中岳，同為常師父所認之徒孫，故已同屬一門之師兄弟矣！」

龍玄桓看了下常元逸，詼諧著說道：「常兄，怎麼資質甚優者，盡歸您的門下，而龍某所納者，皆為桀驁不馴之屬啊！哈哈哈……」二老不禁齊笑了三聲。

龍玄桓回身之後，特別注視了凌允昇，隨後表示，經由常真人相告，知悉允昇身擁異常之體質，遂要求診觸允昇之手脈。允昇隨即上前，捋起衣袖，頓時書齋內鴉雀無聲。而後，龍大師再讓允昇寬解上衣，並以手拇指巡行其上身各部經脈，隨後繞到允昇背後，再以雙手拇指同時按壓其**足太陽經脈**之**肺俞穴**，霎令允昇整個背部之**足太陽經脈**漸趨發燙。霎時，允昇雙臂腫痛處立即復發，不禁叫出：「啊……啊……好痛啊！」龍玄桓見狀後即收手。

「龍大師，允昇如此證候，可有解？再則，允昇每輒發作後，均嗅到特別之氣味兒，是否亦有經脈之相關性？」凌泉急切問道。

龍玄桓回應道：「允昇確實身擁某種能量，且內積於體內之**太陽**與**太陰經脈**，而隨著年紀增長，其所儲之能量亦會增大。然此過程中，允昇得試著藉自個兒之意志力去控制它，雖然痛苦難免，切莫對這股內積能量置之不理，則不致有內力反噬之危。」「至於允昇之嗅能，老夫以為，允昇之**手太陰肺經**真氣湧盛，故能牽動體內之肺循環；然而**肺之開竅於鼻**，所以一時衝擊到嗅覺，確實有其經脈關連性。換言之，能聞得特別氣味兒，實因其瞬間嗅覺功能增強，故嗅得平時未聞之氣味兒。」

揚銳一旁問道：「龍爺爺，允昇哥的能量續強，以後會變成大力士，對不對？」

龍玄桓笑著回應表示，力量之爆發，實乃肌肉筋骨合力而為，而允昇儲存的是經脈內之氣道能量，若能控此氣道，則可練及上乘武學；若僅知一味運用蠻力，對習武之路，必收事倍功半之效。

揚銳聽了反應說：「那……那算了啦！做大俠就好了啦！不要去當什麼大力士了啦！」話才說完，隨即引來眾人一陣笑聲。

然此時刻，龍玄桓反而注意到揚銳，說道：「老夫講說時，常關注聽者之眼神。自爾等進書房到現在，吾已變換過許多方位，而揚銳小童兒佇立於背逆後窗風向之處，儘管老夫於某些角度刻意放輕聲調，揚銳之眼神始終能敏捷反應。更讓老夫驚訝的是，甫見後窗窗櫺上一小小飛蛾飛起，揚銳小童竟回頭看了下究竟，可否告訴老夫，諸狀況是否皆屬巧合？」

常真人表示，龍大師觀察力如此細微，由動靜之間即能觀人能力，此等細膩，令老道極為佩服。「揚銳，告訴龍爺爺，這是怎麼回事兒嘞？」

揚銳上前了一步，說道：「我的耳朵常聽聞他人聽不到的聲音，尤其在寂靜環境下更是如此，以致常遭爹和娘指責我疑神疑鬼。爹爹白天忙完了，入夜之後，偶而會在油燈下讀些經書，爹擔心吵到他人，所以會唸得很小聲；但我耳裡確是聽得清清楚楚，很多書上的詞句，聽久了，幾可倒背如流。還有，娘常納悶說，為什麼飛蚊不叮咬我，那是因為我能聽到飛蚊振翅的聲音，所以很快就能打到它囉！」眾人聽了不禁一笑。

常老甚為訝異地看著揚銳，道：「原來揚銳徒孫有如此特異體質，無怪乎，自老夫遇揚銳至今，總疑惑著年僅七歲之小童，怎能於發話時，運用出諸多詞彙？原來，天賦異稟之特質，令其於語詞之應用與表達上，甚優於同齡之孩童！」

然因揚銳之異能，引來龍玄桓之好奇後，再問：「爾之肚臍下方，可有異狀？」

「龍爺爺，您好厲害喔！確實，我的肚臍下方常抽動耶！且常發生於入夜即將入睡時刻。」

龍老順手觸及揚銳之任脈穴位，果真於臍下近二寸處，發覺一股不弱之真氣。這時，龍玄桓又看了下常真人，道：「果真世間少有之特異奇人，都聚集了常兄之陽晌觀啦！」又說：「揚銳小腹之抽動處，實為任脈上之石門穴；石門穴乃三焦之募穴，人體內之三焦元氣運行於亥時，故揚銳穴位常抽動於入夜時分；又三焦經脈巡行於人之雙耳顱邊，遂於經脈真氣充盈下，誘發了揚銳之聽力，因而強於常人甚多。」

揚銳正訝異著自已也是個奇人下，又問：「呵呵，什……麼是三焦啊？」

常元逸起身，倏以雙手示意指出，人除了頭顱與四肢外，即為身軀主體。然廣義之三焦乃作為區分身軀主體之稱，亦即橫隔膜以上為上焦，橫隔膜至肚臍之間為中焦，肚臍以下至骨盆底部為下焦。而真正人體內之三焦，其主要功能即是上下交通體內精微物質之要道。醫經有謂「三焦者，決瀆之官，水道出焉」。舉凡五臟六腑間之真氣、水穀精微與津液血液，均藉三焦得以傳運。然而，歸屬手少陽之三焦經脈，其內巡行之真氣，亦可上達雙耳顱邊。一般人僅知體內有五臟六腑，殊不知，三焦實具交通五臟六腑之要職；正所謂「在臟見臟，在腑見腑，在三焦同見臟腑」足見其所負責之重要性。

房內三小童聽了頻頻點頭道：「原來，人體之三焦系統，這麼厲害啊！」

「那為什麼五個臟，會有六個腑呢？」揚銳搔著後腦杓兒問道。

常真人藉醫經之解釋，「**五臟者，藏精氣而不瀉也，故滿而不能實**」「**六腑者，傳化物而不藏也，故實而不能滿**」；然肝、心、脾、肺、腎之五臟，對應著膽、小腸、胃、大腸、膀胱之五腑，而這第六腑即為……三焦！「呵呵，看來你這小徒孫得留在道觀裡，同師兄們研習一下傳統之醫經醫理才行。」

「好耶！只是……希望我爹娘會答應才好！」揚銳頓時低頭說著。

「放心吧！認真地跟常師公學習吧！凌師伯會說服你爹娘的。」凌泉拍了拍揚銳肩膀說道。

這時，龍玄桓不忘佇於書齋旁之另一小童，道：「阿岳，龍爺爺好久沒見著你囉！」摯中岳隨即走到了龍玄桓身前，龍老對著允昇與揚銳說：「人體之奧妙，絕非一二句話所能道盡。允昇具強烈之嗅覺，揚銳身擁聰敏之聽覺，而眼前的中岳，卻有著過人之眼力！」

「龍爺爺是說，中岳的眼睛能看得很遠嗎？」允昇好奇問道。

龍老頓了一下，又道：「中岳之視力是較一般人看得遠些，但說要倍於常人甚多倒不致於。」這時，龍老對常真人使了個眼神，二老隨即手指一彈，惟聞兩聲「咻」響，眨眼滅熄了房內之兩盞油燈。一片漆黑之中，眾人又是鴉雀無聲，一會兒後，大夥兒突然聽聞摯中岳發聲道……

「觀夫九針之法，豪針最微，七星上應，眾穴主持。本形金也，有蠲邪扶正之道；短長水也，有決凝開滯之機。定刺象木，或斜或正；口藏比火，進陽補羸。循機捫塞以象土，實應五行而可知。」

待聞得一更易紙張之聲響後，又聞中岳唸道……

「夫氣之所行也，如水之流，不得息也。故陰脈營於五臟，陽脈營於六腑，如環無端，莫知其紀，終而復始，其不覆溢。人氣內溫於臟腑，外濡於腠理。」

突然！龍玄桓雙手持起銀針，旋即射向燈芯，瞬因摩擦生熱而再度燃起了兩油燈。允昇好奇問道：「方才中岳唸著什麼呀？」擎中岳隨即指向書房後方牆上。原來於漆黑無光之際，常真人倏懸了幅手寫筆墨於後牆上，擎中岳立將該幅筆墨之內容，一一道出。凌泉、允昇與揚銳，這才恍然大悟。

凌泉立馬驚訝道：「你……你在黑暗中，看得到東西？」中岳隨即點頭回應。

龍老對著大夥兒表示，**足陽明經脈**之真氣，自頭額兩側髮際邊之**頭維**、**下關**、**頰車**而下，經由**承泣**、**四白**、**巨顟**而濡潤雙眼；再則，**足厥陰肝經屬木**，木藉火而升發上腦，正所謂「**肝開竅於眼**」，故中岳之**厥陰肝氣**，其精華能充足地供應雙目所需。遂於**陽明胃經**與**厥陰肝經**之真氣雙效激發下，中岳之視覺，自成了特異能力。

揚銳聽了，訝異叫著：「哇！中岳哥哥好厲害呀！無怪乎見其於後山小徑時，能先行支開陰暗處之垂藤，甚而小徑上之阻礙物，好讓咱們一路順行哩！」

「呵呵，被你發現了！」中岳笑著回應揚銳。

常真人隨即於大夥前表明，中岳自幼乃一遭遺棄之孤兒。約莫九年前，一摯氏夫婦抱著剛領養不久之嬰兒，前往了黃垚山五藏殿，慌張指出，此嬰夜裡常睜眼嘻笑，恐為靈異之胎，遂將嬰孩攜來驅邪；而後又聞其改口無力扶養，遂請五藏殿協調有緣人家接納該名男嬰。常老又說：「老夫當下直覺摯氏夫婦已無心撫育，遂同意將男嬰留下，而後即隨老夫前來陽眴觀。耳聞摯氏夫婦不幸殞命於中土之瘟疫災變！後經龍武尊發覺此男童能於光線昏暗中視物，無怪乎其能於夜裡睜眼嘻笑。多年來，老夫僅喚該男童為阿中，待老夫與龍老一陣訪論稽古後，仍順其摯姓之下，由龍老取其名為……中岳！」

接著，龍玄桓以自身為例，對著大夥兒表出，自幼不時身覺體內有股熱氣亂竄，不明就裡，直到年及十六，發覺體內之熱氣隨著**任督二脈**與**十二陰陽經脈**運行。其實，常人體內亦有這般真氣運行此十四經脈，惟儲備能量之大小不同罷了！這時，龍老突然提到：「不如這麼吧！明早卯時，凌泉老弟與爾等三師兄弟，齊聚道觀西側之秋蒔亭。吾與常老先行示範，如何控制初起之經脈真氣！」

「能得常、龍二大師之親自提點，真是晚輩福份啊！」凌泉感激回應之後，立偕三小童向常、龍二老鞠躬拜謝，隨後三人立由摯中岳領路，回往了北廂房。

然此時刻，仍留於書齋內之龍玄桓，對於今日之所遇，心中不禁一股悅目娛心之感，遂對著常真人表示，一生崇尚武學並將體內真元融入武學之中，縱得天下豪傑敬以一聲「武尊」之榮銜，惟世人僅知藉由傳統刀劍對峙，爭名奪利，卻不能重視無形之自體真元，以為護體之根基。一旦再有不明瘟疫流傳，縱使已握有蓋世寶劍，亦難敵病邪摧殘。昔日中州之主傅宏義，西州之霸石延英，其武功盛極一時，名滿數載，但受病魔侵擾五臟，卻殞落於數日之間。

龍又說：「今日欣慰能遇得凌允昇、擎中岳、揚銳之新生一輩，各顯出**太陽、陽明、少陽**之三陽經脈特質。倘若此等特質能進一步運用與發揮，假以時日，定能將五行真元，推及各門武學之中。」

常老回應表示，惟因凌、擎、揚三後輩尚且年幼，變數頗多，長遠之見，吾等不妨藉空閒之餘，手撰《三陽脈絡真經》，好讓此三徒孫，甚而往後身擁經脈異能之奇人能循經習練，使其不致遭內力反噬！

「嗯，這倒是不錯的方法。」龍玄桓點頭稱道。

二老品了口清茶香氣後，常老另提了龍大師所管訓之諸弟子，直言此五義徒，個個天賦異稟，若不能循以正道，後果不堪設想。

龍老聽聞後，不禁皺起眉頭，娓娓道出：「失去蹤影之豫麟飛，吾已吩咐寒肆楓與狼行山打探其下落。不過，經歷多年之言教與身教，阿飛雖因其貌不揚，屢遭眾人排擠而自卑，卻欣慰其內心本質仍從於善良。老三牟芥琛之武學資質尚可，惟其過目不忘之功力，確實驚人！然經匡正其醫藥之觀念，並倚著常老對其之教誨，倘若不再重蹈覆轍，將來『一代名醫』之頭銜，當之無愧！倒是寒肆楓與狼行山，一個木訥內斂，一個巧言外向，是龍某較為擔憂者。」

龍指出，寒肆楓不苟言笑，性格極為冷酷，自幼仇恨內生，至今難釋。龍玄桓想了下，又說：「過去一段時日來，發現兩件異常之事兒！值與寒肆楓對招之中，驚覺其體溫之低，異於常人，猶似四肢厥逆、陰勝陽脫之沉痾重患者。然依常理而論，經脈真氣不溫，應覺身重而乏力；惟不解之處，乃於寒出招之掌力……不減反增？另一詭異之事兒，始於去年秋天！」又說：「一日，寒肆楓於楓林之中，見其右手一伸，竟吸引一未落之紅楓，緩緩飄入其右掌之中，而後見得該片楓葉，竟於其掌心之中，皺成了一乾枯之褐色楓葉；待吾走近時，寒則顯出若無其事之貌，並稱其心情鬱悶，於此散心。」

常老聽了，不可思議地表示，聞此描述，頗似陰斂內功之呈現，莫非……寒肆楓接觸過坊間奇門異道之術？龍玄桓搖搖頭，不表贊同地回應：「過去於嵐映湖管訓期間，寒肆楓行徑低調，且未有過遠遊行程，吾不認為有何管道可習得其他武學。然依當下所見，寒肆楓這等奇異之術，尚未成熟，惟因其吸引楓葉時，並非順暢，且於掌上之楓葉乾枯後，寒又試了幾次，並未如願。故推測此等功力，尚處於初始階段，惟其未來如何發展……難以揣測。」

龍又述出，曾試著推敲寒肆楓之變異來由，若藉醫經之說，所謂「**心藏神**」、「**心主神明**」；**心若不健全則可上擾神志**。故寒肆楓是否於長期仇恨心態下，心志錯雜，致使經脈逆流，進而導致體內孕育出異常能量？

常老頻頻點頭後，道：「體溫異常低下，又能吸引物體去向，確實是種異常能量。然而，這回又差遣寒肆楓出外，唉……還望寒賢姪莫生無謂事端才好！」

話後，常真人腦中突湧一幕，隨即述到：「知悉此回由寒肆楓與狼行山同行，惟常某日前行經建寧城時，確實遇上了狼行山一人獨行。」然因久未會面，二人則於客棧淺酌一敘。對談中，狼雖表明欲找失蹤的豫麟飛，卻頻頻問起有關西州境外一克威斯基國之種種；當下覺得，或許狼賢姪近來結識了異地民族，遂不疑有他。只是……當日涼風習習，溫度煞是宜人，惟閒談之中發覺，狼賢姪雖額上無汗，卻頻頻擦拭雙手，待其將手移開桌面時，桌上則留下其濕濡掌形。當下關注了此一狀況，狼則表明出於手汗之症，一會兒就好了；但進一步觀察後，狼之雙掌釋水或有失控之虞，霎令一派從容之狼賢姪，頓時面露尷尬。而後，狼即表明欲回往嵐映湖而先行離去。

龍玄桓嘆了一聲後，道：「寒肆楓仇恨難釋，狼行山利己為先，此乃龍某之所擔憂。然以應對禮數而言，狼行山確有因應手腕；惟常老也曾提過：難以知曉狼行山內心，為何而鋪陳？至於其手汗之症，吾倒沒查覺；但這孩子平日練武時，常於教授之基本招式下，自創奇招，雖不具制敵威脅性，但招招間之邏輯性卻是可行。然於醫藥領域，牟芥琛常與龍某討論諸藥材合用之延伸效果，狼行山雖不善領悟醫藥，卻能從旁研究，如何將有效配方，調配研磨成粉或蜜製成丸，以便出售得利。」

常元逸聽了此番敘述，直覺道出：「狼行山自幼經歷納履決踵、饔飧不繼，確實激發其以利為先之性格。哦……對了！尚有一賢姪，老夫已很久沒見著他了，即是那刁鋒之子……刁刃！」

龍玄桓品了口茶，卻也難掩幾分無奈地表示，刁刃深受其父刁鋒之影響太深！當年人稱「劍林武癡」之刁鋒，其於劍術上之造詣，有目共睹；見其穿封劍在握，雙瞳如鷹，鮮少對峙者不受震懾，十招之內，必使對手劍斷而退。過往能令刁鋒出劍逾十招者少矣，然現今北州之主莫烈，與當今東州霸主嚴震洲，即為其二。

常老接接續指出，日前行經北州時，曾造訪莫烈，其對當年敗於刁鋒劍下，坦言心服口

服。惟事隔多年，直覺莫烈多年來累積之功力，倘若尚有機會再戰刁鋒，刁鋒未必占得了上風。又說：「江湖皆知，刁鋒與人對劍數十載，不曾嚐敗，惟人外有人，天外有天，直到其遇上了劍紳原羽辰，與刀臣凜秋痕，遂令刁鋒鎩羽而歸。」

這時，常老隨手托飲了口清茶，微笑表示，曾機緣匪淺地分別會過原羽辰、凜秋痕二俠。原羽辰來自北州，其父原蔭鵬曾受傅前主延攬為中州文教總管。原羽辰自幼習得一手好筆墨，且將運筆揮毫之輕重緩急，融入武學劍術之中，有禮有數，因而榮得「劍紳」之名。其不僅根據對手握劍之位置前後，與所持兵刃之長短，品出對手出招之劍向，甚而瞭解敵對於對峙中之急緩浮躁性格；而後，依分析之結果，擇出其「羽翼」或「蟬翼」二劍之一上陣。依稀記得羽翼劍刃長二尺，轉刃刺擊一如鷹鷲獵魚；而蟬翼劍刃長三尺，劍身薄如蟬翼，見其旋劍揮曳，猶如熊掌擊魚，既快且準。惟原羽辰真正絕頂功夫乃雙劍合璧，劍刃一長一短，出神入化，霎令對手難以望其項背。然而刁鋒劍技卓越，絕非等閒之輩，單憑一劍，原羽辰與刁鋒力戰數回合仍難分軒輊；待原羽辰雙劍齊發，刁鋒即飲恨於劍紳之「蟬羽雙飛」劍式下。

常真人欣逢摯友當前，興致勃勃，隨後指出，知悉凜秋痕出身南州臨海漁村，自幼隨長輩出海獵魚，遂歷練於遠洋風浪之中。惟因執使魚叉須求速求準；而近海淺灘圍網捕撈之時，須求緩求穩，遂使凜秋痕練就了速緩兼效之拿捏神技。然而漁獲尚須以刀料理，凜秋痕遂於料理之中，領略了速緩利刃的絕妙刀法。

然因漁人視魚為衣食父母，故每每料理之前，凜秋痕會捧著料理刀，心誠地向漁獲跪拜，猶如宮臣上朝呈奏一般，遂得江湖人士敬予「刀臣」之名號。後因雙親亡於庸醫誤治，遂令凜秋痕一心投入醫藥領域，並依自身領略之絕學，打造了兩柄利刃，一是具有厚實穩健，重擊如斧之沉刀，名曰「肅煞」；另一則是具備旋速切割之功，且能削瘰斬癧之治疾利刃，遂名之曰「蠲疾」。然蠲者，摒棄也。以此意味著蠲疾刀之鋒利，可去腐肉、切癰瘤，療去醫診時之重疾。此對肅煞蠲疾刀乃採雙刀並進，一手蠲疾使快，一手肅煞緩擊，更於對陣之中，雙手出招快慢可變換，當年刁鋒即於凜秋痕之雙刃速緩變換之中，大敗虧輸。

常老續指出，原羽辰常年居於北州邵丘山，而凜秋痕則位於南州赤焱峰井柏崖。然而真正習武之人，首重切磋武藝。原、凜二人每隔三年之九九重陽日，定會出現於蟄泯江中游之屹岡島，藉此交流三載以來之刀劍領略。惟島上殘垣峭壁，早已無人居住，島外江潮湍急，直令船家避而不及；但每逢此會，慕名觀戰者成百成千，個個不畏江水急流，蜂擁而至。時至今日，劍紳與刀臣之屹岡刀劍會，依舊持續。不過，相隔三年之中，即是江湖各路高手，個別邀其切磋之時段，所有敗陣者，一年之內不得再行邀戰，而刁鋒就是為著「天下第一」之名，連續三年，三戰劍紳與刀臣，且雙方訂出以三十招式定勝負。第一年，刁鋒戰平劍紳，卻敗於刀臣；次年捲土重來，其先戰平刀臣，卻反於劍紳前失手。受挫之刁鋒，這才想起龍老弟曾相告的經脈劍氣之道，惟長年注重有形兵刃出招之刁鋒，求勝心切，因急於逼出經脈真元之氣，以致肺脈岔氣而成內傷，遂於第三年之挑戰，先敗於凜秋痕雙刀下，刁鋒因而銳氣大挫，值再戰劍紳時，原羽辰僅使出了蟬翼劍，便輕取了刁鋒。然而，此役由多位江湖人士見證，刁鋒之穿封劍於原羽辰使出〈疾風快斷〉之式後，應聲而斷，霎令刁鋒難以承受，瞬於仰天一聲嚎叫下，頭髮瞬間翻灰。不久後，刁鋒即因情志大亂，自刎於靈沁江邊，自此之後，江湖上遂相傳劍紳擊敗刁鋒之劍為……絕鋒蟬翼劍！

龍玄桓不禁搖頭嘆息道：「正因冠上了『絕鋒』二字，令刁刃耿耿於懷。惟因刁鋒乃一武癡，所遺留之各門各路秘笈不少；刁刃遂將之分門別類，企圖將各門各派之劍路歸於一身。然而虎父無犬子，刁刃出劍之快，並不亞於其父，其能悟出各門派劍路上之漏洞，將其修正之後，再邀龍某比試一番；更令龍某驚訝的是，練劍已逾十年之刁刃，竟反常地研究起刀法，難道……」

「沒錯！刁鋒一身傲骨，卻受辱於刀劍之下；老夫以為，刁刃有了劍術為基底後，若進一步研習刀法，來日再步上其父後塵，挑戰劍紳與刀臣，為著洗去『絕鋒』二字而戰，是可想而知的。」常老說道。

「唉！孩子都長大了，我這個做督導管束的長者，實在難為啊！」龍老突然湧上一股無力之感，隨後又說：「近來刁刃頻往南州而去，南方火山地勢綿延，氣溫甚高，真不知有何吸引其前去之理由？」「欸！難倒是……」

「龍老弟以為的是……？」常真人問道。

「去年初夏，龍某造訪了南州之主盧餤，經由武藝切磋之中，龍某著實見識了〈赤焰旋石掌〉之威力。不過，閒談中得知，盧餤為提升南州之經濟與防衛實力，極力建造熱熔鍋爐以提昇百姓工作機會，並自行鑄造防衛性兵器，藉以抵抗西州壟斷鐵礦與兵器之輸出，惟此舉引來西州霸主侯士封之不悦，遂限制了輸往南州之礦量，且調高了交易之稅賦。想當然爾，南州與西州之關係，勢將因此而漸行漸遠。然向盧餤提出『兵器自造』之建言者，即為現今執掌南州軍機處之……公冶成！」

「公冶成？」常真人顯出了疑惑狀。

龍玄桓接續指出，公冶成原出於西州，其父公冶長瑜與凌秉山，同是西州著名鑄劍師，惟因公冶大師受胞弟拖累，進而遭侯士封處以抄家之罪，公冶長瑜遂舉家遷離西州，待來到了南州，受到了盧錟以禮相待，因而決定居留南州。而後，盧錟一路提拔其子公冶成，直到執掌了南州軍機處。然之所以懷疑刁刃屢往南州，即因當年刁鋒挑戰天下各路高手，所向皆捷，其所持之穿封劍，正是出自公冶長瑜之傑作。再看現今之刁刃，其劍術雖屬上乘，卻無絕世名刃相佐；所以，自龍某由南州回嵐映湖後，刁刃自龍某言談中，得知公冶長瑜已遷居南州，而後刁刃即不定時南向；聞其所告知之理由，不外是欲體驗南方之火焰山勢與氣候。

「嗯，龍老弟之推論，不無道理呀！」常老接著指出，名劍之於天下英雄豪傑，乃可遇而不可求之事兒。一直以來，西州之知名鑄劍師，首推吾等金石之交……凌秉山！而公冶長瑜自認鑄劍之功力並不亞於凌秉山，唯於世人之瑜亮情結下，公冶始終無以凌駕凌大師。適值穿封劍鑄成之後，武癡刁鋒遂跪求公冶長瑜賜劍。惟當時之穿封劍尚未開封，實已引來江湖之各路好手前來；怎料於兩週之內，刁鋒一人力挫半百求劍俠客，公冶長瑜受刁鋒之執著而感動，遂將穿封劍賜予了刁鋒。刁鋒得劍後，席捲武林各門各路，藉此亦讓公冶長瑜之鑄劍術……聲名大噪！

話說至此，常老突然提到：「有件事兒，老夫忘了告知。甫於此書齋中，龍老所邂逅之凌泉與允昇，正是凌秉山的兒子與孫子啊！」

霎時，龍玄桓吃驚地再次確認，得常真人懇切回道：「完全屬實，一點兒不假！」

「老夫過往記憶之中，一幕始終難以忘懷！」接著，常真人回憶指出，憶得某年中秋，常某與龍武尊，偕同凌秉山與惲子熙，於靈沁江之臾桑島上，四人齊賞明月話天下，煞是盡興；當下大夥兒更是相約年年中秋聚臾桑。孰料，隨著物換星移，時空演進，至今該約定已成空想。眼下不僅見得惲子熙遭軟禁於東靖苑；甫逃離侯士封王府之凌秉山，至今下落不明；更可惜的是，惲子熙之後嗣……惲敬歆！竟於出世不久後即夭折。遙想當年臾桑之會，惲子熙尚曾對著明月星空，推星盤、卜命掛，其結果昭示出：常生有命，龍後有傳，凌研有得，惲危有嗣！

龍玄桓隨即接話道：「不瞞您說，龍某亦曾懷疑過此四句推測！常老應該清楚，龍某管束之五義徒雖各俱天賦，惟各個性格怪異，縱然論及舞劍弄刀，也僅流於一般求取名劍、絕招之輩而已，面對須長時間探索的經脈真氣之術則嗤之以鼻。吾見如此，如何能體會『龍後有傳』這句話？不過，話又說回來，或許真有傳人，但應非出自此五義徒才是！」

龍老想了下，又說：「倒是，今日一見常真人之徒子、徒孫後，心中瞬起了點兒漣漪；只因存於常人之三陽真氣，竟超乎想像地展現於三孩童身上，以致對惲先生的天磁地氣之說，多少又提升了點兒希望。再則，針對惲先生自我推演之『惲危有嗣』，除非惲先生續弦，否則……如何知其……有子嗣？著實叫人難思其解啊！再觀秉山老弟一心鑽研絕世鑄劍之術，但自侯士封強迫眾鑄劍師，日夜趕製軍用兵器以來，若干知名鑄劍師根本無自我研修之時刻，不知秉山老弟如何能……研有所得？」

接著，龍玄桓藉由一趟西州之行表示，曾拜訪了石延英時代任職文書官之滕紀修。交談之中，刻意聊起關於侯西主為何邀凌秉山入府，甚至將其軟禁？

聞滕紀修極為不屑地表示，中州雷嘯天欲併吞中土各州，進而稱皇稱帝之野心，眾所皆知，其所仗勢，不外乎廣大的土地、眾多的人口、多數的軍隊，以及身邊不乏身擁絕世武藝之武將。然中州物產雖豐，唯短缺鐵礦。侯西主雖擁有礦產，卻缺乏軍隊與嚇阻外強之武藝。然論起武藝，侯士封身擁之〈厲砂鐵連掌〉，實乃武林一絕；唯石延英掌西州時，侯士封就曾以威脅家人安危之手段，逼迫過公冶長瑜等鑄劍師，並要脅其助侯推翻石延英，此乃導致日後公冶長瑜鑄成一絕世名劍，並將之命為「穿封劍」之來由。侯士封為此極為不悅，自此遂生一夢想，即擁有自身專屬之神兵利器。

滕紀修曾指出，一日，天外一巨大隕石墜落西州西南方之克威斯基國境內，惟因該國極為窮困，遂無力處理該隕石。這時，侯士封竟以開放西州邊境為誘因，准許克威斯基人前來西州掙錢，藉以換得那塊天外隕石。惟當時眾文武官員皆上書王府，切莫大開西州邊境，以免沿生後患。殊不知，此一政策乃侯士封一石二鳥之計；侯士封除了取得隕石外，更欲藉此增添更多人力，進而擴充西州軍隊。

滕紀修接續表出，侯士封有多年採礦經驗，亦是勘驗礦石成分之能手；待其將隕石切割時發現，該石中之某區塊，竟蘊藏著極為特殊之磁力，正巧應上了侯之特異吸斥體質，遂留下此一具磁隕石。自此之後，侯日夜謀化，何以利用該石。而後，侯邀凌秉山大師前來王府，惟因不見凌大師步出王府，江湖上遂有了凌秉山遭軟禁之說。

「所幸，已聞得凌大師趁隙逃離王府，但自此音訊全無啊！」龍老說道。

常元逸理了下思緒後認為，凌大師鑄成一作品，確實需花點兒時間；但遇上沒使過之材質，且須符合侯士封條件之兵器，僅於區區數月之間，能否打造完成？頗耐人尋味！常老又說：「不過，若一切如龍老所述，侯士封之一舉一動，確實均為著強己強兵而來，能不引來雷嘯天關注嗎？再則，中土五大州域，大多澤披於傳統道教與佛門文化之交流與洗鍊。侯士封大舉引進外來異族，其外來文化勢必隨之而來。然而宗教與文化，貴於交流與安定民心之用，還望中土五州之維繫，不致因此外來文化而生變才好！」

常真人這番話，反倒引來龍玄桓疑問：「難道……這回雷嘯天親訪陽眴觀，真是為著咱們方才所論而來嗎？」

「嗯！老夫認同如此推測！」常真人點頭後表示，諸多世事，咱們沒法掌控，倒不如回歸本位，想想明早如何啟蒙那些頗俱天賦的小小徒孫吧！」

「哈……哈……哈……常真人所言甚是，這才是咱們兩老眼前最應關注之事兒啊！哈哈哈……」

翌日卯時，署光乍露，花草葉緣之露水，渾圓齊列；然於晨霧漸退之際，道觀西側之秋蒔亭旁，已見常、龍二老對坐石几，品茶對奕。龍大師面對石几上之棋局，道：「自與常真人對奕至今已數載，無論棋局中之對陣招數如何變化，咱倆終不見勝負分曉啊！」

常老微笑回應道：「一盤棋局之勝負，輕如鴻毛，惟勝負分曉即等同棋已尾聲。老夫享受的是棋局中之變幻莫測，然而為延續這般樂趣，老夫力求見招拆招，以維持棋局之持續發展。」

「每每棋會常老，皆能憶起過往之棋局內容，龍某力求突破，進而擴展新思維，怎料常老自始至終，本著『驅化逆襲之力』、『謹守而莫攻』，直教人心生佩服啊！」

「常師公……龍爺爺……早！」一陣孩童叫聲，自遠而來，隨後即見凌允昇、擎中岳與揚銳三人，跑在凌泉之前，來到了秋蒔亭。凌泉連忙上前致歉：「常師父、龍大師，不好意思，徒輩來晚了。」

「不晚，不晚，老夫上了年紀，休眠時間短了些，遂與龍大師提前於此交流棋奕。」常老應道。

「哇！怎麼石几上……盡是黑白芝麻！這怎下棋嘞？」揚銳好奇的問道。

「不是啦！師公與龍爺爺向來之棋局，皆是以黑白芝麻為棋子兒的！」擎中岳回答道。

「如此繁複之棋局，竟是由黑白芝麻所構成，直讓人開眼界啊！只是……能如此下棋，除了考驗智慧與眼力外，這秋蒔亭不時涼風習習，縱然風勢不大，卻也足以吹動案几上所排列之芝麻。難道……棋局中不須擔心……風移棋子，進而影響棋局嗎？」允昇問道。

「哈哈哈，此輩徒孫，果真具有析微察異之能力啊！」龍大師又說：「芝麻雖微，卻腹中藏脂；吾與常老為免風吹擾局，遂於下子當下，輕掐芝麻而使之出油，藉此沾黏芝麻於几上之縱橫格線交會處，雙方你來我往，遂能成就棋局。」

「為什麼選用芝麻呢？」揚銳再問道。

「天地萬物皆有所用，世人削木以製成棋子，再藉染料以分出黑白。然而物歸大地，何以因自我之興致，據佔實物為己用？仰觀枝頭樹梢，啾啾雀鳥喜吟環繞；俯視亭旁孔縫，倏

動蟲蟻運食回巢。待我二人棋局盡興而散，此黑白芝麻則盡歸蟲、鳥所有，各取所需，何樂不為！」常真人回應道。

「嗯！師公所言有理」凌、擎、揚三徒孫頻頻點頭。隨後立聞凌泉恭敬道出：「昨夜自入書齋後，至今不及半日，吾等後輩受惠於常、龍二老已不可計數，得知前輩今晨將啟蒙後輩，凌泉將偕同三徒孫竭盡已能，熟記、領悟，以期通曉常師公與龍大師之所傳授絕學。」

見二老點頭之後，允昇、中岳、揚銳三小徒孫旋即盤腿而坐；隨後，龍大師亦盤坐於眾人之前，閉目運氣，道：「**任督二脈**起於跨下**會陰**，**任脈為諸陰之會**，循身軀正前中線，經**關元**、**神闕**、**中脘**、**膻中**各穴而上以至下唇**承漿穴**。」，又說：「**督脈為諸陽之海**，循身軀正後龍骨而上，經**命門**、**筋縮**、**神道**、**身柱**、**大椎**各穴上達腦部，由**風府**循後腦正中而上至頭頂**百會穴**，再由額頭正中而下，循鼻樑至**人中穴**，最終入於上齒**齦交穴**。」

龍老表示，人生於天地之間，隨萬物而生。氣通**任督二脈**雖居強身習武之首，倘若不能天人合一，則無以應付四季變換之莫測、**風寒暑濕燥火之六淫外邪**，甚至是臟腑內傷雜病之凌虐。縱然費盡半生，習得天下第一之武學而所向披靡，終究不敵病魔趁隙入侵，絕命於數日之間。故通曉四時之變換，迎合天地運轉之作息，即為強身抗疾之根本，並使真元充盈經脈，藉以成就上乘武學！

「既然論及了四時之變換與天地之運轉，不妨就由老夫來開個頭兒吧！」常真人將手中拂塵一揮，說道……

「**立春**以至**立夏**為春三月，天氣下降，地氣上升，萬物自地萌發而生，謂之『發陳』。

因**春屬木，肝主應之**；肝氣此際當旺，故放鬆作息，放緩步履，自然呼吸；於此季之中，當謹慎風邪！」

「**立夏**以至**立秋**為夏季，名曰『蕃秀』。天地之氣相交旺盛，因**夏屬火而應於心**，**心主汗**，故作息當汗則汗，不因多汗而煩躁；逆之則心臟受損並擾情志，致使心神不寧而生煩；於此季之中，當謹慎暑邪！」

龍大師接著提到……

立秋以至**立冬**為秋季，又名「容平」。天氣肅殺，地氣漸收，作息保持情志安靜，以緩和外在肅殺之氣；反逆則肺傷，因**秋主金而應於肺**故也。**肺主皮毛**，損及肺臟則無固表能力，以應對外在氣候之倏變；此季之中，當謹慎濕邪！

立冬以至**立春**為冬季，又名「閉藏」。天寒地凍，陽氣潛藏於地，無法緩和冬寒，更因**冬屬水而應於腎**也，故不過渡運動，否則汗流過甚而傷身，水泄而不藏必傷腎；**腎主骨、主腦**，腎氣不運則生痿病、骨病或四肢麻木、冰冷不仁；此季之中，當謹慎寒邪！

解說至此，常真人對著三小徒孫叮嚀道：「切莫忽視四季倏變而招致病邪，人立天地之間須謹記：**春傷於風，夏必飧泄；夏傷於暑，秋必痎瘧；秋傷於濕，冬必欬喘；冬傷於寒，春必溫病**。」

三小童點頭如搗蒜，同聲應到：「二位師公，晚輩定銘記於心！」

「哈……哈……哈……」龍玄桓開懷道：「常老啊！真沒想到，託您的福氣，此生還能聽聞有人稱吾一聲師公，而且不聞則矣，一聞就是三聲啊！哈哈哈……」

常真人見狀，即興引入一橋段，正經對三小童說道：「凌、擎、揚三徒孫，各擁『經脈武學』之潛能，此非『天人合一』、『謹守莫攻』之教則所能涵蓋；所幸『經脈武學』之創始者願予啟蒙，故三徒孫就此行叩拜之禮，並依循常某之輩份關係，使凌允昇、擎中岳、揚銳三人，自此而起，同為龍大師之徒孫！」

凌泉立馬令三小童向著龍玄桓行三叩拜禮。而後，常老對著龍玄桓表示，昔日託付龍武尊管訓五義徒；而今，再為龍老領來三叩頭徒孫，藉以減去常某之愧疚。接著，常真人又對三徒孫道：「難得龍大師施教，爾等可別辜負了師公們之期望！」聽聞「師公們」三字，不禁又引起秋蒔亭前一陣笑聲。

龍玄桓於受禮之後，親手扶起三徒孫，隨後挪移咄嗟，展出架勢，道：「允昇，爾身為三徒孫之長，且體內真元之氣亦先行運作。眼下，龍師公先展太陰經脈運氣之法，只要爾等三人熟悉經脈運行路徑，將來允昇之太陽經脈、中岳之陽明經脈、揚銳之少陽經脈，均可循此模式推敲，進而領悟其道。惟此過程須耐心以對，縱須歷經數載光陰，萬萬不可輕言而退。」

龍老話一說完，旋即縱身一躍數丈之高，眾人目不轉睛地盯著龍大師之一招一式；惟見龍老凌空提起右臂，旋身翻飛於秋蒔亭前，運氣道出……

「手太陰肺經，其真氣起始於中府，中府之氣通雲門，雲門順下連天府，天府行氣向俠白，氣抵軸紋內尺澤，順向氣衝孔最得，列缺、經渠調脈氣，太淵原穴真元聚，魚際備及湧少商，氣出少商更見長。」

忽然！大夥兒見龍大師躍下著地後，驚見一道橙熾光氣，倏自龍老右拇指尖射出，眨眼立將石案旁一拳頭大石塊擊開，此幕霎令凌泉與三小童瞠目咋舌，久久不能合嘴。待龍玄桓立穩馬步後，再度運起了體內真氣……

然此時刻，常真人於一旁解說道：「人有**手三陽**與**三陰**，加上**足三陽**與**三陰**共十二經脈，諸脈道真元之氣，巡行於周身與臟腑之間；適值三陽之氣存能量充盛，此時運行真氣則能顯出光氣，且環繞於身軀！」果然，大夥兒驚見龍老身上漸漸現出光氣環繞現象；一道光氣瞬由龍老右肩連向斜對角左腰，形成一斜帶式之光氣，環繞於身；另一道光氣則對稱於第一道光氣之方向，由左肩環向右腰。接著，龍老將雙臂平展，第三道光氣即自頸椎下發出，並環向兩手手腕處，一如以**督脈大椎穴**為中心之雙橢圓光環呈現。

常真人接續指出，此三道環身光氣可作為防衛之氣，不僅能抗外邪入侵，倘若能量足矣，甚可抵擋一般武學之掌風與劍氣。然而練此真陽護體者，當能量達到一重陽氣時，即形成一道斜狀光氣；達到二重陽氣者，則形成兩道對稱光氣；直到三重陽氣之能量充盛者，即可如龍大師所呈現之三陽真元護體！

忽然！常老於解釋完後，頓時不發一語。

「咦？常師公為何閉起了雙眼嘞？」揚銳好奇地問。

「噓……小聲點兒，常師公正在運氣發功中……咱們靜觀著就是啦！」中岳回應道。

突然！大夥兒亦見常師公之光氣漸成，一道……兩道……三道真元光氣，亦開始環繞著常真人。龍玄桓見常真人之三陽護體已成，洪聲喊道：「得罪了，常老！」

「如棋局般地放馬過來吧！」常真人點頭回應道。

「啪嚓……啪嚓……」常、龍二老同時躍起，霎見龍玄桓於空中使出四道光氣，此乃出於龍老雙手拇指之**手太陰**，與幼指之**手太陽**真氣齊發。然此四道光氣直衝常老而來，惟見常真人手舉拂塵，對著龍老發來之光氣，倏以凌空畫圈之拖曳法，形成了一漩渦般之環囊，當下僅聞「嗖……嗖……嗖……嗖……」四聲響，環囊已將迎面直衝之光氣，一併緩化入囊。

隨後即見二老緩降於石几之前，龍玄桓拱手說道：「常老之『謹守莫攻』絕招，不僅於棋局能守，甚連武學上仍是技高一籌啊！佩服！佩服！」

「龍武尊過獎啦！緩化逆襲，謹守莫攻，乃老夫所能呈現的一招，且是僅此的一招。不過，以老夫之功力，能接龍老弟四氣衝，已是至頂之表現了；若再有高於此等威力之出擊，老夫亦莫可奈何啊！」常真人回道。

「哇……哇……好厲害的神功出竅喔！」小童們異口同聲地驚呼道。

凌泉倏而上前，道：「一直以來，耳聞能將體內真元結合武學，實乃龍大師所起始。而今於秋蒔亭一見，直令人拓開了眼界！而常師父緩化逆襲之功力，亦是令一般武學者望塵莫及啊！」

忽然！「趴……趴……趴……」驚見倉皇之茂生道長，急奔前來秋蒔亭，立向常真人表示，雷嘯天親率中州左右雙衛，現已來到了陽晌觀大門。此一急訊，瞬令龍玄桓納悶地望向常真人，且說：「拜帖上之約期未到，雷嘯天怎提前兩天前來？」

「唉！既然來了，咱們就見機行事吧！」常真人無奈道。

這時，凌泉瞬向常真人表出，或許雷中主此行，攸關著普沱江阻殺都衛水軍一事兒，為

避免節外生枝，先行告退為宜。常真人點頭表示贊同，隨後卻聞常老說道：「爾等三徒孫留下，或可藉著斟茶倒水，見見世面，有益無妨；眼下之陽昫觀有著常、龍二老，雷嘯天應不致越矩才是！」

消息傳來後，道觀上下寂靜無聲，惟亭前大夥兒仍靜靜聽著瞧著；稍後即見三兩壯漢自遠而近，且步伐一致地向著秋蒔亭緩緩走來……

第三回 磐龍仙翁

辰巳時辰交替之際，陽晌觀西，涼風習習，秋蒔亭前，美景如一；居中見得長者論功展術，藉以提點後生晚輩循規蹈矩；惟生硬之堅實盔胄突現，甚為不搭地亂入了綠草如茵之庭園中……

「呵呵，常真人、龍武尊，別來無恙啊！二老依然容光煥發、神采奕奕！爾曹德高望重，舉止行徑，足為吾等小輩之典範啊！」雷嘯天對著常、龍二老，拱手作揖而道。

常、龍二老隨即上前回禮。「雷中主過誇了，王爺今日蒞臨本觀，似乎不符拜帖所撰；莫非……有要事兒牽扯本觀？」常真人問道。

「哈哈哈，常真人多慮啦！一直以來，常老對中州諸多貢獻，世人有目共睹，故親向常真人請益乃雷某應為之事。然獲悉龍武尊造訪陽晌觀，直覺能同一時刻會晤二老，實屬天載難逢之機，遂領王府左右護衛……尉遲罡、赫連雋，隨吾早於約期前來，還望二老見諒！」雷解釋道。

「好說，好說。」常老應道。

龍玄桓趁常老對話之際，觀察著雷身後二隨行護衛，隨後說道：「龍某乃閒遊之際，行經陽晌觀，遂順道拜訪常真人並與之敘舊一番。王爺神通廣大，龍某甫登宮辰山，消息即能傳至雷王府，王爺如此關注，煞是令人受寵若驚啊！」

雷嘯天走向龍玄桓，見石几上之棋局，頻頻點頭，好生佩服道：「這世上能藉微不足道之芝麻為棋子，除常、龍二老之外，雷某不作他人想像！」

「天生萬物必有其可用之理，老夫皆予以敬重，無所謂微不足道；王爺日理萬機，今日撥冗前來一聚，想必有其理由才是！」常老說道。

「呵呵，不瞞常真人與龍大師，雷某此次前來陽晌觀，其一乃親自敬邀常、龍二老於端午時節，蒞臨我瑞辰大殿，參與並指教中土五霸齊聚大會；而雷某亦已差人向其餘四州主送上邀函。」雷又說：「自五霸主管轄各州以來，諸霸主各謀其政，亂無章法，其中又以西州為最。自侯西主擅自開啟邊關，引外邦異族入內，對外雖宣稱種族文化交流，卻藉此擴充西州軍衛兵力。若此威脅與日遽增，我中州都衛軍絕不姑息。再則，我都衛巡兵陸續發現，坊間私自兜售不明藥粉丸劑，層出不窮，不僅不明其配方內容？更不知其來路為何？雷某極度懷疑，此等藥品恐源自於外邦異族？」

常元逸揮了下拂塵而道：「王爺親臨本觀且相邀出席五霸大會，誠意十足，老夫與龍武尊將如期與會，於此先行致謝。至於五州各謀其政，老夫以為，此乃各執政者依其現實背景而為之，老夫暫不予置評。然而，王爺手中掌握近卅萬都衛軍，堪稱五州之最；倘若用為維繫各州安定之用，老夫予以讚許。但王爺若以此作為威勢，恣意強行而為，以致各方牽制之力因此而起，那麼……中州之中流砥柱角色，恐將因此而撼動；五州群雄割據之亂，亦可能歷史重演，還望王爺謹慎三思啊！」

「常真人之見解頗為有理，只不過……」「咻……」突感一陣強風掠過，瞬令秋蒔亭旁之枝葉大幅搖晃，霎時擾了雷嘯天之談話。一旁允昇等三小童見狀，筆直而立，不發一語，亦不敢輕言岔斷大人們的談論。

龍武尊接著話道：「中州自王爺執掌以來，能本著前朝傳宏義之嚴查禁藥，恪守不懈，龍某予以諸多讚許；惟王爺方才之揣測，雖無實際之證據，卻也不能不多加堤防。素聞西州之西南各地，因氣候與土壤條件而盛產罌粟花卉，此乃煉製曚魂幻藥之源；不巧，此刻侯西主大舉開關，倘若各州把關不力，後果確實難以設想！」

「龍武尊所言甚是，倘若當年雷某加速整軍，進而跨越蟄泯江，一舉併下西州，即無眼下侯西主作亂之困擾。」雷欲藉此引來二老力挺其強勢恫嚇西州之想法。

值常、龍二老聽了雷嘯天這番話，不僅面無表情，甚而無言以對。惟二人心知肚明，雷嘯天擁兵自重，其言談話語之中，無時不透露著如何一統東南西北四州，進而達成其稱皇、稱帝之美夢。

一會兒後，常真人對雷嘯天提點到，天地萬物藉由互助與牽制而生生不息；王爺能治理中州，已是身負重責大任。所謂：攘外必先安內。放眼望去，中州雖稱富饒，惟其中之窮鄉僻壤、殘疾老幼，仍有待王爺之支助與扶持。倘若王爺與侯西主僅關注當前如何致勝，卻不顧自然演進之力量與方向，其結果終究不如爾等先前所想像一般。

至此，雷嘯天因感受不到二老之明確挺言，遂一改先前委婉口吻，立馬改以州域之王的身份，說道：「本王征戰沙場至今，一路所堅信之意念即是……強者出頭！常老所提自然演進一說，對本王而言，即如聽天由命、坐以待斃一般，一旦敵對坐大，本王何以力保中州百姓之安危？」

常老與龍玄桓瞧了下秋蒔亭旁的一幕生態，不約而同地走回方才兩人下棋之石几且對立而坐，瞬令雷與其左右護衛心生好奇而隨之挪移。

這時候，常真人指向涼亭前的一棵樹，並對雷中主問道：「王爺可知樹枝上乳白色團為何物？」

雷嘯天端詳之後，毫不遲疑地回答：「是……蚜蟲兒！」

「沒錯！的確是蚜蟲兒。」常老接續指出，蚜蟲因分泌汁液，可為螞蟻所用，故有「螞蟻之奶牛」稱號。然而，飛舞花叢中之瓢蟲，卻喜食蚜蟲，遂有「蚜蟲天敵」之稱呼。甫遇一陣強風襲來，俄頃吹亂了上述三物之生態。一瓢蟲與數蚜蟲兒被風吹到另一樹幹上，且極為不幸地沾黏於銀線蜘蛛所織之絲網。然此時刻，映入眾人眼簾一幕，確是掙扎於銀絲網上之瓢蟲與蚜蟲兒，惟禍不單行的是，距其三尺之外，一隻如手掌大小之銀線蜘蛛，正悄悄地循著所織銀絲，朝向獵物方向移動。

揚銳似乎聽得到那瓢蟲的哀嚎，道：「糟糕了！大蜘蛛就要靠近它們了！」

忽然！龍玄桓右手一伸，驚見石几上剩餘之黑芝麻緩緩地飄起，接著龍老雙手運行真氣，令黑芝麻飄浮於胸前。這時，常真人亦抓起了一把白芝麻，現場頓時鴉雀無聲，隨後即見龍老藉右手食指，立朝胸前芝麻發出了**手陽明經脈**真氣，咄嗟之間，一黑芝麻猶如飛鏢般地向銀絲網射去，立馬射斷了蜘蛛前方之一線銀絲，藉以阻礙蜘蛛之前進。而後，由常真人右手捏起一粒白芝麻，將之輕捏使其略微出油，再藉手指之力，將此粒白芝麻彈射而出，不偏不倚地將帶油脂之芝麻粒，黏沾於瓢蟲旁之絲銀網上，藉以降低銀絲之黏稠度，提升瓢蟲之逃離機會。不過，由於銀絲網上之獵物不斷掙扎，遂激起了銀線蜘蛛撲向獵物之動力，其不顧斷裂之銀絲，反而繼續循著未斷銀絲前進。

在場見著常、龍二老一來一往地將黑白芝麻射向銀絲網，約莫十來回後，常真人突然收手，並將剩餘的白芝麻置於石几上；龍武尊見狀後亦停止運氣，順勢將胸前的黑芝麻移回了石几。

雷嘯天性急地問：「不知常、龍二老為何收手？」

常真人回應道：「老夫一念之間，只為幫助受困瓢蟲能脫離險境，無奈沾上黏網之瓢蟲搏命掙脫，不僅未能即時分辨出可逃離之路徑，更於一陣雜亂無章的撥扯之下，終見瓢蟲因沾纏黏絲過多，動彈不得，以致窒息而亡；老夫見其已回天乏術，故收手做罷。反觀同樣沾黏於銀絲網上之數蚜蟲兒，其危急程度並不亞於瓢蟲，惟蚜蟲們利用了天生本質，個個持續地分泌汁液，使其包覆於黏絲之外，致使周圍銀絲網之黏稠度大為降低，蚜蟲們便隨著自己分泌之汁液，順滑而下，回到了樹枝，逃過了一劫。

龍玄桓接著說道：「當見瓢蟲已絕命，龍某遂無阻攔銀線蜘蛛前進之理由。不過，一心只想著獵物之蜘蛛，並未即時將破損的銀絲網接合，藉以牢固自己的勢力範圍，怎奈一味地挪向瓢蟲旁，這才發覺銀絲網承受之力量不均，進而導致絲網破裂瓦解，遂使瓢蟲墜落地上，隨即成了螞蟻群圍之目標。最後，銀線蜘蛛僅靠自身即時吐絲而吊掛在樹枝上，否則，此一失足，亦可能成了蟻群之盤中飧。」

常真人回身對著雷嘯天表示，原本銀線蜘蛛可將瓢蟲、蚜蟲盡為所吞，一如強國之出兵。然而，突如其來之黑芝麻，則如一股逆襲之民間反勢力；而蜘蛛未能即時鞏固其勢力範圍，不僅獵物盡失，甚而賠上了原本最有利之絲網，而後更險遭代表另一股外來勢力之螞蟻所分噬。再觀受困之瓢蟲、蚜蟲兒這一端，一是代表慌亂而漫無章法的抵抗，縱使有如援兵相助之白芝麻參與，終究作繭自縛，一命嗚呼。蚜蟲兒則是代表不足為懼之弱勢力，惟憑藉其沉著冷靜，在無任何救援之下，僅利用本質之優勢，齊心齊力，最終得以全盤脫困。

「哈哈哈……不知老夫偕著龍武尊，利用了一幕小小生態來解釋方才所述及之自然演進力量，王爺看懂了嗎？切莫僅以單方向思考先前預設之結果啊！」常真人撫著白鬍鬚笑道。

常真人接著表出，世間萬物，能生？能死？都有它的道理。有人為了求得長壽，不惜代價地蒐羅高等**紅參**；事實上，世人皆知**紅參**名貴，殊不知，**人生於天地之間，首重陰陽調和！**然而，**桂枝**與**芍藥**同為自地出土之物，**桂枝**為陽，**芍藥**為陰，懂得利用此二味調理陰陽者，立於天地而百病不生，自然勝過窮追人參而苟延殘喘之人！

雷中主聽了這段話之後，冥想了下，隨後點著頭微笑說道……

「常真人藉物釋義，字字珠璣，其中之寓意尤為珍貴！常、龍二老今日所釋，本王將奉為圭臬。不過，論及世間百病，本王倒有一事兒請教龍大師！」雷又說：「不久之前，小犬雷世勛於建寧城盛隆客棧，巧遇了龍大師管束之義徒寒肆楓。據小犬隨扈所述，當日客棧內起了點兒衝突，小犬因受人突襲而倒地不起，不知龍大師知情與否？」

龍玄桓瞬間皺起眉頭，嚴肅地回應道：「龍某確實差遣寒肆楓尋找失蹤之另一弟子……豫麟飛！時至今日，老夫之義徒們尚未歸營，故對王爺所提，暫時無以相告。惟客棧人來人往，坊間江湖奇士混雜其中，令郎又有隨扈圍繞身旁，能令其倒地不起，頗啟人疑竇，王爺可知令郎身受何等傷害？是刀劍傷？抑或是拳掌內傷？」

「這個嘛……小犬並無任何刀劍外傷，但自回到王府後，雖有清醒時刻，卻成天軟弱無力；尤其每日睡醒後仍癱軟於牀，直逾午時之後，方能起身。當然，**人之所以能動，實乃真氣運行所助**，**氣行則血行**，故本王亦用上了常真人甫提之**紅參**；縱然參類貴為補氣之上品，對小犬卻毫無助力。」雷又說：「本王馳騁沙場數十寒暑，從未見過如此病症，然於無計可施之際，又得聞龍武尊造訪陽眴觀；權宜之下，遂決定直接前來道觀一會。」

常老聽了雷之描述，凝神揣測後指出，清晨至午時之前癱軟無力，此乃辰時與巳時之氣血生變。人之臟腑真氣運行，**辰時乃胃經脈暢旺之際**，**巳時為脾經脈暢旺之時**；胃收納入口食物，胃火腐熟水穀以釋出水穀精微；再則，**脾統血**，**主運化**，**主水濕**，**以調理身體所需之養分與津液分布**；若脾胃功能受阻，則使人體氣血生化失調，以致五行生理之土不能生金，或可進一步傷及肺金循環與心臟功能，致使心、肺、腎氣所組成之宗氣下陷，故無力起身，甚而全身癱軟，在所難免！

龍玄桓接著說道：「王爺乃習武之人，若寒肆楓出手傷及令郎，王爺應可辨識傷勢。惟經王爺描述，令郎毫無外傷，倘若能藉此『隔山打牛』之功夫傷及他人，敵對內力自不在話下。然以龍某所知所悉，寒肆楓尚無此等功力；為此，王爺可有想過，令郎或經飲食而中毒？」

「不……不可能！本王查問過同桌食飲之隨扈林桀，已排除龍武尊所提及之可能性！」雷嘯天斬釘截鐵地回應了龍玄桓。

常真人為緩和當下氣氛，放慢聲調地表示，「辨證論治」對醫者乃極具挑戰之事兒，其中尚須藉由**望、聞、問、切**之四診合參來診斷病患。然而，吾等三人不見患者而憑空推斷病症，豈不引人笑柄？不妨，常某擇期走訪一趟王府，正視令郎情勢後，再做定論！而後，順藉此行拜訪一位多年老友，還望王爺能成全。

雷嘯天聽聞常真人願親自替雷世勛診病，連聲感激，卻斯須想到，常真人欲拜訪何人？竟須當面另求成全？反問道：「惠陽城雖大，但以常真人德高望重之勢，欲造訪朝野官相，幾無阻攔之理由。惟聞常真人當面表明訪友，且須本王成全……」忽然！一身影閃過雷嘯天腦海，不禁問道：「常真人所提之人，難道是……」

「沒錯！正是於東靖苑，受王爺禮遇之前朝大臣……惲子熙先生！」常老應道。

「哦……原來是惲先生啊！惲子熙乃前朝要臣，本王多些禮遇乃應為之事兒。」雷嘯天頓了一下，又說：「一直以來，常真人助我百姓無數，更令本王賞識之處，實乃常真人能恪守己念而不逾矩。然本王多次相邀常真人擔任中州國師，均得常老委婉以拒；惟因常老修行一生而不涉一官半職，若遇上散帶衡門之前朝大臣，想必只是閒話家常，寒暄敘舊罷了。嗯……行！本王准常真人一人獨會惲子熙先生。」然此話明確表明一人獨會，亦表出龍玄桓已無機會與常元逸同行，齊訪東靖苑。

雷中主隨即轉了話題，對著龍玄桓道出：「有勞龍大師管束五虞犯之輩，否則，以其恣意妄為之性格，終究淪為官兵追驅之徒啊！」

「世間事端，必有因果；王爺應已耳聞此五後輩之身世。然而，受管束之五徒，本質不劣，惟深受過往記憶而影響了情志；一如寒肆楓之過往，王爺再清楚不過了！」龍回應道。

「有勞龍大師提醒了。違者受懲，理所當然；本王過往任職都衛總刑官，適值寒彬製毒、運毒、販毒，罪無可赦，遂將其當眾正法以殺一儆百，怪吾不得；只怪寒氏之劣根性太重。如今寒肆楓羽翼已成，希望盛隆客棧之衝突與寒無關；亦冀望……龍武尊之管束得當，令寒得以匡正而不至步上其父後塵。」雷意有所指地說道。

龍武尊聞雷嘯天之回應，神情趨於嚴肅，雷接著又說：「甫聞龍大師提及差遣寒肆楓打探失蹤之豫麟飛。實不相瞞，本王根據都衛水師兵丁勝回報，前些時日於普沱江上，偶遇漁民圍聚且私販魚獲，正當水軍緝拿之際，突自江中躍出七尺水怪，並見其伸出銀色長爪，阻撓我水師軍，甚而逞兇殺害了該師領頭蔡昌，以及都衛水兵馬研。哼！此等江湖莽漢與江上刁民，公然挑釁王法，龍大師您說，我雷嘯天豈能坐視，任由宵小放肆撒野？」

這時，一旁的凌允昇，心裡憤恨不平地唸著，「這些稱王稱官的，真是一派胡言；當日七尺巨漢出手相助，根本沒殺害任何人啊！丁勝胡謅，竟能當真！」

「王爺折損愛將，龍某同等惋惜；只是，單憑屬下回稟，即斷定該事件為豫麟飛所為，是否有過於武斷之嫌？」龍老應道。

「呵呵，江湖盛傳，龍武尊為其弟子打造一雙銀鋼利爪，頗似於丁勝所述。本王就事論事，倘若來日證據確鑿，拘捕嫌犯時，還希望龍大師……不至護短才是啊！」雷說道。

然秋蒔亭前，自雷嘯天允諾常老訪東靖苑後，即不斷累積著威嚇氣氛；龍玄桓更是不知事件之來龍去脈下，屢遭雷嘯天奚落，暗寓管束弟子不力。

突然！雷嘯天話鋒一轉，一改威嚇而轉為利誘，道：「龍大師得江湖人士尊敬為『武尊』，行徑風範等同常真人之德高望重；惟因常真人一生秉持謹守莫攻、修道修行，遂與仕途無緣。但龍大師一身武藝絕學，尚得承擔義徒胡為而遭人奚落，煞是可惜。然本王乃惜才納賢之君，若龍大師肯離開嵐映湖，投效於黃旗麾下，絕對是中州之福！本王亦可擔保龍大師之官階，定為中州一人之下，萬人之上，出乘四輪大輦，並坐享山水宅院。」

「哈……哈……哈……王爺真是抬舉了，龍某乃一介平民，僅略知傳統醫藥與基礎武術，故能無拘無束地倘徉於嵐映湖之山水間，潛心修練武學，且無須為爭權奪利而煩心。知悉王爺身擁絕頂武藝，技壓群倫，致使前朝官吏歸於黃旗麾下；王府上下人才濟濟，文武兼備，更有尉遲罡、赫連儁等孔武健壯之左右護衛隨行，見得中州之強大，已無須龍某再亂入攪局，王爺之美意，龍玄桓心領了！」

「既然龍大師無緣助本王戡亂擴疆，未來本王若有治亂剿匪之舉而謀動干戈，還望龍大師莫率性干預才好！」雷嘯天見龍老不領情，搖了搖頭，語帶警告地說道。

常元逸聞龍老回拒後，霎見雷之眉宇間，透出了不悅之神情，倏而吩咐身旁小童，將沏好之清茶奉上。這時，雷中主特別關注了亭旁小童兒，並稱讚常真人所教誨之道觀小童兒，個個相貌清秀、雙目炯炯有神、骨架勻稱，直可謂……可造之才！

「呵呵，王爺過獎了，王爺閱人無數，始能拔擢眾多人才。本道觀教化人心，只要一心向學，個個均是可造之才。」常老應道。

「唉……我雷嘯天一身豪氣，好交天下豪傑義士；惟本王欲擴展中州，卻無緣徵得高人相助，一如黃垚山五藏殿之五位鎮殿長老、陽昫觀之常真人、嵐映湖之龍武尊，皆是受本王敬重之能者。」

「王爺所述及者，無一不是安撫中州之地方力量。能安撫百姓浮動之心，才是支撐中州的根本之道啊！」常老瞬緩氣氛道。

這時候，藉由言詞以行威嚇利誘不成之雷嘯天，微微地點著頭，一陣盤算後，突向龍玄桓提議道：「得聞江湖眾多武藝出眾者，有幸與龍大師切磋武藝後，皆能提升武學之認知。然我雷嘯天自幼習武，唯資質駑鈍，至今自創之武學，時遇瓶頸而無法突破。今日難得一遇龍大師，不知雷某能否與龍大師切磋一下武藝？藉以指點雷某，始得領略更上乘之武學境域！」

常真人一聞此言，立感事態不妙，雷嘯天因納賢龍玄桓不成，恐藉由武藝切磋，進而對龍武尊下馬威，無怪乎聞其強調：將來若謀動干戈，望龍老莫率性干預。再說，陽昫觀盡是道長、三清弟子與祈福百姓，雷欲造訪道觀，根本無須再讓尉遲罡與赫連儁這等高手隨行。依此推論，今日雷嘯天所施之威嚇與利誘，盡是衝著龍老而來。

正當常真人準備起身相阻時，龍玄桓已將手搭於常老之肩上，隨即表示，武藝切磋乃習武之人增進交流之最佳方式。一直以來，與常真人之武學交流，皆維持著一方力攻，一方謹守；今日遇王爺主動邀約切磋武藝，實乃可遇不可求之事！

接著，龍玄桓再回身對雷話道：「王爺身擁蓋世神功，龍某何德何能指點王爺？但不知王爺欲指教的是內力？或是兵刃利器？」

「呵呵，難得能與武尊交手，知悉龍大師能將十二經脈真氣融入武學之中，所以，今日欲向龍武尊討教的，當然是內力囉！」雷嘯天說完，雙手隨即舞起架勢，佇立身後之尉遲、赫連二將亦嚴陣以待。隨後即聞雷嘯天以陰沉聲調，道：「龍大師，請！」

「龍老，小心啦！」常真人輕聲囑咐道。

雷嘯天於立穩馬步之後，雙手平舉，凝神運氣，待與對手氣勢應上，雙雙蹬躍而起，霎時即見雷、龍二人於空中交手。

雷中主使出三招熱身之後，眾人驚見雷嘯天之手掌，不時出現輕微的火光！此時亦見得龍武尊身上現出了對稱之二陽環氣。待對決十餘招後，見龍老愈戰愈勇，雷欲保留內力以備後續發功之用，遂藉一次雙掌對擊，二人順勢朝後翻飛，隨後相隔一段距離，迎面對峙。

「哈哈哈……龍武尊出招之犀利，伏虎降龍；內力之深厚，回山倒海；本王屢屢出招，數攻不破。看來，得請龍大師見識一下本王之雷氏絕學了！」

雷嘯天依舊挺穩馬步，惟雙掌拱成碗形，一前一後平持於胸前，隨後即見雷之雙掌如車輪般地交替旋轉。常老一見，深感此招頗不尋常，唸道：「真是驚人之能量匯聚啊！」然此時刻，龍武尊已備妥了三陽真元護體，蓄勢待發。忽然！見雷將碗形雙掌定住，形成左掌於上，右掌在下之勢。接著……不可思議之事兒，即發生於眾人之前。

「霹……靂……啪……啦……唰嚓……唰嚓……」

雷嘯天靜置之雙掌間，竟呈出了閃電交加現象，其雙掌並隨著閃電而發出光芒；眾人見狀，無不瞠目結舌。龍武尊見對手匯集了電能後，倏將三陽真氣藉由手少陽與手厥陰經脈，凝聚至雙手掌中，以備迎擊之用，惟心裡想著，「耳聞體質特異者能引電放電，眼下竟見得對手將之練為掌功，煞是罕見，吾得小心應對才是。嗯……來了！喝啊……」

惟聞亭前之雷、龍二人洪聲一喝，雙掌齊出，雷嘯天瞬於　啪作響聲中，擊出了帶有紫光之電氣，迎頭對上龍玄桓泛著橙熾光氣之經脈真元，二人引動能量之大，霎令身旁砂石齊飛，塵土飛揚。現場更於二人擊掌剎那，發出了轟隆巨響。

然而對峙之中，由於電能耗氣，以致龍老驚覺不可思議，「沒想到雷嘯天練得此等神工，此電光之氣已使吾之手厥陰經脈真氣漸散，從指尖中衝經手掌勞宮穴，循著大陵、內關、間使，一路而上至曲澤；倘若不能在天泉穴前將真元凝聚，一旦氣散至天池穴，吾之厥陰心包經脈勢將受創，進而損及心氣與心臟！」

霎時，龍玄桓為維持對峙所需能量，另行運起手少陰經脈之真元相助，藉此選擇可助心氣不墜，進而顧護心臟，以減其受損。然此真元之氣起於腋下極泉，氣循青靈至少海，直衝

靈道、通里、陰郄，進而匯入**神門穴**；再經**少府**而至**少衝**，真元之氣一湧而出。

反觀出手橫霸之雷嘯天，自幼身著針織毛料時即發現，自體內存有高於常人之靜電儲能體質；多年來遂利用密室，閉關修練運行電氣之相關武學。而立於雷中主身後之左右護衛，這才恍然大悟，為何屢見主公於沙場與敵對互擊剎那，均見對手出現不自主之抽搐現象，而後倒臥不起。而雷嘯天早知龍武尊乃運行十二經脈真元之高人，故處心積慮地想破解其「經脈武學」，如今見得電擊神功稍有成就，遂積極欲挫武尊之銳氣。然今日逮著與武尊一較高下之機會，雷嘯天自當全力以赴。不過，運行電氣將極度耗損體內津液，雷亦知耗傷津液過多，將使全身運行失調，不僅傷及脾臟，甚者傷及腎臟，故與龍玄桓之比劃，僅考慮採速戰速決之策。

然而，雷嘯天於雙掌對峙之起始，雖占了上風，卻未料到看似敗退的龍玄桓，竟能於**天池穴**前凝住真氣，順勢再運起另一**手少陰**經脈真元作為應對。待雷、龍二人對擊一陣後，各具顧忌之下，雙雙收手，且反向翻飛數十尺之後，兩人立即盤腿相向而坐，利用調節呼吸之方式，以緩和體內之循環。

「咻咻咻……噼噼……」眾人見得龍老身上之三陽環氣應聲退去，而雷嘯天則以雙掌觸地撐住上身。「啪嚓……啪嚓……」突見常真人飛身而出，立即制止了欲上前扶起雷嘯天之尉遲罡與赫連雋，說道：「且慢！且慢！王爺強行激發電氣，體內津液之運行與代謝，霎時產生了紊亂，以致王爺外唇已呈出龜裂現象！二位護將暫勿觸碰王爺，待王爺將多餘電氣釋入地層後，自會漸趨回復體能。」

然因經脈真氣調度得當，龍武尊僅耗損部分真元，一會兒後遂先行起身；惟於起身剎那，龍玄桓與常真人同時對著涼亭後方瞄了一下，一旁的揚銳亦拉了下允昇，道：「允昇哥，我好像聽到有人靠近咱們耶！」

「嗯！我也嗅到了些許異味，這兒有二位師公主持，咱們先靜觀其變好了！」允昇輕聲道。

待雷中主回復精神後起身，拱手說道……

「嗯，龍大師得江湖予以『武尊』封號，絕非浪得虛名。本王今日與龍大師比劃，不僅領略到『經脈武學』，更藉此瞭解吾之〈陰陽電擊〉神掌，有何缺失之處？唉！怎奈本王之電擊神功，耗氣傷津，反於眾人面前，顯出唇口出血之狼狽模樣啊！」

常真人藉機安撫並讚嘆地說：「王爺僅是一時集氣過速，以致唇口微裂，應不礙體能回復才是。倒是老夫曾於年輕時遇一江湖怪客，其利用雙掌摩擦產生靜電，並以此發出電擊，倏將野豬擊昏，而後則不曾再見過此等功夫。今日一見王爺展現武林絕學，不僅練就強大電氣以匯集能量，更讓老夫驚訝的是，竟能進一步將其融入武學招式之中，令人佩服，佩服呀！」

「常真人過獎！自練此電擊神功以來，一直無法遇上能相互對招之對手，遂無以衡量此神功可達之境，亦無修正招式之機會！果然，與龍大師交手後始領悟到，此等功夫尚有精進之空間。然本王知悉龍武尊功力之高，莫不可測；今日本王刻意讓王府左右雙衛隨行，除了見識何謂經脈武藝之外，龍大師是否也能順勢對其指點一二？藉以瞭解什麼是人外有人，天外有天！」雷欲再扳回氣勢道。

「哦！沒想到王爺這麼看得起龍某？龍某與人過招成百成千，單就對招條件而言，尉遲將軍手中所持乃出自蒙四秋大師之西蒙秋延刀；而握於赫連將軍之掌中者，實為王爺保存多年之三巡伏暢劍。眼下之江湖俠士，能面對二者其一而不懼者，鮮矣！孰料，王爺令刀劍雙行，邀龍某以一敵二，未免太高估龍某了！」

常老一見二人對話之勢，即知雷因未能取勝武尊而耿耿於懷，刻意藉指點屬下之說法，再次挑釁龍武尊！常真人心想，「雖不曾與尉遲罡、赫連雋交過手，但能勝任雷王府之左右護衛，其武藝水平應屬上乘。惟龍老今早已同吾對招一回，而後又與雷嘯天比劃了一番，現若三戰其左右護衛，此等輪番上陣之車輪戰術，實在不利於龍老啊！」

常真人隨即對著雷嘯天話道：「既然王爺乃以切磋武藝為前提，不妨由老夫來試試，好讓老夫見識一下王府護衛之火侯！」

「這個嘛……」

正當雷嘯天評估著常真人之所述，突由涼亭後方傳出了聲：「常師伯……且慢！」此一聲響，立馬引來左右護衛疾撫刃柄。

「啪嚓……啪嚓……」一陣衣衫翻拍聲響傳來，霎見一身手矯健之男子翻飛而下，隨後見其向常、龍二老拱手說道：「晚輩突於長輩對話中打了岔，還請常師伯見諒。惟藉劍交流之事，或許晚輩亦可藉此見識，何謂……人外有人！」

「眼前這莽撞少俠是……？」雷一見陌生男子闖入，好奇問道。

「真是驚動王爺了！眼前之毛遂自薦者，乃龍某之義徒……刁刃！」龍老回應道。

「哦……原來是嵐映二俠……刁刃！嗯……來的正好！甫聞龍武尊述及『以一敵二』，似乎隱有『以多欺少』之意？行……那麼就讓我左右雙衛之一刀一劍，會一會嵐映湖畔之一師一徒，不知龍大師意下如何？」雷再度挑釁道。

「見得王爺以武會友之興致頗高，龍某理當奉陪；怎奈龍某之義徒，涉世未深，兵刃對招尚顯青澀，王爺可否容許龍某片刻時間，藉此對義徒耳提面命一番。」

「嗯……好說……好說……呵呵，有道是……臨陣磨槍，不亮也光啊！呵呵」雷嘯天點著頭，稍顯睥睨地對應道。

一旁揚銳拉著允昇與中岳，道：「你們有沒有覺得，那個叫刁刃的俠客，其表情好冷酷喔！」

「我覺得他的眼神如鷹一般銳利。」中岳接話道。

允昇則說：「我覺得這刁刃，全身上下都透著一股『對峙取勝，捨我其誰』之自信，不知咱們的感覺準不準？還是靜靜地看下去唄！」

揚銳仍不忘再悄悄地叫一聲：「龍爺爺……哦不！龍師公加油啊！」

龍玄桓對著刁刃道：「知悉爾之好勝心強，能藉切磋以修正招式，並從中提昇對峙經驗，實乃較求勝更重要之事！瞭解爾之劍速極快，卻不得不打量一下對手那柄三巡伏暢劍啊！」

「同為劍刃，有何差異之處？還望龍師父提點！」刁刃問道。

「三巡伏暢劍之出招，以三招為一巡；然於三招之中，定會搭配二次快劍與一次緩劍，三巡共九招為一式。而令人難以應變者，每一巡之緩劍可先，可後，亦可居中；然右手使劍者於速緩交替之際，恐由左手劍鞘下方伏竄而出。回憶老夫當年與傅前中主切磋武藝時，傅宏義即手持此柄三巡伏暢劍，而老夫即因疏忽於速緩交替之際，遂遭對手削去了一截前臂衣袖。」龍老提點道。

龍老又說：「再提及尉遲罡之西蒙秋延刀，此刀乃出自西州蒙四秋大師之傑作。蒙四秋鑄刃之習慣與其名字相關，其每年春夏二季先行構思鑄造之法，但真正鑄刃則於秋季；一旦入冬，便將未完成之刃身，置於冰岩之中，如此歷經四個秋季，始成就一作品。眼前之秋延刀即為蒙大師之代表作；延者，伸長也，此長刀約重十斤，刀身沉而紮實，一般劍刃與其正面對擊，猶如敲擊重錘一般，輕則麻手，重則刃斷。」

「刀刃已記住龍師父所述及之要點，只是……」刁刃顯出欲言又止貌。

「何以欲言又止？有何不妥之處？」龍玄桓問道。

「不，沒啥不妥！只是……欲試試自我能耐，待會兒……可否由晚輩一人……獨自與之交手？」刁刃要求道。

「獨自？這……」龍大師頓感驚訝，並說：「對方可是刀劍齊出之王府左右雙衛，你……」常真人見龍老訝異之貌，隨即上前瞭解。

「甫聞龍師父分析了敵對兵刃，刁刃已清楚了情況。龍師父、常師伯請放心，只是切磋切磋而已。待會兒比劃一起，煩請龍師父手握劍鞘，拋出晚輩之劍即可。」刁刃話一說完，隨即走向前去。惟刁刃之對陣方式，霎令二老百思不得其解。

見著刁刃獨自上前，常老覺得不妥，道：「刁刃僅以一柄普通的隨身佩劍應戰？我看，咱倆得嚴陣以待啦！」龍玄桓點了點頭，認同了常真人之說。

「什……麼！就爾一人上陣？」雷嘯天驚訝道。

「沒錯！方才我龍師父已同王爺過了招，第二輪王爺即派出屬下上陣，而我方則由管束弟子為代表；沒啥不妥吧！」刁刃應道。

「好……好一幕初生之犢不畏虎之戲碼啊！年輕人，光瞧你一人獨自上前應戰，我雷嘯天已視爾是條漢子了，惟刀劍無眼，接下來之情節如何，唯倚爾之造化囉！」

雷嘯天立對左右雙衛使了眼色，赫連雋率先操起三巡伏暢劍，俄而衝向對手。刁刃移位咄嗟，箭步躍起，龍玄桓隨即運行內力，並將刁刃之鐵劍射出，刁刃凌空接劍，正面迎擊赫連雋。二人藉劍對擊了三招，瞬令一旁雷嘯天訝異連連，不禁心想，「這刁刃果真英雄出少年，其出手之快，快過敵對；惟刁刃持著一般佩劍，劍身稍重，遂拖慢了其招式。然而赫連雋快慢交替出招之際，瞬操伏暢劍由劍鞘下方伏竄而出，孰料刁刃雙膝一屈，後仰挺腰，竟巧妙地躲過了這一招。」雷本以為赫連雋於對陣三招後將占得上風；孰料劍出三巡之後……並非如此！

這時，尉遲罡提著秋延刀上陣，刁刃見對手刀劍齊下，遂趁著伏暢劍出緩招時，將赫連雋由劍鞘下方伏竄而出之劍尖，刻意引向了尉遲罡，藉以抵擋秋延刀之攻勢。然刁刃以此對應，乃因秋延刀既沉且重，極不利於手持一般鐵劍之刁刃，遂引他劍作擋。接著，刁刃雙手握劍，於一回身後，對尉遲罡使出了〈迴旋飛燕〉招式，倏而將尉遲罡之長刀，旋以圓弧方向，藉以化解其正向之重擊力道，隨後再利用弧形牽引方式，引秋延刀對上赫連雋的下一巡出劍。

龍玄桓見刁刃如此應對，心想，「平時刁刃善使快劍，每輒遇上使快劍之對手，皆能迎合其胃口。眼下刁刃若單挑忽快忽慢之伏暢劍，未必能取勝，卻因尉遲罡與赫連雋聯手出擊，遂讓刁刃能趁著這一刀一劍出招之空隙，見縫插針。再則，刁刃先捨棄了劍鞘，為的即是利於雙手握劍，用以抵住秋延刀之重力接觸。」

觀戰之雷嘯天亦驚訝覺到，「這刁刃是個天生劍客，其僅持平庸之劍，卻能藉著對手步伐，一進一退，化險為夷。相較其父刁鋒，刁刃頗有青出於藍之勢；以其使劍之造詣，倘若再有名劍相配，假以時日，刁刃之成就，絕不在於刁鋒之下！欸……」雷突然靈機一動，內心想著，「倘若這刁刃……能為吾所用，那麼……」

這時，尚於秋蒔亭前過招之刁刃，突然換了應對方式；相較其先前對戰之氣勢，判若兩人，眾人見狀，無不為之傻眼。原來，刁刃每輒對上尉遲罡之重刀，即以翻飛躲避，落地剎那，立與赫連雋正面過招，卻於每交手兩招後即收手作罷。常、龍二老驚見刁刃採取且戰且閃之勢後，雙雙起身；而刁刃則於閃躲之際，遭赫連雋識破，赫連旋即使出了一組先慢後快之變招，刁刃瞬間不察，致使手中劍刃提前到位，赫連見機不可失，立使出了橫向上撩劍式。霎時，亭前傳來一鏗鏜擊響，循聲即見刁刃手中鐵劍遭對手擊飛！常、龍二老眨眼躍身上前，常真人於空中接住鐵劍，並隨勢將之拋向了龍武尊，龍老俄頃抽起劍鞘，藉以接應常真人之拋劍，惟聞亭前一「唰擦」聲響，鐵劍應聲入了劍鞘；隨後，龍老一記擰襠轉腰，順勢以劍鞘擋下了左右雙衛之一刀一劍。

雷嘯天見狀，旋即作出手勢並洪聲喊道：「夠了！今日武藝切磋到此為止。」

雷一話完，尉遲罡與赫連儁雙雙收回兵刃，龍玄桓亦退了一步，並將入劍鞘之鐵劍交還了刁刃。隨後即見雷嘯天雙手拍掌，走向了刁刃，說道……

「好……好一個身手不凡之劍俠啊！」又說：「我雷嘯天結識不少能人異士，過往闖蕩江湖時，亦曾與一代劍俠刁鋒，有過一面之雅。然刁鋒之劍術超群，唯『人劍合一』可稱。憶得當年與刁鋒煮酒論劍時，深刻其所言之一句：劍客使劍，既要懂得揮劍，亦要懂得護劍。話出當下，吾未能完全體會此話之真義所在？然而持劍揮劍，你我皆知，難道磨劍、擦劍這般稀鬆平常之護劍舉動，須由一位人劍合一之高人，語重心長地提及嗎？怎料我雷嘯天闖蕩江湖，征戰沙場數十載，時至今日，始由此高人之後，瞭解此話之真含意義！」

「哈哈哈……」常真人揮了下拂塵，笑著接話道：「武藝切磋所重之處並非其結果，而是能自過程中得到領略與參悟！刁師姪劍藝卓越，以寡迎眾，實屬難得。然而面對三巡伏暢劍之犀利，與西蒙秋延刀之威橫，一般鐵劍勢必難以招架。然老夫與龍武尊於赫連將軍出招三巡之後，已覺刁師姪之劍擊聲漸趨薄弱，尤見其以圓弧劍法與秋延刀摩擦之際，能使鐵劍受損加劇，以致後來須採閃躲之勢以應。」

龍玄桓接續指出，赫連將軍於劍出三巡後，未能抑制住對手，遂使而後之三巡略顯急躁，以致被刁刃識出敵對每一巡之出招，皆使出了「前二招快，後一招緩」之劍式，致使刁刃為了護劍，選擇其擅長之快劍招式，點到為止，故與赫連將軍對陣兩招遂收手作罷；接著先行準備，如何避開另一對手之長刀重擊。不料，赫連識出了刁刃的敷衍行徑，遂立即變更劍招，倏以緩劍領頭出擊，待刁刃發覺對手先出緩劍，為時已晚，其手中持劍遂遭伏暢劍彈飛。

「好……好一個揮劍護劍之刁刃！」雷嘯天於讚嘆後表示，能在幾場武藝切磋中，領略出新的思維，今日一訪陽昫觀已不虛此行；尤其常真人的自然演進之說、武尊龍之「經脈武學」，當然，還有刁刃之馭劍哲理，無不令人如獲至寶！

突然！一王府隨從由道觀正殿，向著秋蒔亭奔來，迅速來到雷嘯天身旁，隱密地附耳雷中主而說著。隨後即見雷嘯天漸漸鬆開了眉頭，更見其露出了笑容，一會兒之後，向著常、龍二老說道：「哈哈哈，有道是：天下無不散宴席！」「本王今日叨擾至此，還冀望端陽五霸群聚，常、龍二老與各路英豪皆能蒞臨盛會，共襄盛舉。本王尚有要事，不便久留，就此拜別二老。」

常真人與龍武尊拱手致謝雷中主之敬邀後，即由常真人親送雷嘯天與其隨行人馬出觀，隨後即見雷所率之一行人，一如兔起鳧舉般地奔下宮辰山而去。

半晌之後，待常、龍二老坐回了亭前石凳，龍玄桓即提問刁刃，怎於此現身？

「徒兒本尋著五師弟之下落，孰料途中驚見若干人馬，挺著中州王府旗幟，朝著陽昫觀方向奔馳，當下不禁懷疑，陽昫觀向來秉持著為民祈福與祭祀之職，官府人員竟以此陣仗對待，直覺事有蹊蹺，遂尾隨官府人馬前來。然而，常師伯與龍師父早已發覺徒兒藏身於涼亭之後，並無即時揭露，徒兒遂就地伺機而動，以待情勢發展。」

這時，佇於一旁之凌允昇，上前了一步，說道：「得知眾人尋找失蹤之豫五俠，甚聞雷王爺方才述及普沱江都衛水師圍捕漁民事件，實不相瞞，當時允昇一家人，正於事發之船上。」龍玄桓隨即表示，還以為是雷嘯天胡謅之言呢！

凌允昇接續將當日事發情況詳述了一遍，龍玄桓聞訊之後，點著頭表示，依允昇之描述，阻撓都衛水師軍施暴之人，應是豫麟飛沒錯。惟好奇的允昇，不禁問道：「為何七尺巨漢之指甲……會伸長縮短呢？」

「那是你龍師公為豫麟飛之特異體質，專屬打造之三叉銀獵爪，其可藉豫麟飛運上經脈內能後，於握拳釋能時，順勢將銀獵爪彈出，待手掌鬆放經脈內能時，立將獵爪收回。然豫麟飛身背滿布鱗甲片，若再藉此銀獵爪，即可讓豫麟飛如穿山甲般地開山鑿洞了。」常真人代龍老解釋道。

「還有……還有……吾等親睹這一巨漢入江離去時，其游速之快，猶勝鯨鮫，見其朝著靈沁江游去，隨即不見蹤跡。」允昇此一敘述，瞬令龍老心生納悶。

「難道五師弟之特異體質又起了變化？」刁刃疑道。

龍武尊頓了下後道出：「印象中，豫麟飛之經脈內能甚巨，卻不黯水性，嵐映湖畔湖光山色，他卻遠離湖水，勤往山裡奔，因而練就了開山鑿穴之功夫。惟聞其誤鑿地底伏流而遭大水沖走時，聞訊者皆認為凶多吉少；然經允昇一提，或許阿飛於遭遇與蛻變中，反倒適應了水性，惟因某種理由而暫時無法露面吧！」

允昇又指出，豫大俠雖為吾等解圍而阻撓了都衛水師，但自始至終僅見其亮出銀爪抵禦水師兵之刀槍，而後將諸水兵踹入江中，並非如雷王爺所述地殺害任一水師兵！

「唉！欲加之罪何患無辭啊！」常真人接著表出，雷嘯天與人對峙時，先下馬威乃其慣用手段。雷僅依屬下不實之言，竟當面向龍大師討公道，未知事件之始末者，自然無法與之抗爭。惟雷嘯天卻先藉此威脅，隨後再加利誘，希望龍武尊能為其效力。雷遭婉拒後，欲藉武藝切磋之名，實以展現其絕世神功，藉此震懾未歸順者，進而使對方未敢造次。

常老話說至此，刁刃立向龍老提議道：「既然已有消息指出五師弟現身於中州南方之靈沁江，刁刃不妨動身前往一探究竟？」

「若豫麟飛有無法回歸之理由，切莫強其所難！」刁刃於允諾龍老後，隨即拜別常、龍二老，飛身離去。

一旁的揚銳拉著中岳輕聲說：「這刁大俠武功雖高，卻是目中無人耶！」

「何以見得呢？」中岳回問。

「方才刁大俠以一敵二時，允昇哥形容其具……對峙取勝，捨我其誰之自信。直至比劃完畢，此大俠之眼神僅直視過二位師公，就算雷中主對其讚譽有加，他也低著頭，視地不語，更別提允昇哥敘述事件經過時，無視旁人存在地定神凝視，毫無表情。」揚銳直言無隱地形容道。

「噓！小聲點，常師公走過來啦！」中岳提醒道。

常老對著三徒孫說道：「今日秋蒔亭前之應對場面，著實讓爾等晚輩感受了一次震撼教育。惟爾等仍須回歸正道，正所謂：書到用時方恨少。自今午後，爾等齊往東廂書苑研習經脈之學，熟讀藥草之理。須知當前各領域之獨占鼇頭者，均非一蹴可及，能得成就者，皆由平日累積而來。今日難得龍武尊來訪，龍大師已先行教授『經脈武學』之起始，爾等切莫辜負師公們之期望！」

諸徒孫得訓之後，倏隨常老回往道觀，待大夥兒緩步遠離，陽昫觀西隅之秋蒔亭，隨即又回到了平日萬籟俱寂之幽靜。

時節之氣，正逢立夏；日陽高照，午後陽昫觀東廂庭院之枝頭，蟬聲大鳴，急促唧唧之聲，彷彿呼喚著逗留書苑外之孩童，立馬入室就坐。然而，等候師長到課前之學子，總不免調皮嬉戲，眼觀諸多活潑行徑發生，卻與書堂一隅形成了對比，只因一約莫八歲女童，頸部以下，盡以白衫包覆，一語不發地靜靜坐著。

「允昇哥，瞧那兒靜坐著一小女生耶！咦……時令都已入夏，且今兒個陽光普照，早把春天的寒氣拋得遠遠了，她怎還裹覆著長衫長裙呢？不熱嗎？」揚銳疑道。

忽然！一調皮頑童向著小女童丟擲了一綠蝗蟲，蝗蟲因驚嚇而於女童身旁亂跳，小女童一臉無助，僅能忍著眼眶淚水，不發一語地靜靜坐著。允昇見狀，隨即上前，伸手捉住了蝗蟲，並將之外放窗外。然此一拋，激起頑童之不悅，叫道：「是哪家的孩子？竟敢丟了我的蝗蟲，小心我令爹爹要你搬出中州！」

肇中岳來到允昇旁表示，此生名曰井百彥，性情頑劣，遂由其父送來學堂。井之父乃中州內政大臣……井上群！家境極為富裕，然此生之行徑，於學課中是一面，學課外又是另一面。惟常師公辦學乃推助國家幼苗，故學堂上包含了貧富貴賤；而井百彥常藉勢欺侮窮困家的孩童，吾亦曾遭其恐嚇威脅。

凌允昇向著井百彥，笑說道：「哦……原來你們是幫人搬家啊！我不住中州，短時內也沒考慮住在中州，所以暫且無須勞動到你爹爹了！」

此語一嗆，引來哄堂大笑。不曾遭人回嗆過的井百彥，一時面子掛不住，吼道：「好樣的！你是新來的吧！新來的要有新來的樣兒啊！好……向我磕三響頭，賠個不是，不然，有你瞧的！」

「學堂乃書香之地，本不屬於蝗蟲棲息之處，吾僅助其回往庭園叢草間；而你仗勢欺人，恣意捉弄小女童，怎麼不跟她賠不是嘞？」允昇應道。

井百彥惱羞成怒，氣沖沖地移向凌允昇，惟其神貌似乎略顯怪異，突然！「啊……」井百彥唉叫了一聲，隨後見其雙手捧撫著小腹，持續叫著，「唉……好痛……好痛阿！」

揚銳不屑地唸著：「又沒人碰著他，僅見其倒地，直喊著肚子疼，富人家的孩子都這麼弱嗎？那我寧可窮一點兒好了！」

常真人聞聲前來堂室，見井百彥痛苦之狀，俄而上前診斷，而後表出此生脈浮而緊，咽噪口苦，腹滿而喘，發熱汗出，不惡寒反惡熱，乏力身重。話後立即吩咐允昇、中岳，將井生抬至廂房休息，並隨手開了張藥方，待煎水後讓井百彥服下。而後，常真人自中岳口述，知悉事情之來龍去脈後，立對學子們分析井之徵狀，且明確表示，井百彥乃呈現「**陽明腑實證**」之症候也！

常真人接著解釋道：「**陽明之為病，胃家實是也**。實乃指**實邪**，其脈浮主熱，輕取即得；

重按則滑數有力，脈緊主邪氣盛。然而，咽噪口苦為足陽明經脈有熱邪，上擾清竅之表現；腹滿且身重乃陽明經有熱，熱邪壅滯氣機所致；喘象為熱邪迫肺，發熱汗出乃陽明經之熱，迫使津液外越而致；不惡寒反惡熱，更是證明此為陽明經脈有熱，而非由寒傷陽氣之表現。由於體內之熱，壅滯陽明經脈，以致熱盛傷津，津傷化燥，因燥成實，熱邪和陽明糟粕相結，此即形成了**陽明腑實證**。」

「面對這類病證，配藥上是否因病情程度不一而有所差異？」允昇問道。

常真人點了點頭後，進而表明用藥之區別：針對陽明熱證有所謂「**承氣湯證**」。

然見「**症**」字者，**病也**；而另有「**證**」字者，**證候也**。

一則如**調胃承氣湯**：由**大黃**配上**甘草**與**芒硝**；其所適應之湯證以「熱盛」為主。此湯可泄下燥熱，調暢胃氣。

二則為**小承氣湯**：由**大黃**配上**厚朴**與**枳實**；其所適應之湯證以「腑氣不暢、便秘」為主。施用此湯可破滯除滿，進而通便瀉熱。

三則為**大承氣湯**：其組成除了**大黃**、**厚朴**、**枳實**之外，再加入**芒硝**，藉以屑除腑內堅硬糟粕；其所適應之湯證乃針對既有「熱盛又有腑氣不暢、便秘甚重」為主。

此時一學徒問道：「如此患者，可否予以人參補之？」

「非也！非也！」常真人搖搖頭，語重心長地表示，坊間庸醫為得患者信賴，頻施貴重藥材以稱之良藥；殊不知，**中醫醫理首重八綱辨證**，包含「**陰陽、表裡、虛實、寒熱**」；藥材更有「**溫、熱、寒、涼**」之**四氣**，與「**酸、苦、甘、辛、鹹**」等**五味**之分；換言之，辨證當下若遇熱病，須施以寒涼之藥；然而人參雖為補氣之上品，惟其「助熱」之性若不加以考慮，甚至濫用，亦可因誤用而絕人性命。反觀藥中之**大黃**，通俗價廉，常不為世人所重視。然其雖屬攻下瀉下之藥，但醫者如欲將病邪瀉出體外，抑或今之所遇「**陽明腑實證**」，若無**大黃**瀉下之力，恐難解除病患燃眉之急。故時下醫者一味濫用人參補劑，因而導致世人誤覺「**人參殺人無罪**，**大黃救人無功**」之積非成是認知。然於此謹慎叮嚀，冀望爾等習徒能切記！

適值常真人叮囑之語甫畢，立見龍武尊來到，隨即對眾學子表示，陽昫觀逢稀客造訪，蓬篳生輝，難得龍大師能蒞臨學堂授課，望眾學子盡心研習，學以致用。

龍大師一入堂室，一眼注意到位於角落之靦腆小女童，隨後仍淡定地對著眼前學子，開門見山地說道：「一生崇尚『經脈武學』，然人體經脈之要理，不僅在於熟悉十二經脈之運行，更須理解到三陰經脈與三陽經脈之離合關係，此即所謂**手足陰陽經脈**之『**開、闔、樞**』原理；能通悟此一原理者，始能領悟經脈間之奧妙。」接著，龍老分別針對**開、闔、樞**，娓娓表出：

開，猶如門栓，其變動為開，實則為放或瀉；

闔，猶如門扇，其變動為閉，實則為納或收藏；

樞，猶如門軸，其變動為轉，實則為樞紐之意，亦即通道的匯聚或者轉口。

三陽經中，太陽居陽分之表，為開；陽明居陽分之裡，為闔；少陽居陽分表裡之間，為樞。

三陰經中，太陰居陰分之表，為開；厥陰居陰分之裡，為闔；少陰居陰分表裡之間，為

樞。

太陽之開承厥陰之闔，太陰之開承陽明之闔；少陰樞居上而主升，少陽樞居下而主降。故『開、闔、樞』理論，概括了人體三陰三陽經脈之氣機變化、內外陰陽之調合及氣血津液運行之原理。

龍武尊接續指出：人體之十二經脈除了「臟腑表裡經」互通，「手足同名經」之象形互通外，更須理解到，利用「開、闔、樞」原理，經由絡脈分支所形成之「臟腑別通」。然而，循此施行針灸醫治固然可行，惟欲進一步練就「經脈武學」，則須運行體內真元之氣，透過「開、闔、樞」以行經脈轉氣，便能相互支援陰陽經脈不支之時。龍大師講述至此，堂內學子鴉雀無聲，一片寂靜。

此刻，龍老傾囊相授自身所學，惟在龍大師眼裡，諸多學子之反應，僅限於瞭解五行經脈之初表而已，唯能感受堂內一獨特舉止者，即是撫觸著臂上經脈之凌允昇！龍玄桓心想，「若僅是邀吾談談何謂太陽經、陽明經、少陽經？道觀內諸多道長皆能勝任。但若能藉此引來一二位學子，對『經脈武學』燃生興趣，並啟發其推動真元之氣的概念，那就不枉龍某之一番苦心了。」

龍玄桓卸下了外袍，袒露雙手前臂，並向常老點頭示意，常真人縱身一躍，來到堂室邊牆前。龍老緩緩運起體內真元，將真氣自右臂中府領向雲門，接著順臂而下；此時，龍之右臂發出粉橙光氣，並循著手太陰肺經而下，此幕霎令堂內學子們，個個目不轉睛，尤其在座的凌允昇，瞬感身上有股強大真氣隨之而起。

常真人代龍老解析著眼前所呈現之脈道真氣互絡，表示，待**手太陰**經脈之真氣運行至**列缺穴**時，即產生分岔現象。一脈繼續循著**經渠**、**太淵**、**魚際**乃至拇指**少商**穴；而另一脈真氣則經由**列缺**轉至手臂另一側之**手太陽小陽經**。此分支之真氣引動並匯集原**手太陽**經脈之真氣，隨後順著**陽谷**、**腕骨**、**後溪**穴而下，一路衝至**前谷**，終而氣湧幼指**少澤穴**。待氣脈充盈後，龍玄桓右手持起一齊眉棍，並將真氣紛由右手拇指與幼指尖推出，霎見兩道粉橙光氣，雙雙以螺旋延伸之方式，纏繞整根齊眉棍，待兩道光氣交會於齊眉棍一端，竟融合成一橙紅光束。接著見龍老將光束發向常真人，常真人隨即速旋手中拂塵，並將此道橙紅光束收化分散。

常真人收起拂塵後，對著眾學子道：「老夫平時教授經脈之學，今日有勞龍大師以實際內力，展現了經脈之氣道，並能將真元之氣融合於棍器，進而達到『人器合一』之境界。以此希望眾學子於探索『經脈武學』之際，得以啟蒙。」常老隨後又表示，為免龍大師耗傷太多真元之氣，其餘時段則交由茂生道長接續教授藥草之學。

待常、龍二老回到書齋，龍玄桓立向常老問及學堂中那身著長衫之靦腆女童。

常真人回應指出，初次見到這女孩時，雷同當年初次遇上豫麟飛一般，其皆有一種懼怕與哀怨之眼神，惟因此女童亦是來自於畸胎！

「原來如此！」龍玄桓點了點頭回道。

常老隨即搖了搖頭，感嘆表示，此女童本出自官宦名門，其父乃傳前主旗下之財政大臣……龐榮豪！由於龐榮豪繼承龐大家產，富可敵國，自然成了雷嘯天極力拉攏之對象。然龐大人貪財好色，妻妾難以計數，其中一妾，名曰倪綎，即為小女童之生母。孰料，女童出世為一畸胎，其雙手肩臂佈滿雪白如羽之毛，瞬遭龐家上下指為妖孽附身；倪紱更因龐大人之妻妾，串通了江湖相士，直指倪紱母女將禍及龐氏，龐榮豪自此棄倪紱母女而不顧。倪於產後不勝如此打擊，終於萬念俱灰之下，抱著襁褓女嬰一躍入江，而後倪紱溺斃江中而女嬰得漁民救起。數年後因該漁民歿於瘟疫之災，且龐大人遭埋於地牛翻身之下，女童舉目無親，幾經波折後被送至陽昫觀，老夫見其身世乖舛而予以收留。然因其身擁異於常人之特質，遂將此女童取名為……龐鳶！

龍玄桓知悉了龐鳶之身世後，嘆了口氣，道：「遭遇如此悽慘過往，若能挺得過來，其未來之生命韌性應倍於常人才是！」

「嗯！但願如此。」常老應道。

而後，常、龍二老對坐桌案，二人先行推演著與雷嘯天之約定，並進一步論及常真人會晤惲子熙時之可能議題。然此二老沏茶相談，嚴謹且盡興，時至鐘鳴漏盡，二老依然論天說地，直至見得東方魚肚白方止。

作客陽昫觀數日後，龍武尊於整妥了行囊，備妥了坐騎，拜別了常真人後，凌泉領著凌擎、揚三人來到道觀大門，齊對龍大師之教授與教誨，躬身作揖以致謝。這時，見龐鳶跑了過來，親向其尊敬之龍爺爺揮手道別，然此女童雖持一貫的羞澀靦腆，此刻卻對龍武尊展露了難得的笑容。龍玄桓於點頭回應後，微笑著喊道：「允昇、中岳、揚銳，爾等須照顧好龐鳶，別讓她受人欺侮了！」

龍玄桓得徒孫們一致應諾後，隨聞一洪聲「駕」響，其跨下之黝黑壯駒旋即長聲嘶鳴，隨後響起連聲勁蹄，俄而將龍大師之身影帶離了陽昫觀，直朝宮辰山西向而去。

不久之後，常元逸亦上了自個兒之雪白坐騎，於囑咐了道觀內上下事物後，倏朝惠陽城方向，飛馬前往雷王府赴約……。

依舊是夏季之豔陽高照，惠陽城內雖夾著陣陣微風，惟城牆之外，驕陽似火，進城石路熱蒸，黃沙塵土更隨馬匹之奔馳，助長了其瀰漫之區域與擴散之速度。此刻暑熱當頭，不禁令馭馬飛奔之常真人套上了草編帽，或阻擋日照，或遮蔽風沙。惟見惠陽城門之都衛守兵，整齊佇立城門兩旁，原因無他，只因戍守城樓上之衛兵，已眺及一駕著白駒之道士，飛奔而來。常真人見眼前衛兵如此禮遇，立取下草帽且持於胸前作為回禮，並放慢速度穿越城門，而後直奔雷王府。

「常真人一路奔馳，真是辛苦了。」雷嘯天於王府大門前，面露喜悅地迎著常老到來。

「不知令郎身體狀況如何？」常老問候王爺後，問道。

「嗯……雖未痊癒，但已好過大半啦！」雷笑著回應後，領著常真人來到了雷世勛臥室。

「勛兒呀！讓常真人瞧瞧爾之病況如何了？」

雷世勛稍顯不耐煩道：「吾已經歷諸多大夫了，前幾天吃了藥丸兒後，現已感到精神許多；吾以為，讓勛兒出去透透氣，或將好得更快些！」

「雷公子不妨讓老夫診個脈，若能斷出爾之病況已痊，想當然爾，王爺自然放心讓公子外出的。」常老說道。

聽了常真人這番話，雷世勛連忙捋起衣袖；待常真人把了世勛之手脈後，心裡不禁納悶想著，「眼前病患若如雷嘯天所述，已臥病許久；所謂久病傷腎，其左手尺脈應不致如此洪數有力？再則，雷嘯天曾表明其子每日清晨醒後仍癱軟，直逾午時方能起身，此乃辰時與巳時之胃氣與脾氣不振，久病之後，其右手之關脈，更不該呈現脈浮而大才是啊？以雷世勛眼下之脈象，根本就是一個五臟脈絡頗健之正常年輕人。」

突然！常真人發現雷世勛頸部喉結旁開一寸半之人迎穴，顯著不尋常之微腫，此現象應來自施行刺針之術時，稍有不慎而損及人迎脈管所造成，且泛紅之程度，應是近日內發生才是！

「哈哈哈……雷公子之狀況頗佳，若非遠行的話，確實可朝戶外活動一下筋骨。」

雷世勛一聽常真人之診斷後，斯須更好衣著，對其父王喊道：「爹，早說我已康復了！別擔心，我將偕林桀隨行的。還……有，那個神醫給的藥，勛兒也會帶上的。」雷世勛這話，瞬間引來常老的注意。然而，有了常真人之診斷，雷嘯天則沒了阻攔雷世勛外出之理由。

接著，雷中主偕常真人來到了王府大廳，常老不忘向王爺提問雷大少所述之神醫，何方神聖？雷嘯天神情雀躍地向常真人回應表示：

話說，數日前造訪陽晌觀時，刁刃與我左右雙衛切磋武藝後，一隨從突來告知，一神秘人物隻身來到雷王府，其表明能治好小犬之病症。然因事關重大，府內無人敢擅自決定，是否讓一陌生人入府為世勛診病？惟因內人救子心切，且見眼前陌生郎中已年逾半百，一頭銀灰髮鬚，而王府上下動輒百人，應不足為懼才是，夫人婨燕遂允其入內為小犬看診。孰料，此陌生郎中於診斷之後，隨即運起內力，灌入了勛兒手腕上之**陽池穴**。半晌之後，本癱軟昏睡之勛兒，竟漸漸甦醒而精神起來。見著此反應後，陌生郎中得到了婨燕之信任，遂進一步解開了勛兒衣著，以行更深入之診斷。惟因夫人略知人體經脈穴位，其述及該郎中順著勛兒之**足陽明經脈**，自腹部一路上行，循著**氣戶**、**缺盆**、**氣舍**、**水突**等穴位，終停於頸部**人迎**脈處。話到此處，更引來常元逸之關注。

雷嘯天接著說：「夫人見郎中於勛兒頸部輕柔後放手，而後見其自袋中拿出了包藥丸兒，並囑咐每晨醒來，讓勛兒服用六粒藥丸兒即可。夫人見狀，深表感謝並準備予以賞賜；惟此郎中既不表明身份，亦不收取任何酬勞，僅於離去時表明，將於三日後再訪王府。」

雷接續指出，自本王聞訊趕回王府後，勛兒狀況確實改善了不少，本王隨即令藥物督驗官戚聿蓀，著手化驗郎中所予藥丸兒，此舉卻遭夫人制止！惟因世勛病發以來，已試了諸多配方均不見效，難得遇上神醫親自送上門之仙丹，且僅三日之數量；若挪支了些去化驗，不巧遇上勛兒症狀復發，該如何是好？再則，聞此郎中再三囑咐，藥丸兒中含揮發性特殊香料，一旦丸粒遭毀損，致使香料揮發，治病療效將大減。正因這般理由，本王遂暫止化驗之施行。

常老聽了雷之所述，直覺疑點重重。心想著，「此人親自前來診病，並未依循**望**、**聞**、**問**、**切**之四診合參，直接藉**陽池**予以補氣，且無任何依據即循**足陽明**經脈診斷。然雷世勛如此奇症，竟無須開方抓藥，即呈出所謂的仙丹妙藥，令病人服下，還不忘叮嚀該藥丸兒不能毀損，藉以避開查驗官！嗯，此人應非等閒之輩，其對雷世勛之病症，應是有備而來！」

雷嘯天接續表出，三日之後，此銀髮郎中再次來到了雷王府，此時本王已回到了王府。經由夫人引薦，本王確實見到了這位郎……哦……不，是神醫！此人約莫耳順之年，皮膚稍顯深色，面貌輪廓即為深刻，且持著形體怪異之木杖。然於相談中得知，其來自於西州西南二百里之克威斯基國，惟因該國境內盛產多種不見於中州之草藥，故將諸多祖傳秘方製成蜜丸兒，以便於攜帶。

常真人立馬驚覺到，「此乃繼上回遇得狼行山時，其所提問之同一外邦異族；巧於這刻意親近王府之老叟，亦是來自這國度？難道，此一神醫乃藉侯西主大釋邊關之政策下，前來中土？」

「王爺，雖然此人出手救醒令郎，但中州一向嚴查不明藥材之原則，應能始終貫徹吧！」常老問道。

「當然！當然！我中州一向嚴禁曚魂幻藥；不過，倘有外來稀有藥材，只要實據療效而無損於身者，一經查備，即可放行。」雷又說道：「常真人可想想，過往中土一場大瘟疫，致使遍地橫屍，我中州亦無法及時控制大局！倘若能藉由外來醫藥，補足傳統醫術之不足，進而防堵瘟疫擴散速度與肆虐範圍，豈不為百姓多增添了層保障。又如，本王征戰沙場多年，積累了不少筋骨舊疾，尤以雙肩疼痛為最，服用王府多少御醫所配藥方，均不見效；怎奈與這外籍郎中交談之中，痼疾復發，於此當下，本王依舊仗著此老郎中應不至構成威脅下，給予診治；孰料，服下了這郎中所配予之藥丸兒，約莫一刻鐘後，本王之肩部疼痛完全消除。此人藉著祖傳秘方為人診病，並能於短時間內緩解多年痼疾，能不教本王讚嘆其一聲『神醫』嗎？」

「敢問王爺，二度前來之神醫，可有詢得其大名稱號？」常老急問道。

「此一持著木仗，披著布袋之神醫，以摩蘇為姓氏，以里奧為名；此人不為索利之舉，雖得本王賞識，可惜來自外邦異鄉，尚須查清其來歷為妥；否則，如此高明之醫者，本王肯定招攬且予以重用才是啊！哈哈……」雷笑著應道。

見雷中主僅與摩蘇里奧一面之雅，即予以諸多稱讚與頌揚，常老遂順著場面，說道：「或許是貧道多疑了，還望此神醫能推助王爺，齊為中州謀福才好！」

常老停頓了一下，又道：「貧道此次下山，本為令郎診病，卻極其幸運地見其幾近痊癒，想當然爾，已無須貧道再插手診治。」

「有勞常真人為我勛兒掛心啦！」覃媮燕走進了王府大廳說著。

「哦！原來是夫人啊！貧道已多年未訪王府，別來無恙吧！」

「托常真人的福，一切安好；當年我傅師兄國事如麻，疏於安養，以致重疾纏身。當下多虧了常真人的幫忙啊！」雷夫人語帶感恩地說。

「夫人客氣了，傅前主乃貧道多年摯友，只因其志在國是，進而執掌中州；而常某卻是看破世俗而沉寂於黃垚山參悟。當見傅兄臥病在床，貧道竭盡所能，卻仍見其撒手人寰，甚感不捨啊！」

「傅前主常提及常真人乃念舊且重情義之人；今日見常真人再為小兒奔波，直令媮燕銘感五內。」雷夫人說道。

「快別這麼說！貧道此行實屬職責所在，內心亦感恩王爺能知悉貧道念舊習性，遂同意牽成貧道與惲先生之會面。」常老順勢表態此行之另一目的。

這時，雷嘯天之神情，瞬由談及神醫之喜悅，轉為嚴肅。心想，「這老道兒還真夠溜地，與夫人寒暄之餘，還是能藉與傳前主之交情，硬將話鋒轉向了惲子熙！」隨後冷笑著應道：「知悉常真人與惲子熙乃多年舊識，難得常真人到訪惠陽城，順道訪友乃天經地義之事，本王當然樂見其成！接著，雷又疑心唸道：「只是……惲子熙乃前朝要臣，我想……常真人敘舊之餘，應不致與之論及政局才是吧？」

雷夫人為化解稍起之尷尬氣氛，說道：「王爺，常真人向為修道之人。當年就算與傳前主話家常，亦不曾涉入師兄朝政之事，王爺大可展現您的氣度與胸襟。惲子熙或許經由常真人所闡之天人合一、普惠大眾等觀念影響，沒準兒決定再次投效王爺您的麾下呀！」

「嗯……但願如此！」雷嘯天語氣放沉地回應後，隨即令東靖苑巡防衛官周康，倏領巡城都衛隊伍，護送常真人前往東靖苑。常真人於拱手作揖，紛向王爺及夫人道別後，順勢離開了雷王府。

東靖苑之寧靜依舊，值苑內荷花池香氣四溢，倚欄而立之釋星子，望著池中鮮綠生態，不禁順口吟出：「荷香隨坐臥，湖色映晨昏」，隨後又是一句「荷深水風闊，雨過清香發」。

正當惲子熙處於對景吟詩之際，見風吹起之池中漣漪，彷彿是迎接賓客之紅毯；惟毯之另一端，迎來的是另一詩句之吟頌……「嫩竹猶含粉，初荷未聚塵」，接著又是一句……「荷風送香氣，竹露滴清響」。惲子熙忽聞熟悉之聲調，最終現身池邊者，乃一熟悉之身影，聞其續吟著……「接天蓮葉無究碧，映日荷花別樣紅」。

霎時，惲子熙難以想像眼前所見！「真的是……？」

「沒錯，正是貧道！許久不見，惲先生可如意延年？」常老發聲道。

釋星子雖驚逢昔日摯友，仍不忘作勢提醒常真人，「噓！隔牆有耳！」待二人入了惲子熙之書房，惲才稍為卸下防心，畢竟此室乃距巡防都衛最遠之處。

「真是苦了惲先生您啦！」常真人接著感嘆道：「唉！眼前之東靖苑，看似官宦賒豪居所，惟惲先生受情勢所逼，身不由己；老夫對此由衷同情！」

惲子熙亦嘆息應道：「唉！只因雷嘯天受榮根大師之助而取得中州，故採信榮根大師之建言：威嚇利誘前朝官員，使之歸順，凡不降者皆予以誅滅家族。所幸惲某尚有利用價值，故能留存於與世隔絕之東靖苑。不過，此地偶有文人賢士到訪，依稀知曉世間傳聞之事。只是……雷嘯天明知常真人與傳前主有交情，何以允諾常真人前來？」

常老立將雷世勛身染奇症之過程，以致藉由為世勛診病，以換取探訪惲先生之來由，為惲詳述了一番。居中之諸多細節，頗讓惲子熙心生疑竇，尤以外邦異族逐一移入中土，甚至是雷嘯天口中之神醫摩蘇里奧，再再皆讓惲子熙感到不安。然此同時，惲子熙亦告知了先前與徐大人之商討內容。

然而，對於五州霸主皆熱衷於奇岩異石之出土，常老頗為驚訝道：「正因坊間對各州之異象，諸多揣測，數日之前，龍武尊甚而為此，親上陽昫觀與老夫促膝長談。常某與龍老憶得昔日吾等於臾桑島之聚會，當下惲老弟曾提及有關『磐龍仙翁』之傳說；龍老藉此推測，五州奇岩絕非世間巧合，或許惲老弟之歷代藏書有相關記載，惟因存有一絲機會能遇上惲老弟，遂藉此一聞釋星子之剖析與看法！」

惲子熙感慨表示，時至今日，吾等欲於臾桑島一聚，應是種奢望才是！然依年歲而論，常真人為長，乞求眾生祥和；龍武尊為次，首創「經脈武學」；凌秉山居三，精研絕世鑄術；而推斷星盤地象之子熙則列於末尾。龍玄桓大師向來對江湖敏銳度極高，其刻意上陽昫觀與常老長談，可想像現今中土五霸應是各懷鬼胎、明爭暗鬥才是。而對龍大師所提「五州奇石，絕非巧合」，惲某頗為認同。

這時，惲子熙於案几上設妥之文房四寶，磨硯沾墨，並對常真人表出，關於「磐龍仙翁」之傳說，恐須溯及惲某祖父所撰之竹編卷冊，其內撰述到……

上古時代，地龍翻騰，大地龜裂，山泉不流，叢草不發，地熱不宣，諸礦不藏，土不能耕，民不能生。

後生髯客，鑿山闢地，深居於下，追逐磐龍，欲駕爭鬥，難以伏之。

坐觀龍形，其犄為青，其鬚為赤，其爪為黃，其鱗為金，其尾為玄。

對峙糾纏，兩敗俱傷，磐龍被困，大地宣發，磐龍不出，民得延生。

髯客設陷，捆龍於下，為免後患，削其雙犄，滅於翠森；斷其鬣鬚，熔於赤焱；剝其銳爪，毀於黃垚；刨其堅鱗，碎於雪鑫；斬其韌尾，摧於烏淼。

磐龍自此，魂飛魄散，屠龍歲月，歷經百載，髯客降魔，終眠於下，享壽百八。
後人追念，眾生齊呼，磐龍仙翁。

惲子熙提筆即書二百字句，其間揮毫不語。常老一旁瞧得仔細，見惲先生一筆表述，心生佩服，不禁循文指出，此二百字句中，充斥著天地五行；其中，山泉不流為水竭，叢草不發為木枯，地熱不宣為火鬱，諸礦不藏為金絕，土不能耕為土荒。然磐龍受制於髯客，大地始有生機。此獸身具五色，其雙犄為青，五行屬木，絕於東州翠森峰；其鬣鬚為赤，五行屬火，絕於南州赤焱峰；其銳爪為黃，五行屬土，絕於中州黃垚峰；其身之堅鱗，五行屬金，絕於西州雪鑫峰；其韌尾為玄，玄者為黑，五行屬水，絕於北州烏淼峰。由此推敲，此磐龍仙翁將巨獸五色特徵，分別封印於五大州之高峰下；此與近來出土之各州奇岩異石，雖有聯想之處，唯一令人不解者，乃中州之黃晶石，為何出土於奇恆山？而非磐龍傳說中之黃垚山？

常老想了下，又說：「若硬將出土晶石之五嶽，作為五臟之聯想，此一『奇恆』之名，頂多涉及醫經中所謂：**腦、髓、骨、脈、膽、女子胞，此六者，地氣之所生也，皆藏於陰而象於地，故藏而不瀉，名曰奇恆之府**。其他則無所聯想？」

惲子熙不疾不徐地回應道：「惲某首聞五州奇岩出土乃源於徐崇之，徐大人；初聞當下，即生常真人所提之疑點。待吾重新翻整歷代家傳，找到幾卷殘破竹簡片，藉此湊出了些蛛絲馬跡。」

常真人隨即表示，先生存留之家傳書卷，難道不畏強權、宵小掠奪？

「哈哈哈……常真人可知子熙為何提筆揮毫二百字以相告，其乃因祖父所留下之《髯客屠龍》竹簡相關，幾乎非當今所用文字。相傳髯客曾利用磐龍之厲爪，將其屠龍秘要，撰刻於石壁上；惟其所呈內容多為圈點橫豎之符號，故後世專研者，將之稱為……磐龍文！而祖父亦將相傳之磐龍文，逐一仿刻於竹簡上，倘若遭人盜取，未必能理解文中內涵。而祖父精研磐龍文之演繹，更將研習磐龍文，作為惲氏家族必修之家傳；無奈我惲家後世人丁單薄，現今能參透磐龍文之義者，寥寥無幾。」

惲子熙接著指出，相傳磐龍仙翁屠龍之後，收了一凡間弟子為徒。師徒二人花了數十載歲月，撰刻仙翁一生秘辛，最終將龍爪磨碎，並深埋於黃堯山之地層。而後，磐龍仙翁自知氣數已盡，便於黃垚山下引火焚身，並命其徒兒將骨灰灑於黃垚山之巔上，最終享壽一百八十。

這時候，惲子熙再於案几上攤開一中州地象圖，並對常元逸解釋道：「當年輔佐義兄傅宏義治理中州時，傅兄曾派遣三千精兵，助惲某完成中州地理勘查並繪成此圖。而後再根據歷代文獻與磐龍記載，發現黃垚山下各村莊百姓，皆鑿井引水而用，故追蹤眾多相關井水出口，並將之依序連線，竟察覺黃垚山下有一極大之地底伏流，然此伏流之最終出口即為……奇恆山！依此推斷，奇恆山出土之黃晶石，是否即為磐龍仙翁於深埋黃龍爪之際，不巧陷入地底伏流，以致流往了奇恆山？此乃直至目前所能衍生之推斷！」

常真人見聞了惲子熙之地象分析後，頻頻點頭，覺得過往之傳說與事實之呈現，頗為吻合。

惲子熙又皺起眉頭，續對常真人表明，有關「磐龍仙翁」之傳說，後人又有一說提及，髯客之徒兒上了黃垚山後，自建了一簡陋廟宇，並立了五大巨柱；其每日於巨柱前，分向五州方位跪叩膜拜，祈求大地不再翻騰，眾妖獸能安憩不亂。而後又親自以磐龍文撰著五行紀冊，並以《五行尊經》為冊名，惟後續下落不明。

常老以其曾於黃垚山五藏殿修道，接續惲先生之說指出，《五行尊經》之傳說，實有耳聞，卻不可考。惟五藏殿之黃垚五仙，確實齊撰一作，名曰《五行真經》。然因此經內文之首頁，提及「凡能通達木火土金水之各經要理者，始能領略五行真經，進而壽與天齊」。然此著作，本為引領眾生瞭解天地五行之至要為宗旨，無奈一句「壽與天齊」，竟成了高官達貴眼中之長壽寶典，以致撰書者之美意遭到眾人扭曲，而後更演變成世人爭相掠奪之物！

惲先生聞此，不禁感嘆表示，原本地底下之磐龍作亂，終得以平息；孰料磐龍遭封印之後，地面上之廝殺爭鬥，更令眾生苦不堪言！

常老再次端詳惲之二百字跡後指出，初聞惲先生提及「磐龍仙翁」之際，原以上古傳說視之，然而隨時代之演進，彷彿覺得該傳說之真實性……漸次提升！再對照現今所處之群雄爭鬥世代，頗引人諸多聯想，甚而覺得此一傳說，已猶如預言一般！常又說：「依老夫所見，雷中主將於端陽召開五霸大會，想必為了威嚇弱勢，強取利益罷了；若非五州各握有晶石之秘密，雷嘯天恐已厲兵秣馬，窮兵黷武才是！」

惲子熙點著頭表示，由於五州對晶石揣測不一，徐大人更提到嚴東主與北州莫烈，欲共同合作探勘，怎奈此舉惹惱雷中主。惟因各州之行事，爾虞我詐，故徐大人願藉其稅務大臣身份，循每年四季巡訪各州取稅之際，順道瞭解各州開鑿五晶石之情況，待回中州後再與惲某分享。

「嗯，此舉乃因應局勢之上上之策也！環顧五州，能周遊各州而不受阻者，非徐大人莫屬了。」常老點頭稱道。

此刻，常、惲二人於書房推測五州晶石之際，惲提起了日前雷嘯天特來東靖苑，藉此推算龍玄桓五大義徒之未來，然此一說，著實震驚了常真人。惲子熙並告知了當日於星象圖毯上推測之結果。常真人對此甚感憂心，隨即表明嵐映五俠，個個身懷絕技！寒肆楓之能量釋放，異於常人、刁刃之劍術卓越、牟芥琛之醫術精湛、狼行山之縝密思慮、豫麟飛之威猛壯碩。倘若此五英俠將與雷王府形成「一入一合」之勢，現今五州相互制衡之格局……恐將生變！若論優勢，中州坐擁人力與市場；若論武力，雷嘯天將士用命，旗下高手如雲，無怪乎侯西主欲引進外邦，藉以強兵強國，否則難以面對強勢之雷嘯天。

霎時，惲子熙顯出了欲言又止貌，待其理了思緒後，說道……

「真正憂心之事兒，未止於此。正所謂：天機不可洩漏。縱然子熙能以天磁地氣推斷未來，惟此舉仍具折壽之虞，但若能因此預知危難，且無違逆天意之下，提前找出因應之道，亦是一頗具代價之舉！」

常老雖聽出惲先生話中有話，頓時卻無以意會，神情極為緊張地問道：「子熙是否已推測到兵戎之象？」

惲子熙搖了搖頭，放緩語氣說道：「環顧五州霸主明爭暗鬥、爭權奪利，累積了大小衝突，未來兵戎相見，實在難免！只是……當日推演五英俠未來趨向當下，子熙多推演了一次天象命盤；然真正令人擔憂者，不在於那『一入一合』之結果，而是導致此一結果之起因！然而此一無可避免之源頭，正出自於龍大師與其義徒間之……衝突！」

「難道……自家之衝突，無可化解？」常老急問道。

「若僅是自家問題，以其師徒間之情誼，應不至於無可收拾地步。然子熙引用無可避免來形容衝突之產生，乃因嵐映湖之平和氣息，受了外來因素之介入而生變，至於是何等外來因素，則不在推演之範圍內。」惲回應道。

常老聽聞後，不禁心生愧疚表示，當年以正規倫理道統，教導五位出自破碎家庭之虞犯少年。惟因其忤逆性格極強，不僅難以馴服，甚而常生鬥毆。又說：「既然以文的方式不成，不妨更以武的方式如何？而後遂親自懇請龍大師藉管束之名義，收留此五弟子，盼能匡正五人之思維與行徑，以免殃及未來。然經十餘載，此五人已成眾人口中之五英俠；但以約束管制方式，若不能於其心智成長過程，建立對人事物之正確價值觀，一旦禁不住世間之權勢利誘，其後所衍生之後果，多半是禍而不是福啊！倘若未來世局一如子熙所推測，那老夫真是拖累了龍武尊，亦對其多年之付出，甚感惋惜！」

「常老可記得當年於臾桑島，子熙曾對著明月星空、推星盤、卜命掛，更依羅盤所行軌跡示意到：常生有命，龍後有傳，凌研有得，惲危有嗣之結果。

「記得！當然記得！」常真人認真地回應道：「貧道乃順從『天人合一』之道士，天命如何安排，順其自然。針對龍老之……後有傳，若以其五義徒而論，或將所學所悟，傳予過目不忘之牟芥琛吧！至於凌秉山大師，自其逃出侯王府，至今下落不明，何時能再鑄劍？不得而知。倒是惲老弟之情況，老夫更是無從揣測了！」

子熙立於常老話後表示，推演天磁地氣之玄妙，不僅令人辨識於一念之間，甚可轉譯於一字之形義差異。

「嗯，子熙為此釋義，常某願聞其詳！」

惲子熙隨即表出，所謂「有命」，可如常老所述之「天命」，亦可另有所指之「使命」也；至於是何種使命？以常真人一生濟弱扶傾，承先啟後，實已對「使命」二字有所說明。然而「龍後有傳」，一如常老方才所述，其義乃指……傳人！其所傳乃有形之物，抑或無形之術，皆屬可行。倘若再研議此句中之「後」字，其可指未知之往後某年月時日，述及的是「未來」；但是否另有其義……？

惲子熙目視著常真人而頓時不語，常老突然瞠目驚覺道：「難倒是指……百年之後？」

惲嚴肅地回應道：「四句推演所示，實乃多年前子熙於與桑島所言。而今若再對照方才對嵐映湖的師徒衝突之說，吾以為此一……後有傳三字，常真人可得再行斟酌斟酌了！」

常元逸聽聞之後，雙眼微閉，嘆息不語。

惲又指出，關於秉山兄之「研有得」；世人常尊凌為鑄劍大師，遂直覺其能鑄造各式兵刃。然所謂「研」者，集思專研也。眼下暫無音訊之秉山兄，抑或藏諸隱地，整其思維，理其一生鑄劍所遇瓶頸而另尋應對之策，終為其所得。

常老聞後，點了點頭，表示認同。

「若要論起我惲某人之字句註解，此乃老天爺對子熙之考驗。」惲接續表出，針對「惲危有嗣」，此一「嗣」字，可謂帝王對臣下之封土授爵；單此一點，當年子熙輔佐傅宏義時，確有受其禮遇，惟中州易主之後，子熙一如魚池籠鳥，僅能苟且於此。又說：「昔日子熙勝任官職，得凝聚朝野，雷嘯天能留子熙一命，實乃基於穩住前朝臣官，並籠絡人心罷了！」

惲又提及，「嗣」字尚含另一解釋，其乃「接續」與「繼承」，亦即常言之「子嗣」！然此過往，常真人再熟悉不過。憶得當年賢內難產，雷嘯天雖以其職，差人前來相助，當下子熙已知雷嘯天圖謀不軌，然為顧及內人安危，只能順應當下。當時以為在劫難逃，遂依事前推演星盤所示：產兒名中帶「敬」者可續。故事先將孕胎取名為……惲敬歆！怎奈此娃兒命如浮游，不久之後，賢內亦隨之逝去。然而回歸字句所述，此一「嗣」字，更有一解為「主持掌管」，惟因雷嘯天聽信榮根大師之建言，慎防子熙有持掌朝廷之可能，遂將子熙軟禁於此，以防惲氏有節外生枝之可能。

惲續指出，看似皈依佛門之榮根大師，複姓薩孤，單名齊字，本為東州菩巖寶剎法號榮根之僧，惟此僧過往曾來中州，且拜師於家父，論其輩份，薩孤齊乃子熙之師弟，只因子熙常居於父親書齋研習，故鮮少與之會面。孰料此僧心術不正，虛榮浮華，習得惲家命掛之術與淺略之磐龍文，四處招搖撞騙，父親得其行徑後，遂將之逐出師門。據聞，薩孤齊在外頻遭仇家報復，一度失去音訊；雖不知此僧修練過何等功夫，但依稀記得，此僧不言「阿彌陀佛」四字，唯其說服他人之能力頗佳，故能得雷嘯天信任，且尊予一聲「榮根大師」。待薩孤齊助雷取得中州，雷更予以中州國師之位，今非昔比，令人咋舌。

此時，常老冥想了片刻，忽然憶得一段過往，隨後聞其表出，多年前，常某於一廟寺為虔誠信徒們義診，見一法號榮根之僧人，以宗教交流之名目，造訪該寺。此僧論經說道，侃侃而談，話語之中，知其略懂醫理。然此當下，一道長抱持一襁褓中嬰孩，匆匆奔回廟寺，眾道友無不驚訝此一來自畸胎之幼嬰，惟此嬰即是日後嵐映五俠中之……豫麟飛！然話說至此，常老仍不忘回頭談及「惲危有嗣」之字句，遂再表示，子熙註解了「有嗣」二字之推譯，但看這「危」字，子熙如何視之？

惲指出，此一「危」字，實則蘊含「情急」與「險象」之義。又說：「子熙於輔佐傅宏義時期，平步青雲，直至傅前主罹患重疾則風雲變色，內人難產之險象更是接續而來。然事隔多年，子熙不曾與人提過，此一危難時期之中，尚有一段插曲存在。」

惲子熙走向窗邊，確認周遭狀況後，輕聲表示，常真人與傅前主頗有交情，回想義兄身體微恙，見常真人數度前來為其診治。依稀記得常老以**葶藶子**配上**大棗**為傅兄治症。

常老隨即指出，傅前主罹患重疾之前，不時受肺癰之症所困擾，以致胸中脹滿、痰涎壅塞、咳喘不得臥，遂施以治療肺癰之傳世名方……**葶藶大棗瀉肺湯**，藉由**葶藶子**以瀉痰行水、下氣平喘，使肺氣通利；再佐以**大棗**之甘溫安中，緩和**葶藶子**之峻猛，使達驅邪而不傷正。惟因傅老弟長年征戰沙場，日夜奔波，無法全然靜養身疾，以致不勝重疾摧殘，一代梟雄撒手人寰，令人惋惜！

「常老是否記得，為傅兄診治期間，曾遇及賢內……馮適芳？」惲問道。

「當然記得！當年貧道於傅王府巧遇賢伉儷時，惲老弟出於好奇，遂向貧道請教**葶藶子**與**大棗**之配用；後因賢弟媳之面色極為蒼白，甚有嘔吐現象，待貧道診了脈後，即告知適芳弟媳有了身孕。」

「常老可否記得，約莫個半月後，您又診了適芳之脈息，而後私下對惲某表示：此回脈象頗耐人尋味，乃少有之靜中有動，浮脈延伸之脈中有脈。當下得您提醒適芳，胞宮內之心跳位置稍有異常。」惲提道。

常元逸想了下，說：「嗯，貧道確實說過這般形容，自此之後，常某則不曾再遇過賢弟媳。惟事後聽聞其妊娠前後之遭遇，常某亦深感同情與惋惜！」

惲子熙深深地吸了口氣後，正經指出，整個事件之插曲，即是由此開始！

知悉適芳脈象非比尋常，子熙遂藉星象羅盤推測，立示出了「妊娠有難，一命險存」之結果。子熙深思，究竟這一命險存，所指為何？是母命？還是子命？既有存活之可能，又為何示出個「險」字？自此之後，子熙日夜不安，遂再次於星象圖毯上推演；待見此回所譯出之字句表示：名中帶「敬」者得延續。子熙遂依此推知，此命之延續在於……子！

數日之後，子熙探訪義兄病況。由於傅兄與子熙情同手足，遂將星盤推測一事兒，告知了傅宏義，並談及以惲敬歆為子名；傅兄言表贊同並令王府御醫協助惲氏所需。然於對談當下，不知傅兄之師妹覃婾燕，早已立於門外。孰料日後之覃婾燕，竟與雷嘯天墜入情網！惟因此一關係，雷嘯天得到了義兄之信任，覃婾燕更力薦雷嘯天晉升為御醫坊督官，藉以督促御醫們研究因應傅前主病證之藥劑。然而，此舉猶如引狼入室，亦是子熙危難之起始！

適芳難產當下，御醫們個個受制於雷嘯天，而紛於房外待命，僅一產婆入室協助適芳。隨後不知煎熬多少時辰，產婆終於抱出一無啥聲息，且面帶紫青之小男嬰，並描述產婦胎位不正，以致男嬰遭臍帶繞頸而生血阻。雷嘯天見狀，倏令御醫將男嬰帶往御醫房搶救；見雷動作之快，絲毫不在乎適芳之安危。子熙立馬飛奔入室，見適芳因失血過多而奄奄一息。適值雷嘯天與御醫們離去後，令吾驚訝之事兒發生了！當下忙於產後安清之產婆，突然要求子熙轉身迴避，約莫一刻鐘後，竟有另一男娃兒臨盆，唯其身形雖較先前男嬰小些，但聞哇哇之哭聲，煞是宏亮！

常老再次瞠目驚訝道：「果然是脈中有脈之孿生雙胎！」

子熙這才恍然大悟，原來「一命險存」之意，指的是雙胞之一。惲某當下要求產婆為適芳所產之雙生胎保密，得其允諾後，子熙俄頃將男嬰裹好，放置於一竹藤箱中，並於箱中灑上鎮眠散，好讓男嬰於短時間內無聲熟睡。接著將竹藤箱帶到馬廄，交予了事先安排好之接送者。

「事先安排好之接送者？是……」常真人問道。

「中州稅務大臣徐崇之大人之堂兄……徐逵！」惲回道。

「可是那滿城張貼懸賞告示之……徐逵？」常真人又問道。

惲子熙點頭表示，經徐大人引薦而認識了徐逵，此人劫富濟貧之舉，因而惹惱了雷嘯天，成了中州欲緝拿之頭號人物。惟因徐逵飛簷走壁之輕功了得，故當年事發之前，惲某遂計畫於必要之時，由徐逵暫將嬰孩帶走，以防雷嘯天對吾子有所威脅；不料一個陰錯陽差，其抱走的竟是雙胞男嬰之一！

孰料，雷嘯天將先前男嬰帶走後，折返了回來。子熙聞馬蹄聲漸近，遂託徐逵將竹藤箱帶走；只因箱中暫無聲響，故僅告知箱中之物極為重要，千萬不能落於雷嘯天之手。

徐逵將竹藤箱帶離官邸後，為躲避巡城都衛之追緝，一路循著屋簷翻飛，驚險出了永業城，卻不幸奔至濮陽城時，遭巡城都衛軍發現！正當徐逵於屋脊上飛竄時，不幸觸得一滑脫屋瓦而瞬間失衡，致使竹藤箱掉落屋簷之下；惟因當時天掛朔月，光線極為暗淡，即便徐逵再回頭搜尋，仍一無所獲。然此驚險過程，徐逵經由徐大人轉述於子熙，子熙遂能描述一切。

「聞子熙取名之惲敬歆，其所指的是？」常老問道。

惲表示，由於先前命盤推測結果已眾所皆知，故子熙依舊將出世僅七日後夭折之男嬰，稱其為……惲敬歆！此舉得令聽信榮根和尚之雷嘯天，亦將因此而對惲某卸下防心與敵意，且能護及另一不知音訊之骨肉。又說：「不過，為了日後可有辨識之依據，子熙及時於男嬰之右臂上，刺了個簡單符號，隨後將其置入竹藤箱中。」

惲子熙話說至此，停頓了一下後，反問道：「常老聽了子熙此一過往插曲，是否符合了當年與桑島之推論……惲危有嗣！」

「釋星子藉由星象命盤，即可推估未知，常某實在佩服；倘若……常生有命，可解之為使命，待自老夫離開東靖苑後，亦將協助子熙尋得另一骨肉之下落，以作為一項承諾與責任。」惲子熙聽了這話，隨即向常真人拱手作揖，由衷感謝。

惲子熙隨後憂心表示，以星象命盤推演未來，此舉將導致推演者壽命折損，此乃不爭之事實。再則，推行羅盤之功力，亦將隨年歲增長而逐一衰退。試問，惲某能有多少寒暑可用？能再為中土推演多久？然中土五州之內鬥不已，謀動干戈則兵傷民損難免；未來能否抵得住

外來勢力之趁隙而入……不得而知！

常老有感地說道：「今日與子熙之聚，著實感到中土大地頗有山雨欲來之勢，尤對嵐映湖將生事端之說，印象極深，居中甚而提及了外力介入！然為防微杜漸，老夫將適時與龍武尊從長計議，以免日後不堪設想。」話後，惲子熙頻頻點頭，以示認同。

然光陰荏苒，東靖苑風貌依舊，惟苑中稀客蒞臨而氣氛不同。適逢常真人偕釋星子於書室之中，齊將周遭之人、事、物，融入了過去、現今與未來之因素而剖析長談，不禁深感烏飛兔走，轉眼即見周康將軍入室關照。待惲子熙親送常真人出了東靖庭院後，惟見常真人收起了拂塵，翻上了雪白坐騎，立見一須眉皓白，衣冠甚偉之身影，隨著馬蹄聲響之遠離而漸趨消逝於周康眼底。

第四回 群英蛻變

烈日炎炎，涼風清暑，綠樹成蔭，蟬聲連連。城外見得農家來回田埂，彎腰耕作；濮陽城內則是車馬穿梭大街，人潮絡繹不絕。諸客棧高朋滿座，眾商賈交易熱絡，此等繁華乃因城外數里之廣濱埠擴大通商而來，亦為中州往來東州之最大港埠。舉凡兩州之貨物進出，漁獲交易，甚是港埠倉儲，均以此埠作為聯繫。而令濮陽城升格中州東部第一大城之重要推手，非聶忞超城主莫屬。

午後烏雲遮日，電閃雷鳴，陣陣雷雨雖沖淡了街坊人潮，客棧內爺們兒飲酒議論之聲響卻是不減反增；尤以怡紅園裡的鶯鶯燕燕，無不圍著爺們兒斟酒作樂，此景絕非一般市井小民所能體會。不過，飲酒歸飲酒，作樂歸作樂，仍舊有人慕名前來，只為一賞怡紅園當家藝旦蔓晶仙之琴藝。

每輒逢五逢十之曆日，蔓晶仙皆於怡紅園之閣樓台，獻上一時辰之奏曲，或聞長簫短笛，或而琵琶古箏。然此演奏時段乃怡紅園內，唯一無人飲酒作樂之時刻；亦因如此，入園聆聽者，皆須付上不菲銀兩，故參與者多為商賈富人。待琴瑟之聲奏起，在場無不陶醉於蔓晶仙的韻音之中；當然，聶城主是絕對的知音之一。

見蔓晶仙彈奏柔和樂曲時，閉目陶醉；節奏稍快時，立以微笑為襯；惟今日之演出，一反往常，值其演奏樂曲時，稍顯浮躁，不時抬頭，頻以目光搜索聽眾。熟悉演奏氛圍之聶惢超，關注了蔓晶仙之異常，唯高水平之演出者，依能維持應有之步調，縱貫全場。

待演奏結束，怡紅園掌娘柳紅蕊，一貫地謝過聶城主與前來捧場之賓客。然而同樣的散場離席，今日的柳大娘卻刻意留住了場中一初次到來的陌生俠士，此舉亦引來聶城主之回首關切，不禁想著，「蔓姑娘今日異常之舉，難道與這江湖人士的出現有關？」

蔓晶仙來到了陌生俠士前，微笑著說道：「有勞柳大娘留住了少俠，敢問少俠如何稱呼？」

「在下……狼行山！初次造訪濮陽城，即聞街坊談著蔓姑娘所奏之琴瑟樂曲，可比天籟，遂隨著嚮往者前來，怎料來到怡紅園前，內心卻生了躊躇之意，畢竟此處乃政商爺們兒飲酒盡歡園地；待知曉今日園內將空出一時辰，以作為美聲演奏，遂前來一探究竟。聆聽之後，果真不同凡響，惟不解蔓姑娘為何……為何要求在下留步？」

「狼少俠之神采與魅力，凡人少有，且自體散發之特質，非比常人！」蔓回應道。

霎時受著他人讚賞，不禁一股愉悅上湧，霎令狼行山挺著胸膛，頗具自信地聽著。

蔓姑娘接續表示，過往於樓台上吹彈樂曲時，總能隨心所欲，進而達到人琴合一之境；惟

今日奏出之音律，直令奏者難以接受。究其原因，實乃出自琴弦之音準受阻，欲維持原有之演出水平，則須更使勁兒地操撥手指。何以造成如此窘境？待追蹤每一撥弦，發現弦上之濕氣倍於以往。然以現今之節氣，周遭不應有如此水氣；而後藉由聲音傳送之速度，發現了散發異常水氣之源，即出於少俠所在位置。

原本自信滿滿的狼行山，聽了這段敘述，發現自體控制不了的水氣，竟被一身隔數十尺遠之奏琴姑娘發現，霎時羞愧至極，隨後硬著頭皮回道……

「蔓姑娘感應能力過人，令人佩服！實不相瞞，在下乃習武之人，惟近來手汗冒生頻繁，不知困擾了蔓姑娘之奏琴，還請蔓姑娘見諒！」

聞得斯文俊秀之狼行山，頂著少俠風範，竟也能拉下臉來，坦承自己不受控之一面，立讓蔓晶仙覺到，「此人能屈能伸，應是成大事之才，若能進一步領悟自身異常來源，或許能如父親一般，創出凝水驅寒之武林絕學。」這時，蔓晶仙自袖中拿出一手掌大小之麻袋，交予了狼行山，並說：「此麻袋內含驅濕藥草，倘若手汗不受控時，可將之握於掌中。」

突受對方如此對待，瞬令狼行山受寵若驚，當下靈機一轉，說道：「在下讓蔓姑娘受窘，心裡甚感內疚，甫懊惱著無緣再聽得蔓姑娘奏出美聲，孰料藉此祛濕小麻袋，竟讓在下能再次前來續音緣，姑娘此舉，直令狼某感銘心切！」

「續什麼……續姻緣？」蔓訝異地聽著對方回話。

「哦……不……不該是這樣說的！應說是，若能解決在下之手汗症，即能再次前來怡紅園，續與蔓姑娘結下聲音之緣才是！」狼行山風趣對答，頗討得蔓晶仙歡欣，一旁柳大娘見此乳臭未乾外漢，有點兒得寸進尺了，霎令怡紅園內的三五姊妹，上前圍住了狼行山，並招呼道：「嗨呀！這位狼大俠啊！要是誤會已澄清了，是否該點上園裡幾個妹子，陪您喝個幾杯啊！好讓咱們怡紅園上下，多認識認識您這位初訪園地的大俠啊！」

「哦……不了！不了！在下尚且有要事在身，多謝柳大娘禮遇了。」話一說完，狼行山靦腆地低著頭，倏從姑娘堆裡鑽出，一溜煙地離開了怡紅園。

柳大娘白眼瞧了下狼行山的背影，唸著：「這般乳臭未乾的小子，給了點顏色就開起染房來了，下回再來亂場子，看老娘不扒了他的皮才怪嘞！」

離開怡紅園後，狼行山來到了濮東客棧，嚷著：「小二，上點兒酒菜來！」突然！狼覺到，「欸……這木筷兒怎麼變軟了？」這才發現，木筷兒已濕濡了半截，當下即自唸著，「記得常真人提過：**諸濕腫滿，皆屬於脾**。難道吾之脾臟已失控受損？抑或淋雨涉水，外感濕邪而不自知，積久成疾了？唉……要是牟三哥在的話，應該有辦法解的。算了，先填飽肚子再找個大夫問問。」

飽食之後，狼行山欲覓個看病的大夫，卻又擔心遇上庸醫。走著走著，來到了一處能幫人診病之藥鋪。進了門即朝著先生問道：「欸……是這樣的，一位朋友受了濕邪，該是替他抓哪些藥材以治症啊？」

「客官，依您所說的，應是指外感濕邪吧？」鋪內先生問道。

「啊……對……對……沒錯！」狼吱唔地回應著。

「那麼，您這友人是因風受邪？還是因寒受邪嘞？」先生又問。

「這……這個嘛……有何區別嘞？」狼問道。

「若是風濕在表之表實證，得施以麻黃配上杏仁為主之名方……麻杏薏甘湯。」

「若是風濕在表之表虛證，得選用防己配上黃耆為主之名方……防己黃耆湯。」

「若是因寒受邪，即所謂寒濕在表之表實證，就得用麻黃、桂枝配上白朮為主之名方……麻黃加朮湯。不知客官您需要的是哪一方嘞？」先生再問道。

霎時，狼行山不知如何是好，隨口說道：「欸……我看，還是把友人帶來，直接讓您瞧瞧好了！」

「嗯，也好！畢竟經由望、聞、問、切之四診合參，始能對其施以辨證論治啊！」先生應道。

狼行山點頭回應後，轉身離開了藥舖，心想著，「以前龍師父教授一些前人所配製之傳世名方，一下這個湯，一下那個藥，多麼麻煩啊！若是能有頭痛醫頭，腳痛醫腳，對症下藥之藥丸兒讓我給發明了，一些江湖郎中肯定沒飯吃。」

適值夏日可畏，火傘高張。狼行山因炎熱天候，揮汗如雨，遂暫時倚著城道路樹歇歇腳；心裡又想著，「真是怪了？暑氣如此逼人，我怎不覺得酷暑難耐？欸……也許是不斷外洩的汗水，釋出了體內與體表之熱所致，此即醫經所謂之……發表！」

這時，狼行山拿出了蔓晶仙給的小麻袋兒，並將之握於掌中，半晌之後，手掌確實較為乾燥，卻仍覺不上舒服之感。而後，狼將手掌貼於原倚靠之樹幹上，一會兒後，一種奇妙的感覺突湧了上來！「欸……怎麼？我的手掌……瞬感舒服多了！」隨後即發現，樹幹被觸摸之部分，早已呈出濕濡一片。狼想了想，「甫用了蔓姑娘的驅濕藥包，雖強行止住手汗，卻不若樹幹將手汗吸走那般快活，可見一味地抑制，反而令我難受。再則，與其說是樹幹吸收了吾之手汗，還不如說是吾將手上水氣釋出而注入樹幹。」沒想到此一領悟，瞬令狼行山茅塞頓開！

然悟出些許心得後，狼行山盤坐於東郊一處偏僻廢墟，深深地吸了口氣，氣運丹田，體內真氣立行於**足太陰脾經**，與**足少陰腎經**之間。惟**脾主一身運化，既為氣血生化之源，亦能控管一身之津液水濕**；而**腎主骨、主髓，甚主一身之水液代謝**，且能透過**手少陽三焦**系統，將體內津液水氣疏布上承，因而使得口舌得潤，腦氣得通。

惟因身擁異於常人之津液儲藏與水液代謝系統，遂使狼行山之津液分泌，異常旺盛。然而藉此領悟亦發現，隨著經脈運行，狼能將身上水氣，經由**三焦**作為上下傳導，最終可將體內過盛之水氣，移運至雙手掌心。這時候，狼行山翻飛到廢墟旁樹叢，瞬時運起內力，立朝樹幹推出雙掌，藉此釋出經脈集結之水氣；待水氣強行灌入樹幹，驚見水氣漸從觸擊處向外滲開，一路擴散至樹枝末稍，進而使枝葉軟濡不支而紛紛下垂。

待釋出多餘水氣後，狼行山深感舒爽，道：「嗯，好久沒有這麼通達順暢了，原來吾之異常水濕，竟可找到出口，幸好沒在藥舖抓什麼湯湯藥藥的，否則，真不知還要被手汗症困擾多久？」這時，狼突然湧上一念頭，「前些日子於盛隆客棧，見大師兄使出未曾見過之怪異功夫，難道……大師兄亦身擁特異體質？嗯，要是……我能利用這般特異體質，推研出一門功夫，就算非蓋世神功，至少也算是一獨門絕技啊！呵呵」狼露出了詭異的笑容，又唸道：

「呵呵，倘若我能將體內水氣運行自如，而方才所推出之雙掌若非擊中樹幹，而是發生在人的話？嗯，我狼行山除了隨身的旋錚鐵扇外，再有水濕神功加持，將來或許能如五州霸主那般……雄霸一方！」

然狼行山甫於蔓晶仙面前發生窘態，以至眼前的全身舒坦與自豪，如此際遇不禁令其大笑三聲「哈……哈……哈……」

自此數日，狼行山隱身於城東破廟中，潛心修練獨門絕技，直至又逢十之曆日，狼拿起了小麻袋，想著，「呵呵，現今之狼行山，應是用不著這玩意兒了。不過，這叫蔓晶仙的姑娘應非一般泛泛小輩，其能於數十尺外，感應到濕度上升且追蹤到水氣之來源，其能力絕對不止於彈琴奏簫上。今日正值初十，不妨再走趟怡紅園，會會那蔓姑娘。以吾眼下之能耐，應不至再發生什麼窘態，甚至亂了人家的場子才是！」

濮陽城依舊人來人往，經由廣濱埠來的商賈，更是驅著打零工之男丁，將一車車的貨物運抵濮陽城，而城中之濮東客棧，絕對是異鄉旅人食飲與留宿之首選。惟此客棧除了住宿賓客外，大廳中不乏飲酒吃茶之江湖人士，然於嘈雜的交談聲中，惟聞一人放聲道……

「嘿嘿，濮陽城算得上是中州最繁忙的地方了，尤其咱們的聶城主頗有遠見，能爭取到擴建廣濱埠之經費，當港埠腹地逐漸擴大，來往船隻多了，生意當然就多啦！」

對桌另一位亦說道：「就因來往的人多了，城內的都衛兵亦較以往多了不少，尤其自東州過來咱們這兒作買賣的，一如過江之鯽啊！倘若一個沒留神，讓東州人在這兒起了衝突，是很容易造成兩州失和的。咱們這等市井小民啊，大事可化小，小事可化無；但若是官員們的往來有了點兒閃失，這動干戈之戲碼……可是會上演的喔！」

客棧內端上酒菜的小二，亦道：「說到這官員們的來訪，確實不容忽視。就今兒個正逢初十，咱們這兒怡紅園的蔓姑娘又將彈奏琴簫。耳聞東州的軍機處副總管邸欽，將慕名前來聆聽，且由咱們聶城主親自接待。只是……做官的以怡紅園為會晤之處，不免讓人諸多聯想，甚而萌生誤會的啦！」

「哈……哈……哈……」小二此話一出，立即引來一陣哄堂大笑。

「喂喂喂……走開……走開……別礙著咱們的路！」客棧外突然傳來嚷嚷聲響，眾人紛紛探頭望出，見著四輕騎，驅趕著街道上人潮，一路朝著怡紅園方向駛去。

「怎麼！去怡紅園得這麼個急法嗎？」小二一說，又引來一陣嘻笑。

午後未時之初，聶城主已在怡紅園外等候，一會兒後即見邸欽所率人馬到來。

「稀客！稀客！難得邸副總管也有這份雅致，慕名前來聆聽天籟之音啊！」聶城主道。

「聶大人過獎了！自聶大人擴大了廣濱埠，不少訊息即藉此一路徑，傳往了東州。」邸欽接續表示，一直以來，對於琴瑟之音頗為青睞，聞得濮陽城能傳出天籟美聲，遂前來探究一番。

突然！一城兵附耳聶忞超，悄悄傳遞著訊息，只見聶忞超眉頭瞬轉緊鎖，接著見其走向怡紅園門口。一會兒之後，立見另一隊人馬來到，惟聞其中一人下馬說道：「我說聶大人啊！處理公務，接待貴賓，找上這種地方，不怕失了咱們中州之顏面？」

聶忞超婉轉地回應道：「微臣不知大小姐蒞臨濮陽，有失遠迎，還請大小姐恕罪。今日訪者乃東州軍機處邸副總管，惟邸副總管與聶某同為愛樂之人，只因此怡紅園之奏琴姑娘不願移地演出，微臣不強人所難，遂厚顏請邸副總管勉為其難地到此一聚。」

這時，邸欽由聶城主身後走出，客氣道：「邸某未料於此巧遇雷大小姐，失禮之處，還請雷大小姐見諒！」

「好了！好了！暫先免除禮數。既然爾等來這怡紅園，說是賞樂品韻，那本姑娘倒要探探，究竟何等琴音，能讓身負重任之要官，特地撥冗前來聆聽？」雷婕兒說道。

接著，柳大娘隨即對外呼道：「今兒個官府包場，暫不接受外人入內！」此話入於慕名前來者之耳內後，雖多有抱怨，仍不敢違逆官府，立見個個敗興而歸。待聶城主引領諸人物入座後，卻遲遲不見柳大娘入內招待貴賓，其因乃為了驅離執意入內聆聽之俊秀少俠……狼行山！待此事兒傳到了蔓晶仙耳裡，遂請姊妹們轉告大娘，讓狼少俠獨坐於後桌即可。柳大娘無奈地獨放狼一人入席後，狼心裡唸著，「反正欣賞樂曲演奏，用的是耳朵，管他前面坐著啥達官顯貴？」不過，狼待於後座，卻獨自竊喜著，「嘿嘿！幸虧蔓姑娘還記得我狼行山這號人物哩！」

「嗖嚓……嗖嚓……」甫見演奏舞台前之幕簾緩緩升起，隨後即聞簫聲幽幽而出；一曲〈懷鄉〉奏出，旋即攝住了喜好簫笛之邸欽。雷婕兒順著柔和韻音，一直覺隨即湧上，「嗯……

這個姓蔓的姑娘藉著簫聲，還真能傳達某種意境，惟曲風中偏重『角』音，難道……她來自慣用角音之東州？」然於簫聲之後，續傳來的是琵琶之弦音；見蔓晶仙手指不斷撥弄琴弦，令人深覺於凜冽寒風中，駕馭快馬奔馳之速感。雷婕兒又想到，「如此彈奏風格，其中不乏重用『羽』音，此風格應是源自於北方民族，莫非……這蔓姑娘來自於北州？」

正當曲調進入高潮時，蔓晶仙突然皺起了眉頭，然此突發之神色舉動，立馬引來狼行山之關注，「不會吧！難道又因吾之緣故？」狼自問並搖頭覺道：「不可能！吾已練成了控鎖水氣之心法，且眼下之外在狀況頗佳，影響蔓姑娘演奏之因素，應非由吾而起才是！」

忽然！置身後桌的狼行山發現，坐於前桌之某一官員，由於陶醉琴音之中而頓時忘我，竟不自覺地微晃著上身；怎奈其腰際懸著一短笛，該短笛之一端則繫著一小玉珮，然此玉珮隨著身子擺動，竟輕觸到笛身而發出微微聲響。狼對照此一輕敲之聲響頻率，確實令演奏中之蔓晶仙不悅而生躁！

狼行山靈機一動，折了一小段竹筷，隨即藉鐵扇邊刃，將該竹筷削尖後，由後方桌位射出，立見尖竹筷不偏不倚地射中搖擺中之玉珮，然因力道過大，不僅令玉珮破裂，該竹筷亦於瞬間劃破了雷婕兒之袖口。邸欽驚覺尖物飛過，隨即大喊：「有刺客！」雷婕兒知悉暗器由後方飛來，眨眼向後翻飛，立馬抽出利劍刺向後桌，聶忞超見狀，頃刻轉身加入捉拿刺客之行列。惟現場燭光大多點於閣樓舞台上，想當然爾，後桌區域自然昏暗許多。然於及時緝拿刺客之諸人物，尚未清楚事件之來龍去脈下，此竹筷射向玉珮之一幕，實已完完全全地看在蔓晶仙眼裡。

雷婕兒雷霆大發，持劍使著〈靈燕點水〉之快劍招式，衝向後桌。聶忞超隨即持起隨從配刀，立與雷婕兒合力擒賊。霎時，狼行山展開了旋錚鐵扇，擋下了聶忞超之利刀，另一手則順勢迴旋，抵住了雷婕兒之手腕。這時，柳大娘倏令姊妹們點亮大廳燭光，雷婕兒一見刺客，驚訝喊道：「怎麼……又是你！」

聶忞超一聽大小姐口吻，隨即收回利刃，道：「你們……你們認識？」

「他叫狼行山，與本大小姐有過一面之雅，惟其油嘴滑舌，令吾印象深刻，算不上認識。此人傷了我的衣袖、擾了我欣賞琴瑟之興致，是該予以懲處。」聶忞超聞得大小姐之說，急喊出：「來人啊！將此刺客拿下！」

「喂……喂……喂……慢著點啊！各位刀劍在握，在下僅擲一小段竹筷，算不上刺客吧！」狼又叫道：「雷大小姐，咱們真是有緣啊！竟在這兒……遇上了您！」「在下無意傷人，今日得蔓姑娘賞臉，讓在下能於後座聆聽其天籟美聲，齊與在座各位皆是同好。倒是，擾人欣賞琴瑟興致者，實乃位於前座的那位大官呀！」

這時，大夥兒依著狼所指，一致朝邸欽那兒望去。狼又說：「正因此官爺腰際間之短笛繫著一玉珮，並於蔓姑娘彈奏之中「咖咖」作響；待吾發覺蔓姑娘因此受擾而面顯不悅，遂決以竹筷兒制止雜聲來源，怎奈止了玉珮卻止不住力道，因而誤損了大小姐之袖口。各位想想，用竹筷兒射人腰際與袖口，何等刺客以此方式取人性命呦？」

「諸位貴客請息怒，此少俠所言甚是；方才於彈奏中，小女子確實受到雜聲干擾，惟狼少俠解圍之舉，確令大夥兒受到驚嚇，有欠缺妥當之處。然而大夥兒皆為聆聽奏曲而來，切莫因一點兒小插曲而傷了和氣。既然今日演奏受阻，為了彌補雷大小姐與城主之遺憾，蔓晶仙願為二位破例，擇日親臨府上演奏，望此事就此罷了！」

聶城主聽了之後，即與向雷婕兒提到：「王爺將在來月端陽，於惠陽城召開五霸盛會，或可藉此機會以大小姐名義，請蔓姑娘親臨大會演奏，相信王爺應會讚嘆不已才是。」雷婕兒考慮了一下，說：「這樣也好，或許可藉此琴音，弭去點兒現場煙硝味。我看，接應蔓姑娘到惠陽城一事兒，不妨交予聶城主著手規劃囉！」

待安撫了雷婕兒後，聶忞超立馬移向邸欽，並以邀其來日於官邸共賞蔓姑娘琴藝，藉以彌補眼前之偶發狀況。

「哼！姓狼的，爾總有理由能化險為夷，否則，刺殺東州要臣，可是要付出極大代價的！」雷心裡唸道。

狼行山走向了蔓姑娘，內疚道：「在下本前來回味一下蔓姑娘之琴藝，怎料又給您捅了個簍子，真是不好意思！」

「快別這麼說了，少俠突發之舉，亦是出於美意啊！」蔓晶仙微笑著回答。

「呦……呦……呦……這位風流倜儻的狼少俠，面子倒不小啊！連蔓姑娘都肯為你破例演出，難不成你們是一對兒的？」雷婕兒沒好氣地唸道。

「大小姐請別誤會，狼少俠乃二次來訪之知音，晶仙僅是為著化解誤會而為之，沒什麼可延伸、聯想之事兒。」

狼向著婕兒話道：「呵呵，咱們也是二次不期而遇，惟兩次均見大小姐抽劍相向，依您的氣質與美貌，並不適合舞刀弄槍；倘若您的親切能快過您的劍招，狼某應有緣結識您這麼位特別的朋友才是！」

一句美貌形容，竟讓平時舉止像個男孩兒似的雷婕兒，頓時生了點嬌羞模樣，心想著，「這個狼行山外表斯文，風度翩翩，就是油嘴滑舌了點兒；涉世未深的姑娘們是很容易被他那張嘴買通的。嗯，我得多提防著點兒才是。」接著，雷反駁道：「喂！姓狼的，今兒個是你刺破了我的衣袖，有錯在先，當然怪不得我拔刀相向囉！」

「欸……要怪，就怪在下的功夫尚未到家，讓大小姐花容失色，真是不該。狼行山在此鄭重地向大小姐您賠不是！」狼拱手表示歉意道。

「這還差不多！」雷消了些氣地應道。

「既然誤會已得澄清，在下尚有要事在身，就此告辭。」狼拱手說完，轉身步出了怡紅園。

突然！「啪嚓……啪嚓……」一身影自雷婕兒後方翻飛而出，俄頃追出了怡紅園門外，隨後即傳來了極具殺氣之聲調！「臭小子，瞧你油頭滑腦地哄著小姑娘們；她們願意買你的單，我可不！」

「哦哦哦，是你啊！就是因為閣下之玉珮，咖啦咖啦作響，害得蔓姑娘沒法專心彈琴。欸……知悉閣下是個官爺，尚不知如何稱呼呀？」狼問道。

「東州軍機處副總管……邸欽！」話出同時，隨行邸欽之三隨扈，眨眼跨出步伐，立將狼行山圍住。這時，追出怡紅園門外之聶城主，輕聲對雷婕兒話道：「不妙！這邸欽可不好惹啊！更何況其玉珮遭人碎裂，若就此波及與東州之關係，其後果難以設想啊！」適值聶城主下令城兵上前剎那，雷婕兒緩了城主之舉，隨後冷了一笑表示，暫別將事件鬧大，咱們不妨讓那敗興而歸之邸大人，好好地教訓一下這不知天高地厚的楞小子，也好讓這東州官爺消消怨氣，順道瞧瞧這來自嵐映湖之滑頭小子，有啥過人本事兒？

「哦……原來是來自東州的邸副總管啊！在下狼行山，看閣下擺出之架勢與陣仗，想必是來真的囉！」

「不管是姓狼，或是姓狽，爾壞了本官之賞音興致，又毀了吾之玉珮，如此暗放冷箭者，絕對得付出相對代價！」邸欽咬牙斥道。

這時，見狼行山抽出了腰後的旋錚鐵扇，然此折扇並非一般搧風遮陽之物，實乃當年龍武尊為豫麟飛打造三叉銀獵爪時，狼於一旁拾起龍師父冶鐵鍋爐邊之片段鐵片，不僅將之雕花打磨，更依竹折扇之工法，獨自打造而成。此扇重約四斤，全扇展開之扇緣皆已磨成細密之鋸齒狀，對手若不慎遭扇緣掃過，皮開肉綻，在所難免。然因此扇得以結合狼之旋轉折扇技巧，遂將此一利器名為……旋錚鐵扇！

「唰唰唰……」邸欽三隨扈俄而拔刀，一擁而上，立由三面夾擊狼行山。狼縱身蹬躍咄嗟，撇開了三對手，立見邸大人自袖口亮出短柄快刀，惟聞「咻……」的一聲揮出，瞬遭敵對之鐵扇抵住。而後，邸欽攻勢不斷，忽而正面，忽由旁來，霎令對手僅能逐步退守以對。當下，狼行山為改頹勢，決轉守為攻，立馬採取旋扇方式回應。果然，一記下腰閃躲後，狼

藉由旋臂，弧線出擊，然於弧刃斯須飛竄，見鐵扇迴旋速度越來越快，不僅能避開敵對快刃，亦讓邱欽由原本之正面攻勢，退為抵擋鐵扇之飄移利刃。然此形勢之轉變，霎令一旁觀戰的雷婕兒與聶忞超，搖頭頻頻，直呼不可思議。

「從未見過有人能以折扇，耍出如此高超之招式！」聶驚道。

「嗯，這個狼行山……果真有兩把刷子！」雷點著頭說道。

「唰……嚓……喀嘎……」忽然！驚聞一脆裂聲響發出！

原來，狼行山的弧扇攻勢，甫於一次上撩疾掃，正巧掃中了對手腰帶及其上所繫之短笛，短笛應聲墜地，隨即斷成兩截。然此短笛如此脆弱，實因其與先前遭擊碎之玉珮，同由一璞玉雕琢而成，如遇重擊而裂，可想而知。

「不好！邱大人珍藏之玉笛，竟遭狼行山給毀了！」聶忞超驚訝喊道。

三隨扈見狀，火速提刀而上，聯手圍攻狼行山。怒火直衝腦門之邱大人，俄頃翻飛入陣，形成四手聯攻之勢。狼以為邱欽再現快刀，孰料邱欽假藉使刀，實則掃腿伺候，一記突來正踢，正中狼之腹脘。然於中招當下，狼大扇一揮，立將邱欽快刀擊飛，惟聞一「咻嘯」聲響發出後，立見該刀直接射向怡紅園之門柱上。三隨扈見狼中招後，不待其喘息，隨即輪番上陣，似乎不擒下眼前嫌犯，絕不罷休。

突然！一陣烏雲撲向了濮陽上空，雲層間霎時雷閃交作，現場見得閃光頻現，狼行山與對峙中之三隨扈，立馬收回鐵扇與長刀，雙方續於雷雨中拳腳相向，唯於一旁之邱欽，早已作勢襲擊體力將盡之狼行山。這時，雷婕兒看出了邱欽伏擊之勢，卻見狼行山於雷雨中紛遭三隨扈連擊；然見此一幕，不禁令邸欽冷了一笑。

「唉呀！再這麼打下去，真會出人命地！」雷見狀唸道。

待陣雨逐漸停歇後，遭圍毆擊趴之狼行山，於抹去了臉上雨水後，緩緩地站了起來。邸欽立使了個眼色，三隨扈隨即上前力逮狼行山；狼挺起雙臂，拳腳出招，再次對上輪番出擊之三人，惟不同的是，此回狼行山多藉肘膝作擋，並無太多攻勢。忽然！邸欽自狼身後縱身躍出，欲以伏虎雙掌之勢，猛然襲向狼行山；狼倏以掃腿退開三隨扈後，轉身架出了前弓後箭馬步，瞬間吸足了氣、備上了雙掌，藉以迎上邸大人之正面出擊。

「呼……呼……轟……」飛身出擊之邸大人，藉著速度上之優勢，直向狼行山對掌。值對衝當下，轟聲即出，狼之弓步雖見後移，卻未遭震飛。然於二人對掌之際，三隨扈欲上前襲擊狼行山，卻遭聶忞超出手攔阻，並說：「內力對決之中，旁人突然插手，恐令雙方岔氣，亦可能遭武林人士所唾棄。」

忽然！雙方之內力對決出現了狀況！狼行山因力戰多人，體力有些不支，再加上對方以內力重擊，以致臟腑不勝負荷而口溢鮮血。反觀對決之另一方，深覺體內瞬因腫脹而痛苦難捱，待大夥兒見著邸大人鼻流清涕，雙目淚水直溢而下，二人雙雙退掌，並向後踉蹌一段而止。三隨扈急忙上前攙住邸大人，惟聞邸欽口吐津液地喊道：「你……你……你這是什麼邪門功夫？噗……」說著說著，又吐出了一口。

在場僅見狼行山對著邸欽揚了下嘴角後，俄頃癱倒在地。然於大夥兒受此場景震懾之際，街旁屋簷上突然翻下一黑衣蒙面客，見其以一繩鞭捆住狼行山之腰際後，轉眼蹬躍而上，順

勢將狼與其鐵扇一併帶走。

「什麼人？不許走！」雷婕兒見狼行山被人擄走，旋即拉了身旁一匹駿馬，惟聞一聲「駕」響，立朝黑衣人離去之方向……火速追擊！

雷婕兒馬不停蹄地追著黑衣人，心想，「何方神聖？竟以此罕見輕功救走狼行山？難道是……狼之教管師父……龍玄桓？哼！管他是誰，吾一定追到底。」

追著追著，本已追丟了的雷婕兒，僅依著黑衣人逃竄方向，來到了東郊一處廢墟。待四周察看後，發現了間破廟，走進破廟後即見一灘水漬，沿著此一水跡而去，立發現了一人臥倒在地！雷婕兒趨近後，見著了熟悉的衣著裝扮，道：「果真是狼行山！咦……怎不見黑衣人蹤影嘞？」雷將狼行山平臥之後發現，「唉呀！他怎麼全身發燙，直冒汗啊！不管了，快入夜了，先起個火，照個光吧！」

隨著柴火升起，雷婕兒拿起了絹巾，擦拭著狼行山的額頭，心想，「這個狼行山啊，外表斯斯文文，頗討人喜歡；只是……未曾見過其對邸欽使出那般功夫，也未曾聽爹爹或榮根大師談過類似的神奇內力，他到底是個什麼樣的人物嘞？」

待狼行山漸漸甦醒，雖仍有暈眩現象，但撐著惺忪目光，立馬察覺到，「這……這不是我前幾天待過的東郊破廟嗎？我怎麼會在這兒？欸……那不是雷婕兒嗎？她怎麼也在這兒？」

「喂！你醒啦！你躺了好些時候啦！」

「我怎會在這兒？是妳救了我？」狼問道，雷婕兒一時沒否認。

「你在怡紅園外，差點給人打死啦！這兒是城郊的一處廢墟，人煙稀少，暫不會有人發現的。」雷回道。

「哦……真是感激雷大小姐，我……本只是去聽蔓姑娘的演奏，怎料會惹到一個東州來的官爺！若不是萌生這段插曲，吾還打算離開怡紅園後，由廣濱埠到東州瞧瞧嘞！」狼說道。

「你跟那叫蔓晶仙的姑娘很熟嗎？」雷婕兒試探性地問著。

「欸……不瞞大小姐您說，在下只是過客，耳聞濮陽城有人能奏天籟美聲，索性前去湊湊熱鬧，就這麼認識了蔓姑娘。」

「慕名前來賞琴音者眾，為何蔓姑娘會認識你？還是你挑逗人家了？」雷又問道。

「不不不，回大小姐，我狼行山認識過不少姑娘，但從未有過輕挑之舉。惟因在下於蔓姑娘演奏間，打擾了他的彈奏，使他分心了；待此事得到澄清後，遂與蔓姑娘有了一面之緣，如此而已。」

「還說你沒輕挑之舉，你弄破了我的衣袖，又斷了邸大人的腰帶，怪不得人家要找你麻煩呀！」雷又唸道。

「雷大小姐，我……我……」狼行山欲言又止地想反駁。

「好了好了！別再叫我什麼大小姐不大小姐的，叫我婕兒就行了。不過，你可別亂想哦！我只覺得你人還不錯，交你這朋友罷了。瞧你比我年長，我叫你聲阿山哥好了。」

「啊……啊山哥！欸……聽起來還不錯哦！只是……不太習慣與當官的為友，更何況妳

是中州霸主雷嘯天之掌上明珠啊！」狼表明道。

「唉呀……在江湖上結交朋友，用江湖禮數對待就行啦！」雷又說：「就因為我爹是雷中主，我做起事來就是不能如走江湖的俠士那般自在。一如想去各州瞧瞧，但爹爹擔心我會出事兒，遂屢屢回絕。唉！真是悶啊！欸……對了，你不是想去東州嗎？帶我一起去好不好？阿山哥！」

「帶妳去？我狼行山有幾條命啊？就算要去，或許咱們未出東城門，即遭都衛守軍攔下啦！」

「這個我早已想過了，或許咱們可以佯裝做買賣的商人，以你那三寸不爛之舌，那般都衛守兵絕對會被你耍得團團轉的。」雷建議道。

「可是……以吾這等狀況，營衛失調、津液虧損，甚有宗氣下陷之癱軟現象，吾以為，短時間內，恐無法如願啊！」狼憂慮道。

「什……麼？淫味？」雷驚道。

「欸……不是啦！營氣（血）行於脈中，衛氣行於脈外；營者，水穀之精氣也，調和於五臟，洒陳於六腑，乃能入於脈也；泌其津液，注之於脈，化以為血，以榮四末，內注五臟六腑。衛者，水穀之悍氣也，其氣剽疾滑利，不能入於脈也，故循皮膚之中，分肉之間，熏於肓膜，散於胸腹；能溫分肉，充皮膚，肥腠理，司開闔者也。營、衛二者陰陽相貫，如環之無端，故知營衛相隨也。」

「哇！阿山哥真行耶！每輒聽聞御醫們這般解釋，瞬覺眼皮撐著千金之重，甚而哈欠連連，當下解症之捷徑即是……奪門而出！呵呵。」「不過，阿山哥不妨瞧瞧，一旁的柴火正煎著藥水呢！」雷又說：「嘿嘿，每回外出，王府御醫們皆會備上應急草藥；這回僅挑了一包有著**黃耆**、**人參**等等，據聞可益氣升陽舉陷，調補脾胃，治氣虛發熱、自汗出、少氣懶言、肢體倦怠乏力，脈虛軟無力等症狀耶！」

「若沒記錯的話，眼前這帖藥包，應是傳世名方……**補中益氣湯**！」

狼輕聲道出：「龍師父傳授過不少前人留下之名方，唯吾同樣沒心思琢磨草藥；不過，出門在外最擔心的即是元氣大傷，故此藥方可得牢記了！」

「唉！從小到大，有了啥毛病，都是御醫伺候，根本不瞭藥方內的藥材，各具何等功效？」雷說道。

狼行山自知體虛氣弱，但怎可錯過於雷大小姐面前展現之機會，故順勢解析了此一傳世名方：

此方重用**黃耆**、**人參**以補中益氣，升陽固表；**白朮**燥濕健脾；**當歸**養血補虛；**陳皮**理氣化滯，醒脾和胃，使補而不滯；**升麻**、**柴胡**升陽舉陷，以助參、**耆**升提下陷之宗氣；**甘草**、**生薑**、**大棗**調和脾胃。諸藥合用，使脾胃強健，中氣充足，清陽得升，氣陷得舉，則諸症漸癒。

「常聞御醫們述著方義解析，正如阿山哥方才所說一般。既然山哥已知道這湯藥的好處，不妨將它喝了唄！」雷端來了湯藥說著。

狼行山服下湯藥，放鬆了虛弱的身子，於盤坐一會兒後，倒頭即睡。而一旁的雷婕兒，心裡卻仍掛著白天挺身而出，救走狼行山的蒙面黑衣人，究竟是誰？

歷經幾天之調理，狼行山體力日漸恢復，惟因拗不過婕兒的大小姐脾氣，而後，果真如婕兒所提議，二人喬裝作買賣之生意人，且騙過了東城門把關之都衛軍，倏而來到了廣濱埠。然此時刻，對一向待在王府之雷婕兒，處處充斥著新鮮感，更別說搭上了渡船，橫渡普沱江而前往東州之京棡埠頭了。

「哇！阿山哥您瞧瞧，放眼望去，盡是翠綠山林耶！」雷滿懷新鮮感地說著。

「東州林地遍布，木業極盛，諸多著名木雕師，如齊幸安、卓長坤，皆是東州人。然而東州習武之人，起初使的是實木所製之木劍，劍身粗大而重，不易揮舞。」狼說道。

「為何要這麼練呢？有啥特別意義嗎？」雷婕兒好奇地問著。

「東州木業興盛，雖有零星礦業，卻獨缺冶金用之鐵沙，故長期仰賴西州之鐵礦，經由靈沁江運至東州，故於東州以鐵砂鍊鋼鑄劍，實屬奢侈，遂用木劍作為習武練劍之用囉！」狼接著指出，惟因靈沁江流經中州南界，自雷嘯天接掌中州後，不時監視著各州相互間之運輸，甚而干涉其中之貨運量，一旦鐵礦運輸量較大時，中州或將懷疑他州恐大量製造兵器。惟因這層阻礙，致使東州與中州之關係不甚和睦，甚而多有台面下之較勁。

「無怪乎我爹爹常對東州使者多所刁難，且常遣人至東州查探，惟東州乃嚴刑峻法之域，一旦緝得臥底，立即問斬處之。唉……那些煩人的權力鬥爭，就讓大人們處理好了，咱們既然來到東州，不妨進城瞧瞧吧！」狼、雷二人下了載船，除去了偽裝後，離開了京棡埠頭，立朝礁鼎城而去。

放眼中、東二州，其間雖僅普沱江一水之隔，相較於中州百姓，東州人之步調則略顯和緩，礁鼎城內書香之氣，亦隨著文人之街頭吟詩作畫，表露無遺。城道兩旁店家林立，除了有著狼毫、羊毫所製之毛筆，另呈有香氣醒人之特殊墨條。然木業興盛之東州，自有著發達之紙漿製業，舉凡冰雪宣、龜紋宣、雲母箋等書畫紙料，應有盡有。然而，文房四寶中之筆、墨、紙三寶，於礁鼎城內隨處可見，但真正值得一提者，實乃產自於城南郊外之沐松硯，此硯之形制，無不呈出臥龍於邊，旋眼分散於緣；更聞文人表示，筆沾沐松硯，「澀而不留筆，滑而不拒墨」，堪稱礁鼎之奇產。

「趴趴趴……」忽見大街上有人奔著喊道：「哇！今兒個姚大師要揮毫啦！」眾人聽聞後，路旁攤家隨即收起了攤鋪，店家一一拉下了門簾，個個趕著朝一方向奔去。然此時刻，狼行山甫看上了鼎桊毫鋪一毫大楷，竟聞店家欲打消了這樁買賣！僅聞其道：「欸……這位客官啊！真是不好意思，沒時間向您介紹啦！倘若客官真的喜於這大楷，那……就送給客官您啦！」話才說完，見賣筆的老叟即準備關上店門，怎料一沒留神給扭了腳了，老叟氣呼呼地坐在地上，嘆道：「唉……這回是趕不上啦！」

「這位老伯，到底大夥兒為啥而奔嘞？欲朝哪兒去呀？」雷婕兒好奇問道。

「欸……爾等是外地人，難怪不瞭！大夥兒聞訊後，皆朝著墨頂台去啦！」老叟接著表示，此乃因本地多年前出了個榜眼，名為姚逢琳。此人甫為官數月，遂覺鶴怨猿驚，對官場文化萌生厭倦，而後掛冠求去，只為一圓夢想而為之。

「何等夢想？竟能產生這麼大魅力！」狼問道。

老叟表示，自姚逢琳辭官後，其不定時出現於墨頂台，並藉筆墨一展絕技。此人獨鍾桃花，舉凡歷代名家之頌詠桃花詩句，姚大師不僅倒背如流，更將之藉由水墨揮毫，以特有之草書呈現，隨後再將成品贈予在場有緣知音。然近年來中州持續繁榮，許多中州政商富豪爭相蒐羅姚逢琳墨寶，一般商賈更是藉訪礁鼎城之際，四處詢問可有姚大師之作；換言之，孰能於墨頂台獲姚逢琳之墨作，均能於市場上賣得好價錢，故大夥兒只要聽聞姚大師揮毫，能不爭相前往墨頂台嗎？唉……還真的不得不服老啊！老骨頭一把啦，行動遲緩，怎與那般快奔小伙子爭嘞！

「不就是寫幾個字兒嗎？竟須老伯您形容為展現絕技？」雷有些納悶地問。

老叟回應指出，姚大師贈予在場者之短版詩句，即是這大街上販賣姚大師墨寶之重要來源。店家若能掛出一兩幅姚大師親手真跡，幾可以蓬篳生輝為形容！但真正有傳世價值者，實乃姚逢琳所繪桃花。方才老朽提及政商名流欲蒐羅者，即是姚之桃花畫作。又說：「年輕人，見爾等初訪此地即遇上姚大師揮毫，二位不妨跟著大夥兒前去墨頂台瞧瞧，一定勝過在此聽老朽說故事啊！」話說至此，狼、雷二人謝過老叟相告與所贈毫筆後，決定前往墨頂台一窺究竟。

「咻……咻……咻……」有著功夫底子的狼、雷二人，三兩下功夫即追上大夥兒，來到了墨頂台。原來，此墨頂台之名乃始於一山林台地，其中央置著一巨型沐松硯而得名。此刻，見墨頂台四面大樹環繞，僅一涼亭座落於旁，而亭內一人正提筆於宣紙之上，倏以狂草書寫著……「雨中草色綠堪染，水上桃花紅欲然。」然於字句段落之際，無不引來旁觀著一陣喝采。狼行山一見此人揮毫落紙，行雲流水；橫折勾提，一氣呵成。不禁頻頻點頭道出：「眼前之揮毫者，應該就是那姚逢琳了。」

「嗯，草書功力確實了得，卻直覺著此一大師，瘦骨如柴，頗有病容之貌！」雷說道。

「嗯，確實有些病容樣兒！或許此人為著搜尋靈感而廢寢忘食吧！」狼應道。

說著說著，姚逢琳又是一幅幅狂草字墨，飛躍於層層宣紙之間……

眼下一幅呈出了……「桃花複含宿雨，柳綠更帶朝煙」

待墨一乾，隨即又見……「顛狂柳絮隨風舞，輕薄桃花逐水流」

接著又是……「桃蹊李徑年雖古，梔子紅椒豔複殊」。

然此一幅幅詩句，隨即由姚大師身旁幾位書童，贈予在場的有緣知音人。

約莫一時辰後，見書童們開始搬動三木桌，並將之置於以沐松巨硯為中心，各約卅尺外之三分圓周處。待三桌面各鋪上紙張後，書童們立於中央沐松硯旁，再擺上三碟子，裡面分別盛以黃、紅、綠三色顏料，見得此陣勢，不禁令狼、雷二人轉向身旁一和尚打聽著。

和尚客氣回答道：「阿彌陀佛……貧僧法號沁葴，喜賞琴棋書畫，此乃緣分之至而二次遇上姚大師即興展技。憶得過往所見，待會兒即是今兒個之重頭戲，眼前書童們之擺設，即為了讓姚大師能順利完成三方位畫作，待會兒二位可得睜大眼兒瞧瞧囉！阿彌陀佛……」

突然！墨頂台一片寂靜，大夥兒見姚大師緩緩步向沐松巨硯，硯的一旁擺著三毫筆；姚

雙手各持一筆，右筆沾上赤料後，左筆則附以綠色染料。接著，姚眨眼將身一縱，翻飛到一桌前，落地剎那即雙手舞動。惟因紙面朝上，故圍觀者僅能略見圖像一二。

雷婕兒急問：「阿山哥！你見著什麼啦？」

「嗯……此人右手畫出桃花，左手繪著嫩葉；左右開弓作畫，煞是厲害！」狼應道。

現場見得四位書童中，三位負責鎮壓三畫桌上之畫紙，而另一書童則是佇於沐松硯旁，緩緩地磨著硯墨。然而姚逢琳每沾色墨一次，皆須打量該筆之彩墨所能完成畫作之多寡，接著再翻飛回到中央，或是沾上二次彩墨，抑或更換另一色筆，如此見著姚大師持著彩筆，頻頻來回於圓周三桌之間。

狼行山好奇地順著圓周外圍緩步挪移，為的即是看清姚如何一邊兒飛躍，一邊兒作畫？惟見狼繞行一周後，臉上露出了不可思議之表情，並對著雷婕兒表示，姚逢琳三方翻飛作畫，竟然是畫著方位一致之三幅，卻是以遠、中、近三景個別呈現之桃花綻放圖！換言之，姚之三畫作是以同一角度之「遠眺桃花」、「中景桃花」到「近賞桃花」之特寫圖為其特色！

狼行山心想，「如此別出心裁墨作，無怪乎能成為政商名流爭相收藏之墨寶啊！嗯……要是我能擁有的話……嘿嘿！有了雷婕兒這張牌，我狼行山之未來……呵呵，可得好好地盤算盤算囉！」

待時辰來到了未申之界，姚之三小童亮出了今日的三幅桃花綻放圖，隨即贏得了滿場喝采。接著三小童再次於木桌上鋪上白宣紙，雷婕兒又好奇地向僧人問道：「姚大師之畫作已落款，現又擺出紙張，是何用意？」

沁蔵和尚再次回道：「阿彌陀佛……此刻即將決定此三幅畫作將歸屬於何人了？」和尚接續指出，姚大師除了繪桃花之外，其所熟讀之詩詞字句更不在話下；但姚大師真正喜好的是……對句！

「對句？是怎麼個比試法？」狼、雷疑道。

沁蔵微笑指出，姚大師即興出示上聯兒，在場人士能於最短時間內對出最佳下聯兒者為勝。

「何以評斷為最佳之下聯兒嘞？」狼問道。

「且慢！且慢！待會兒閣下自然會知曉，阿彌陀佛……」

這時候，墨頂台出現了一路抬轎行伍，見兩人為前導，另八人則分抬兩轎。大夥兒一見此狀，無不驚訝道：「欸……怎麼這回不太一樣兒？以往兩位審官乃由姚逢琳本人，偕東州文考處總管繆廷翰擔任。繆大人學識淵博，郁郁乎文摘，亦是當年姚逢琳高中榜眼之主考官。怎麼這回來了兩頂轎子？難道還有其他貴賓參與評比？」

沒想到，對此二轎心生疑問者，除了在場人士外，姚大師亦全然不知，為何來了兩頂轎子？遂恭敬上前迎接出轎貴賓。

「繆大人辛苦了，再次勞您前來評審了！」姚拱著手，謙恭說道。

「哈哈哈，每輒接到姚老弟之請帖，能藉此欣賞到大師傑作，此等快活比起官府內批閱冊卷要生動多啦！呵呵，老夫還真羨慕姚老弟，能為一己之趣向，縱情於山林水墨之間；不過，向來令老夫掛心的，還是姚老弟的身體啊！」繆大人接著又說：「昨夜友人來訪，此人醫術精湛，甚得陽昫觀常真人之稱道；今兒個適逢姚兄弟再次揮毫，老夫遂邀此友人一同前來，能有如此機會，也算與姚兄弟有緣啊！」

「唉呀！我這是老毛病啦！好也好不了，壞也壞不到哪兒去呀！還勞繆大人掛心，令姚某甚感愧疚啊！」

接著，另一轎子走出了一人，繆大人連忙走近並向姚逢琳介紹著。此時，姚等三人距沐松巨硯稍遠，惟後下轎子之身形背影，實已被這一頭的狼行山識出，「是……他！他怎麼會在這兒現身？甚而風光地乘轎而來。嗯，如果此人也擔綱今日之審官，那我得好好地評估一下，是否該登場一試囉！」想著想著，狼行山不禁露出了淺淺一笑。

「阿山哥，你在笑啥？難道你也想上去試試？」雷試問道。

「欸……常聽聞以拳腳功夫定勝負之比武擂臺，惟眼前所遇場子，比的卻是腦袋，用的是文房四寶，如此比試，且刻意發生於露天環境，狼某算是開了眼界啦！不過，既然有價值不斐之賞賜，確實是誘人上前一搏啊！」狼應道。

此時墨頂台適值雲朵遮陽，阻下了些午後暑氣。姚逢琳面對著在場鄉親與同好，喊道：「各位鄉親父老、前輩先進，承蒙眾人之抬愛，令姚某之書畫能有繼續揮灑之空間與動力。然其中之價值與否，自在人心，姚某並不以此作為換取財富之途徑，惟冀望藉此拋磚引玉，以文質之氣息，引領身居此地之鄉親，共同推動文藝交流之風尚，進而成為礁鼎城之地方文化。」聽聞至此，在場眾人無不拂掌叫好。

姚逢琳接著指出，今日舉行對句比試，依舊由東州文考處繆廷翰總管，偕姚某本人共同審理上前應試者之對仗詞句。今日之對句比試共十道試題，惟此回之應答方式與評斷標準異於往常，一如對句之上聯兒，依然由姚某口述出題，欲答題者可至中央沐松硯，以毛筆沾染適量硯墨後，任選一預先擺設之桌案，將完整之上下聯兒一併寫出，惟每一字體大小不得少於四寸方正，且字句之墨跡勻稱亦列入評斷，待書童將爾等作答送回涼亭審理，一旦最速獲得認同，即得鑼聲一響，取得多數鑼響者即可勝出。姚又說：「姚某已於沐松硯旁，備上了若干紫毫、狼豪與羊毫，供比試者隨機選用；亦允許自備毫筆參與比試。再則，本次比試首邀一外來見證官，藉以證驗比試之公正性，此人即是於繆大人身旁，人稱『本草神針』之牟芥琛，牟先生！」

「什……什麼？牟三哥醫術是高明，但其名號何時已傳到了東州？呵呵，單憑山林草藥與針灸之術即能聲名遠播；嗯……三哥確實有一套！」狼訝異道。

繆、牟二人同受一陣掌聲後，一書童隨即立上一炷香，喊道：「比試正式於一炷香後，擊鼓登場！」

雷婕兒經阿山告知後，道：「原來隨後下轎者乃嵐映湖之牟三俠，無怪乎山哥一副吃驚之貌！怎麼？爾兄弟倆不合嗎？」

「噓！別亂說。咱們是偷偷溜到東州，怎巧在這兒遇到我牟三哥，待會兒我若上場比試，肯定也會讓三哥吃驚的。」狼回道。

突然！一飛騎急騁而來，圍觀人群中之一人驚道：「哇！真沒想到東州穎梁城主余伯廉的公子……余翊先，及時趕到了墨頂台啦！」姚大師見狀，立馬上前招呼了余公子。一圍觀者又道：「余公子可是東州不可多得之文武全才，不僅學識淵博，武藝更不在話下；據聞其父已向嚴東主力薦余翊先，擔任軍機處之軍訓官，今日余若參與比試，在場參與者應無人能出其右吧！」另一位欲參賽者，立馬拉著同夥兒唸道：「我看咱們還是別出去丟人現眼啦！乖乖於一旁觀戰就好了。」

然於等待香柱燃盡之前，姚大師順道招呼了來訪的牟芥琛。雙方一陣客套後，牟恭敬回道：「芥琛能參與如此細膩且精緻之文藝比試，甚感榮幸。然而姚大師之細膩，無不釋於筆墨之中，而其精緻則存於比試規劃之間。」

「哈哈哈，牟兄弟似乎瞧出了其中端倪啊！」姚回應道。

牟芥琛指出，能訂出如此比試規則，勝出者絕非僅是滿腹珠璣而已。然墨頂台眾樹環繞，雖不易起大風，卻偶有幾分涼風穿梭其中；然此陣陣而來之細風，無不考驗著參賽者沾染硯墨之多寡。惟因風吹則墨易乾，故比試者若急於風起時搶先作答，而不考慮桌案距沐松硯之距，以及字體之大小，恐有「欲提筆作答而硯墨不足」之窘象。一旁繆大人聽聞牟之所析，頻頻點頭。牟又說：「大師於沐松硯旁擺設之紫毫、狼豪與羊毫，亦是隱有玄機！紫毫實乃取自野兔後頸背之毫毛而成，因其色澤偏紫而得名；然紫毫質地較堅韌，毛長而銳利如刀，宜用於方正勁直之細字，卻不宜書寫大字。」

牟接續表示，狼毫乃山狼毫或黃鼠狼尾尖之毫毛製成，其質地雖屬堅韌，仍不及兔毫之韌性，宜用於蒼勁有力之中型字體，卻不利於書寫牌匾大字。再觀羊毫，羊毫乃以山羊之鬚或尾毫所製成，此毫之質地柔軟且吸墨量大，極適於表現圓渾厚實之點畫，且能顯出豐腴柔媚之風格，若將之製成大楷，則利於書寫長版大字。諸如以上之考量，沾染水墨多寡與毫毛質地之選擇，攸關今日比試之成敗！

「哈哈哈，牟兄弟字字道破今日比試規則之關鍵處！」姚又說：「吾醉心於書畫之間卻厭惡官場文化，遂辭去官職，將情志揮灑於筆墨之間，進而引領同好共賞詩畫，此乃人生一大樂事啊！」這時，擊鼓之聲響起……

「咚……咚……咚……」姚逢琳偕著繆、牟二人陸續入座沐松巨硯旁之涼亭後，廿餘位參與對句比試者一一朝沐松硯移近，居中不乏市井小民、氣質文人，甚而江湖術士。待各自挑選適用毫筆後，狼行山則手持鼎榮毫鋪所贈予之毫大楷，緩步走出了圍觀群眾，準備放手一試。

「咦……怎麼狼四弟也來了？呵呵，向來利益為先的四弟，這回應是為著姚大師的水墨畫來的吧！不過，四弟文筆不差，隨機應變力強，眼下這場比試可有得瞧啦！」牟驚訝道。

這時候，持著看熱鬧心情觀戰之雷婕兒，視野中突見沐松硯旁之一參與者，見其舉止身影，極為熟悉，待端詳一番後，詫異到，「對……沒錯，是他……樊曳騫！他來這兒做啥？難道又是爹爹欲滲入東州之棋子兒？」雷想了一下，「不……不能讓他發現我溜出了中州！嗯，先靜觀其動向再說吧！」

姚逢琳見一切就緒，起身道出第一道之上聯兒……「**自律一生孤草香**」。

比試者競相提筆沾上硯墨，並聞多人叫著，「嗨呀！這一道太簡單啦！」立見十來應試者不顧微風吹起，爭相奔至桌案處，唯余翊先、狼行山與雷婕兒所識之樊曳騫三人，頓時閉目不動。一會兒後，立見手持紫毫與狼毫之應試者，僅寫完了上聯兒，即需再回沐松硯重新沾墨。然於此刻，余翊先與樊曳騫於提筆沾墨後，雙雙蹬躍而起，待其翻飛至桌案前，隨即提筆書寫，而狼行山依舊無任何動作，惟睜著大眼兒，盯著余、樊二人之行徑而已。

此刻，現場之圍觀群眾，無不交頭接耳地說著，「欸……如此淺顯之上聯兒，眼前一看似風度翩翩的公子，怎站在那兒一動也不動嘞！難道要放棄這一題嗎？」置身一旁之雷婕兒見狀後，心生焦急著，「阿山哥在搞啥？就算不知下聯兒，至少也裝個樣兒，走到桌案前胡揮一通也行啊！幹嘛楞在那兒不動嘞？」

余、樊二人再次翻回沐松硯沾水墨，且速度幾乎一致。這時，狼行山也提筆走向應題桌案；雷婕兒又急唸著，「已經慢了人家上聯兒了，現又慢吞吞地挪著步伐，阿山哥到底在想什麼呀？」

雖然眾人不知狼行山之舉，但涼亭裡靜觀比試之牟芥琛卻想著，「嗯，四弟的心思果然細膩，先放棄一題以觀察比試中之情勢變化，以尋求對己有利之途徑。惟因其擔心蹬躍翻飛時，恐將遺釋些許汁墨，遂選擇緩步前進以應；但於時間上終將不及余、樊二人。四弟如何因應出兩全其美之法，實乃取勝之關鍵所在！」

眼下十餘應試者，尚為著遭風乾之筆墨而煩惱，反觀再次翻飛應題之余、樊二人，幾乎同時將上下聯兒書寫完成，兩書童倏而將二人之應題宣紙，快步送至涼亭審理。繆大人於接過宣紙後，仔細地品著樊曳騫之作……「**自律一生孤草香，君理萬務庶民享**」。

姚逢琳見此作後，直覺道：「眼下見得樊公子之作，似乎偏了吾原有想法。姚某以一人修行之嚴謹，甚而能品出孤草之香味兒；然樊公子字句之中，頗趨於官場之歌功頌德！」

「嗯，老夫為官多年，確有同等感受。」繆廷翰點頭回應道。

而後，「鏘……」一鑼聲響起，霎時現場鴉雀無聲，惟聞繆大人向眾人唸道：

「自律一生孤草香，放縱片刻百花殘」，隨後即宣布，此道題之比試，由余翊先拔得頭籌。

此刻，墨頂台響起一片喝采與掌聲，有人出聲道出：「嗨呀！這自律一生，對上放縱片刻，真是絕呀！再來個孤草香，對上百花殘；這余公子的詞句造詣，煞是令人折服啊！」

然為著再接第二道試題，眾應試者又回到了沐松硯旁，惟此回之人數少了許多；畢竟自嘆不如者，與濫竽充數之投機客，遇此嚴苛之比試條件，自然萌生了退卻之意。惟聞姚大師再次道出第二道題之上聯兒……**「交 心 唯 有 几 上 酒」**。

欸……這回倒無人搶先出頭了，是否大夥兒已知風勢攸關局勢？還是尚於琢磨著該以何等字句迎對上聯兒？這時，見狼行山跨步離開了沐松硯，此舉立即引來了眾人目光；尤其是同場比試之余翊先想到，「此人手持毫大楷，卻刻意將筆尖朝上，致使汁墨含於濃毫之中，即可減少不必要之硯墨遺釋。嗯，吾不可輕視這舉止怪異之異鄉客。」

一旁的樊叟騫再次翻飛作答，其餘應試者亦紛紛跟上。余見狀之後，刻意沾染了厚墨，再次上前應題，惟余、樊二人依舊無法在風的攪局下，一次完成作答，故經由兩次沾墨動作後，此回由動作稍速之樊叟騫先行完題。待交付審理之後，繆大人即響鑼一聲，並對外宣讀

道：「交心唯有几上酒，情義不厭山中泉」，第二道比試即由樊叟騫勝出。

姚大師再次表出第三道題……「春燕呢喃喚溫暖」。

余翊先趁著無任何風起現象干擾下，沾得適量之汁墨，終遇一次墨之揮灑下，率先交出應題宣紙，惟見上頭寫著……「春燕呢喃喚溫暖，秋蟬低吟引涼寒」，隨即奪下了繆大人的鑼聲一響。

姚再傳出第四道題……「文官提筆行奏書」。

霎時，現場環境出了些插曲，見墨頂台上之雲朵漸漸散開，申時之陽光亦露出了臉兒來。樊則於加快翻飛速度下，挺出了……「文官提筆行奏書，武將揮刀斬叛徒」，俄頃奪下了這一局。

然於此一來一往之間，眼下之比試大會幾乎成了余、樊二人雙龍搶珠之局面。樊叟騫再添以……「片片楓葉秋欲墜，朵朵梅花冬盡開」，贏得了審官之鑼聲。隨後之余翊先則繳出了……「詩書字畫倚良硯，琴瑟簫箏棄朽材」，再次聞聲奪魁。

比試至此，姚逢琳走上了台前，立向在場眾人道出：「今日已試出六幅對句，分別由余、樊二位各勝三局。惟因比試僅以十幅對句定勝負，若余、樊之中，其一再勝一局，即可取得眼前之三幅桃花綻放圖。」姚大師此話一出，尚留於沐松硯旁之諸應試者，見大勢已去後，紛紛走離了沐松巨硯。然而，此刻成了眾所矚目之焦點者，並非余、樊二人，而是仍倚於硯旁，面帶一臉苦笑之……狼行山！

忽聞一人發聲道：「眼前見一長相斯文之公子，一道題兒也沒對上，每回聽得鑼聲響出後，僅微笑以對，人家皆已拿下三聲鑼響了，他老兄還裝什麼鎮定啊！」

「是啊！我看這小子若非遭風邪襲擊了，即是被午後豔陽曬昏頭了吧！這要是有賭盤兒，我賭下一局咱們余公子將再下一城，氣走那姓樊的。」一旁圍觀者嚷著。

此時，佇於一隅之雷婕兒，無奈地看著狼行山，一邊兒搖著頭想著，「這狼行山空有一張嘴功，拳腳功夫是有那麼幾下，怎料自個兒詩詞不通，還強出頭嘞！算了，硬著頭皮看下去吧！倒是那樊曳騫，平時從爹爹那兒得知其功夫了得，沒想到詩詞對句這玩意兒，他也這麼在行哩！」

待姚逢琳探問了始終未答題之異鄉客後，對眾喊道：「尚留於硯前之應試者，僅剩余翊先、樊曳騫與狼行山三位，接下來之比試，勢將由此三人定出勝負。」

「什……麼？那楞小子就是狼行山！」甫知悉狼行山參與其中之余翊先，心想，「原來，前些日子於濮陽傷了邸副總管之狂妄者，是這小子！目睹過邸副總管之離奇傷勢，且聽隨扈形容，邸副總管與他雙掌對擊後，傷重不起；看來這小子是有兩把刷子。嗯，這兒是東州，待奪下這盤棋局後，再伺機為邸副總管討回公道。」

姚逢琳頂著陽光，道出第六道試題之上聯兒……「**亭台樓閣廊軒榭**」。

上聯兒一出，墨頂台隨即風起；余、樊二人有了前幾道題之經驗，兩人均無任何動作。

這時，狼行山持起了毫大楷，刻意地沾染沐松巨硯上之「邊墨」，此一舉動，立馬引來在場人士一片議論，「欸……這個姓狼的，到底懂不懂文房四寶啊！平常研墨時都知道，硯台之邊墨，既濃且稠，方才退下之應試者，無不因汁墨易風乾之故，遂令大夥兒搶沾書童剛磨好之硯中墨，為的是取其水潤度較高而持久；而這位狼公子卻選沾邊墨，這是啥招啊？真讓人瞧不透耶！」

余、樊二人見風勢未減，仍靜觀其變；反倒是看著狼行山沾滿了邊墨後，朝著應題桌案走去。待狼走到案旁後，先將桌案轉了個向兒，接著提起手上毫大楷，快速地揮舞著。半晌之後，眾人見書童將狼行山之應答對句，送交了涼亭審理，此幕頓時令余、樊二人傻了眼，且令樊曳騫疑到，「他……他……他用邊墨，一次寫完上下聯兒？」

「鏘……」墨頂台傳出一聲鑼響，繆大人對眾唸出：

「**亭台樓閣廊軒榭，溪川江河湖海洋**」，此道題由狼行山勝出。霎時，現場一片譁然，眾人隨後仍報以熱烈掌聲。

余翊先這才察覺到，原來這姓狼的一直在辨認風向。一般若迎著風面書寫，汁墨容易風乾，所以他將桌案轉向，試圖以身背擋風書寫，再以筆畫較少之字句作為下聯兒，無怪乎能一次盡墨完書。而涼亭內之牟芥琛見狀後，不禁讚嘆：「無論面臨啥異樣局勢，四弟總是能以怪異招式應付！既然擋風書寫之招已被人識破，接下來之狼四弟該如何應對呢？」

而後，姚又讀出第八道試題之上聯兒……「**雙 輦 車 馬 城 中 奔**」。

這回，樊曳騫仍選擇水潤汁墨，順勢沾染後俄而翻飛上前。此回之余翊先則受到狼之影響，選擇沾上邊墨試試，且同採翻飛上前應題。而狼行山雖維持選用邊墨，且以擋風書寫應對，惟這回不同的是，狼先寫出下聯兒後，再回馬寫出上聯兒；然此先後對調之動作，霎令先行書寫之樊曳騫分了心，甚而忘了上聯兒之「輦」字兒，如何下筆？而嘗試用邊墨應對之余翊先，驚覺邊墨過於濃稠而不易揮灑，故決定再次翻回沐松硯，換回水潤墨。然於余、樊二人耗時之際，狼又呈交出完整之上下聯兒，並交由書童送往審理。

「鏘……」現場又聞繆大人擊出一聲鑼響，接著，繆大人不疾不徐地唸道：

「**雙輦車馬城中奔，一葉扁舟江上留**」，此道題之比試，續由狼行山取得。

「嘩……」現場又是一陣嘈雜，「唉呀！那樊公子真是可惜，竟敗在一個輦字兒上！」另一位又說：「咱們的余公子猶如中了計似的，竟依著那狼行山去沾邊墨，自亂陣腳啊！」

一旁的雷婕兒見識了這兩局，不禁唸著：「榮根大師曾對爹爹形容過：這個嵐映湖老四，永遠讓人猜不透其內心在盤算什麼？然此時此刻，狼行山之舉止應對，著實讓吾有了同樣感受！」

比試到了最後兩局，余、樊二人雖各以三勝領先，惟求勝心切之二人，確於此刻露出了些許慌張之貌。樊打破了沉默，對著余說道：「看了方才這兩局，余兄不覺得怪異嗎？」

「方才確實受了狼的影響而沾了邊墨；但就算不沾邊墨，以眼前之風勢，欲一次盡墨完筆，幾乎是不可能之事兒啊！」余回應道。

「姓狼的先寫出筆畫較少的一聯兒，而後再完成另一聯兒，以行筆耗墨來說，這會是關鍵所在？真是奇了！不知下一局又會出什麼狀況嘞？」樊質疑道。

待墨頂台重回肅靜後，姚再次唸出了新一道題……「**漁樵借問天不應**」。

這時候，陽光照耀下之墨頂台，竟然出現了細絲般小雨，訓練有素之書童們，順勢於沐松硯前與應答桌案，撐起了紙傘。余、樊二人見此景有利毫毛之水潤，雙雙搶沾沐松硯中央之水潤墨；二人心裡均想著，「這回終於可一次完筆啦！」而狼行山又再次選擇更為濃稠的邊墨，這回三人同時立於應題桌案上揮毫。半晌之後，大夥兒不約而同地朝著余、樊二人這邊看來；惟聞一人疑道：「喂！這余公子與那個姓樊的，似乎呈出了慌張樣兒！欸……你們瞧，他們倆怎麼向書童更換宣紙嘞？」

適值余、樊二人重書之際，狼行山再度交出了上下聯兒。余、樊二人一見他桌書童移往涼亭方向，二人原有之信心，瞬讓雨水澆熄，僅能默默祈禱著敵對呈出不佳之作。

一會兒後，涼亭再次傳出鑼聲一響，繆大人向著群眾宣讀道：

「**漁樵借問天不應，牧農祈求雨來臨**」，本道試題，即由狼行山勝出。

眾人之中，已按捺許久之沁葳和尚，不禁呼道：「阿彌陀佛……好個漁樵借問，碰上了牧農祈求啊！狼公子之文筆造詣，粲然可觀，相較其佇於沐松硯旁之身影，判若兩人！阿彌陀佛……」

此時於墨頂台之圍觀群眾，漸漸聞得有人吆喝著，「狼行山……狼行山……狼行山……」

狼見著此狀，內心竊喜著，「嗯……於大庭廣眾下受人歡呼，絕對風光於牟三哥那般坐轎子進場吧！」狼又自道：「還好這陣突來細雨，沒讓余、樊二人看出啥端倪來！」

姚大師對著繆、牟二人指出，方才的一陣細雨，霎令未能一次完筆之余、樊二人，欣喜若狂；惟二人僅關注其所持之羊毫是否擁足水氣，卻疏於筆桿上之雨滴，灑於揮毫之間，以致暈開了汁墨而令文字不能成形；待其覺出有異，即要求更換宣紙以重新應題。

牟則接話道出：「如姚大師之所言，狼行山之濃稠邊墨於此發揮了助力，其隨著雨水潤其厚墨，故能平順地將上下聯兒一次完筆。」繆大人聽聞分析後，點頭以示認同。

接著，姚逢琳對眾表出，比試至此，萌生了戲劇化轉變，形成了佘翊先、樊曳騫與狼行山各勝三局之局面，而最終一道題，勢將決定今日比試之勝出者。姚又說：「墨頂台之比試條件雖因時而異，然每一應試者皆面臨相同條件，惟戶外舉行文筆比試，本嚴苛了許多，望在場競者無論勝負與否，均能秉持『以文會友』之宗旨，使姚某贈予畫作之美意能延續下去。」姚大師此話一出，立獲滿堂喝采。

突然！佘翊先提出質疑，話道：「感激姚大師無私奉獻並藉機光大礁鼎城之書香氣息。然今日比試至此，不論風起風歇，抑或陽光細雨，佘某與樊公子均能逆來順受；惟引人疑竇之處，乃於環境條件瞬變下，狼兄弟皆能盡墨完筆，是否其所使之毫楷，內藏玄機，不知審官可否予以檢視一番，好讓在下及在場鄉親能明瞭實情。」

「這個嘛……」姚逢琳頓時不知如何回應，僅回頭看了下繆大人。

「哈哈哈……查！該查！我狼行山既然參與比試，自然是以己之所學以應對。然環境因素瞬變，先前幾道題目，在下確實觀測著周遭條件。風之條件是一件，墨之條件是一件，當然，考量對應之筆畫數亦是一件。怎料突來一場細雨，在下亦受影響，但見著對手須更換宣紙時，即知此局之輸贏關鍵在於……時間！如此而以。」狼又說：「至於吾所持之毫筆，乃城裡之鼎滎毫舖，一位六旬老翁所贈予之兼毫大楷；佘、樊二位應是使著純羊毫大筆，而『兼毫』

乃指聚合兩種以上之毫毛所製成，可依其毫毛參雜之比例來命名。一如在下所用，即是三分紫毫配上七分羊毫之三紫七羊筆，取其一健一柔之主副搭配，健毫居內稱為『柱』，柔毫處外稱為『被』，如此剛柔並進，即能揮灑自如。」狼行山話一說完，立將手上之兼毫大楷交予書童，送往涼亭審理。

「唉呀呀！這個狼行山看似聰穎，卻將致勝之關鍵，通通抖了出來，真是笨死了。這下可好，最後一局，三人均會謹慎下筆，誰能勝出……天知曉？」雷婕兒唸完後，聳了聳肩，繼續觀戰。

待審官檢驗之後，繆大人拿起了狼行山之楷筆，向著眾人表示，經過驗證，狼行山確實使著三紫七羊之兼毫大楷。話後，立由書童將毫楷送回狼之手上，姚逢琳則再次走出涼亭。這時，余翊先立即差人送上五紫五羊之兼毫大楷，而樊曳騫則臨時要求手持雙筆上場，此舉隨即引來在場一陣騷動。

姚逢琳笑著回應道：「持雙筆應題，恐有違比試規定，因多持毫筆可接續書寫，免去來回沾取墨汁之時間，如此則對先前已退出之比試者不公，否則，人人皆欲以三筆或多筆登場得以避汁墨不足之窘。不過，倘若樊公子能雙手持雙筆，以左右開弓之書寫方式，同步寫出上下聯兒，姚某倒可容您特立獨行！」此言一出，現場又是一陣譁然，「怎麼可能左右開弓，同步書寫二聯兒？這……痴人說夢吧！」狼聽到姚逢琳之回應後，自覺不妙，「糟糕！要是那姓樊的，真能左右手同時書寫不同字句，那可真要算是奇人現藝啦！」

待余、樊、狼三人擇出應試毫筆，緩緩來到了沐松巨硯旁，眾人目光果然聚焦於樊曳騫之手持雙筆上。隨後，姚逢琳於微風輕拂中，唸出了今日最後一道題之上聯兒……「**巧手獻藝會知音**」。

余翊先率先將其兼毫毫尖處沾染濃稠墨，再以毫之中段沾上水潤墨，隨後快速翻飛案前。狼行山則不改一貫作風，以一整三紫七羊毫，沾滿沐松硯上之濃邊墨，隨後見其快步挪移至桌案作答。而此回的樊曳騫，一覺風起，倏將雙羊毫沾滿汁墨後，再躍飛至桌案前，架起左右開弓之勢。

余、狼二人不約而同地使了眼角餘光，瞄了下樊曳騫之書寫方式，不禁驚道：「哇……真是左右同步書出啊！」惟因同時書寫不同字句，速度自然緩慢了些，如此一來，大夥兒的時間相差不多，關鍵僅在於以何等字句應對，以及汁墨殘純量之拿捏了。

時刻漸入酉時，夕陽餘暉仍明照著墨頂台上應試者之背影，眾人雖見余翊先率先行完筆，但余對其下聯兒之尾二字，呈顯出些許灰淡而感到苦惱，其因乃出於汁墨之耗盡。隨後，樊與狼亦放下了手中毫筆，惟左右開弓之樊曳騫急於作答，致使其上下聯兒之字體不一而不甚工整。再觀狼行山之作，其上下聯之字跡，蒼勁中帶著渾厚，且下聯兒之字體亦毫無窮墨之態。

三書童分別持起應試三人之作，倏而交付審官審理。經繆、姚二人研議許久之後，由繆大人對外說明評鑑之結果……

前來參與墨頂台盛會之鄉親父老與各路賢士，針對今日最終一局比試之鑑定：

余公子釋出之對子是……「**巧手獻藝會知音，靈指彈奏悅佳偶**」。

此乃一平行近意之作，下聯兒之「靈指彈奏」，幾可等同「巧手獻藝」，對比張力明顯不足；再因「佳偶」二字之墨跡淺淡，留下了遺憾之處。

再觀樊公子之作……**「巧手獻藝會知音，慧眼細琢饋故人」**。

樊公子以頸上之「慧眼」，對上四肢末梢之「巧手」；以玉石工匠於私下之「細琢」，對上了向外展現之「獻藝」，煞是可行；終以「饋故人」，對上「會知音」，尚屬通順；惟樊公子左右開弓，雖取得雙筆之足墨優勢，卻因呈出字體大小不一，遂失了形式之工整度。

至於狼公子所呈現的是……**「巧手獻藝會知音，診脈辨證驅痼疾」**。

所謂對句之仗恃，貴於上下聯兒之對比差異。例如余公子於第一道應題時，以「百花殘」強烈地對比上聯兒之「孤草香」，此上下聯兒之對仗，無可挑剔。然姚大師於最末一題中之「巧手獻藝」，包羅萬象，一如奏琴、雕刻、編織、作畫等，居中多隱含著「手動」之意味。而論及從醫者之診脈辨證，其藉**寸**、**關**、**尺**三脈而診出萬病，卻僅藉「靜置」之三指，辨出人體內傷外邪，如此一動一靜之間，即成明顯對比。最後，獻藝者能「會知音」，乃取其同向之意境；然狼公子所使之「驅痼疾」，煞是拉大上下聯兒對比之關鍵。能「會知音」乃常人樂見，但「痼疾」卻使人「敬鬼神而遠之」，故以「驅」字為引，不僅別於上聯兒之「會」字，更達醫者與疾病之反向意境。諸如上述，眼下對句比試之最終評斷，此一鑼聲，將由狼行山之作所屬。「鏘……」現場聞聲之後，立即響起一片如雷掌聲與連聲歡呼！

勝負分曉後，余、樊二人隨即附耳交談。余表示，經由繆大人精闢之評斷，這姓狼的公子哥兒於對句上，確實有兩把刷子！樊則表明，以雙手雙筆配上雙墨上陣，依舊未能取勝，而狼行山每每出手，皆能墨盡完筆；時至當下，仍未理出這箇中道理？

狼行山眉開眼笑，拱手謝過在場鄉親之掌聲，隨後接下姚大師現場揮毫之三幅畫作後，對眾人話道：「今日之比試，在下贏得僥倖，其原因乃出於姚大師所定之比試條件！」眾人聽聞此說，無不驚訝以對！狼又說：「今日若於書齋堂室中比試，狼某應無法得利；然因戶外之瞬變因素難測，故應題時之緊張與驚恐，在所難免！惟因狼某於緊張之際，將出現手汗不止之現象，正因此故，在下選擇了沾染濃稠之邊墨，而筆尖於行進間朝上，乃為了毫毛中柱能富含汁墨；當狼某下筆時，大量手汗順著筆桿而下，巧妙地結合了濃稠邊墨而自然成了水潤墨，故能在既定的時間內，墨盡完筆而後交付書童。」

「原來如此啊！」姚逢琳聽聞之後，亦解開了心中之疑惑。

這時，余翊先拜別了繆大人與姚大師後，刻意走過狼行山面前，目光不甚和睦地說道：「狼行山，日前你傷了我東州軍機處邸副總管，眼下乃姚大師作畫之場子，倘若於比試之後，就此拿人問話，難免失點兒風度；但傷了我東州的人，我余翊先絕對會追查到底的。」話一說完，余隨即跨步蹬躍，上馬離去。然此一幕，卻已讓不遠處之雷婕兒與牟芥琛，莫名地關注著。

狼行山駐足一會兒後，身後即傳來了熟悉笑聲，「哈哈哈……四弟啊！爾今日比試奪魁，三哥與有榮焉啊！」

「唉呀！三哥怎麼會在這兒出現？」狼既興奮且驚訝問道。

「哦……是這樣子的，前些日子，芥琛離開嵐映湖時，遇上了前來中州辦事之東州林務坊總管……陸洺煊！其因舟車勞頓，水土不服，倒臥客棧不起，而後經芥琛為其診治而癒。當陸總管得知芥琛將前往東州採尋草藥，遂書信予繆廷翰大人，藉以助芥琛於其管轄區域內順利取得藥材。待來到東州後，再遇繆大人請託為其學生，亦即姚逢琳先生，醫治其長年痼疾，怎知來到此地，竟遇四弟參與對句比試！」

「哈哈……三哥見笑啦！吾原與大師兄一同打探五師弟下落，而後因一些瑣事，我倆分開處置。孰料，小弟於濮陽城與他人生了些誤會，為暫避風頭，故順勢來到了這兒。」狼回道。

「吾以為……應與余翊先方才之對話有關吧！唉……算了！三哥不過問爾之私事兒。切記！要拿捏好分寸才是！」牟又說：「哦，對了！前來東州的路上，遇過了大師兄，聞得大師兄表明將往北州辦點事兒，當下其身旁尚有位面貌姣好之姑娘同行，惟一眼即知該姑娘非中土人士，待招呼之後，此姑娘遂偕大師兄匆匆離去。」

「三哥述及的姑娘，小弟與大師兄同行時見過，此女的確來自境外異族。不過，大師兄為何前去北州？這就不得而知了。我看這麼吧！三哥先瞧瞧姚大師之病況如何？而小弟先回一趟嵐映湖，以告知龍師父吾等近況。」狼建議道。

牟芥琛同意了狼行山之提議後，狼隨即上前與姚大師、繆大人寒暄一陣，而後攜了頗具價值之彩墨畫作，離開了人潮漸退之墨頂台。

夕陽餘暉漸盡，聞得知了群鳴伴隨下，牟芥琛隨著姚、繆二人，來到了礁鼎城東郊一處偏僻宅院，此乃姚逢琳辭官後之居所。孰料三人來到宅院口，一位年逾七旬老嫗，迎面呼道：「琳兒啊！回來啦！平常就瞧著你拿畫筆進出，今兒個難得看你帶了朋友回來，真是稀客啊！哦……依稀記得您來過這兒，是……繆大人吧！您人挺好，是個好人啊！」

繆大人連忙點頭並讚頌老婆婆的健朗，姚逢琳則介紹了母親予牟芥琛，這才知曉，姚之辭官亦是為了照顧年邁老母而為之。突然，姚以左手撫著右肋，右手撫著右耳上之腦邊處，雙目充血腫脹，一副痛苦模樣。惟聞姚硬撐著唸道：「這是老毛病了，一會兒就好。」

牟芥琛令姚平臥後，隨即診其左右手之**寸**、**關**、**尺**脈。一旁心急如焚的姚母，急說：「琳兒身體每況愈下，尤其是入了深夜，病況更是加重，不知牟大夫可有良方？」

牟芥琛皺了眉頭，靜思一會兒後，取出若干銀針，並解開了姚之上身衣著。

第一針採斜刺**期門穴**，二則側刺**章門穴**，三刺左足**太衝穴**，四刺右足**俠溪穴**。三刻鐘後，牟更以血針，循著姚兩眼周圍之**攢竹**、**絲竹空**、**童子髎**與**耳尖**，四穴點刺放血，當下立見血液暗黑而濃稠；一刻鐘後，即見姚之雙目紅腫逐漸退去，病狀漸趨轉好。

「妙！實在妙！妙不可言啊！」繆大人接續表示，對醫經醫理僅於粗淺認識，不知牟兄弟之針下四穴，其理為何？

「哦……既然繆大人有興趣，就容在下直說了！」

牟接續表示，初探姚前輩之右手關脈，細微無力，此乃脾胃之理氣升降亂了譜；再視左手關脈，弦而急數，此乃肝膽熱象之呈現，惟脈位深沉乃病已入臟。然因肝主疏泄條達，一**旦理氣升降生滯，肝即疏泄不利而生鬱，肝鬱久則生熱，肝熱不息則可招致肝火上炎**，若此頽勢持續拖延，終將導致肝陽上亢，甚至肝風內動之重證。然而肝開竅於眼，故肝病常外顯於眼部，如肝氣上衝，以致雙目氣血充滯而紅腫疼痛。再則，肝、膽屬五行之木，脾胃屬土，脾胃積弱不振則引木剋土；所謂肝脾不和證，即土壅木鬱而致肝脾功能失調之證候，多因抑鬱、情志不遂、惱怒傷肝、肝鬱氣滯，肝氣乘脾，以致飲食勞倦、思慮過度而致使脾失健運。然脾主肌肉，亦是姚前輩身形消瘦之來由。

牟再指出，以雙目四穴點刺出血，瘀血既出則雙目腫痛得以緩解。針下期門治肝，乃因期門為肝之募穴。再則，見肝之病，知肝傳脾，當先實脾，而章門乃脾之募穴所在，故針下章門以強脾。然醫經有謂「腑會中脘，臟會章門」，既然病患之肝疾恐已入臟，故針下章門乃強臟實脾之舉。

甫聞姚母有指，姚前輩越夜病越甚。子夜乃體內氣血行經肝膽經脈之時辰；然此刻乃子夜前之亥時，亦為三焦經脈旺盛之時。故針下肝經之原穴太衝，其因之一乃原穴之氣通三焦；三焦者，原氣之別使也。其因之二，太衝穴實為木經之土穴，藉此得以木土雙治，並由原穴之特性，得以調整臟腑經絡之功能。最後，針下足少陽膽經之母穴……俠溪；醫經所謂「實則治其子（穴），虛則治其母（穴）」。姚大師之頭痛與脇肋痛，實屬於足少陽經之證，且已罹患一段時日，然而「久病必虛」，故選俠溪穴以治其少陽痼疾。

「牟兄弟之辨證論治，老夫實在佩服；受江湖人敬封『本草神針』之名號，果真名不虛傳。」繆大人稱讚道。

「繆大人過獎啦！」牟回應道：「醫者研知醫理，更須具備醫德；治證若僅是著眼於解決當前痛處，其乃坊間庸醫之牟利手段而已。姚大師之痼疾仍須針藥並進數日，方能見效。」又說：「眼下大師之目赤目痛，多由肝熱傳變，治療以清肝利膽為主。當前先以龍膽草煎水送服，以抑制肝陽上亢。明日再以石決明之鹹平藥性，用以入腎益陰，既涼肝亦鎮肝，使邪火去而氣益，使精光發而滋陰，進而平抑肝陽。二用天麻辛溫之性，用以提振體內之陽氣，始達外治虛風之效。三用鉤藤之甘微寒，用以入脾益氣，調和氣血，分解寒熱；當氣血得以調和則內風之邪自除，以此息風止痙。」

牟芥琛話一說完，一旁姚母幾乎雙膝下跪而由繆大人及時攙起。姚母感激道：「感激牟大夫為我琳兒診治，琳兒是個孝子，每輒見其病發，吾內心猶如針刺；能遇上爾等善人解救，如此大恩大德，沒齒難忘。」繆、牟二人倏將老夫人扶起。

說著說著，姚即因症狀漸消而緩緩睡去。牟芥琛則順手以五指朝下之勢，拿起了方才盛裝刺血之小碟兒後，牟瞬感掌心之勞宮穴，突然起了不明熱感。「咦……怎麼吾之手厥陰經脈內，似乎有股熱氣亂竄？」接著牟試著自運體內真氣，驚覺真氣傳抵手、足厥陰經脈時，體內便產生一股幾可向外散射之奇特能量；牟藉此推敲到，「手厥陰乃心包之經脈，足厥陰乃肝木之經脈；然而，心主神、主血；肝主魂、藏血；莫非吾體內隱含某種能量？」

正當牟芥琛百思之中，不經意地瞧了下盛血小碟兒，剎那瞠目驚訝道：「怎……怎麼會？難……難道……方才看錯了？」

牟驚覺小碟兒內之所盛，並非暗黑濃稠之瘀血，而是赤紅之鮮血！不禁想著，「難道……方才刺出的……不是瘀血？不對不對！所謂久病必有瘀，姚逢琳肝火上炎近乎肝陽上亢，氣

衝雙目而無出路，以致瘀血阻滯經脈而腫痛，此乃正確之推斷，為何眼前盛血之碟底，竟呈現出如此鮮紅血液？」

這時，走近的繆大人出了聲，打斷了牟的思索。

「萬分感激牟兄弟之出手相救，有勞牟兄弟多費心關照了！」

「繆大人快別這麼說，能解決病人之疾困，實乃芥琛之職責。芥琛本欲前來東州採尋草藥，透過陸洺煊總管之推薦，遂特地前來拜訪，因而與繆大人及姚大師結下了緣份。」

「我東州境內有何草藥？值得牟兄弟特來一探究竟？」繆大人問道。

牟芥琛嘴角微揚地表示，眾人皆知人參為中藥補氣之最，其產地多處於寒冷的北方。然有另一參類，既不生於寒地亦不具補氣之性，惟此物於芥琛眼裡，確有其重要之地位。此參即是具有「活血化瘀」與「止血不留瘀」之特性的……三七！坊間亦有人稱之為……田七！

繆大人一聽此物名稱，似懂非懂，牟接著指出，此種植物之複葉多數是三枝，而每一枝上又有七片左右的小葉，故稱之為三七；然依此物之質地，又以五至七年生為優，耳聞東州偏南之氣候極適合三七之生成。

「嗯……我看這麼吧！待老夫回文考部蒐羅相關資料後，立提供牟兄弟作為參考，必要時或將吩咐隨從協助牟兄弟採得此藥物。」牟聞後，隨即拱手拜謝繆大人鼎力相助。待隨從人員將車馬備妥，繆大人即向姚老夫人與牟芥琛拜別後，倏朝京城方向而去。

翌日清晨，姚逢琳經一夜沉眠後，睡眼惺忪地瞧著牟芥琛背影。待其清醒後，說道：「牟兄弟，真是感激萬分啊！吾已許久不曾如此好眠了，霎時深感熟睡治百病之理啊！」姚又說：

「今晨初醒之際，見牟兄弟正望著桌案與牆上之墨畫，不知牟兄弟於姚某畫作上，可有指教之處？」

「哈哈哈……姚大師客氣啦！小弟對詩詞與醫經，尚稱通曉，但論及墨畫藝術，則須請姚大師指點了。」牟應道。

「見牟兄弟對姚某的幾幅畫作端詳許久，有何疑處？直說無妨。」姚問道。

「既然前輩願意分享，就容小弟直說了！」

牟接著表示，過往曾於中州各地為人看診，其中不乏親臨達官顯貴之宅院，以為患者診治。正因此般機緣，芥琛於宅內廳堂之中，實已見過姚大師諸多大作。然於大師之「一桃三景」畫作，亦即同一桃花角度，可藉由近景、中景、遠景，將之表現出來；而芥琛直至昨日墨頂台前始知，此一桃三景之傑作，竟是出於同時開筆且同時完成，此等神技，世上無人能出其右。

「嘿嘿……牟兄弟真是過獎啦！」姚逢琳繼續聽著牟芥琛之論述……

前輩所繪桃花，令人如癡如醉；但芥琛見過近十幅遠景桃繪，無意中發現，作為諸遠景圖陪襯之背景裡，始終有一相同示點存在，且不論前輩作畫角度如何變化，此一示點均能隨之更動。這時，姚逢琳故作鎮定而應道：「原以為這不經意之遺留，或將成為畫作敗筆之處，但始終無人提及，倒是牟老弟何以識出有異？」

牟回應道：「依大師之繪圖手法，繪花朵、繪綠葉，有其一定之勾勒筆法；而對於遠處陪襯之山景，前輩則運用水墨畫中之灰染漸層技巧，再刻意運用迷濛之雲霧，盤於山間。只是……令在下不解的是，為何雲霧觸及山壁之瞬間，約莫於一毛髮之空隙，竟顯出一色澤變化，其藉著山壁之黯灰，從中反轉出一絲黯褐，隨後漸退而回歸灰白之雲霧尾邊。」又說：「芥琛初次見到時，本以為畫筆毫毛不慎染上赭紅墨料，孰料藉由往後幾幅姚大師之落款畫作，竟察覺出遠山角度縱然有變易，然此一絲轉色之手法，亦將隨之變換位置；更妙的是，根據各遠景圖之光影角度，芥琛查出了太陽之約莫位置，再根據太陽來找出轉色手法之相對位置。原來，每幅遠景圖之示點位置，應指著同一個地點才是！」

姚逢琳聽了牟芥琛這一連串的解析後，一臉驚訝以致目瞪舌彊而一語不發。半晌之後，姚深吸了口氣後話出：「能憶得過往所見畫作，再依光影推算出示點位置，姚某幾可直言，牟兄弟應具有過目不忘之本領才是。」

「呵呵，前輩真是抬舉了，小弟僅對事物產生興趣時，多付出些專注力罷了，談不上什麼本領啦！」牟應道。

這時，老夫人將牟帶來的藥材煎成了藥湯，端了進來，「琳兒啊！快將牟大夫配的湯藥喝了吧！」

「娘，您先別忙，您身子才好些，可別累壞啦！」姚接過湯藥說道。

「你們倆慢慢聊啊！我先去採些菜葉，中午就炒幾個便菜，望牟大夫不嫌棄。」

「哪兒的話，伯母您客氣了！」牟恭敬應回道。

待姚老夫人出了房門，姚逢琳理了下思緒後，說道：「吾回憶了近年來所遇之事兒，自覺此一機緣絕對出自天意；老天爺讓吾受著疾病折磨，而藉著診病這途徑，讓遠在千里之外的『本草神針』能與姚某結緣；此神醫不僅為吾醫治，更道出了吾隱藏多年之畫中秘密！然此一幕，絕非偶然，姚某不妨隨著飲下牟神醫為吾配製之湯劑，順勢將過往所遇一切，詳實地道出。」

我姚氏本是練武起家，父親曾開過標局，吾自幼與兄長姚尹堉於耳濡目染下，學會了些拳腳功夫。然而江湖是非難測，父親於一次押標中遭人誣陷而入獄，吾與胞兄為替父親洗刷冤屈，兄弟矢志藉由官場審試，若能得一官半職，不僅替父申冤，亦可順帶養家餬口。然而，得知兄長名落孫山後之次年，姚逢琳得老天爺眷顧，取得了當年甄試之榜眼。

姚又說：「一直以來，會試未果之讀書人，多半轉研於醫書，而後流於坊間從事醫職，吾之胞兄即是其一。惟此時獄中傳來父親久鬱成疾，而兄長尚無能力醫治，終傳來病歿於獄中之噩耗。自此之後，母親暫由兄長照料，而姚某即因地質分析之長，故派佈於東州南方之恭盧城，著手南方地政之職。」

「哦……原來姚大師練過武藝，無怪乎大師能於墨頂台上翻飛作畫，煞是一絕啊！」牟說道。

此話令姚一陣苦笑後，道：「雜耍拙技，讓人看笑話啦！」

姚接著表明為官不久之後，胞兄討了房媳婦，名曰嬴珍。本以為家中多了人手，母親生活得以安逸，怎知此入了門之兄嫂，既不事家務且極具虛榮之心，恰巧兄長喜於結交聲勢顯赫之友，遂常以替人診病為藉口而偕妻頻出遠門，母親勞累徒增，在所難免。母親為息事寧人，並無對外宣揚，故母親僅倚著姚某發回之奉祿維生；而遠居恭盧城之姚逢琳，每日僅於室堂內批閱地方政務，生活極不生趣。

一日，姚某放下公文，提起紙筆背袋，藉著考察地形之由，倏往恭盧城西南之巫越山區奔去。而後巧於山區樹林之中，邂逅一位名曰蘇毓臻之南州姑娘，其父乃一樵夫，然為著分擔家計，遂涉險來到森林茂密的東州撿拾木柴。惟遇得蘇姑娘當下，其因受了山林間之梅花鹿攻擊，以至足腿受了傷。

「咦？梅花鹿向來溫馴，除非情況特殊，否則顯少見其朝人攻擊！」牟疑道。

姚某當時隱藏了當官兒之身份，藉著幫蘇姑娘包紮傷口之際，對其表明了上山之來意。蘇姑娘聽聞之後，百般勸阻登上巫越山；待詢問來由後，原來蘇姑娘居於距東、南二州交界不遠之小村莊中，村人傳說巫越山脈有著極重邪氣，此乃因該山為上古時代之男覡女巫，因罪遭處極刑後之埋葬處。一直以來，凡是靠近該山區者，均會受到詛咒，其中亦包含了山野動物。

「莫非……蘇姑娘是被受了詛咒之鹿所傷？」牟又問道。

蘇姑娘表明是遭一隻斷了犄角的梅花鹿所傷，然而衝撞當下，蘇見其犄角已斷了一側，惟因斷裂處尚留著鮮血，故斷定該犄角甫斷不久。蘇姑娘當時有些驚慌，嘴裡還不時地唸著，「我不是故意要闖進去的！」

姚某安撫了蘇姑娘情緒後，將她背起，不巧竟下起雨來！待吾等暫躲於枯木下避雨，不久後即聞「吽……」之山林野獸吼聲！聞其接連吼叫之後，幾可認定是山熊之吼聲，當下直覺凶多吉少，倏而背起了蘇姑娘，拔腿就跑，怎料此一奔逃動作，眨眼引來惡熊追獵，所幸此熊速度不快，待於奔逃之中回頭瞧了一下，的確是隻大黑熊，但卻是隻足腿創傷，且瞎了一眼兒之黑熊。然而細雨持續下著，無疑增添了山路之濕滑泥濘，而後即於奔逃中不慎滑步，同與蘇姑娘滾出了林間小徑，隨後即不省人事。

姚又說：「直至姚某醒來，已是翌日清晨。惟因蘇姑娘身負腳傷，吾遂於附近採了食果以充飢。而如牟兄弟之所分析，藉著太陽之光影，知曉了吾等正處於東州的西南山區；惟眼前所見景致，一如世外桃源，根本不如村人所形容那般蠱毒瘴癘，邪氣四溢之地。」

姚又表出，而後背著蘇姑娘上溯一溪流，來到了山腰上之一小湖泊，立聞蘇姑娘訝異指出，湖的另一邊兒有著諸多飲著湖水之梅花鹿，且見為數不少之鹿隻，其犄角皆呈出殘缺之貌；再見得一旁吃著湖邊草之山羊群，其犄角雖完整，卻發現多數羊兒身上，均有著數量不一之紫般隆塊兒。倘若再連同先前所遇之獨眼黑熊，果真巫越山林間之動物，皆受了傳說之詛咒嗎？時至今日，此一奇象仍教人百思不得其解！

然於巫越山捱了五天後，吾等有了重大發現！由於蘇姑娘已漸可步行，二人遂繼續登高，試著找出通往蘇姑娘村莊之確切方向。走著走著，竟於某段山林小溪中，因陽光照射之故，發覺溪水有異於平常之反光現象；待進一步查驗發現，此溪水上游有一凹坑，坑內有著溪水沖刷所殘留之沉澱物，而後即持起畫袋中之小水杓，小心翼翼地將沉澱物舀出，並將之置於岩石上曝曬。姚接著又說：「待端詳過該沉澱物後，蘇姑娘摸不著頭緒地看著姚某藉著堅石，開始挖掘位於溪水上游一些較大的樹根，惟因這些樹根向下延伸之部份，或可深探到溪水旁之岩層中。而後，偕蘇姑娘之力，齊拉出了幾條樹根，根據樹根末端之成分，再依我姚逢琳

在地政上之專職鑑識，果然不出所料，這傳說中有著魑魅邪氣，且能詛咒入侵生物之神秘山區，其實是座蘊藏量頗豐之……金礦山！而先前於溪流中所見之異常反光現象，正是這金礦流出之……金砂！」

「哇！這秘密若是讓中土各霸主知曉，一場腥風血雨，在所難免！」牟驚訝回應道。

姚接著表示，蘇姑娘聽了姚某之判斷後，不見其雀躍表情，卻聞其指出，其所居之南州小村，尚不及三百人，三餐不繼者大有人在，此金礦之開採，絕對是為官者一聲令下，始能將之換得財富，更何況如此財富，恐將招致殺身之禍！倒是能否度過眼前難關，尋得離開山區之方法，實乃迫切需求之事兒。當下聞得蘇姑娘之所言，不無道理，更何況該山區地處東州，要是南州越境開採，肯定引起兩州交戰！

牟芥琛隨即表出，環顧現今中土，東州看似祥和，私下之官場內鬥，此起彼落；北州看似民主，地方資源卻由諸霸所把持；西州看似強悍，實乃境外異族移入，以充實區域防衛力量；而南州看似團結，實為幫會與教派充斥之結構，更因火山地熱遍佈，可利民之物產極為缺乏，故執政者根本照顧不及如蘇姑娘那般偏遠村落。再看中州地廣人稠，武力強盛；眼下若非雷嘯天之極權專制，恐見諸多地方勢力興起而戰火連年。牟又說：「再論及姚大師所發現之巫越山金礦，雖說該地處於東州之西南，南州之東北，卻也是中州之東南隅啊！難道……欲一手遮天之雷嘯天，不致聞風而起併吞之心？依此可見，姚大師守住了此一秘密，現今各州始得目前之平歇狀態，而大師將巫越山脈中之藏金處，隱藏於畫中之一示點，以作為後世有跡可尋之據，煞是高明！」

「唉……可能因我姚某人動手挖掘了這秘密，以致受老天爺一連串懲罰。」姚續為此說表示，與蘇姑娘於巫越山患難了近十天，忽見到幾天前出現之小山羊群。但說也怪了，莫非詛咒已退去？幾不復見此羊群兒身上之先前腫塊，且見其生龍活虎地蹦跳著！待偷偷地跟著山羊一陣後，發現了當初遭黑熊追逐所掉落之畫具，進而尋得當時初遇蘇姑娘時之山徑。姚又說：「然於脫困當下，吾與蘇姑娘相約，容姚某先回恭盧城報平安，再引領母親與兄長一同前往蘇姑娘的村落提親。但是……當吾回到恭盧城次日，南東二州竟下起了滂沱大雨，且見風雨交加將近一週，致使恭盧城處處洪水成災。然於慌張之際，不禁想到……難道逃出了巫越山，卻招惹了山神詛咒嗎？待風暴離去後數日，城裡巡衛傳來消息指出，東州與南州交界處不禁連日暴雨之沖擊，發生了多處土石崩塌之重大災害，土石流更於一夜之間，將南州一小村落全全掩埋，而根據巡衛指出之方位，正是蘇姑娘所居村落之位置！噩耗一出，姚某痛心疾首，夜夜夢魘，自此之後遂無心職務，不久後更因內生胃脘不適之證而辭官還鄉。」又說：「然於回鄉之後始知，兄嫂為遠離這窮鄉僻壤之域，唆使並附和兄長的趨炎附勢個性，夫婦倆遂藉前去北州拓業為由，早已捨下老母遠去，至今魚沉雁杳、音訊全無。如此一連串之逆勢，以致夜夜難眠，而為壓抑浮動情緒，故提起毫筆，縱情於詩詞繪畫之域。」

牟芥琛搖了搖頭，嘆息道：「姚大師自發現金山至情殞親離之際遇，落差之大，非常人能體會。然而**喜**、**怒**、**憂**、**思**、**悲**、**恐**、**驚**乃人之**七情**；**怒傷肝**，**憂悲傷肺**，**思傷脾**，此七情所致之內傷，常為世人所忽略。前輩之胃脘不適，可從思念而來；肝火上炎，甚而肝陽上亢，則可溯及於怒氣上衝所致，甚而怒火攻心。醫經有謂：**心藏神**，**肝藏魂**，**肺藏魄**，**脾藏意**，**腎藏志**。所謂心神不寧、魂不守舍，均為難以入眠之源由，芥琛遂以平肝息風為先，以為前輩治證。」

「哦……對了對了！」姚逢琳連忙起身，倏由櫃內拿出了一木盒兒，說：「難得遇到牟兄弟這般知己，您瞧瞧盒兒內所置，是為何物？」牟芥琛一接手後，突如方才發生經脈發熱一樣，深感手足厥陰經脈之氣血，瞬間衝發，姚一見不對勁兒，立喊著：「牟兄弟，您……」

「哦！沒什麼，一會兒即可平息！近來自覺體內脈氣怪異，似乎經脈氣道有些阻滯，又覺有股力量要竄出似的？嗯……尚不礙事兒的，倒是姚大師欲分享的是？」牟問道。

姚逢琳打開了木盒兒，見盒兒內尚留著些土塊兒。姚說道：「還記得方才吾所經歷之故事？若干花鹿與山羊於巫越山上一湖水旁，見其飲水之餘，不時低頭啃食一種葉草；然於好奇心驅使下，本欲隨便抓上一把，孰料竟拖出了一大塊莖根！當下見其長相特殊，遂將其置入筆袋。大難不死之後，一直將之置放於木盒兒內，惟因牟兄弟習醫，故直覺將它交予牟兄弟，頗為合適。」

聞此敘述，霎時引動了牟芥琛之好奇，待牟將土塊撥開後一瞧，眨眼為之一驚，不禁唸出：「此……此物即是……醫藥中所謂能活血化瘀，且止血不留瘀之……三七啊！」

見得牟之驚訝狀，姚隨即說道：「活血化瘀？這玩意兒能否治得了牟兄弟之經脈氣道阻滯？」

牟隨即表明了人體內之阻滯現象，多半來自「氣滯血瘀」與「水濕痰飲」！此味三七，善化瘀血而不傷正，亦可止血妄行，既為吐衄之要藥，亦為定痛理血之妙品。又說：「嗯，也好！不妨趁著為大師醫治期間，芥琛將親身試驗這來自巫越山脈之奇特珍品！」

「那好，倘若姚某這般沉疴痼疾，能得牟兄弟治癒，牟兄弟不妨同姚某再訪一次巫越山，除了探尋牟神醫所需之珍奇草藥外，亦可經牟兄弟之精闢解析，試試能否解開這山神詛咒之謎！」姚逢琳露出了久違之笑容說道。

牟隨即點了頭，興奮應道：「姚大師能一了芥琛此次前來東州一探三七之心願，看來，咱倆探索巫越山之行……指日可待！」

而後，姚之病情，不僅藉由牟之針藥並進，大有起色，所謀諸事，亦隨其情緒開朗而否極泰來。更因牟為其引用醫經醫理，解析人之內傷、外邪來由，不禁引動了姚大師進一步探索臟腑所司之慾望，甚而令已逾不惑之年之姚逢琳，願暫且擱下其毫筆紙墨，收斂其繪作嗜好，且於收受牟芥琛所贈醫冊當下，俄頃燃起了習醫助人之興致！

第五回 身陷囹圄

驕陽似火，赤地千里。萬木蔥蘢之中雖聞蟬聲陣陣，惟暑氣逼人，礁鼎城內匆忙行人，個個揮汗如雨，酷熱不禁引人貪涼飲冷。環顧市集之中，販著涼飲之小販無暇他顧，吆喝著青草茶水之攤子更是長長人龍，相較售著文房四寶之店家，門可羅雀，好不是滋味。眼見城中一對男女，欲朝筆墨店家而去，卻躊躇於涼飲攤販之間。

「阿山哥啊！天兒個這麼熱，你都不覺得嗎？咱們也藉涼飲消消暑唄！」雷婕兒揮著小扇兒說道。

狼行山自知已可駕馭體內水濕，並將身上多餘熱氣，藉由後腦杓之風府與風池釋出體外，再利用足太陰脾經可連舌本、散舌下之特性，故能使口中津液不虞匱乏，壓根兒不覺口渴，遂笑著應道：「咱們雖未精研醫經醫理，卻也屬習武之人，貪涼飲冷盡損氣血，根本解不了

體熱。憶得我年三哥提過：冰涼冷飲直達胃脘，能使體內溫度瞬間降低，致使表熱內陷而不易外排，一旦熱與體內水濕相結合，即可生濕熱病，其可表現於頭身煩重，舌苔濁膩，胸悶腹脹，渾身無力，食慾下降，甚者腹痛腹瀉……」

「好了好了！不過因酷暑而貪涼一下，不喝就不喝嘛！」雷不耐煩道。

「喂！咱們離了墨頂台後，怎又走回了礁鼎城，難不成山哥有事要辦？咦……這兒不是日前來過的鼎榮毫舖嗎？」雷不明所以地疑道。

狼行山帶著雷婕兒又回到了賣著文房四寶的街坊。鼎榮毫舖之馮老闆，見人上門兒光顧，立馬上前招呼。待馮老一見此二位客官，搔了下腦門兒說：「欸……你們……你們不正是前兒個來過的外地人嗎？」隨後馮老隨即改口說：「唉呀呀……什麼外地人啊！真是老糊塗了，閣下可是於墨頂台力退強敵，闖關奪魁的狼行山，狼公子啊！」

馮老興奮又說：「欸……那天一時急忙，忘了跟狼公子介紹啦！老朽乃為馮氏，名為鼎榮，此名兒同吾之招牌是一個樣兒的。狼公子您別驚訝啊！咱們這兒能享譽各地的，除了筆墨紙硯外，就是姚逢琳大師之畫作啦！狼公子於墨頂台之事蹟已傳遍了整個城鎮，今天狼公子能再來，足令老朽的舖子蓬篳生輝啊！」

「呵呵，馮老闆您客氣啦！若非您不吝贈予在下三紫七羊大毫，在下怎有機會應試奪魁呀！」狼說完後，俄而抽出了三卷桃繪畫中之近繪〈淺景桃紅〉，說道：「馮老闆，先前因在下之叨擾，讓您失去了前去墨頂台一較高下之機會，此幅〈淺景桃紅〉就當回敬馮老闆之慷慨吧！」馮鼎榮接過狼所贈之畫作後，喜極而泣，久久不能自已。狼又表示，連同這上過應試場之毫大楷，再回歸您的鋪子裡，希望能為毫鋪招攬更多的生意上門兒！馮老接過毫筆後，立馬將其高高掛起。

狼行山風光地步出鼎榮毫鋪後，雷婕兒好奇地問：「山哥所患之手汗症，真這麼嚴重？沒想到罹患此症尚能因禍得福，讓山哥一路過關斬將耶！」

狼行山欲言又止，想了下後，對雷說道：「不瞞妳說，吾本因此症狀而困窘不已，但天無絕人之路，一偶然機會下，驚覺體內**足太陰脾經**與**足少陰腎經**，於經脈氣血行進時，竟存著難以理解之能量，以致能引動體內之水濕循行狀態，惟眼下之功力，僅處於釋出水氣。日前，吾將之用於對句之比試場上，適時運出掌中水氣，凝水順筆而下，此即墨頂台上的佘翊先與樊曳騫摸不著頭緒之處。」

「原來如此！無怪乎山哥落後了一大截了，尚能不疾不徐地力挽狂瀾。」正當雷婕兒知悉了來龍去脈後，腦海中突然閃過一幕，隨即又問：「難道……前些日子於怡紅園外的那場對決，山哥你……」

狼行山冷了一笑後，道：「那個什麼東州軍機處副總管，叫什麼……邸欽來著，適值與吾雙掌對擊之際，吾順勢將水氣灌入對方掌中之**魚際**與**勞宮**二穴，水氣即循著**手太陰**與**手厥陰**經脈，滲入其心肺循環，使之水氣充盈周身。然而，一旦體內水濕過剩，甚而失控，濕**可與寒邪相結而成寒濕證**，**亦可與熱邪相結而為濕熱證**；**人之脾臟主水濕**，**主水穀運化**，**亦主肌肉**；這位邸副總管若不能儘快排出體內多餘水濕，吾以為，現在的他，應不怎麼好過才是！」

甫一話完，城中大道上突然塵土飛揚，數十馬蹄聲響分自大道南北而來，見行人爭相迴避後得知，原來是東州軍機處之衛林騎隊到臨。然此行伍聲勢浩大，若是以此陣式捉拿人犯，除非能有飛簷走壁之功，否則罪犯應插翅難飛才是。

狼行山見苗頭不對，旋即將身上的兩幅畫卷，交予了雷婕兒，並囑咐其先行躲到一旁隱處去。

果然，來自南北向之騎隊於一聲令下後，隨即佇立不動，所有街道上來往者，逕然奔走，接連撤入巷弄屋室之內，莫敢於大道上稍作徘徊。

接著，由南段街道而來之騎隊陣前，僅一未著軍裝之公子，斯須跨步，順勢下了坐騎，語帶低沉地說道：「狼公子，難得到東州一遊，不知夜夜可得好眠啊？」

「哦……是余翊先，余公子啊！原來東州人這麼好客，甚連訪客夜裡成不成眠都如此關心！嗯，很好！在下遊歷城內各地，雖有些疲憊，睡得尚稱安穩；倒是余公子兩眼暗沉，想必在東州任職軍訓官，戎馬倥傯，不太好混吧！」狼回應道。

「哼！姓狼的，能於墨頂台之對句比試勝出，算你有本事兒；但於我東州撒野，就算本官徹夜不眠，絕不容宵小恣意橫行！」余翊先喊道。

這時，移近狼行山身後者，正是列於大街北段之另一衛林騎隊；一頂由八名侍衛合抬之大轎，隨即自騎隊後方緩緩走出，待大轎停妥後，立見一位雙目炯炯有神、身著官服之魁梧中年，自轎中跨步走出，而正與狼行山對話之余翊先，隨即上前，單膝下跪道：「余翊先參見軍機曹總管！」曹總管點頭示意後，對著眼前陌生年輕人，嚴肅地說道：「吾乃東州軍機處總管曹崴，閣下可是狼行山？」

「哦……原來是曹大總管，失敬！失敬！在下狼行山，知悉東州軍紀甚嚴，不知事出何由，須要啟動如此之大陣仗？」狼恭敬問道。

曹總管冷冷地表示，日前我軍機處邸副總管走訪中州，不慎為狼兄弟所傷，自此之後，狼兄弟更以遊歷之名而入我東州，藉故參與墨頂台比試以掩人耳目，實則蓄意行兇。試想，能傷我邸副總管者，確實不容小覷，然動用衛林軍兵，實乃勸狼兄弟束手就擒，莫做困獸之鬥！

「喂喂喂！我……狼某於中州濮陽城，確實與邸副總管有些小小的誤會；而後邸副總管與在下過了幾招，這其中也不過是武藝切磋，點到為止罷了，何來冠上個蓄意行兇之罪名嘞！」狼覺事態不妙，連忙反駁道。

余翊先上前一步，洪聲斥道：「姓狼的，還想裝傻；我邸副總管一向行事嚴謹，殊不知中了閣下何等妖術？待其回返東州後，頭痛、肌重、一身盡痛，甚而全身水腫難消。余某甫欲領人前往中州追查真相，孰料昨夜一身著黑衣之刺客，潛入了邸府，不慎暴露行蹤後，擊昏了府中數名侍衛與下人，而後趁隙逃逸；待余某領著衛林軍抵達時，邸副總管已遭割裂喉頸，命喪於血泊之中！經目擊侍衛形容刺客之外貌時，余某當下浮現腦海者，即是於墨頂台照過面之……狼行山！」

「什……什麼？邸……他死了？」狼行山驚訝道：「我……在下……在下確與邸副總管交過手，起因不過是狼某弄碎了他的玉笛子，如此而已，並無啥深仇大恨的。喂！你們當官的可別亂栽贓啊！更何況幾天來，狼某皆待在礁鼎城南附近之騏峰客棧，根本不知你們的邸副總管住在哪兒啊？」

「姓狼的，看來你是不肯認罪囉！這兒是講求紀律的東州，容不得你說來就來，說走就走，跟我回趟督審處，閣下欲怎自清，去跟督審官說吧！」余再喝道。

余翊先於喝聲之後一躍而上，手指彎扣，向著狼行山使出了擒拿招式！狼以雙臂迎擊且一擋下對手之攻勢。余續以右膝配上左踝之勢，一面進攻，一面防守，然此連續出招，似乎不讓狼行山有運行內力之機會。

狼於對擊幾招後，納悶著，「真是怪了？見這個姓余的出招，既快且狠，我僅能抵擋而無機會運力，惟其似乎不敢近身於我，稍有近身機會，即以下肢膝踝出招，待吾做出反擊姿勢，卻又回身撤步，與其先前使出之擒拿招式，真是八竿子都搭不上邊兒的，難道這小子的武功是空殼兒的？」接著雙方交手約莫十來招之後，狼、余各退一段距離。余立抽起一柄東州特有之實木劍，俄而朝對手揮去；狼為應付迎面而來之攻擊，順手抽出繫於腰際之鐵扇。然因實心木劍既重且沉，每一出擊皆令狼行山吃力應對，待以闔扇方式擋了對手幾招後，手掌甚感麻木而頻發顫抖。

霎時，狼決定以攻代守，遂將旋錚鐵扇全幅展開，一個箭步後即衝上前去。余見狀後，捨棄了木劍原先重擊之式，倏以左右交叉揮擊代之，藉以抵擋旋錚鐵扇之邊刃突擊。狼突然起了疑，「欸……這小子見我展開鐵扇後，似乎打得特別來勁兒，而當施以扇刃掃出，其皆以木劍側身作擋；一般劍客使劍，絕對會護及劍身，且以劍刃迎擊才對呀？難道……我高估了這小子？」

甫匿於街旁客棧閣樓之雷婕兒，見此一幕，自覺到，「吾之任性，害了阿山哥，若非執意要山哥陪我來東州，就不致發生這些離奇之事兒了。不過，看這姓余的是個花拳繡腿，阿山哥應可輕易地將它撂倒。但聽爹爹提過，東州軍機處之曹總管武藝出眾，若再加上佇立南北雙向之衛林騎隊，真不知山哥能否過的了這一關？」

突然！「砰」的一聲，狼行山使的〈鳳蝶花舞〉招式，不僅將余翊先之木劍踢飛，一記反身掃腿更踹中余之胸口，使之翻落於地。這時，一陣突來掌風，立將狼行山震退了數尺之遠。

「哇！好強的內力！看來，欲順利離開這兒，恐是件難事兒了！」狼行山立穩馬步後，自言道。

曹總管拾起了甫遭擊落之木劍，端詳一番後，雙目睛火瞬冒，連連搖著頭，對著狼行山說道：「昨夜獲悉邸副總管遇害消息，曹某親臨邸府查驗線索，發現邸大人確實因失血過甚而亡。然而造成此一局面，乃因其頸部之人迎脈遭利器割斷所致。待吾進一步詳察發現，邸大人頸部遭切割之傷處邊緣，並非一般利刃所為，而是呈現鋸齒狀之撕裂痕！眼前這柄木劍，其上所留之痕跡均呈鋸齒狀，且齒距極為細微，與邸大人傷處之齒距極為符合；看來，余訓官追查嫌犯之直覺，頗具可信性。狼兄弟應知曉，凡於我東州幹案之外來嫌犯，無論是臥底，抑或從事顛覆謀害之舉動，一旦查證，立即問斬！」

「喂喂喂！單憑傷口痕跡就能定罪，這算哪門兒嚴謹國度啊！唉……欲加之罪何患無辭！看樣子，爾將未審先判囉！倘若今兒個狼某束手就擒，大概吸不了幾口氣，即得上斷頭臺了吧！呵呵，原來在東州幹案，這麼容易就可嫁禍他人，無怪乎預謀者均擇於東州下手。余訓官，狼某說得沒錯吧！」狼無奈回應道。

「大難臨頭，豈容廢話！」曹崴雙眉一皺，眨眼提起長柄銀刃，見其雙腿一蹬，該刀鋒已來到狼行山眼前，狼瞬展鐵扇以應，唯眼前對手非同小可，更因方才抵擋的是木劍，而眼下這長柄馬刀不僅速疾，其揮刃之掃風，足將狼之扇面推開。再則，余翊先為了不讓狼行山有脫逃縫隙，暗令南北二列衛林騎隊逐步向前，然此一舉，即令高處之雷婕兒發現，余翊先所領騎隊後方，早有一輛囚車待命。

雷瞬間著急著，「這回真的不妙了！倘若山哥被押走，肯定凶多吉少，而我又無法於此暴露身份，唉呀！真是糟糕！我該向誰討救兵呢？難道……難道該去找樊曳騫相助？不行，樊曳騫定是爹派來刺探敵情的，若是由他出面，肯定牽動中州與東州之關係。要不……要不……去找狼之牟三哥來幫忙！但是……自離開墨頂台後，東州這麼大，上哪兒找他去？唉……怎麼辦？到底我該怎麼辦才好？」

狼行山與曹總管對擊數招後，曹見對手之鐵扇屢遭震擊而有些變形走樣，說道：「嗯，狼兄弟果真有兩下子，無怪乎余訓官拿你不下。見狼兄弟氣喘如牛之窘樣兒，曹某赤手空拳即可將爾這般不經世故小子拿下。」

狼收起手中旋錚鐵扇，隨即運起足太陽經脈之濕氣，以支援其足少陰腎脈原本水氣。突見曹總管迎面衝來並以拳腳出擊，狼以阻擋為先，以拖延經脈運行所需時間。然曹大人乃非等閒之輩，狼擋不了幾招，即遭對手擊中脘腹。然因**胃脘**與**脾臟互為表裡**，**脾**亦司**水濕運化**，狼欲藉經脈行氣，卻因脾胃受損而有力不從心之感，當下僅能以左手抵擋，藉右手儲備後續能量。

這時，曹崴不讓對手有可趁之機，隨即使出一記右手刀劈，試圖令嫌犯立即倒地，束手就擒。待見曹之〈劈手鎮樁〉架勢一出，瞬令一旁余翊先驚覺到，「就……就是這一劈招，讓曹崴登上了軍機總管之職！當年嚴東主以比武方式，取決軍機處正副總管之職，孰料曹崴不慎劈傷了父親肩膀，甚令父親無法順位接任副總管職位，而後即由邸欽接手了副總管。」然此一劈，瞬讓余之父連失兩階官位，最終僅能調任東州穎梁城城主，無怪乎余翊先見著此一劈手招式，臉上立顯震驚表情。

霎時，狼行山斯須轉身，欲以右掌迎擊，不料曹崴出手又急又快，以致狼僅以右手之虎口，勉強頂接對方之手刀，然因敵對內力深厚，接連一掌波推出，瞬將狼震倒在地，惟仆地剎那，狼已見得曹崴之臉頰與頸部，位於**手太陽**經脈之**顴髎**、**天容**、**天窗**三穴處，出現了異常抽搐現象。原來，狼於頂接敵對劈手剎那，已將部份集結之水氣，瞬間灌入了曹崴手刀正中之**手太陽**經脈**後谿穴**內。而後，仆地之狼行山見對方頻頻揉撫側頸部，竊笑想到，「嘿嘿！雖然吾釋出之水氣不多，卻能覺到曹大人之**手太陽**經脈，應已受了水濕內竄之困。然而，**後谿穴**主人體之**督脈**，或許曹總管甫推出之掌風威力，恐因**督脈**之氣受阻而銳減，否則狼某後果不堪設想！」

狼行山之詭異笑容，霎令余翊先深感不悅，惟見狼已仆地，余順勢抽出衛兵配刀後，飛躍上前，倏以利刃抵著狼之後頸，不甚友善地說道：「瞧你一派輕浮行徑，在我這兒是吃不

開的。來人啊！倏將狼嫌押上囚車！」

聞得口令一出，衛林軍兵上前押人之動作，瞬令閣樓上的雷婕兒猶如熱鍋上螞蟻一般，唸著：「哼！這事兒若是發生於中州，我肯定讓爾等吃不完兜著走！怎奈眼下只能於此乾焦急呀！嗯……情急之下，或許回往濮陽城一趟，看看聶城主有沒有辦法？不管了，只能這麼辦了！」雷婕兒旋即背起了包袱後，頭也不回地直奔了礁鼎城外之京棡埠頭。

礁鼎城南數十里外之汴丘城，城中之軍兵多於居民，惟因此城乃東州衛林軍集訓之要地，遂知此地紀律之嚴謹，更甚東州其他城池。然軍隊編訓之督促者，唯軍訓官莫屬，換言之，汴丘城實乃余翊先所掌控之地盤兒。然而，余特以此地作為囚禁狼行山之處，實因軍囚處所戒備森嚴，囚犯較無節外生枝之可能。而眼前所囚之諸嫌犯，均將於此靜待罪證案文備齊後，移送梧嵩城督審處聽候處置，一旦罪證成立，隨即問斬。

「唰……唰……啪……啪……」見聞囚所外之守兵與所內之獄卒，個個精神抖擻地行禮致敬，惟因余總訓官親自巡察牢房，忽視不得！

余翊先巡著一間間牢房，來到了囚所一隅，待令獄卒退離後，好生客氣地發聲道：「狼公子啊！昨兒個睡得還香甜嗎？嗯，還真見不慣披頭散髮之狼行山啊！」

「呵……呵……余大訓官是否虧心事作多了而夜夜難眠？否則怎時時注意著別人睡得如何嘞？不過，說老實話，狼某昨夜確實睡得不好，只因此囚所內悶熱了點兒，亦因這一夜難眠，讓狼某領悟到了啥叫做……居心叵測！」

「哈哈哈……聽到狼公子睡得不順，余某怎不自覺地精神了起來。挪……這玩意兒還你！」余丟還了遭曹總管重擊變形之旋錚鐵扇，睥睨說道：「呵呵，多了把扇子，即可搧涼散熱；您瞧！東州這般禮遇，要不您到了我這兒，那能感受得到啊！哈哈哈……」

「余大訓官啊！難道不擔心在下有了這鐵扇，這牢房還防得了我嗎？」狼接過鐵扇後說道。

「狼兄弟啊！你也小看了我汴丘城之牢房啦！東州盛產林木，故一般囚所均以實木建造；而自余某接手掌管汴丘，即爭取引進西州鐵砂，進而將其煉製成眼前這般鐵牢。倘若狼兄弟欲以那破扇，鋸開這鐵牢，絕非三五天可成之事兒，只怕閣下已沒多少時間可用啦，故本官勸您還是省省氣力吧！」

余接著又說：「三天之後，本官將派遣一隊衛林軍，押解囚處牢房之一干嫌犯前往梧嵩城之督審處；一旦證據確鑿，經督審官宣判，即可立即處斬。原本我余某人欲送爾等一程，惟官務實在繁忙，且本官須即刻啟程，前往東州歲星京城，親自接受軍機處曹崴大人拔擢，晉升軍機處副總管一職。狼兄弟，如此招待不周之處，您可別見怪啊！歐……對了，屆時狼兄弟上了手銬腳鐐，我會差人拎上鐵扇，就當是您的陪葬品囉！哈哈哈……」

余想了下又說：「嘿嘿！我說……狼兄啊！既然事情已到了這般地步，狼兄應是無緣再賞姚大師之桃花綻放墨作了；狼兄不如……將畫作交由余某好好地收藏，以我余某人現今之影響力，或許能幫狼兄換來個不死之罪啊！」

「嗯……自狼某離開墨頂台後，諸事似乎都依著余訓官之規劃下，循序地進行著；狼某雖身陷囹圄，倒也看得出事情之發展始末。」

狼接續話道：「曾與邸欽大人對掌，縱然錯傷了邸大人，惟此等內傷不至致命；而余兄好似見過當時之對峙場面，以致日前與余兄交手時，閣下始終避開近身出招，此乃因余兄深怕一個不慎而重蹈邸大人之覆轍。」

狼又說：「余兄應見過邸大人所使之短柄快刀，其上恐留有與旋錚鐵扇過招之痕跡，而後余兄再刻意使用木劍與狼某對擊，利用劍身側面迎我鐵扇邊刃，好留下較明顯的鋸齒痕跡。當然，余兄有可能不知真正行兇刺客為何人？但要營造出遭鋸齒狀利器所致之傷口並非難事，或許余兄為了能儘速結案，遂將血案嫁禍於狼某……」突然！狼行山轉了個眼神，直視著余翊先說：「抑或是……」

「抑或著啥嘞？」余皺著眉疑道。

「這抑或是……邸大人或許早已遭人鎖定，而狼某只是不幸成了他人計畫中之代罪羔羊罷了。唉……余大人啊余大人！於墨頂台上，在下能覺出您是位心思細膩之能者，但經咱倆於礁鼎城大街過招，狼某竟感受到余兄是個為了達到目的，不惜隱藏實力之有心人！」

「有心人？呵呵！此話怎說？」余又疑道。

「若狼某沒猜錯的話，閣下雖擁拳腳功夫，但使劍應戰，絕非爾之強項！然依握劍方式，余兄應是個善於使長棍型兵器者。閣下除了利用木劍留下痕跡之外，甚而刻意於曹總管面前呈出敗陣之態，為的是引曹總管出手，以達教訓狼某之目的，順而消消閣下於墨頂台敗陣之怨氣。」

狼接續指出，曹崴乃東州軍機處總管，武功高強，不在話下；惟武藝再高而不能慎防周遭佞臣，猶如養虎為患，其後續如何？令人堪慮！然余訓官仗著當時之天時、地利與人和，更有著眾多衛林軍兵與曹總管當靠山，一步步朝著預先之謀劃進行，怎奈狼某處於弱勢，遂落得眼下這般狼狽模樣。

「嘖……嘖……嘖……」余翊先搖了搖頭，嘴裡發著聲響，隨後呈出一副鎮定樣，說道：「好個令人生畏的狼行山啊！能鉅細靡遺地推斷事情的來龍去脈，如此賢士若能任我督審處之職，我東州絕無破不了之案啊！狼兄弟果真是個人才，只可惜生不逢時；你我同將登台，惟本官將晉升官位，而閣下卻是面臨絞刑啊！哈哈哈……」

「唉！狼某萬萬沒想到，遭人誣陷後，這姚大師之墨畫，竟能成我狼行山之護身符啊！嗨呀……人心隔肚皮！余大訓官，哦……不不不，應該要叫聲余副總管才是！閣下絞盡了腦汁鋪陳，這官兒得來可真不易啊！過了這一關，未來仕途可坦蕩啦！」

「你……」余翊先怒火中燒地唸道。

「唉！有人得了個官兒，還不忘他人的財；還好還好，姚大師之墨寶並不在狼某身上，否則糟蹋了姚大師的大作，真是罪過啊！」狼揶揄道。

「姓狼的，本官受夠了爾之奚落言語，本以為你是個聰明人，能迎合本官的話，或許留你另有他用；孰料，爾之敬酒不吃吃罰酒，這般看來，不妨繼續待在牢裡，搧風等死吧！」

余顯出極為不善之表情，又說：「押你上囚車時，本官早知道墨寶不在你身上，只是跟著狼兄弟一塊來的那位姑娘……可就無辜啦！」

「你……你把那姑娘怎麼了？」狼緊張地問道。

「呵呵，值佘某離開墨頂台後，隨即差人注意狼兄弟之行蹤。方才不過是試探一下兒，怎料得了狼兄弟這般反應，這墨寶應該在那姑娘身上沒錯！爾倆來自中州，這姑娘應是回往中州討救兵才是，算一算路程與時間，她應尚在碼頭前等著渡輪才是。而本官已下令全面清查前往中州方向之渡船，倘若能攔下她的話，將派人護送她到梧嵩城，沒準兒爾倆還有道別之機會哦！哈……哈……哈……」佘轉身後，隨著自個兒得意笑聲，一步步離開了牢房，躍上了快馬，於「駕」聲傳出之後，馬匹直向著歲星城快蹄疾奔。

尚困鐵牢中之狼行山，嘆了口氣後盤腿而坐，兩眼雖閉，雙手卻使勁地扳著變了形之旋錚鐵扇，怨氣難消之下，已不覺指間之皮破肉裂。這時候，忽聞一腳鐐鍊鎖摩擦著地面，隨後聽得一低沉淒涼之聲，由狼之對面牢房傳來……

「若沒聽錯的話，眼前這位難友即是佘訓官口中之狼兄弟吧！瞧你指破血流而不自知，想必受了極大冤屈才是！」

「在下狼行山，甫自中州而來。恕在下失禮，惟牢房昏暗不明，並未留意到漆黑角落另有落難人！然而同樣被關在這囚所深處，兄台命運應如小弟一般，將前往梧嵩城以待處決吧！能與兄台一同落難於此，也算是結了個短暫而異常的緣分，不知兄台如何稱呼？」

「在下獠宇圻，自入此牢房後即不曾開口說話。甫聞狼兄弟與佘大官人之對話，不禁令一旁頓息之獠某心生惋惜，原以為東州是個紀律嚴謹之境，唉……走了一遭，不過是幌子，其中之官場內鬥，絕非世人所想像！」

「獠宇圻！嗯……好特別的名字，獠兄可是東州人？」狼問道。

「在下生於南州，年幼時由母親教授了幾年書，識了些字兒。由於南州乃幫會教派撐起之州域，官府最大稅收來自各幫會與教派，市井小民若是沒有加入教派，其生命可是賤如螻蟻、短似浮游！當然，欲有幫派作為靠山，就得靠銀兩兒；不巧咱們獠家莊，戶戶家徒四壁，個個捉襟見肘，根本繳不出啥銀兩，以致沒啥發展可言。不過，幸得家父懂了點藥草與煉炙技巧，遂能到城裡討點兒工來做，亦即將藥鋪常用之草藥，研磨成粉或蜜炙成丸粒，甚至練成丹藥，以供人方便攜帶服用。」

狼一聽這話，立馬回應：「不時以為，醫治病患之疾，不僅得費時熟讀草藥，待取得對證藥草後，須再經過煎、煮、燉、熬等過程，病患才得以服用；而拖了這麼長的時間，若遇急症，如何應急？」又說：「過去狼某即是懶得背讀醫書，遂想像將歷代之傳世名方研製成藥丸兒，絕對是功德一件，孰料令尊即有如此想法與技巧，甚藉此成為謀生之道；這麼說來，獠兄一家生活應得改善才是啊！」

獠回應表示，父親確實努力掙錢以維家計。然此受著藥鋪施捨之活兒，頻遭藥鋪老闆所刁難，原因乃為壓低給付之工資而已。不過，南州稅務官認為父親私自營利而無繳稅；再則，父親欲交付藥鋪訂製之丸藥，然於官府人員面前，根本無人敢承認曾吩咐父親煉製丹藥。果然，父親遭官員直指刻意逃漏稅務，且私自煉製未經許可之藥物，須入獄待審；最終家父因極力反抗，遂遭查緝官兵拖至城外活活打死！

獠又指出，年少時陪著父親煉製草藥，但未加入任何幫派，為免遭人欺侮，身上總是攜刀帶棍。亦因如此，故常與人衝突，甚而打架滋事，卻也因而結識了些狐朋犬友。驚聞家父噩耗後，難掩心中怒火，數日後遂率若干弟兄進城報復。然於怒火催助之下，一見官府人員即一陣猛打，拳拳致人要害而不自知，糊里糊塗地打死了名官員與其隨行侍衛。然此一幕震懾了當下同夥兒，個個驚覺擔當不了這罪，紛紛四散而逃。

「獠兄弟如此報復，不擔心波及伯母安危？」狼疑問道。

「怒火上衝之下，哪兒能顧及那麼多！」獠又說：「知道出了人命之後，即趕在官兵追來獠家莊逮人前，帶著母親連夜逃離獠家莊。當時一陣慌亂，頓時辨不出方向，後經一名為懈韃之兒時玩伴相助，搭上其叔父之漁船離開，遂一路來到了中州境域。然吾等雖逃過了官兵之追捕，惟眼前舉目無親，對未來亦是一片迷茫，所幸於荒郊路上，發現一運送草藥之老車伕遺落了載貨，獠某雖身無分文，卻仍有幾分氣力可使，故幫著老車伕將一捆捆藥材搬上馬車後，順勢搭上了這車。老車伕知悉了咱母子倆之遭遇後，建議先投靠於寺廟道觀後再作打算；原來這趟車所運之藥材，正是前往中州黃垚山之五藏殿！」

「獠兄弟真是幸運啊！五藏殿乃中州最大道教聖地，耳聞此殿分由黃垚五仙分掌五大殿堂。然而五仙常於百會殿閉關修道，故五藏殿之前前後後，甚而一草一木，均為虔誠信徒出於無私奉獻所維持，惟因多數人皆受過五藏殿之救濟與幫助。」

「狼兄所言甚是，吾等當時於五藏殿受一位中年道長竭誠相助，在下亦是由此道長診斷告知後，始知獠某手臂陽側之**手少陽三焦經脈**，與陰側之**手厥陰心包經脈**，隱有異於常人之特殊能量。」獠說道。

「莫非……此即獠兄弟單憑赤手空拳，即能將人擊斃之原因？」狼疑道。

「非也！非也！一個年輕氣盛的小伙子，若出拳盡往致命處擊去，任何人都承受不起的！」獠又說：「留宿五藏殿期間，一偶然機會下，幫著殿堂道長挪移香爐時，發現吾之雙臂能抑制高溫熱源；換言之，在下雙臂有著異於常人之耐熱特性；隨著溫度越高，雙臂皮表就會呈出金色光澤，待溫度退卻即回復原狀。時至今日，獠某仍感激著當時啟發吾特異體之道長，此人即是人稱『元宗真人』之常元逸，常真人！」

狼瞪著大眼兒，驚訝道出：「原來是……常師伯！呵呵，不瞞您說，狼某過往曾於常師伯之教導下習讀醫經，惟常師伯知吾不喜背讀醫經，處事擅尋捷徑，故於師伯之記憶裡，早知我狼行山不會是啥懸壺濟世的料兒才是。」

「呵呵，原來獠某敬重之長者即是狼兄之師長；狼兄弟，你這朋友我獠宇圻交定啦！」

「狼行山雖善與人打交道，但也僅止於此囉！惟因三天……三天之後，咱們這對難友就得上斷頭臺啦！」狼無奈說道。

「嗨呀！有道是：死並不可怕，等死的滋味才可怕。天天窩在牢房裡等死，還不如直令劊子手給咱們個痛快！」

「為何獠兄弟會來到東州？又為何被禁錮於此嘞？」狼問道。

「唉！說來話長……與母親待於五藏殿數月，看著殿裡之道長與信徒，無一不奉獻著自

己，遂於這般氛圍下，自覺無須再由大殿救濟，正所謂：成人不自在，自在不成人。獠某應能靠著一己之力到外地闖一闖；怎奈時不我與，來到中州淮帆城後，竟遇上中土發生大瘟疫與大地震。惟因中州人口眾多，瘟疫蔓延出奇快速，以致體質較弱之母親未能躲過浩劫。然禍不單行，吾居處方圓三里內之建物，亦遭地震完全震垮。而後，為了遠離蔓延區域，只好順著渡船來到了東州……一個人稱紀律嚴謹之境，哈……哈……哈……好笑！我獠某人雖沒讀過多少書，但有句話是這麼說地：『金玉其外，敗絮其中』，正是形容東州最貼切之一句。」獠又說：「東州雖制訂各式嚴刑峻法以朝督暮責，然此王法對於官派間之鬥爭卻是睜眼閉眼。方才更聞一外貌斯文之軍訓官，為了一己升遷，竟先設局謀害人命，再誣陷予異鄉人！正所謂欲加之罪何患無辭，諸如此等居心叵測之狗官，實已充斥著東州高層。」

「耳聞東州之主政，皆由嚴氏家族接傳，且有三代之久，難道官場之內鬥皆動不了嚴氏一門？」狼問道。

獠回應表示，東州內政大致分為兩大政派，一派主張以東州為尊之「正東派」，其主要以軍機處曹崴總管，與文考處繆廷翰總管為首。另一派則主張以外交利益為先之「益東派」，其以稅務坊之房令盅總管，與運務坊之唐文沖總管為主力。當然，嚴氏三代以來均為正東派之主導者，其所擁之支持官員較多，且多是軍政與文教色彩濃厚者，故嚴氏尚能鎮住局勢。而益東派則偏重市場利益，並頻以增進人民福利，屢向正東派施壓。然而提及市場利益，不免盯上中州這塊大餅兒，故益東派官員較傾向與中州合作。

獠接著又說：「吾來到東州之後，定居於穎梁城，該城主余伯廉正是方才那囂張軍訓官之父。此人名曰伯廉，實為包藏禍心之徒；父子倆為拓展其官場勢力，既拉攏正東派亦交好於益東派官員，講直了就是牆頭草一類的。幾年前，嚴震洲以比武方式，決定軍機處正副總管之職；而曹崴的一記〈劈手鎮樁〉，幾乎斷了余伯廉的肩膀。然此一劈不僅讓余伯廉當不了總管一職，其使不出勁兒之手臂，更讓他勝任不了副總管之職位，後由邸欽接手了副總管之職。不過，此回曹崴會提拔余翊先，或許是為傷過余伯廉而還個情吧！」

獠接著表明，既然欲待在東州，總得紮個根兒吧！遂於穎梁城裡做了個砂炒栗子的小生意，掙點兒錢過活兒。一天，突然憶起了父親煉製草藥的技巧，遂想到，「倘若能配合獠某的一雙金臂，或許可炙煉出保存丸藥療效之更上乘技法！」果然，經過了半年之嘗試，透過雙手於砂炒鍋爐之試驗，終創出了頗為自豪之製藥攻法。孰料於此時刻，穎梁城出現了一組莫名的三人團隊，其先於城中市集賣藝雜耍；吾心裡想著，「賣藝雜耍不外揮刀舞棍、扛鼎碎石而已。」怎料眼下此一團兒還真夠嗆地，絡繹不絕之市集人潮，竟漸漸朝著他們那兒靠了過去？待吾鑽了個縫兒，上前一瞧，可了不得了！打娘胎以來，從未見過有人由一邊兒的箱子進入，瞬間火光一閃，該人即由五六尺之距的另一箱子走了出來？

故事一提到這兒，狼行山立即皺著眉，心想著「難道會是他們？」

「怎麼！看閣下之神情，彷彿您也見過似的？」獠反問道。

「依獠兒所遇時間，應該早於狼某才是。不久前，狼某曾於中州建寧城見過類似演出，但是否為同一組人馬則不得而知。怎麼，獠兒提及此街頭雜藝，有何離奇之事兒嗎？」

「唉！獠某黃泉之路近矣！是否與您遇上同一人伍已不重要了。不過，就因未曾見過如此特技，遂與路人一同好奇地看著。然而，單靠雜耍終究難以餬口；接著這班子開始兜售仙

丹妙藥，標榜著能治百病，正巧當下有人頭疼不已，立馬服了顆雜藝師傅所賣藥丸，不一會兒功夫，這人就說不疼了；此事兒霎令在場眾人驚異，紛紛上前搶購。而後，當人潮漸散，獠某上前會了會這雜藝師傅，待進一步認識後，明瞭該團隊來自境外一名為克威斯基之國度，而此老師傅則名曰……摩蘇里奧！」獠敘述道。

「果然是他們！」狼一聞此人，再次驚訝著。

獠續指出，因見其所製之藥丸兒，易因潮濕天候而變質，遂上前自薦吾之製藥技巧，怎料此舉竟得摩蘇里奧強烈回應，願將大筆藥草委由在下代為研製，說是要將新法製成的藥丸兒攜往歲星城，並推薦給東州高層官員。獠又說：「這老師傅要推薦給誰？在下可管不著，但因此筆煉炙之委託，讓獠某發了筆橫財。正當獠某擺脫貧窮之際，沒想到經人舉發，直指獠某所製之藥丸內含矇幻成分，想當然爾，這類事兒發生，定押著獠某去會一會穎梁城主余伯廉囉！」

「這叫摩蘇里奧的師傅，果真給了獠兄矇幻成分？藉以參雜藥丸之中？」狼問道。

「在下雖沒念什麼醫書，但這戕害身心的矇幻毒品，父親生前可是再地三叮囑；而摩蘇里奧的配藥中雖參雜著非中土藥草，但獠某皆嚐試過，並無令人昏幻上癮等反應，倒是見得若干副症產生，一如治酸痛之丸藥，易生倦怠之感等等。而獠某會遭人舉發，或因平時穿著粗布蓑衣，食著粗茶淡飯，突然千金一擲，饌玉炊金，難免遭人嫉妒。只是……唉……」

獠搖了搖頭後指出，如果遇著了「先入為主」、「未審先判」的官兒，硬是羅織罪名，縱有三寸不爛之舌也無濟於事。不過，直到吐出所製之藥丸兒已運抵歲星城，余伯廉這才感到興趣。

獠續表示，余伯廉對藥丸兒與何等官員相干，極為好奇，當下獠某曾想，「若能找到委託煉炙的摩蘇里奧，由他出面詳述實情，事件或有轉圜餘地。」哪兒知道，摩蘇里奧一聞官方搜查獠之居所，就此音訊全無。就這樣，父親曾發生過的事件再次重演，或許這一干境外異族，即是被狼兄弟遇到之同一組人馬。

「所以獠兄就是栽在這個點兒上囉？」狼問道。

「沒錯！余伯廉得不到想要的答案，一口咬定獠某引用令人昏沉上癮之劑，戕害百姓，且指獠某為脫一己之罪，胡扯朝廷高官涉案，目無王法，唯一死罪！」獠頓了下，又說：「余氏父子還真是一個樣兒，愛之欲其生，惡之欲其死！如余訓官向狼兄弟談起姚逢琳之畫作一般，余伯廉要獠某告知煉製丸藥之密技，或可換個不死之罪。怎奈當下直覺眼前這狗官兒，就是一臉不老實樣兒，當然信不過他的話，終被押至此地監禁，至今已不知歷經多少時日，接下來就等著同狼兄弟一同前往梧嵩城服刑囉！」

「哦……對了狼兄弟！適值接受摩蘇里奧委託之際，獠某曾蜜炙一批名為麻鎮丹之藥丸兒，據聞於疼痛時服之，可瞬時降低疼痛感，亦可鬆緩肌肉緊繃所造成之疼痛，且藥效可達三個時辰，獠某身上還夾帶著幾丸兒，挪……這幾粒先拿去，三日後咱們於上囚車前服下，或許能死得舒服點兒！」獠說道。

狼行山接過獠宇圻丟來的藥丸兒，將之置於掌心中端詳許久，倚著鐵牢想著，「這個外地來的摩蘇里奧，一會兒於街頭雜藝兜售，反手又能釋出重金委託他人製藥，又表明能接洽

高官達貴，他到底是個什麼樣兒人物？其不遠千里前來中土，有何目的？實在讓人摸不著頭緒呀！啊……算了吧！這兒是東州，誰能救我嘞？我看，三天後就隨著這痲鎮丹，雙目一闔，昏痲了事啦！唉……睡吧，冀望尚未回到中州的雷婕兒，能順利地躲過這一劫數，否則引動中東二州之干戈，在所難免！」

「喀噠……喀噠……」聞馬蹄聲響充於城中大道，見巡城軍兵五伍成行，堂堂之陣，正正之旗，聲出丹田，裂石穿雲。城裡亭台樓閣，鱗次櫛比，工匠行事，釘鉚分明，有別於他城之市集人龍與街坊買賣，惟因眼前乃東州行政核心所在……歲星城！置身城中東震殿，引頸翹望可見東州最高之翠森峰，惟此刻殿堂之內，一則文武眾臣齊為邸欽大人遇害而默哀；二則參與余翊先接任軍機副總管一職之盛典。

嚴震洲一步入殿堂，立為邸大人默哀，隨後即發聲道出……

「驚聞邸大人遇害，非吾等所樂見；然曹崴總管於余訓官協助下，數日之內，即將嫌犯緝拿歸案，此乃出於我東州之軍民嚴謹行事，合力與共之結果。惟今晨曹總管來函告知，因受暑濕之困而無法親臨大殿，遂由本座直接宣布：經曹總管提薦，軍訓總長余翊先，自此晉升東州軍機處副總管。」

余翊先上前接過副總管令牌後，道：「余翊先至此，誓死維護東州紀律，並全力協助曹崴總管嚴守國防，恪守『勿恃敵之不來，恃吾有以待之；勿恃敵之不攻，恃吾有所不可攻也』

之信念。」嚴震洲聽聞後，頻頻點頭以為回應。

待余翊先退下後，隨即想著，「曹總管突患暑濕之症？曹大人雖未與狼行山正面對掌，但當天狼確實接了曹大人一記〈劈手鎮樁〉，難道……連曹大人也中了狼行山的邪門妖術！嗯……這個姓狼的一日不除，來日絕對禍患無窮！」

這時，稅務坊總管房令盅，上前奏言表示，日前春分時節，中州稅務大臣徐崇之前來，聞其親口轉述雷中主針對東州攜手北州，聯手探勘震災後出土之晶石，頗有微詞，並對數月前中州水師軍於普沱江遭阻殺一事兒，東州至今不予回應，甚表不滿。由於徐大人對我東州始終友好，故預先提醒：雷中主恐採取限量東州林木運售中州作為報復。果真如此，東州之經濟恐將受創，不知嚴東主如何看待？

嚴震洲表情嚴肅地回應指出，雷中主仗著兵盛地廣，不甘僅於中州稱霸，其欲併吞各州，一統天下，進而稱皇稱帝，無人不曉；然而東州之所以能抗這股惡勢力，仗的是我方之精兵政策，加上與友邦之聯合制衡。

嚴又說道：「自中土地牛翻身後，東州之青晶石出於翠森峰，而北州之烏晶石則現於北州烏淼峰。根據兩州之風水地理師研究，居中或有聯繫之處，或許能助吾等對重大天災有更深一層之認識。倘若各州閉門造車，或將失曉天機。再則，北州之主莫烈，不僅尊吾一聲『東震王』，惟其主政以來，始終友善於東州，亦得嚴某敬其一聲『北坎王』，此等互尊之關係，亦是抑制中州不敢來犯之堅石。中州任何施壓之計，我方不會輕易肉袒膝行，降心相從！」

運務坊唐文沖總管，上前奏道：「近來東州與中州往來頻繁，中州不僅擴建濮陽城外之廣濱港埠，更將建造大型木船之計畫，交與我方製造，難道此舉不歸於友善東州？反觀作為船務接應之京棡埠頭，根本無法承受如此運量！主公是否考慮藉由商貿模式，淡化與中州之逆意？」

「這個嘛！」嚴東主猶豫了一下後，道：「眾卿之提議，無不為社稷著想；嗯，擴建京棡港埠之策，責由唐總管全權規劃承辦！而後時段，本王將閉關修練嚴氏武學，以備來月初五前往中州惠陽，參與中土五霸大會。可預期雷嘯天刻意邀辦武林盛會，恐為一場權力鬥爭之局，屆時我東州之一言一舉，絕對謹本詳始，敕始毖終以應。」

東震王於交代各部相關政務後，步出了東震大殿，而繆廷翰總管知悉了曹大人身體微恙，即刻由護衛隨行，前往了曹府探望。然繆大人之動向，著實引來佘副總管之側目，瞬令其想著，「呵呵，還以為這正東派的老叟會來向吾道賀，怎料突朝曹府方向而去！算了，吾已登上軍機處之要角，還是先回往穎梁縣，偕父親商討未來大局為要，其他瑣事就先交由那見不得光的弟兄好了。嗯，就這麼辦！」

時辰輪走，朝暮交替，儘管汴丘城外浮嵐暖翠，風光旖旎，眼下卻見城中之衛林軍兵，個個磨劍擦槍、整裝待發，究其原因，實乃運送死囚之時辰已至！霎時，見得三五獄卒逐一將囚犯鎖上手銬與腳鐐，更見此回押上囚車之人犯，狼、獠二人皆列名其中；唯此二人採一車一囚方式，其餘四五囚犯則共處一囚車。

「呵呵，獠兄啊！同樣是囚犯，咱倆還受一人一車之禮遇呀！難不成，余大人還真的特別照顧咱倆耶！」狼行山苦笑道。

「去去去……哪兒來特別照顧咱們啊！眼前見得人多之囚車內，多半是犯了軍規的兵兒，待督審處定罪之後，即載往邊疆服刑勞役。然於東州，搭上這類單人囚車乃唯一死罪者才如此的。不過……昨晚還算人道，給了頓最後飯菜，還附帶了隻雞腿嘞！」獠回應道。

「獠兄弟還真是看得開啊！經這次事件，倘若我狼某人有來生的話，吾不惜任何代價，定要得個官兒來做做！」

「呵呵，狼兄弟要是真做了官兒，可別忘了拉獠某一把啊！」獠冷笑應道。

「哈哈哈……一定一定！倘若投對了胎，還能省去幾年奮鬥哩！」狼笑說道。

「喂！兄弟，夢話說歸說，可記得服下那蜜丸兒啊！」獠不忘再提醒狼一次。

狼行山掏出了蜜丸兒，還不忘嘀咕了一下，「這丸兒真能吃嗎？獠該不會是想先服毒自盡，留個全屍吧！唉呀，伸頭一刀是死，縮頭一刀也是死；況且古有云：『人之將死，其言也善』；好吧！既然這丸兒叫痲鎮丹，不妨就討個無痛上路唄！」

待囚犯們依序上了囚車後，立見一黝黑壯碩之駿馬，疾速奔來了囚車旁。一威武軍官瞬自駿馬上跨步而下，正經對著囚犯們喊道：「軍機處直屬軍長罕井紘，受余副總管之命，今特來監押囚犯前往梧嵩城督審處，為免江湖人士藉由叢林之險，進而使押解任務生變，本官臨時改由普沱江邊之林外徑道前往梧嵩城，且已派遣一騎隊，先行探查並清整林外徑道之可能阻礙；倘若仍有宵小蓄意阻撓，格殺勿論！」

狼行山立對另一車之獠宇圻話道：「見此衣冠中人，無疑是個將才；惟見其盛氣凌人模樣兒，亦表明是軍機處直屬軍長，曹總管怎沒提拔這罕井將軍接任邸欽之位？竟讓那姓余的地方訓官，直接越級躍升副總管！這面子上怎麼掛得住嘞？」

「嗯，確實！從罕井將軍之神情與口氣，不難看出此一軍機處直屬之衛林軍長，被空降奪位之余副總管指派押解囚犯，還真是夠窩囊的！不過，此亦符合吾先前所述，曹總管曾劈傷余伯廉而使其丟了官，故提拔余翊先乃出於彌補歉意。再則，於東州為官，若不知……趁人遇病，取人性命！很快就會被有心人所鬥倒。還好，如此生存之道，已與咱倆無關！或許因押解路線改朝普沱江岸而去，咱倆順道再瞧瞧大自然之滔滔江河，讓所有的牽牽掛掛，皆隨江水而去吧！」

接著，罕井紘一洪聲令下，數員衛林軍兵俄而押著囚車兩旁，齊步推移囚車上路，立見押解行伍緩緩步出了汴丘城門！

「咖拉……咖拉……」隨著軫木聲響連連，押解行伍於出城後不久，來到了普沱江邊。機警之罕井紘立即止下隊伍，一會兒後，一繫著青旗之快馬，追著押解隊伍而來。惟見此騎兵一見罕井紘，即刻做出握拳撫胸之軍禮致敬，隨後表示，因余副總管下令徹查所有前往中州之船隻，並嚴加搜尋一攜有墨畫之女子。而後果見一舉止可疑之女子匆忙上船，待查驗兵上船逮人之際，該女子因反抗而不慎落水，至今下落不明。聞訊至此，一旁囚車內之狼行山已瞪大了眼，搖頭覺到，「不妙，是雷婕兒！雖說婕兒身具武藝，但終究難抵群兵圍攻啊！」

「為何如此匆忙疾奔？」罕井紘問道。

「回罕井大人的話，此女子雖落水，見其遺留下之包袱中，確有一只收畫袋兒；惟此畫袋兒之四邊兒，皆以樹脂糊密，當下無人敢擅自拆卸，僅知余副總管現於穎梁城，故決定將此畫袋兒速送該城，屬下俄頃快馬，立循江邊捷徑而行，遂於此遇上罕井大人！」

罕井紘接手一瞧，確實是個密封畫袋兒！當下雖心生好奇，無奈此時官階略遜余翊先，瞬間對拆解畫袋兒，心生顧慮。然於一旁之狼行山見狀，心涼了一半兒，直覺到，「眼前所見，確是交給婕兒之畫袋兒，看來她是遇上麻煩了！只是……其以為將畫袋兒封住，則不致被人盜取之想法，似乎天真了些，任一利刃皆可輕易取走袋內墨畫。再說，罕井大人還真是嚴謹之人，倘若余翊先所覬覦之墨畫有所閃失，他是扛不起的；正所謂：吃不著羊肉，空惹一身騷啊！」

罕井紘瞧了瞧畫袋兒後，順手還回，並說：「速速將此畫袋兒送交余副總管，不得有誤！」話一說完，只見眼前這傳訊騎兵，三步當著兩步使，一上馬即向著穎梁城飛奔而去。

難得夏令時節遇得雲朵遮陽，眼下之普沱江岸，特別深感清風拂面，惟押解囚車之隊伍，未敢絲毫鬆懈！適值前往梧嵩城之半路，眼前突如其來之一幕，卻不得不讓囚車隊伍再次駐足停步。

這時，罕井紘快馬上前，隨後即見一轍亂旗靡之景。罕井大人倏持七尺銀槍，隨即發出一聲喝響，所有押解軍兵立馬操刀戒備！原來，前方不遠處出現了凌亂之馬蹄印，數十尺外又呈現四具分散之屍首，此幕直令罕井大人眉頭緊鎖；原因無他，只因所見之諸屍首，即為著變更押解路線而增派之四名前勘騎隊，更令罕井紘驚訝的是，殞命騎兵之致命傷，均出於

側頸部。

待罕井紘關注到這些頸部傷口後，自言道：

「曾陪同曹總管聽聞驗屍官剖析邸欽大人致命之頸傷處，其傷口撕裂處呈現鋸齒狀；然對照眼前所見，幾可斷定是同一刃器所為。若依此推估，屠殺我四位前勘騎隊之人，或許才是殺害邸大人之兇手！換言之，余副總管火速緝拿行刺邸大人之嫌犯，極可能是個冤案！」

罕井紘倏而抽出余翊先所交付之呈交督審處的罪狀書，其上一句註明著，「逆賊狼行山行刺前軍機處副總管邸欽得逞」，最後一句則是「因證據確鑿，此嫌為唯一死罪。」

突然！罕井紘上前扶起一危在頃刻之騎兵，聞其氣若游絲地呼出「黑衣人」三字之後即氣絕身亡。罕井紘亦憶起余翊先曾提及，邸欽大人乃深夜遭黑衣人襲擊。

「遭了！」罕井紘直覺事有蹊蹺，旋即提槍上馬，左旋馬韁，調頭衝回囚車隊伍；果然，一近囚車，旋即聽聞棍劍互擊聲響。

霎時，罕井紘驚見一頭戴斗笠，手持一齊眉棍者，正與三五衛林兵相互對擊。罕井紘瞬自馬背躍起，提槍加入戰局。然面對眼前此一斗笠翁，罕井大人頻頻以快槍出招，惟每輒近身對擊，瞬覺對方有股陰寒之氣外釋；罕井大人隨即喊出：「何方逆寇，竟目無王法，攔阻囚車！」孰料，斗笠翁不僅不作回應，旋即使上一記旋身翻躍，並於擊開對手銀槍剎那，瞬以木棍一端，直抵罕井紘於**任脈**上之**巨闕**穴處。霎時，罕井紘為減緩受創，順勢向後退了數步；隨後即見斗笠翁運起內力，平持齊眉棍向外一推，俄頃之間，即將數名衛兵震退數尺之遠。

忽然！罕井紘驚聞身後亦傳出刀劍廝殺聲響，回頭見一身手矯健之蒙面黑衣人，正放招襲擊著押解軍衛。惟見此人手持一似鞭非鞭，似劍亦非劍之兵器出招，招招皆鎖定了敵對之頸項出手。此刻置身囚車之狼、獠二人，雖不知逆襲衛林軍者之身分，卻直覺著兩半路殺出之神秘客，似乎非同路人！惟因叟翁一現身即攻向獠之囚車衛兵，而黑衣人之殺出，卻是針對狼行山之囚車護衛。當下見得二逆襲者之出手招式迥異，叟翁以內力灌注於齊眉棍後，伺機震及敵對臟腑，以令對方身受內傷；而黑衣人之兵器乃節節相接之利刃，甩、拋、拉、扯，招招斷人頸脈，以致傷口出血不止。

罕井紘見勢不妙，遂採左右雙擊，一槍力搏二虎之勢；不料黑衣人趁著對手轉身剎那，拋刃橫掃，眨眼間劃破了罕井紘左臂。這時，斗笠翁再次震倒數衛兵，並於罕井紘未能即時回擊之際，於跨出兩大步後，上躍數丈之高，接著擰襠轉身，雙手緊握齊眉棍，凌空轟下，惟見木棍重擊囚車，「碰……」現場立傳出發聾振聵之巨響，然於響聲之後，不僅見得獠宇圻之囚車，應聲震為碎片，該車周圍之護衛亦遭震昏，接著一陣突如其來之白色煙霧，立隨塵土揚起而散開。待煙霧塵土漸散之後，除一殘破不堪之囚車外，斗笠翁與獠宇圻已雙雙消失於眾人視線之中！

罕井紘見一囚車已毀且囚犯遭劫，顧不及手臂上傷勢，旋即提起七尺銀槍，迅速衝回狼之囚車旁，說道：「狼兄弟，見著方才發生之一切，令吾覺到邸欽大人之血案，應已換羽移宮，恐成另一樁誣陷嫁禍之冤案。再經吾臂上之傷口判斷，或許眼前之蒙面人，即是殺害邸大人之兇手！為免此案一錯再錯，吾必須做出取捨！」話一說完，罕井紘立擲了兩樣東西進了狼行山之囚車。

罕井紘立對黑衣人喊道：「大膽逆賊，膽敢劫囚！儘管閣下身手了得，終須過我罕井紘這一關！」

黑衣人手持詭異之金屬節鏈，冷冷地回應說道：「劫囚？呵呵，此事兒本與我無關；眼前之死囚本應斃命於梧嵩城之劊子手，在下之任務乃見死囚伏法後，於罕井大人歸途中才與您照面。」又說：「有人欲撂下罕井大人，實乃大人屢次阻人財路，以致招禍上身，步上了邸大人之後塵。然在下萬萬沒料到，罕井大人此回押解之囚犯，如此搶手，中途竟殺出了個戴斗笠的不速之客，壞了我的程序！不過……也罷，既然到不了梧嵩城了，在下只好將原擬好之戲碼……提前上演囉！」

「哼！狂妄逆賊，倘若本將軍沒猜錯的話，閣下即是刺殺邸欽大人之原凶！」罕井紘接著喊道：「所有衛林軍聽令，全力拿下黑衣狂賊！」

這時，尚能繼續作戰之衛兵約莫四至五人，待個個提刀上前環圍黑衣人，罕井紘一個箭步，雙手操動銀槍，立朝黑衣人刺去，黑衣人見狀，再次拋出金屬節鏈。然此一節節之索鏈所使出之招式，時而如鞭地束纏，時而如劍一般地刺出，如此怪異之兵刃，對諳於持刀劍之衛兵而言，煞是摸不著應對之策，何時出擊？何時收手？所幸罕井將軍之銀槍長達七尺，能於揮舞棍法之中纏住節鏈，進而竄出犀利的槍尖回攻；更因罕井紘之實戰經驗頗豐，故於敵我對擊之際，倏令衛林軍以輪番圍擊方式，配合手中之快槍竄刺，霎令黑衣人有些招架不住。孰料，罕井紘甫受創之胸口，瞬間悶痛發作，左臂傷口亦因出血過多而呈現癱麻現象，致使出擊力道每況愈下。

不久後，黑衣人趁敵對使不出快槍，立馬甩出雙轉旋鏈招式，左横右掃，惟見索鏈迅速切刺之下，一個個軍兵穿腸破肚，逐一倒臥血泊之中；而罕井紘亦因攻勢趨緩，不慎再遭索鏈掃中，右腿鮮血直流，遂暫以槍棍支撐，屈膝於一旁。

「哈哈哈……軍機處直屬軍長又如何？若不是幾個礙事之衛兵，閣下早被我撂倒啦！呵呵，既然罕井將軍已識破邸欽之命案為在下所為，那就更不能留下活口了！」黑衣人話一完，隨即甩旋手中節鏈，做出了絕殺之架勢。

「呵呵……」忽傳出一輕蔑笑聲，接著即聞得「嘎拉……嘎拉……」之柴木裂聲，而後再發「鏗……鏗……」兩聲。黑衣人隨即回頭，驚道：「什麼人？」

接著，一柄衛兵之配刀，「窣……」的一聲飛了過來，黑衣人甩鏈於咄嗟，瞬間擊開了飛刀，這才知曉，狼行山已卸下了手銬腳鐐，爬出了囚車，順勢將地上一刀械，一腳踢向了黑衣人。

「你……不可能！吾纏鬥軍兵之際，根本沒人能替你解鎖？」黑衣人驚問道。

「呵呵，在下是被鎖在囚車裡，然一陰錯陽差，讓閣下之佈局亂了序；亦因如此，才讓罕井將軍察覺我狼某人恐是遭人誣陷之代罪羔羊，為免增添一樁冤案，罕井大人遂將鎖匙擲予狼某，好讓狼某出來見一見這幹案的真正原凶，究竟何許人也？」狼又說：「三歲孩童皆知，以同樣手法一而再，再而三地使著，能不被人識破嗎？狼某若伏了法，閣下再依相同手法行刺他人，世人仍知邸大人遇刺，實非狼某所為！」

「哈哈哈……你若斃命，就算世人知曉又如何？吾乃受人之託，目的達成即可；至於合不合邏輯，與在下無關。哼！姓狼的，爾之僥倖，或許命不該絕於梧嵩城，但有人令你前往閻王府，吾即順勢送爾一程，認命吧！」黑衣人迅速拋出了手中索鏈。

「狼兄弟小心點！此人所使兵器，頗為詭異！」因傷重而杵於一旁之罕井紘說道。

狼行山順手抽出了於牢房內勉強修整之鐵扇，瞬間開展，眨眼擊開黑衣人之鎖鏈；黑衣人順勢接回索鏈後，轉而使出左右懸擺之式出擊，霎令狼之旋錚鐵扇，開展與閉闔兩難；惟因開展招式恐阻視野範圍，而閉闔出擊則抵擋範圍甚小，難防索鏈末端之尖銳標刃摧擊。

雙方對決一陣後，狼因雙臂遭鋸齒刃挫擊，一路退至罕井紘身前。惟因狼於上囚車前已先吞服了獠宇圻給予之麻鎮丹，以致受了刃傷，臉上卻絲毫未顯痛苦表情。此等反應卻讓黑衣人頗為驚訝，道：「閣下身中數刀，依然面不改色，果真是條漢子！」

然於靠近罕井紘之瞬間，狼倏將所剩兩粒蜜丸兒，交予了罕井紘，並唸著：「一邊兒止血，一邊兒吞下這蜜丸兒，或可抵住傷痛，保住性命！」話一說完，狼立即起身再戰，唯腦子裡突然浮出了獠宇圻曾提及，「此麻鎮丹遇內外傷疼痛時服用，不僅可降低疼痛感，亦可鬆緩因肌肉緊繃所造成之疼痛。」

「啊……這下可糟了！這藥丸兒能鬆弛肌肉，無怪乎所使之招式，一招比一招沒勁兒！再則，連日來之牢獄，獄卒每日只給一瓢水潤潤舌，以致全身上下之津液亦處於失衡狀態，若強迫運行真氣以釋出水濕掌，恐有枯竭而亡之可能。唉……完了完了！就算沒了皮肉疼痛，若肌肉鬆弛發生於此刻，果真是……力不從心啊！原指望著罕井紘服下蜜丸兒後能起身再戰，或許我倆能有合力取勝之機會；但見他傷重而令其服下藥丸兒，這……唉呀！真是天要亡我啦！」

果然，不出三招，狼身上破綻連連，斯須向後翻飛，落地時卻顯出踉蹌撲跌在地之狼狽樣兒。罕井紘挪著步子，拖著銀槍，上前對著狼表示，服下藥丸兒後，疼痛感確實降得明顯，怎奈肩頸肌肉鬆弛之現象，卻讓人提不起勁兒啊！

「罕井兄，以咱倆眼下之狀況，若持續再戰，猶如螳臂當車一般。」狼又說：「眼前蒙面人所使兵器極為詭異，此索鏈共有七節，節長各約一尺且以環鉤相扣，故可做出大幅折擺而使人不備。整條索鏈以銀鑄造，然其第一、第四與第七節為光面打磨，而二三五六節段，則有著鋒利的鋸齒狀利刃，可輕易地劃破血脈，對手稍有不慎即血流如注。」

狼又說：「此人可隨意接用一四七節，以作為手握施力之把柄，而第七節末段則如同銀槍鏑頭一般，可切可刺；而當二三五六節於橫掃中擊中標的物，接著順勢拉扯整條索鏈，即可使人皮開肉綻！而其中一招，當敵對立於黑衣人身後時，其能以迅雷不及掩耳之速度，將索鏈第四節之光滑面，藉側頸部為倚點而向後甩出，即可不傷及自身，進而令身後敵人難防第七節尖刃。咱倆即是在此短時、短距之對招條件下，身中數刀而不自知！」

「能操使如此陰毒之兵器，此人心思之縝密，絕對超乎常人，無怪乎忠貞善良之士，若遭此輩算計誣陷，幾無翻身之可能！」罕井紘又說：「罕井未能即時明察事件前後，以致連累無辜，恐因此魯莽而付出代價。狼兄弟可先行離開，直往綠林奔去，罕井將留於此處，能拖多久是多久，甚而不惜與其同歸於盡。」

狼行山沒認同罕井之建議，隨即指著蒙面人喊道：「來吧！你這見不得光之傢伙；爾之謀劃雖未依原先時序進行，但結果仍能交差了事兒。我看就別再以扯斷人迎脈這老招了，不妨藉那尖銳的索鏈鏑尖，給咱倆一個痛快！」

「哈哈……如此簡單之遺願，算不上麻煩。好，就依爾等面向普沱江之跪姿，且觀著最終之川江美景，待吾緩緩地走到二位身後，即以最疾之勢，將送二位上黃泉。」黑衣人回應後，兩手分持索鏈之首尾兩段，且隨著金屬節鏈之擦擊聲響，一步步挪移著。此刻，罕井雖使勁兒握著長槍，無奈傷處再溢鮮血而乏力出招，遂與狼隨著黑衣人之步伐，雙雙闔上了雙眼。

霎時，見持鏈黑衣人蹬躍咄嗟，一記回身轉腰之勢，立於「剎……」之一聲震喝下，猛然將手中之節節索鏈拋出……

「哐噹……」一聲金屬擊響於眨眼間傳出！

驚見拋出之末節鏑尖，著實地擊中了罕井二人一同扶握之七尺銀槍，隨後即見黑衣人翻飛而下，落佇於罕井二人前方。

「喂喂喂……咱們沒中槍耶！罕井兄您瞧，那蒙面人之眉心處，似乎滲出了血！莫非……遭甩偏之鏑頭回彈所傷？」狼驚訝地說道。

突然！一模糊身影由普沱江岸疾速奔來，黑衣人瞬間抽回鎖鏈，隨即手握第四節段，使勁兒甩出左右交叉之攻勢，火速衝向岸邊來者。此刻之罕井二人因陽光逆照，暫不清楚眼前交戰者是何人？僅能分辨出對戰之兩身影，體形有些懸殊。半晌之後，惟聞「砰」的一聲傳出，立見黑衣人遭擊飛，待其落地後，隨即做出了反擊之姿。

罕井紘瞪大了眼睛，驚訝地看著從岸邊走近之怪客，不禁訝異道：

「這……這……這巨漢，幾……幾與吾之銀槍等高，這……可是妖怪之類？」

狼行山以袖子擦了擦眼睛，仔細瞧了一下後，嘴角不由得上揚，轉項對著罕井紘說：「呵呵，咱們有好戲可看啦！」

「可惡！你這其貌不揚的怪物，上回壞了吾之好事兒，今兒個倒自己送上門來了。」黑衣人說道。

巨漢回應道：「見多了江湖上之廝殺鬥毆，若因私人恩怨而引起，在下不便插手；惟聞閣下那特殊兵器聲響，不禁令吾覺到……恐有弱勢者遭到欺凌！遂上岸瞧瞧，果真見得身著軍服者倒臥血泊、押解罪犯之囚車遭解體，想想……連當官的都不放在眼裡，絕非良民之類。只是……這回閣下蒙臉幹案，是知道了羞恥呢？還是怕人認出來嘞？」又說：「前陣子於蟄泯江邊，一條甫離岸之客船遭人血洗；值在下出手相救，為時已晚，九條人命均喪於爾之怪異鎖鏈下。待詳查之後，閣下僅因懷疑船家協助罪犯徐逵偷渡，竟而拋刃屠殺無辜，如此囂張狂妄者，正是效忠於雷嘯天麾下之頂尖殺手……七骨銀鏈樊曳騫！」

「什……什麼！天啊！你……你就是於墨頂台比試對句之樊曳騫？」狼極為震驚地呼道。

黑衣人取下面罩後，回應道：「能以一片魚鱗，不偏不已地射中樊某眉心者，想必是出於嵐映湖之豫麟飛吧！呵呵，同出嵐映湖之狼行山，已成樊某手下敗將，豫大俠想強出頭，樊某恐因解決嵐映五俠之二而聲名大噪！」

一旁恍然大悟之罕井紘唸著：「怪不得狼兄弟說有好戲看了；原來眼前巨漢是您同門弟

兄！」

「沒錯！不過，其與過去模樣兒……似乎有些差異！倒是那樊曳騫，原來其屬雷中主之旗下！照這麼說，樊早知我狼行山之來歷囉！唉呀呀……此人於墨頂台上，乃是一滿腹詩書之才子，怎料竟是來索我命的！」狼驚訝道。

樊曳騫持起了七骨銀鏈，雙目殺氣充盈，心想著，「既然吾身份已曝了光，倘若罕井紘一回朝，吾與余翊先之聯手計畫，恐將就此打住；余翊先亦可能為了自保而殺我滅口。不行，一定得將眼前這干人全撂倒，以免增添未來之變數！」

霎時，普沱江岸再度揚起了屠戮之氣。豫麟飛雙拳一握，兩手之**太陽**、**陽明**與**少陽**經脈真氣，瞬向前灌衝，立將三叉銀獵爪彈出，隨後即飛衝上前。此刻，見樊曳騫斯須一躍，火速拋出七骨銀鏈，雙方利刃相擊，鏗鏘作響；當下即見豫麟飛以氣力震人為要，而樊曳騫則以快攻襲擊為主。然因三叉銀獵爪之護腕能護及腕後五寸，故對於狼之先前所提，敵對索鏈能藉頸回擊之招，絲毫不在豫麟飛身上見得效果。而對決中之樊曳騫則驚覺到，「這傢伙之戰力，相較上回於蟄泯江之交手，判若兩人；其先前擊中我眉心時，魚鱗僅貼於皮表，然此回刺中吾眉心之魚鱗，卻是穿破皮肉，滲血而出，且於交擊之中，甚能感其臂力如牛、肩胛如犀、背厚如鼉，雙手外展所起之風，猶如巨鷹振翅，再加上那雙剛堅威猛之銀獵爪，幾可摧斷吾之銀鏈骨節。或許先佯裝對戰，再伺機靠近狼行山等二人，能殺一個是一個。」

接著，樊曳騫藉由閃躲以掩飾退卻，逐一地向著罕井大人靠近；而此一不尋常之退卻，瞬令狼行山起了疑心，遂對罕井大人使了個眼神，罕井紘倏以雙手緊握銀槍，以備不時之需。

突然！「鏗……鏗……」兩聲擊響傳出，驚見豫麟飛將遭索鏈纏住之銀獵爪，使勁兒地一扯，惟此七骨銀鏈不耐銀爪之屢屢摧磨，遂使相鎖相扣之骨節處，應聲斷裂，霎令原來之七節索鏈斷成了三截。樊曳騫則於索鏈斷裂剎那，頓失了平衡，於踉蹌了數步後，親睹引以為傲之兵器遭扯斷，臉上倏而顯出瞠然自失之貌，直呼道：「不……不可能！我的……七骨銀鏈，怎麼會……」

然此時刻，一甫遭斗笠翁震昏之衛兵，突然醒了過來，樊因距離罕井大人稍遠，以致難以出手行刺，故一手拾起索鏈之鏑尖，另一手則捊勒甦醒之衛兵，試圖作為脅持之用。豫麟飛見狀，雙拳一鬆，疏退了**手三陽**經脈之真氣，收回了三叉銀獵爪，對著樊說：「閣下兵器已毀，吾亦可卸下腕套鋼爪，以赤手空拳與閣下再次對決一番，放開那衛兵吧！」

「哈哈哈……當我是三歲娃兒嗎？豫麟飛，在下已見識到三叉銀獵爪之威力！常人僅知曉爾之體質特殊，但對一個被擊中兩次眉心的俠士來說，難道記不住你豫麟飛可將身上之鱗片作為武器嗎？」話後，樊又指著狼行山喊道：「姓狼的，就文藝方面，樊某曾敗於爾之筆墨下，但就武藝方面，方才你狼行山可是跪敗於樊某面前啊！」狼行山聽聞了後，一臉苦笑應之。

樊曳騫一邊兒脅持人質，一邊兒移向罕井大人之碩壯坐騎，隨後見其縱身一躍，一手將衛兵拋出，另一手則攀上馬背，旋即一聲「駕……」響，此一匹黑駿馬立朝蒼林奔去。罕井大人起身上前扶起該衛兵，怎料樊於拋出衛兵時，早已將其頸骨扭斷，遂不見該兵顯出任何氣息！

狼行山撐起虛弱的身子，走向了豫麟飛，道：「好樣兒地，一陣子沒見，覺得五弟又高壯了不少！知悉龍師父打造之銀獵爪已夠瞧的了，怎這回又多了個胸脘鎧甲，與遮掉近半邊臉之面罩！嘿嘿……光瞧爾這一身行頭，江湖上沒幾個敢與你豫麟飛起衝突的啦！」

「離開了嵐映湖後，吾之身子確實又變了許多，隨後經歷了江湖種種，當然也包括了甫提及與樊曳騫之過節。不過，麟飛已於日前回往了嵐映湖，與龍師父詳述了些江湖事蹟，而後龍師父表明將前往西州，並於端陽前回中州，以備參與雷嘯天於惠陽邀集之五霸盛會。只是……以四哥之實力，怎會讓人傷成這般模樣兒？難道事先遭人下了毒？」豫麟飛疑問道。

「對對對，對極啦！就知道阿飛瞭解你四哥啊！否則，拆了那七骨銀鏈者，定是你狼四哥啦！」狼接著說：「真格地說來是……遭人誣陷，身陷囹圄！唉……輕信於人，暗箭難防啊！你瞧，罕井大人不也是鬆軟無力，要不，以罕井大人那柄七尺銀槍，真要對上那七骨銀鏈，絕對不是這般結果，大人您說是吧！」狼此話一出，倒是換成罕井紘顯出了一臉的苦笑。

罕井紘拄著銀槍，對著豫麟飛拱手話道：「感激豫大俠之及時出手，免去了逆賊一手遮天之奸計。」豫立拾起了遭扯斷之七骨銀鏈，交予了罕井紘，道：「舉手之勞，不及言謝。眼前殘破之節鏈，大人應該可作為逆賊犯案之證物。只是……大人之坐騎遭竊，又負著傷，且有著一乘載五六嫌犯之囚車，罕井大人如何是好？」

罕井紘表示，欲回京城，可於前方樹林喚回前探騎隊之馬兒即可。然而今日劫囚之禍，或可藉此殘破節鏈，揣度其他相關刑案。而余翊先所囚錮之人犯，多為排除異己之犧牲品，抑或稍觸軍法之新血；罕井紘或可藉由此亂，放行那一干囚犯，只是……這般人犯可能獲判邊疆勞役，且已於東州留下案底，倘若再留於東州，只怕來日會多了個竄逃獄所之唯一死罪！

「唉！發往邊疆勞役，等同一生勞役，倒不如前去他州，另謀生路囉！」狼又說：「只是……如何前去他州？這又是一個問題啊！」

這時，囚犯一一下了囚車，待罕井大人一一解開其腳鐐手銬後，囚犯們無不下跪拜謝。

「如果大夥兒願意前往中州，在下倒是有一方法！」豫突然說道。

而後，經豫麟飛之策畫下，六囚將原囚車拆解，留了原本之輪軸與底板兒，克難地修改成坐臥用之馬車，以應負傷之罕井大人使用；而其他之木樁、木板，即於大夥兒切割拼裝下，製成了長形木筏。而後，豫麟飛雙臂一舉，獨自將木筏抬往了普沱江岸，見此驚人臂力，無不讓大夥兒瞠目咋舌。罕井紘順手掏了些銀兩予狼行山作為路上盤纏；待與罕井大人話別後，狼行山隨即帶著六囚登上木筏，而豫麟飛則借用騎隊之轠繩，倏套於雙肩上，俄頃沒入水中後，見其雙臂一振，雙腿一踢，立馬拖動木筏，一路向著江之對岸駛去。

然而佇立於木筏前頭之狼行山，瞧著前方猶如鯨豚潛游之豫麟飛，不禁搖頭讚嘆，「豫五弟雖出生畸胎，唯其能釋出之內力與動力，過於常人數倍，倘若吾能身擁如此體能，加上自身之蛻變，且漸能控制水濕之體質，孰能奈我何嘞？」

突聞狼身後一人發聲道：「欸……小弟不才，小姓祖氏，單名一個颺字兒；聽著先前英雄們之對話，吾等小輩應稱您一聲狼大俠才是。狼大俠能助咱們前往中州另謀生機，吾等銘感五內，來日大俠若是需要人手時，咱們幾個弟兄赴湯蹈火，在所不辭啊！」

難得遇上有人追捧之狼行山，露出一抹微笑後，立即展出大俠風範，拿出了罕井大人給的銀兩，分發予六囚，但心裡卻酸著，「嗨呀……爾等幾個小老百姓啊！中州何其之大，而我又是個放蕩不羈，雲游四海的俠客；待吾真需要人手時，上哪兒找你們去啊！」說著說著，木筏已靠了岸邊，見六囚上岸後，隨即向著叢林一哄而散。狼行山沒好氣地罵道：「格老子地！真沒一個好東西；甫聽聞狼大俠，狼大俠地叫著，怎麼，擔心我把你們踢下水餵魚兒是吧！真是地……」

「好啦！阿山哥，您就別再氣啦！再上筏來，隨老弟去個地方唄，走……」

「好吧！反正也沒啥地方可去。」狼行山隨即跳上了木筏，然因木筏載重輕了許多，此回之游航速度可沒法讓狼行山悠悠哉地佇立著；指顧之間，木筏已回到了江河中央，待豫麟飛一個弧轉，木筏遂朝著普沱江而下，一路向南駛去。

一陣速游之後，豫麟飛放慢了速度，狼這才意識了過來，原來木筏已到了普沱江與靈沁江之會合口。這時，狼雖見得幾處江河上之小島，惟木筏所駛方向似乎有些詭異，待仔細觀察後才發現，木筏之所以搖擺不定，乃因此河口之暗流與漩渦交錯，而豫麟飛即於水下閃躲暗流所致。待搖擺一陣之後，豫麟飛將木筏拖上了一小島，回頭話道：「山哥之功力確實不在話下，如此湍急之水流交錯，幾乎無人能片刻待在木筏上的。」

「什麼！原來你出這般題目來考我，若不慎踉蹌，跌入急流之中而遭沖走，那不糗大了。」

「所以我說吧，山哥是很厲害的！倘若山哥落了水，因這一帶之急流衝擊，最終會將山哥沖往靈沁江南岸，也就是南州陸地，待吾游到那兒，同樣能找得到山哥的。好了，不說廢話了，跟我走吧！」話一完，豫麟飛領著狼行山走進島上一條塹道，此塹道直通往一石洞穴，待二人進了石洞內，阿飛立即點上幾盞漁船用之吊燈後，說道：「挪……這兒是漩洑島，此乃小弟於靈沁江的棲息地之一。」

狼瞧了下四周後，煞是驚訝。接著坐於一石凳上，說道：「能見五弟如此自在生活，四哥替你高興，看來真找到了屬於你發揮的空間了。只是……五弟游走於江河之間，怎會如此巧合，出現於東州的普沱江邊，且即時上岸搭救一不起眼之囚車隊伍嘞？」

豫麟飛不疾不徐地從石縫裡，拿出了一袋囊後，交予了狼行山。待狼拉開袋囊並將袋中之物取出後，頓感一陣震懾湧上：「這……這不是雷婕兒的隨身佩劍嗎？怎麼會在這兒？她……她……她人嘞？」

豫麟飛卸下了三叉銀獵爪後，順手拿了壺清酒予狼行山後表示，此乃江河上熟識的捕魚人家所贈水酒，知悉山哥聊天說地時喜酌幾杯，遂特地留下來的。待狼接過酒壺後，豫麟飛即開始談起事情之來龍去脈……

話說幾天前，阿飛由北州循普沱江而下，卻於行經礁鼎城外之京棡埠頭時，驚見諸多民兵聚集，其原因出於東州下令清查欲搭船前往中州者。孰料，一喬裝賣樹脂之年輕人，於渡關口被識出是位姑娘，想當然爾，隨後一陣圍捕吵雜聲響難免；吾當下棲於港埠邊，不覺有異，唯見該女子於反抗中，或是後翻，或是轉身側踢，遂引來阿飛關注！

然於事發當下，阿飛瞧著該女子出劍反擊，卻見這姑娘直護著身上畫袋兒，始終不拔劍出招，為了閃避一衛兵揮刀，致使該畫袋兒之繫繩鬆脫，隨後即見姑娘被逼上了船板，怎料船板濕滑，姑娘一個沒留神兒，跌出船外，落入大江之中，這才發覺該姑娘不諳水性，恐有溺斃之虞，遂及時出手搭救，待其醒來，阿飛已將姑娘帶到了對岸，亦即中州廣濱埠附近的岸上。

初見阿飛之模樣時，姑娘嚇得臉色一陣白而一陣綠，但畢竟是個救命恩人，待姑娘答謝之餘，阿飛即表明了來自嵐映湖，孰料這姑娘聽聞後，立即表明是狼行山的朋友，之所以如此急迫，乃為了回中州討救兵。待聞姑娘敘述了四哥之遭遇後，阿飛即想到東州處決人犯之梧嵩城！然於阿飛準備出發之際，姑娘不僅託阿飛攜了柄劍交予山哥，並告知了城裡之衙府告示，將於三日後審訊重大罪犯，以彰東州之嚴刑峻法。

阿飛又說：「既有三日時間，吾即先安妥這劍，再計畫去梧嵩城營救四哥，怎料負責押解之罕井大人，臨時改行江邊小路，再因事發之處發出一聲轟然巨響，遂令阿飛循聲覓得爾等囉！只是……眼前這柄劍，怎會如此質輕？令人百思不解啊！」

狼聽聞阿飛之敘述後，頻頻點頭，接著拿起雷婕兒之佩劍，隨手一抽，咦……怎抽不出該劍哩？待狼仔細一瞧後表示，原來此劍與劍鞘之間，早已遭厚實之樹脂封住了！隨後，狼取了把小刀，將樹脂切開後，握住劍柄，緩緩地抽出該劍，沒想到……

「怎麼……這劍已被折斷？且劍身僅長約二寸左右。」豫麟飛見狀驚訝道。

「呵呵……」狼見了斷劍，不禁笑道：「虧她想得出這樣兒的妙招！」

原來雷婕兒先將劍身折斷，再將狼行山交附的墨畫，捲成細長桶狀，藏入劍鞘之中，再藉樹脂將劍鞘黏封，如此，即能避免於渡船時，讓水滲入了劍鞘，濕了墨畫。

「哈哈哈……被送往余翊先之畫袋內，裝的是？哈哈哈……」狼又笑了三聲。

阿飛見著山哥大笑，半天摸不著頭緒。狼行山遂將於濮陽城經歷的江湖瑣事與衝突，逐一描述而出，惟聞豫麟飛問了個極為關鍵的問題……

「聽聞山哥於濮陽城與東州邸副總管對掌之後，飛身將山哥救走的人，即是雷嘯天的女兒……雷婕兒囉！」豫麟飛這一問，霎令狼行山楞了一會兒。

「嗯……這個嘛……吾當下雖有些昏厥現象，但……由眼角餘光之中，朦朧見得的是位全身漆黑之蒙面人。」狼說道。

「怎麼阿山哥盡是遇上黑衣蒙面人嘞？」豫麟飛反應道。

狼又說：「由於黑衣人將吾摟在懷裡，透過此般的接觸，再加上其頸部飄來之香味兒；嗯……以你山哥之敏感度，幾可斷定，此黑衣人是個……是個女俠！然於破廟醒來時，眼前確是雷婕兒沒錯，但與邸欽對決當下，雷婕兒確實佇於怡紅園門口觀戰，絕對無暇喬扮黑衣人，再回頭由屋簷衝下，將吾救走。嗯……到底是哪位女俠出手相救呢？」

阿飛微笑著表示，山哥瀟灑斯文，豔福不淺，身旁總不乏靚女環繞。

「唉呀！五弟無須羡慕啊！常言：最毒婦人心。女者能以柔克剛，若其有預謀地靠近，那可是很麻煩，很危險地！山哥若不小心以應，恐遭女人毒手而不自知啊！嗯……瞭解了你山哥之危機四伏，就用不著羨什麼慕啦！」

「歐，對了！阿飛為何會在西州遇上樊曳騫？」狼問道。

豫麟飛回憶指出，自從挖地道時遭地底伏流沖走後，醒來時已倒臥於蟄泯江西岸之一處岩洞裡。然因當時仍處於蜕變期，外皮不如眼下所擁之硬質鱗片，故於江河沖刷撞擊中，受了不少外傷。然於修養期間，**手三陽**經脈開始壯大，正如龍師父所設計，已漸漸於握拳時，即可運用**手三陽**經脈之氣，瞬將銀獵爪推出，待經脈氣退則收回銀爪；接著身長與肌肉持續增長，身體機能日益強大，自此便開始潛游各地，熟悉各川流湖泊之地理特性。

一日黃昏，偶然於普沱江中游，遇著中州水師都衛欺凌船家，豫某出手相救，惟昏暗衝突中，都衛水師長不幸身亡，待事件擺平之後，阿飛倏回蟄泯江岩洞避風頭，孰料來到了西州岸邊，驚見一群西州官兵持著火炬，提刀揮砍，直追到港埠邊，惟因一客船已離岸甚遠，該官兵遂放棄了追殺。

待阿飛靠近客船才發現，原來船上有一西州急欲緝拿之要犯，惟該船搭客尚不知遭通緝之要犯是何者？有人擔心惹禍上身，遂提議揪出要犯，立馬回航交予官府，卻有人欲息事寧人，速速遠離是非之地，於是客船上亂成一團。然於此時，忽見三艘小船駛近該船，七八持刀殺手立躍上船，隨即一陣搜索，慌亂之中，一中年男子趁隙跳下客船，卻於落水後遇上了阿飛！不過，此人並不驚慌，待阿飛拿了塊浮木給予輔助後，即聞船上廝殺哀嚎聲傳來，只因有人招認了船上有要犯！待阿飛躍上客船時，見一人手持沾染鮮血之銀色鞭鏈，全船非死即傷。一陣衝突之後，阿飛驅離了這幫賊寇，且從一受傷爪牙口中逼問出，原來領頭之樊曳騫，乃雷中主派來緝捕一名為徐逵之要犯！

而後，阿飛倏而回到江中，將抱著浮木之中年人拉上岸邊，隨後即聽聞此中年男子發了聲：「阿飛呀！爾即嵐映湖龍玄桓之義徒……豫麟飛吧！」

「在下正是豫麟飛，前輩是？」

「呵呵……飛兒年幼之模樣兒，令吾印象深刻，而後亦常聞常真人與龍武尊提起那阿飛。常、龍二老乃吾莫逆之交，吾乃凌秉山，亦是飛兒曾喊過的凌師叔！」

「哦！原來五弟救起的是凌師叔啊！嗯，我也有那麼點印象，依稀記得這凌師叔是位西州之冶鐵匠，亦是位鑄劍師，對吧！」狼說道。

「沒錯！正是這位凌師叔！」豫接著話道：「凌師叔表示，其自侯王府逃出後，一直受著友人掩護，然因侯西主下達全力緝補令後，波及了不少友人，遂開始四處藏匿。不知過了多少躲避追兵的日子，終嘗試藉由渡船逃離西州，怎料離岸之後，卻遇上了中州殺手，所幸於危及當下，及時遇上了阿飛！」

待聞凌師叔提及，過往曾於探勘礦區時，發現西州北部一處極為隱密之岩洞。而後，阿飛立造了一簡易木筏，一如帶著山哥來此一般，帶著凌師叔循江之北向搜尋；數日後，果真找到了岩洞，惟因數年前之大地震，以致該岩洞已不若從前。接著，阿飛依著凌師叔之規劃，藉著三叉銀獵爪之開山鑿洞，歷經個半月後，一處多通道之隱密岩室，即告完成。然於鑿建期間，凌師叔因阿飛之胸脘部未有鱗片覆蓋，遂親手為阿飛打造了前胸鎧甲、遮掩畸狀臉頰之面具，以及小腿踝部之護套。

「呵呵，這些玩意兒還真是豫麟飛所專屬，先別提那副胸甲，任何人只要一掛上那腳護套，光行走都覺吃力了，更別說是下水游泳啦！」狼笑著應道。

阿飛接著表示，隨凌師叔安妥岩洞後，隨即回往了嵐映湖，並將經歷之事蹟，詳實告知了龍師父，龍師父得知凌師叔之下落，甚為興奮。阿飛更於而後交談中，聞得不少奇聞軼事，而令江湖人士較為關注者，莫過於五霸齊聚惠陽一事兒了。阿飛又說：「不過，龍師父卻聚焦於另一異狀，此即西州大開門戶而陸續前來中土之外來異族！耳聞各州相繼傳出，外族以幻術技巧引人注目，並藉以推行治病藥丸兒予市井小民；惟此等丸兒未經各州審核，故囑咐吾等師兄弟須謹慎以對。而後，龍師父表明了欲於端陽前先會晤凌師叔，遂於離開嵐映湖後，依循阿飛描述之方位，前往了西州。」

「怎麼了？山哥，有何不對嗎？」阿飛問道。

「針對龍師父要咱們謹慎之事兒，吾與大師兄行經中州建寧城時，確實遇過怪異之演出團隊；此團領頭名曰摩蘇里奧，來自西州境外西南方，一名為克威斯基之國度。摩蘇里奧之下，一兒名為摩蘇維，一女名曰摩蘇莉。吾於墨頂台遇上牟三哥時，聞其見過大師兄偕一女子前往北州辦事，經三哥形容後，確實與吾見過之摩蘇莉極為吻合，尤其形容該女子之深邃長相，更令人確信。」

「哇，不妙！倘若大師兄真與摩蘇莉搭上，該如何向龍師父交代哩？」阿飛疑道。

「嗯……大師兄做事尚稱嚴謹，應有其因應之道，或許該隨行者非咱們所想。然於事情尚未釐清前，吾等暫不宜與師父談論此事兒。」狼回應道。

「一個使用幻術之異鄉人，真有這麼厲害？竟須龍師父如此叮囑！」豫疑道。

「尚未摸清對方底細前，咱們還是謹慎一點兒為妙！還記得豫五弟方才所提：聽聞劫囚處發出一聲巨響，始引起爾之注意！」狼又說：「巨響當下，吾尚困於囚車之內，卻也受到震懾，惟吾清楚見得另一劫囚之斗笠翁，其如同移行幻術表演時，瞬間擲出煙霧丸兒一般，唯此回火藥量大了些，故造成較大之聲響；再加以白色煙霧掩人耳目，而實際上是以木棍擊破囚車，將囚犯劫走。阿飛，你想想，能一手丟擲火藥，另一手以齊眉棍擊破一輛囚車，依此推見，此人確具渾厚內力才是！」

阿飛回應道。

「若依山哥的意思，龍師父提及之可疑人士，恐是藉幻術而雜耍賣藥之摩蘇里奧！難道……於東州劫囚車之斗笠翁，亦是摩蘇里奧？果真如此，此號人物確實非等閒之輩啊！」

此刻，狼行山心想著，「一定是他！唯吾知悉斗笠翁所劫囚犯之緣由。獠宇圻啊獠宇圻！爾一雙不怕熱燙之金臂，且擁絕佳之製藥手藝，對……沒錯！此即摩蘇里奧所要的。過去中土大地之百姓，曾受大瘟疫之摧殘；倘若能掌握並壟斷中土各州之醫藥源頭，這絕對是筆難以估算之財富。哼！摩蘇里奧的確是個高深莫測的人物，甚連未見你面目之龍師父，都能感受爾之威脅。嗯，我得倍加小心才是！呃啊……」

突聞狼行山大叫一聲，立見其以手撫住傷口，隨後又叫：「我的傷口突然疼起來啦！」這時，狼才想到，「原來獠宇圻給的麻鎮丹之藥效已過；嗯……這藥丸兒果然厲害！受了諸多刀刺傷，竟能捱到現在才覺得疼；這摩蘇里奧的藥丸兒還真管用，只是……服藥後產生之肌肉鬆弛副症，確是美中不足之處！倘若能改良成鎮痛歸鎮痛，肌肉鬆弛歸鬆弛，那不就可兩藥分賣了嗎？唉呦喂呀！我真是異想天開啊！真的疼死我啦！」

豫麟飛見了山哥的模樣兒，隨即泡了壺濃茶，待茶稍冷後，即讓狼行山清洗傷口。

「這麼做，有用嗎？」狼問道。

「切莫讓傷口腐化！腎氣不足者常致腐肉不能新生，故傷口易敗壞化膿。山哥遭囚禁了幾天，應該傷了不少體內真氣，先克難地清淨一下傷口吧！」

接著，阿飛拿出了大黃、黃連與冰片，集中研磨搗和。狼又問：「這又是做啥用嘞？」

「呵呵，這叫七日黃啊！大黃加黃連能清熱解毒，冰片能消炎止痛，三者研粉並外敷於刀傷處，傷口可速於七日內結痂，故曰七日黃！」阿飛解釋道。

狼行山忍著疼痛，塗上了七日黃，又好奇地問：「憶得豫五弟同山哥一樣兒，不愛背誦龍師父所教醫藥；爾怎知用這方來治刀傷嘞？」

「呵呵……阿飛是不愛唸書，惟初期適應三叉銀獵爪時，尚不知如何運用經脈之氣來控制獵爪之收放，以致常遇刃傷，鮮血直流。而後見龍師父以此七日黃療吾刀傷；不過，龍師父再三囑咐，冰片冰涼之性會封住火熱，故遇燒燙傷時，不用七日黃，以免火毒內陷。待阿飛之皮肉漸被鱗片覆蓋，鮮少再受刃傷所苦，時至今日，吾等竄梭於江湖是非之間，仍藉此方以備不時之需啊！」

狼回應道：「藥在醫者嘴上，經脈在自個兒身上；龍師父所教：夫十二經脈者，人之所以生，病之所以成，人之所以始，病之所以起。學之所始，工之所止也；粗之所易，上之所難也。山哥我明瞭十二經脈、奇經八脈與十五別絡，獨對草藥沒興趣，所以都倚著牟三哥開方治症囉！」

接著，阿飛於敷藥之際提到，年幼時常聞長輩們述及：咱們是生於中土大地之民族。而當時是以一個主政實體，統領著中土大地；後來因地方群雄割據，政體遂於權力鬥爭之中四分五裂；而後更因地牛翻身之推助，中土大地遂依著山巒地勢與川河江流，形成了現今之中州與東南西北四州，如此亦讓過往之群雄割據，更形壁壘分明。

狼行山隨即指出，分分合合，合合分分；十年河東，十年河西。環顧現今各州處於相互牽制之平衡狀態，例如中州農作豐足、東州林業興盛、南州盛產能源、西州礦業獨霸、北州水源不絕；各州相互運輸，各取所需。唯掌控中州之雷嘯天，其為了一統中土，無所不用其極地瓦解各州勢力。所以，不可知之未來，是分？是合？誰能斷言！

「就因這般詭譎難辨局勢，近來各州霸主為了鞏固自有勢力範圍，並拉抬各自地位，以免於遭人矮化，紛紛自封為王。」阿飛說道。

「唉，痛啊！真有這樣的事兒？快告訴山哥，你聽到了些什麼？」狼忍痛問道。

豫麟飛回應表示，江湖傳聞，雷嘯天邀集各霸主齊聚惠陽城，恐藉強勢之舉，抑制各州之反抗勢力，遂使各霸主於赴會前，紛紛確立自家門戶。然此風乃由北州之莫烈起始，其率先對嚴震洲尊以「東震王」，而嚴東主亦回尊莫烈為「北坎王」，此乃順應方位與八卦組合而得此封號。正因如此，西州侯士封即自立為「西兌王」；南州之盧琰則自封為「南離王」。耳聞此舉令雷嘯天極為憤怒，遂於不失自尊與地位下，雷嘯天依著國師薩孤齊之建議，自封「中鼎王」，以其固守正中、鼎立中土為意。由此得見，端陽五霸聚會前夕，早已瀰漫「山雨欲來風滿樓」之勢！

「真沒想到，近來中土大地發生了這麼多事兒；而『自立為王』這一招，果真不失為讓大夥兒能平起平坐，不致遭雷中主矮化之一記妙招啊！」狼又說：「或許各州霸主皆為著自我之優勢而較勁兒，倘若加諸各州地方上所衍生出之隱性勢力，如余伯廉父子之居心叵測等，五州不亂也難！吾以為，真正令人擔憂的是，是否另有一股勢力正在等待……等待著中土五大州之內鬥內亂，突而來段『鷸蚌相爭，漁翁得利』之戲碼呢？」

「嗯，山哥之見解，不無道理！山哥未來有何打算？」阿飛問道。

「原想著傷損回復後，先回趟嵐映湖，但龍師父亦可能由西州直往惠陽城，參與五霸盛會。再則，難得江湖上舉足輕重之人物，都將齊聚於惠陽，我看……時入五月，狼某先行前往惠陽城，此舉不僅可先探查各門各路之虛實，更可於群雄聚會前，與龍師父會合。」狼計劃道。

「這樣也好！咱們五師兄弟，各忙各的，而我豫麟飛這身裝扮，亦不便出席那般場合，由山哥代表嵐映湖弟子，最適合不過了。再則，既然是雷嘯天邀集之盛會，山哥應該有機會遇著雷婕兒吧！見她為山哥討救兵時之急迫模樣，看來這雷姑娘對山哥是真的，呵呵……」

「什麼真的、假的啊！」狼反問著。

「欸……我是說……她是真的關心山哥的！」

霎時，狼行山反而嚴肅起來，回應道：「阿飛啊！雷婕兒是不錯，但她可是雷嘯天的女兒啊！若是引來她爹爹的不悅，抑或是……咱們龍師父有了微詞，你說我該怎麼辦嘞？唉……山哥早跟你說過，隨意靠近女人是會有麻煩事兒的！不過，說真格兒的，若真有這樣的事兒發生，還真不知如何處理嘞？」

「哈哈！山哥，就那麼一句話：船到橋頭自然直囉！」豫麟飛一派輕鬆地回應道。

然此時刻，猛灌了口清酒之狼行山，心裡直犯嘀咕的，不僅是遇上雷婕兒這檔子事兒，惟其瞭解到，尚有一號人物亦將出席五霸盛會！雖然此人之與會，無關權力與金錢之糾葛，惟圓場功力出眾之狼行山，卻也難以預料遇著了此人當下，如何是好？狼之所以難以定靜，只因此人乃擔綱盛會當日之美聲演奏，且已烙印於狼行山記憶深層之……蔓晶仙！

第六回　風聲鶴唳

時逾小滿入芒種，五月小麥芒作豐，縷縷金穗如濤浪，農家擺席爭作東。

放眼中州，物阜民豐為中土地牛翻身後之首見榮景，惟此歡慶豐收之擺席設宴，卻樹大招風地惹來地方貪官頻打抽豐。然中州為政者，一心只顧豐享豫大，以致「上好貪利，則臣下百吏乘是而後豐取刻與，以無度取於民。」遂見得高爵豐祿者，衣帛食肉，席豐履厚，卻見眾生百姓，衣衫襤褸，步雪履穿；如此官民水平相去甚遠矣，猶天冠地屨也！然而，距黃垚峰西北約莫百里處，「金城北峙，玉關西侯，山澤駢夢，衣冠輻湊」，此乃中州繁華之匯……惠陽城！

五月惠陽城內，柳絲悠悠長長，綠蔭搖搖晃晃，楊柳依依，沁人心脾。於此更逢中鼎王於端陽匯聚群雄，遂令城中寺殿古蹟，纖塵不染；行道樹木，蔥蘢蓊鬱；花卉盆栽，鮮豔絢麗；為此難得盛會，五州江湖俠士，或從陸路，或從水路，無不於端陽前夕先行進城，致使惠陽廿酒坊，賓朋滿座，卅餘客棧，車馬盈門，甚連輕食小店，履舄交錯，一位難求。

匯賢客棧掌櫃牛勤，今兒個眉開眼笑地對著伙計說道：「甫進當月初一，咱們惠陽即熱鬧非常，這端陽大會所邀來者，無一不是有頭有臉有名號兒之人物，大夥兒得好好地招呼賓客，怠忽不得！」不待打雜伙計應諾，立見八九人馬跨檻而來，居中一人喊道：「小二，備桌酒菜，三間上房，順帶餵足吾等馬匹啊！」小二應諾後，即見一豹頭環眼之大髯客，偕三護衛隨即就坐，其餘五隨從則佇於桌旁。牛掌櫃見狀，立馬上前招呼：「敬迎大爺們蒞臨，牛勤在此候您吩咐！」

「我說……牛掌櫃啊！近日有無南州來者於此住店？」大髯客問道。

「欸……回大爺的話，近日確有各路人馬穿行，卻鮮少聽聞來自南州，敢問大爺您是來此尋人？還是會友呀？」一佇立桌邊之隨從喝道：「掌櫃的，懂不懂啥是端陽大會啊！咱們邢教主當然是受邀與會囉！哪兒如你所述之尋人會友啊！」另一隨從接話道：「咱們是南州最大教派……火連教！眼前乃火連教……邢彪教主也！」

「嗨呀！不知邢教主大駕光臨，失敬失敬！不過，小的確實沒見著南方客前來；待近端陽節日，或將傳來各路人馬進城訊息，若遇相關消息，立馬告知邢教主！教主請稍待，酒菜馬上來。」

一會兒後，見得匯賢客棧之桌席已漸滿座，待杯酒佳餚陸續上桌後，一打雜運工於燒酒下肚後，隨口道出：「呵呵，咱們惠陽城可熱鬧啦！雷嘯天邀集五州霸主齊聚惠陽，並於瑞

辰大殿前建了一宏偉的六角聖壇，中鼎王將於此會晤各州霸主；只是……明明是五霸齊會，為何建出六角之壇，莫非……尚有大人物坐鎮第六方位？」

一運商接話表示，據參與建造六角壇之木匠傳出，雷嘯天本欲邀前朝要臣惲子熙規劃建造，卻擔心惲子熙恐藉此喚起前朝臣相，進而另起一股中州反勢力，故籌劃盛會一事兒，終由國師薩孤齊，依地理風水監建而成。而應邀入席這第六方位者，乃宮辰山陽昫觀之常元逸，與嵐映湖之龍玄桓！」

眾人聽聞後，小二立表示，有此二位德高望重者出席，想必是增添與會中所訂協議之嚴正性才是！

一人又說：「咱們中土大地最具精神指標之黃垚山五藏殿，殿中五位近百歲之天師，何以未應邀入列嘞？幾年前之天災，若非五藏殿濟弱扶傾，收留鰥寡孤獨廢疾者，中州那兒能及時善後，迅速復甦啊！」

「黃垚山五藏殿確實是中土五州之精神指標，只因五天師一生祈求天下蒼生，永保安康，一概不涉權力功勛之角逐，以致前中主傅宏義採行惲子熙之建議，明訂黃垚山為中土聖域。數年前之瘟疫與地震災害，五藏殿及時啟使力挽狂瀾之力，助眾生度過難關，致使後續的中州之主雷嘯天，依然令訂黃垚山為淨聖之域，該域無關朝政與稅務之納取。因此，這回沒邀五天師參與五霸盛會，可想而知。然而，中土另一地域性之精神指標，即為宮辰山之陽昫觀，觀主常元逸亦曾修道於五藏殿而後自立，故此回常真人能出席盛會，應是一穩定平和之角色，亦是一股居中協調之力量才是！」一私塾教長對眾說道。

「嗯……對，對，有理！」教長一說，瞬令在場人士點頭認同。

一位到此看熱鬧的王姓藥商，亦向牛掌櫃提到，惠陽城之大，光是客棧外之承豐大街，能留宿近百人之客棧，不下一二十，五路商賈至此洽談，無須為居宿掛心。惟此回端陽大會引來大批人潮湧入，一房難求；換言之，名目不夠響亮者，恐怕還沒法入宿於承豐街上哩！

「嗨呀！王老闆多慮啦！您是咱們客棧的常客，又是城裡數一數二之藥材商，您若是不來咱們惠陽城了，這兒可有一半以上之藥鋪得關門兒囉！您放心，別處客店使刁，咱們匯賢客棧可是隨時恭候您的大駕啊！」牛掌櫃回應道。

牛掌櫃又說道：「不過，王老闆可有聽得風聲，最近中州已查獲若干以假亂真之贗品草藥，甚有中土以外之異族，攜帶不明草藥或藥丸兒到各州兜售。您說，這事兒是否已波及到坊間傳統市集之交易嘞？」

王老闆搖了搖頭，嘆了口氣表示，掌櫃所述，確是實情，醫用藥材之中，諸多用來醫治一般六淫外邪之疾，抑或是臟腑陰虛陽虛之證；一如醫者之治症，常藉**麻黃**以發汗，取**芍藥**以養血，**當歸**助益補血，**地黃**得以滋陰等等。近來確有不少宵小，魚目混珠，以贗品暗銷於市，其中又以**地黃**為最鉅，因而害苦了不少疾患，惟其主因乃出於世人不識**地黃**之分辨！再則，**地黃**盛產於北州東南，故於運輸考量上，自然推升了價格，因而成了宵小覬覦之目標。

至於坊間盛傳之外來神奇藥丸兒，在下從事並接觸藥草之多，實在信不過所謂「發燒即刻退熱」、「疼痛隨即鎮壓」之治證方式；畢竟傳統醫療治病強調的是「**先行辨證，再行論治；有是證，便用是藥**」如此才是根本之道。倘若老百姓僅追求「速效」與「速成」，不出幾年，

這些外來藥丸兒必將傳統草藥打趴。當然，一切之成與敗，實與主政者之意識形態有著極大關係，冀望此回端陽大會，咱們的中鼎王能與各州之主，制訂出確切之藥材把關制度，始為民眾之福！

「好啊！說得好啊！」在場聽了王老闆這番論調，連聲叫好。不過，隨後傳來的幾聲金屬擦擊之音，立即鎮住了客棧大廳內之嘈雜。原來，席佔兩桌之火連教派，見邢教主起身，護衛們個個持起了隨身兵器準備離席，牛掌櫃立即使了眼色，令小二領著大髯客上樓房休憩。待廳內大夥兒見著了此一帶頭髯客，手持一對兒閃著精亮鈹頭，鋒利之鈹刃與彎鉤之握柄，隨即識出此乃江湖頗負盛名，殺傷力極強之兵器……雙弦子午鉞！

待邢彪領著教徒一一登了樓層，進了客房，這才有人出了聲，「喂！大夥兒見著了吧！那大鬍子所持之傢伙，可是南州出了名的子午鉞啊！」

私塾教長接著表示，當年傅宏義率軍支援南州鎮壓火連與火雲兩教派之暴動衝突，據聞火連教三長老藉著子午鉞，殺得火雲教徒死傷無數，四竄而逃，而傅宏義之子弟兵亦死傷相枕，終由火連教提出：傅宏義須全數退兵，始與南州各勢力和平談判。然此談判跌跌宕宕數年，最後由一地方上之聯名軍領頭，以自身之絕頂武藝，於教派勢力較勁之擂臺上技壓群雄，遂讓南州各教各派認同為南州之領頭，此人乃現今封稱南離王之……盧燄！

不過，正因盧燄勢出平凡，且毫無幫派作為靠山，以致面對政務時，處處受制於幫派之恫嚇逆行，遂難以推動南州建設。更因地方教派不易凝聚，加上經濟困窘情況下，致使南州於對外談判，始終跛言跛行。孰料，幾年前的地牛大翻身，因南州之地底熔岩層相互推擠，出現了前所未有之赤色石礦，當地名之曰火焰石！據聞一雞子大之火焰石所發之熱能，可抵上一牛車之煤炭！此聞一出，霎時衝擊盛產煤炭之北州，畢竟煤炭之輸出，佔著北州極大之經濟比例。而盧錟即仗著這火焰石，作為與各州之談判籌碼，以致南州得以與中土各霸平起平坐。然無獨有偶，南州赤焱山亦於地震後，出土了另一赤色晶石，惟目前南離王熱衷火焰石之採掘，且赤焱山乃不定火山，故僅派軍兵前往勘查，不若各州探勘晶石之興致勃勃。倒是……火連教前來參與五霸盛會，不知是否刻意與南離王較勁？耐人尋味！

時屆未申交界，此時乃客棧午後離峰之際，小二即趁此擦拭著棧內桌椅。忽見一舉止斯文，相貌堂堂者，緩緩地跨進匯賢客棧大廳。

「這位客官，您來點兒小酒，還是？」小二招呼道。

「甫歷經拔山涉川，予我間房兒，且將這藥包煎了。」剛進門的客官說著。

待小二煎好了湯藥，安妥了客官，拿了賞錢後，道了一聲：「狼公子喝下這參湯後，好好地休息，有事招我一聲便是。」小二房門一關即去。

狼行山推開了窗櫺，映入眼簾即是熱鬧的承豐大街。接著盛起湯藥，想著，「憶得醫經這麼提過：**失血暴甚欲絕者，以獨參湯一兩頓煎服，純用氣藥，斯時也。有形之血不能速生，幾微之氣所當急固，使無形生出有形**。唉！先前於東州血虛津傷，現又連日奔波，亦耗傷氣血；所謂：**氣血不和，百病乃變化而生**。先藉人參補補氣兒再說吧！」服飲之後，狼盤腿坐於床板上，閉目養神，順勢運行體內真氣。數時辰後，窗外原本之日照，早已轉為夜裡之昏暗。這時，隱約聞得一牆之隔之客房，傳來吱唔雜聲，然此陣陣之唏唏聲響，終究止了狼之休眠。

惟聞隔牆不時發出金屬摩擦響聲，確實讓人深覺刺耳與不安。

狼行山起身點燈後，隨手拿起了旋錚鐵扇，想著，「扇終究是扇，還能怎變化，使其更具威力呢？」想著想著，「對了！此回前來惠陽，應會遇上雷婕兒；婕兒為了護及墨畫，不惜折斷了自己隨身佩劍，是否該買把新的送她？啊……不對！雷嘯天已自封中鼎王了，算起來，婕兒應升格為公主了吧！隨便送把平庸的劍，怕是矮化了人家。再說，女人家是很難捉模地，若是送了利刃，教她以為會斷了友誼，那後果會如何呢？嗯，不行不行，暫不考慮送劍了！」

突然！窗外傳來「嘰嘎……嘰嘎……」之樞椿轉動聲響。狼行山隨即吹熄了油燈，倏而貼著牆，經由眼角餘光，見著一人影由隔房窗戶爬出，彈指間翻飛而下。然於昏暗之中，狼驚見一人手持二尺銀桿兒，其桿頭甚連著一半尺長之鏑頭，隨後見其飛落承豐大街，運著幾近無聲之步伐，眨眼由大街入了巷弄。然經雙目緊盯此人之身形，與其漸行漸遠之背影後，狼雙眼一閉，一記憶瞬間閃過腦門，「是他……真的是他！化成了灰兒我都認得他！……七骨銀鏈樊曳騫！」

霎時，狼心裡納悶著，「樊曳騫於詭計失敗後，應遭東州嚴密通緝才是！更別談通過東州各城門、埠頭而回到中州。難道……東州內部已可暗中掩護其進出東州？甫見其所持之怪異兵器，顯然是七骨銀鏈遭豫麟飛扯裂後之取代物，那麼……現待於隔壁客房者，何方神聖？會讓樊曳騫趁著夜裡攀窗進出的，應不會是啥正派角色，或許又將謀劃著見不得光之勾當吧！

翌日一早，狼來到大廳，向著小二探問隔房情況。小二立將狼行山拉到廳堂一隅，回話道：「狼公子所打聽的人物，正是南州火連教之邢彪教主啊！昨兒個見其手持南州著名之雙弦子午鉞，嚇得我差點兒尿褲子耶！歐，對了！方才有客官退了房兒；狼公子若覺得不妥，要不我給您換間房兒？」

「呵呵，不用麻煩了，他們又沒礙著我；我先辦點兒事，一會兒就回來。」

狼行山步出了匯賢客棧，自言道：「昨兒個才想著中州與東州的事兒，一覺醒來卻多了個南州的教派進來。看來，置身惠陽城之行徑須更加嚴謹才是！」

樊曳騫以其矯健身手，轉眼現身了瑞辰大殿。殿外依舊呈出砥兵礪伍之都衛，擐甲執兵之操演，無一不為著展現軍容，藉以震懾即將於此聚會之各方巨頭。

樊曳騫向著都衛總訓官……戎兆犹，行禮致敬後即入了大廳，見主公與薩孤齊國師正籌劃著端陽盛會之事宜。雷嘯天一見樊入殿，立即注意其兵器之更易，隨後道出：「樊將軍辛苦了，事情進展如何？」

「回主公，此回東州之行，末將已推助余伯廉之子，登上了軍機處副總管一職，唯任務之後段，殺出了綠林高手，致使原計畫節外生枝！」樊簡捷應道。

「綠林高手？何等人物能高到收了爾之七骨銀鏈？」雷問道。

樊曳騫聽聞主公之反應，頓感羞愧，遂詳述了發生於普沱江邊之劫囚事件。一旁薩孤齊於聞訊後表示，七骨銀鏈乃銀鋼鍛造之極品，且樊將軍出神入化之絕技，足令江湖人士畏懼三分，怎料該銀鏈竟遭三叉銀獵爪扯解；再經將軍之形容，豫麟飛不僅於形態上持續突變，其體能與瞬間激發之能量，亦是超乎想像許多！

雷嘯天則鎖眉指出，出自嵐映湖之狼行山與豫麟飛，吾等略知一二；反倒是樊將軍所述之斗笠翁，頗引人疑慮？既然余翊先已執意要死囚伏法於梧嵩城，又特令東州軍機處直屬軍長罕井紘親自押解，該斗笠翁恐是反東州嚴刑峻法人士。不過，既是反動人士，為何獨救一囚犯即離去？令人匪夷所思！然依眼下局勢，余伯廉已聯合益東派勢力對嚴東主施壓，吾等又助余伯廉之子，晉升了軍機處之要職，只要余翊先能再剷掉軍機處之曹崴，正東派之勢力必動搖；若本王再施加經濟上之制裁，相信東震王為了人民生計，勢將聽令於本王才是。

雷接著又說：「至於那叫狼行山的，既逃不出余翊先之計謀，又受制於樊曳騫之七骨銀鏈，終得藉由其師弟來解圍；看來，頗負盛名之嵐映五俠中，竟出了個耍嘴皮的搧扇公子哥兒啊！」

「雖說如此，唯貧僧倒是認為，能讓常真人形容其異於常人之思維，王爺切莫輕忽狼四俠之實力；畢竟釋星子曾為王爺推測，嵐映五英俠與雷王府相映之下，將呈現『一入一合』之勢，望王爺莫輕忽之。」薩孤齊應道。

「呵呵，若依樊將軍所述，本王反倒欣賞嵐映湖老五……豫麟飛！不過，真正令本王讚嘆者，則是嵐映湖排行老二之劍客……刁刃！」一回頭，雷又問：「對了！樊將軍何來如此怪異兵器？」

樊回應表示，銀鏈遭摧後，捎了封密函予余翊先，惟因余已事先下達戒嚴令，樊無法直接由京棡埠頭回往中州，遂就此南向，經南部恭盧城外之水道，一路抵達南州。而憶得多年前行經南州時，一人為躲避火山熔岩，失足陷落坑中以致雙腿受傷，適逢樊某出手相救，並送其回往所屬教派，始得知所救者乃火連教長老之一……孟鈁！而此回樊某流落南州，巧被火連教徒識出，因緣際會下，經孟鈁長老引見，因而結識了火連教主……邢彪！然因火連教之冶鐵技術頗具特色，邢彪遂令鐵匠為樊某量身設計專屬兵器，而成品即為眼見所見……索魂飛槍！

「索魂飛槍？」雷接過該兵器，端詳了一番。樊隨即指出，此物分為三部分，一為二尺之銀鋼直棍；二為半尺之菱狀鏑頭；三為藏於棍中之三尺索鏈，唯索鏈一端與鏑頭扣連，一旦與敵對峙，隨手持桿拋鏈，幾可摧擊十尺內目標。

樊曳騫想了一下，又說：「末將離開南州前，曾探邢教主是否前來中州參與端陽大會，當下教主並未給予正面答覆。孰料，末將甫回中州，得知邢彪已率教徒來到惠陽城且下榻於匯賢客棧。昨夜末將已與邢教主一談，始知火連教頗不滿於現今執掌南州之南離王，遂藉此端陽盛會，一展火連教於南州之影響力！」

「嘿嘿……真是天助中鼎王也！」薩孤齊隨即冷笑表示，若依樊將軍所敘，火連教乃南州主力教派之一。過往傳前主曾領軍南下，以助南州平定教派之亂；唯火連教以獨步江湖之「雙弦子午鉞」，橫掃勁敵，致使傅宏義低估敵營，擁兵玩寇，無功而返。所以，王爺若能藉邢彪之不滿情緒，從旁扶植該教派壯大，藉以制壓南離王之氣焰，未來若火雲、火燎、火冥等教派接續逆向盧錟，南離王終將矢盡兵窮，架空成為弱勢，正所謂「命弱者，猶使羊將狼也。其亂必矣。」屆時，王爺即可兵不血刃而掌控南州。

「哈……哈……哈……妙哉！妙哉！薩孤兄助吾執掌中州，亦將助本王取得天下啦！哈……哈……哈……嗯，此回樊將軍拉上了邢彪這線路，功不可沒。來人，賞銀百兩！」雷接著對薩孤齊說：「有勞國師走趟匯賢客棧，拜會火連教主，並傳達本王敬邀邢教主參與端陽盛會。另外，本王將於盛會之後，令樊曳騫進駐南州，並從中煽動各幫各派，藉以削弱南離王於南州之勢力。」

當夜，薩孤齊隻身前往匯賢客棧。牛掌櫃見國師蒞臨，親自引著薩孤齊進了邢彪客房。而後，狼行山回到了客棧，小二隨即上前說道：「狼公子，真是對不住您啊！今兒個火連教派有重要訪客，所以……」

「什麼樣兒訪客須如此嚴謹？」狼問道。

「是咱們中州國師，人稱榮根大師之薩孤齊，親訪火連教主邢彪啊！咱們客棧已延後賓客入宿。公子您若真要回房，能否……能……否……打後邊另一修繕梯上去；惟因大廳這一頭兒，已遭火連教徒封鎖了，所以……還請狼公子您見諒呀！」

「修繕後梯？無妨，反正都到得了房間，別教人把我當賊就好。」狼一說完，隨即退出客棧大門，繞往了棧後小巷；而火連教徒見小二驅離了來客，隨即召喚小二備上酒菜，酌飲一番。

「唉呀……是要發生何事兒啦？連住個客棧也得循後梯而上才成。」狼自唸著。

待狼爬入了房間，甫推開窗櫺，見著了兩四輪大輦正靠於斜對街兒之群芳客棧；隨後，前頭馬車步下一身影，狼引頸一瞧，「欸……不就是濮陽城之聶城主嗎？那……那後方那車坐的是……」果然，見一長髮飄逸，氣質出眾之女子，步下馬車後即入了群芳客棧。狼行山剎那識出了該女子即是來自濮陽城之……蔓晶仙！

「原……來，蔓姑娘僅距吾一街之隔！我該……不！不！一女子舟車勞頓，立馬上前叨擾，不免令人覺得冒失。嗯……就明天好了！待明兒個梳洗好，再伺機來個巧遇好了。對！就這麼辦囉！」狼倚窗自唸道。

「哈……哈……哈……」

忽聞隔房兒傳來極為誇張之笑聲，狼循聲而去，並將耳朵貼上了隔牆，除了聽聞兩人之長笑聲外，隱隱聽得一較粗獷嗓音，道：「有了中鼎王之相挺，咱們火連教真是如虎添翼啊！」接著又是一陣狂笑聲。

「欸……不對啊！依五弟所述，南州主政者乃南離王盧餤，怎麼中鼎王挺的卻是火連教派的邢彪嘞？然昨夜來訪的是樊曳騫，此人之所為，多是見不得光的勾當，而今夜又有中州國師拜訪？嗨呀……雖說官場內鬥難懂，眼下這般江湖勾結，亦讓人霧裡看花呀！倘若能不做官兒，且能賺進大把銀兩，又能不受束縛地雲遊四海，唯有夢中才有實現之可能吧！」狼行山聳了聳肩，又說：「端陽已近，若真有事兒會發生，應是攔也攔不住才是。睡吧，存些體力給明兒個備著吧！」

「喔……喔……喔……」雞鳴報曉後，隨即引來燒餅油條之叫賣聲，承豐大街上各式輦輦交錯，商賈小販早已對著人潮聚點，矢力佈設；卯時一過，各路人馬紛至沓來……

狼行山豐神異彩地踏出匯賢客棧，昂首跨步，越過大街，來到了群芳客棧門口；抬頭一望，正巧臨著承豐大街的一間東側客房推開了板櫺窗，見窗內一人向外探出，狼倏而呈出一貫地瀟灑，微笑迎之，待推窗者與狼行山四目相接，頓時一臉尷尬；這才發覺，推窗而出者乃……聶忞超！

瞬轉苦笑之狼行山，點了點頭後，一極為興奮之叫喊聲，忽自狼的身後傳來……

「阿山哥……見到你真好！就知道山哥一定不會有事兒的。」

轉身見著雷婕兒之狼行山，有些訝異道：「哦……雷姑娘，怎會在這兒哩？」

「喂！才多久不見就生疏啦！叫什麼姑娘、姑娘的，直呼我婕兒就好啦！」雷接著說道：「山哥記不記得那怡紅園叫蔓晶仙的姑娘，其答應前來惠陽琴瑟演奏；昨兒個接獲濮陽城主告知，已帶領蔓姑娘下榻群芳客棧，今天特來向蔓姑娘致謝。」

這時，面向客棧西側之狼行山，忽見一客房正推開窗櫺，霎時，狼不敢正視窗內，惟因瞬間之眼角餘光已告知，此時面朝此方向之俯視者……正是蔓晶仙！

忽見聶忞超走出客棧，連忙上前，道：「濮陽城主聶忞超，不知公主駕到，有失遠迎，望公主恕罪。」

「沒事兒！沒事兒！聶城主辛苦啦！」雷應道。

「喂……阿山哥，先於客棧大廳等我，待與蔓姑娘打聲招呼，隨後就下來，等我一下喔！」雷興奮說著。

話一說完，雷隨聶忞超進了客棧，佇立街頭的狼行山，直望著西側板櫺窗，蔓晶仙立以微笑回應，然此一幕隨即轉成了雷婕兒的背影。狼低著頭，想著，「怎會這樣嘞？此與昨夜預設之情景，天壤之別呀！現於蔓姑娘房間的人，應該是我狼行山才對呀！不過，若真是我在那房間內，雷婕兒大咧咧地進來，我該如何是好？嗯，真是險啊！」

半晌之後，雷婕兒獨自出了客棧，喊著：「阿山哥，怎一直佇在這兒，像個楞子似的。歐，對了！這中州可是我的地盤兒，走，我帶你到處瞧瞧，我還有好多話要問你呢！」雷一把拉住狼行山，立朝著市集處走去。此刻，狼稍微回了個頭，又見了一次蔓姑娘對著他微笑揮手；然隨著狼、蔓二人距離越來越遠，一段「眄睞以適意，引領遙相睎」之詩句，瞬間迴盪於狼之腦海裡，許久揮之不去。

端陽盛會將至，惠陽諸城門壅著大批進出人潮。然於城外西北隅，亦聞疾速奔馳之蹄聲，「喀噠……喀噠……」地循著山林小徑作響，隨此速勁之奔馳聲，見一壯碩黑馬直抵了幽靜之昉雲宮。一位倒冠落佩，與世闊疏之道長，緩步出宮，道：「久違了，龍施主，別來無恙吧！」

龍玄桓下了馬，隨即上前拱手應道：「托辛垣仙卿之福，一切安順；倒是辛垣兄卸下官服，淨修於幽靜之林，令人生羨啊！」

「呵呵，貧道但求淨律而已。今晨常真人已到臨，現於宮內靜候著。」辛垣森道長隨即引領龍大師入內。

「昉雲宮得知尊客來訪，想必有要事商討。然貧道自掛冠歸隱，返我初服後，已不過問官場與江湖瑣事，請恕貧道先行告退。二位尊客於暢所欲言後，不妨靜心淺嚐齋菜，甚而留宿本寺，以應端陽盛會之期。」辛垣道長恭敬道。

常、龍二老躬身致謝後，辛垣道長遂令宮內上下，以清淨宮院為名，暫時謝絕訪客借宿。

龍玄桓搖著頭並長嘆了口氣兒，常真人見狀，頓感不安。龍老先行詳述豫麟飛救出凌秉山之經過，常真人知曉凌大師已安妥，甚感欣慰。而後，龍老則親述其走訪西州之經歷……「按著豫麟飛所述方位，來到了西州北端。吾等久違而難掩激動，待見秉山老弟之情緒平復後，述出了令人驚訝之事兒！」

龍接續表示，秉山老弟遭侯西主軟禁於王府後，曾見一人與侯士封相談甚歡；此人一頭銀灰髮鬚，五官正挺而膚色稍深，其手持一極特殊之木杖，杖之頂頭呈出三犄角，而三犄角中央成一碗形，該碗形正中鑲著一手掌大小之水晶球體，此晶球之透徹，勝過凌一生所見。而後，侯士封向秉山介紹了此一年屆六旬，老成持重之士；原來此人即是來自西州境外，一名為克威斯基國之護國法王……摩蘇里奧！

常真人隨即反應，先前提及狼行山頻問有關克威斯基國之種種，莫非……阿山已聽聞相關事蹟？再則，前些日子依約往雷王府時，亦聽聞雷嘯天述及一位來自克威斯基之神醫，救了昏沉之雷世勛，當下探得該神醫之名，亦為……摩蘇里奧！又說：「來此赴會前，曾接獲嚴東主之書信，告知有位外來之異鄉人，突來東州歲星城拜訪，且聞其當面提出一建議，欲將極具療效之治病藥材引入東州，而該信中確實提及此人即是摩蘇里奧！看來，所謂克里斯基之護國法王，實乃不容小覷之人物啊！」

龍老接著指出，曾拜訪任職石延英時代之文書官……滕紀修！於相談中得知，因一巨大隕石墜落克威斯基國之境內，惟因該國極為窮困，無從處理隕石，侯士封便以開放西州邊境，准許克威斯基人到西州掙錢，藉以換得那塊天外隕石。莫非……當時與侯士封交易條件者，即是摩蘇里奧？

「此人神通廣大，其所刻意接觸者，皆為中州動見觀瞻之人物，各州主政者應謹慎以應才是。」常機警道。

龍又表示，秉山由侯士封引領至一密室中，見著了運至西州之部分隕塊。然此隕塊乃為該隕石最具磁能之部分，當下見此一物，秉山毫無反應，後經侯士封提議，能否藉此絕世材質，打造出傲世之兵器？秉山這才憶起，侯士封身擁特異之引斥體質，能感應到該隕石之磁能部分，遂千方百計將隕石運回西州。然而，能提升鑄劍者鑄造之技藝，並領略超脫世俗工法之機會，實乃鑄劍師可遇不可求之事兒，遂對侯之提議，瞬生一股魔力，著實地吸引著凌秉山，並激出其煉製一把絕世逸品之意念與動力。然侯為不使鑄劍之策走漏，遂令秉山於王府密室內執行，此乃秉山遭軟禁之說之起始。

而後，於不見天日之密室裡，秉山頻頻改進隕石與冶鐵製劍之相容性。然於傲世逸品即將完成之際，凌深覺此一神劍非但堅不可摧，其於揮舞之中，亦可藉磁能特性，使出吸引與對斥之雙重效應。秉山心知肚明，侯士封威震江湖之〈厲砂鐵連掌〉，即是過往於鐵礦場中，發覺其有控制磁能之特異體質，順勢練就而成；倘若侯士封再接收此一神器，直可謂……如虎添翼！

秉山提到，侯曾是其管轄礦區之屬下，甚為清楚侯之為人；此人唯利是圖，不惜賣友求榮，不僅賄賂權貴以建立人脈，更藉結識石延英之表妹喻湘芹，始得以親近王府，終一路竄上西州霸主之位。倘若再配上此一神劍，並增添外來傭兵，侯士封確實能挑戰雷嘯天之霸權地位；未來中土腥風血雨，血染大地，在所難免。思慮至此，秉山遂有毀劍之想法。

孰料，王府每日為秉山送來食飲之僕人，竟是侯士封另命一鑄劍師所假冒；想當然爾，毀劍一事兒自然傳到了侯之耳邊。而後，侯對秉山動之以情，誘之以利，均無法讓秉山繼續完劍，怎料侯遂轉以追殺凌氏後代作為要脅。至此，秉山先佯稱順從，以待來日逃脫之機會，唯密室地道方位難辨，逃脫機會實在渺茫。然此時刻，出現了關鍵性之人物，此人過往曾任石延英參謀之列，待侯士封掌西州後即辭去官位，僅為侯士封私下請益之智囊導師。

「龍老所指……可是石前主頗為器重之命理師……權衡？」常老猜道。

「沒錯！正是權衡先生！」龍老又說：「秉山鑄劍期間，侯因關切鑄劍進展而頻往密室試劍。惟因權衡推估，鑄此神劍恐不利於侯，侯遂刻意於每回試劍，皆偕上權衡先生，藉以證實神劍加諸於侯，如虎添翼。然而此舉卻意外地讓秉山拉近了與權衡先生之距離！」

秉山指出，權衡聞得毀劍一說後，推測凌氏有旦夕之危，遂藉侯試劍之機會，以高溫之燒鉗，點觸鍋爐旁之殘餘鐵片，當下並不瞭該觸點之意義，僅能於腦海中烙下各點之相對位置。一日，大雨滂沱，聞得警鑼敲響後，立見諸守兵被緊急召喚，秉山遂以錘鐵擊開門鎖，逃出了密室；待摸索了幾條通道後才恍然大悟！原來，權衡先生之各觸點，即指各個密室之相對位置，而觸點之連線即為通道分佈。

「妙！權衡先生不發一語，即能指示密室位置，真是妙招！」常真人讚嘆道。

龍老續表示，然於秉山印象當中，見過侯士封於試劍時，瞬將〈厲砂鐵連掌〉之內力，運至神劍劍身，其威力超乎原本想像甚多；後經幾套侯氏自創劍法試驗後，侯即先行命名此神劍為……厲砂鋩掌劍！

「秉山既已逃離王府，這鑄劍之事兒，是否無疾而終？」常疑問道。

「非也非也！鑄劍密室縱然隱密，終須有導引火窯煙霧外散之煙管。秉山雖逃出王府，卻躲藏於京城四處，暫由昔日友人救濟。秉山提到，其逃亡後雖置身在外，卻仍見到王府方向之煙管冒出煙灰，依此可斷定，未完成之神器，已由其他鑄劍師接手，繼續修正與煉製。不過，秉山認為，此一天外飛來之物，似金非金，似岩非岩，於煉鑄過程中，諸多瓶頸須以非傳統工法，始得以突破。然其逃離密室時，實已修正了該神器九成弊端，其餘部分則須倚仗先前累積之校正，始可完劍。然而，後續接手之鑄劍師能否完全馴服此劍？秉山仍持疑問以對。」龍轉述道。

龍又說：「不過，神器歸神器；秉山老弟又拖出了另一驚悚事件，此即龍某方才搖頭嘆息之主因！」

「尚有驚悚之事兒？老夫實在難以想像！」常老訝異道。

龍接續表出，聞得秉山提及，每輒遇上侯士封前來試劍，均見其吞下幾粒小丸兒；半晌

之後，侯揮劍之力道，即可由風切聲中感其逐次增強。惟因此劍之原料出於石材，故質重強於一般鐵劍，倘若不見侯士封服丸兒，提劍不過三招，必聞其氣喘聲漸次放大；難道……此丸兒猶如巴戟天、淫洋藿之壯陽功效，進而使人激發出更強體能？

秉山清楚表示，於首次前往鑄劍密室之通道中，無意間聞到一股不尋常味道來自通道旁支，接著聞得鍋鏟磨擊之聲；而後，見通道旁倚著若干麻布袋，然此布袋之所以引人目光，實因印於布袋上之字跡與標記，並非中土所書寫之字型與符號；此一疑點直到秉山逃離王府那一夜，始得以揭曉。當日甫離開密室，驚慌之中錯認了通道方位而走向旁支，隨後發現另一密室，驚見若干人正於該密室煉製丹藥，此時由內傳來幾句從未聽聞之異族對話聲，而秉山僅聽得一句，「有了這玩意兒，軍隊將更加強大！」

接著，因外頭大雨不斷，警鑼連響，所有人被喚至府外幫忙。秉山老弟於混亂之中，取了兩藥丸兒後，依循腦中觸點位置，爬出了一逃生暗口；待上了屋簷才發現，為數不少之麻布袋正置於王府後門，仔細一瞧，麻布袋上所印之字樣兒，與先前所見之標記幾乎一致。然因此突如其來之大雨，已使諸多布袋滲水潮濕，故府方敲鑼疾呼人手，儘速將上百布袋搬運入府；而後，秉山遂趁著大雨未歇，連夜逃離侯王府。

根據龍玄桓所敘述，常老認為，侯士封以開放邊境能提升經濟交流為名目，私下連結境外異族，藉以增添西州在地人口，進而壯大軍兵，而後再私自煉製丸藥。倘若該配方如秉山所述，能使軍隊強大，侯西主定會大量製造。依醫理推知，能使人瞬間激發自體功能之藥性，多損及心腎功能；然心屬火臟，腎屬水臟，心神受損則不易自主，腎陽虛衰則溫煦失司，蒸騰氣化無力，體內水火失衡，終將傷及元陽，以致虛寒不振。再則，透過外來非正統之醫藥成分，恐不僅秉山所見之激發體能而已，亦可能因人之貪婪、利益至上，因而濫施痲痺與矇幻之類劑。人一旦出賣了良知，即可波及成千成萬之生靈！

龍武尊頻頻點頭以示認同，並自腰際取出一小袋囊，交予了常老後指出，囊內即是秉山自侯王府取出之藥丸兒，或許此即侯士封揮擊神劍前所服用之同一藥丸。然聽聞秉山敘事當下，見秉山老弟咳嗽氣喘，舌赤苔黃，皮表熱蒸，待診斷後，直覺秉山受困於熱爐密室甚久，以致熱傷肺陰，肺留伏火，鬱熱而喘咳；遂以**桑白皮**瀉其肺熱，止咳平喘；以**地骨皮**瀉解骨蒸肌熱，二藥齊達清瀉肺中伏火；佐以**粳米**與**甘草**，始得益胃和中，藉以解其症狀。

「龍老合以**桑白皮**，**地骨皮**，**粳米**，**甘草**之效，即為清瀉肺熱，止咳平喘之傳世名方……**瀉白散**之應用；針對肺中伏熱之證，效如桴鼓！」常老點頭稱道。

接著，常真人將囊中藥丸兒置於掌中，心中幾許無奈，抬頭向龍老表示，此回端陽五霸之聚，應是場權力鬥爭大會。對於近來陸續傳出之外來速效丸劑，吾等須趁著大夥兒齊聚時刻，力諫各州嚴謹審核，縱使謬論四起，勢將面折廷爭；待端陽盛會之後，吾等齊上黃垚山五藏殿，將此令人疑惑之藥丸兒，交由得道天師驗證，究竟歸屬何等成分？

「嗯！就這麼辦。」龍老應諾道。

常又說：「明日已約北州主莫烈，暫於惠陽之祥陞客棧一會；屆時，吾等先與莫北主研討與會之因應對策，畢竟北州肩負中州最大藥材之供應，應佔有不少影響力才是。」

龍玄桓無奈嘆息道：「常老一生力倡『天人合一』，順天取地之可用，以養臟腑得長生。惟見世人日漸捨本逐末，患病以『速效』為先，縱有自傷之虞，均列為其次。然龍某力推之『經脈武學』，乃以任督為基，十二經脈為用，以無形之真元，攀武學之顛峰；而習武之人卻為追求神兵利器而賣命，令人不勝欷噓。然而，現實終歸現實，『天人合一』已是理想，為達此理想，吾等此回宜採『以法制人』之策，亦即協調五霸先制定法則，藉以摒除逆天之道，後續才有可為。但願今年端陽乃中土大地依循正道，制訂規範之起始日；而非有心人逆亂章法，促成糾稔惡盈之起點！」

翌日寅卯，晨雞未啼，常真人與龍玄桓拜別了辛垣道長後，俄頃上馬，惟見一黑一白之坐騎，隨著「喀噠……喀噠……」之蹄響，二老旋即離了昉雲宮，疾速地朝著惠陽城奔去。

甫逾辰時，常、龍二老即臨惠陽西城門，眼見城門半開，守城都衛一一盤查進城人士，惟因端陽大會非比尋常。忽然！城門上一魁梧奇偉、狼顧虎視之大漢，對著守城都衛大喝一聲，隨後做出手勢後，眾都衛立將城門敞開，令常、龍二老快速進城。二老抬頭一望，一眼即認出該號令者乃雷王府左護衛……尉遲罡！待二老向著尉遲將軍點頭致意後，黑白雙騎立馬朝著承豐大街而去。

面對客棧林立之承豐大街，常元逸一路搜尋著祥陞客棧，隨其後之龍武尊卻是仔細地觀察周遭一切。突然！龍老於行進中傾身彎腰，一伸手即持起大街旁一年輕人，並順勢將其拉上馬背。適值該年輕人尚未回神，即聞龍老唸道：「阿山啊！一早即於大街上閒晃？抑或昨晚與人把酒言歡，現才要回客棧休息啊？」

「啊……師……龍師父！」狼行山這才驚覺，突現眼前者即是龍師父，立馬應道：「沒……沒的事兒！昨夜是會了會朋友，打聽一些消息，今兒個欲上街探問店家，有無龍師父進城入住之消息，所幸僅詢了兩客棧，就給龍師父您遇著了！」

待黑白雙騎止於祥陞客棧前，常真人才見得狼行山隨行於龍玄桓之後，道：「嗯，狼賢姪此刻現身惠陽，實乃吾等之助力啊！」

「常師伯過獎了，晚輩盼能藉此盛會，多瞭解些江湖事態罷了！」狼回應道。

常老點頭微笑以應後，緩步進了客棧，因未聞北州人馬前來，一夥人遂先於客棧樓房等候。

常老提道：「狼賢姪鑒貌辨色之力，青出於藍，入城以來，可覺到蹊蹺之處？」

「欸……晚輩月初已入惠陽，見各路人馬接踵而至，唯一事兒牽扯南州，晚輩直覺頗不尋常。」

「阿山！時間已迫，有何異處，盡可道來！」龍說道。

原來昨日狼行山與雷婕兒遊市集時，婕兒得知狼於東州發生之一切，均關連於七骨銀鏈樊曳騫，煞是憤怒，遂得婕兒表示，樊曳騫尚未外派他州之前，曾表明對婕兒極為愛慕，婕兒因此向父親表達不悅，以致雷嘯天外派樊到東州臥底。後來，狼慘遭設陷，婕兒萬萬沒料到，欲取狼之性命者，即是樊曳騫。然於雷婕兒得知一切之後，怒火中燒，遂將樊曳騫即將調往南州一事，告知了狼行山。幾天來，狼將有關連之橋段一一連上，遂拼出了雷嘯天欲顛覆南州之計畫。

這時，面對常、龍二老之狼行山，率先由神秘客夜訪南州火連教主一事說起，隨後提及中州國師薩孤齊再訪邢彪，終以坊間搜訊得知，雷中主準備派人滲入南州之計畫作結。狼行山描繪了觀測到之蹊蹺後，霎令二老訝異連連。

常老對阿山所述，憂心表示，南州乃幫會教派林立之域；多年來，南州受制於教派分立分治而無以推動建設，雷中主即相中了這一點，急欲見縫插針。又說：「老夫與那薩孤齊有過一面之雅，再經與惲子熙會晤之後，對此一貪慕虛榮之僧人，有了些許認識，此僧仗勢著對地理風水之研究，預言了雷嘯天將頂替傳宏義，進而讓雷嘯天尊其為國師。然而，指派國師密訪某教派之教主，確實非比尋常；然此事件無疑為明日之五霸盛會增添變數，可想而知！」

「阿山！爾離開嵐映湖這段期間，是否聽聞由外來異族發起之異常事蹟，抑或是……」龍老問道。

「克威斯基？摩蘇里奧？對不？」狼見二老接連點頭，續道：「吾已注意此人許久，最初見其偕同一兒一女，頻於坊間市集雜耍幻術，引人注目；接著又見其向平民百姓兜售速效藥丸兒，惟因藥效神奇，幾乎造成百姓爭購。」

然此時刻，狼突想起了昨兒個向雷婕兒問及，其兄長雷世勛於盛隆客棧受傷之後續，得知雷世勛回府後，經一外來神醫登門救治，服其藥後則病情趨穩，惟至今已數月之久，雷世勛依舊得服著神醫之藥丸兒，否則渾身不暢。待狼行山進一步探問下，得知雷婕兒口中之神醫，即是摩蘇里奧！惟狼瞬間納悶著，是否該將此事兒托出？

狼行山理了思緒之後，又對二老說道：「摩蘇里奧不僅是雜耍賣藥而已，此人神通廣大，聽聞一居於東州歲星城之友人提及，摩蘇里奧甚而親自拜會東震大殿，會晤嚴東主呢！更絕的是，這摩蘇里奧還自稱與中鼎王頗有交情哩！」

常真人聽了狼行山這番敘述，對著龍玄桓說道：「嚴震洲之來信，所言不假；而且雷嘯天確實對那摩蘇里奧讚譽有加啊！」

「阿山！方才提及摩蘇里奧偕同其兒女前來，你可注意到？」龍老問道。

「記憶中，摩蘇一家人表演幻術時，其兒摩蘇維，其女摩蘇莉，均為表演過程中之幫手，只是……」狼此時顯出欲言又止貌。只因狼突然想起，「曾於隱蔽處見過摩蘇里奧出手，眨眼將受傷的大師兄救走；又懷疑於普沱江邊，劫囚車之斗笠翁即是摩蘇里奧，所以……是否該提醒師父、師伯，此人武藝深不可測呢？」

「阿山啊！說話吞吞吐吐地，像個受委屈的娘兒們似的！」龍老追問道。

「欸……是這樣的，在吾印象之中，由於摩蘇一家於市集兜售藥丸兒，難免因巡城都衛之驅趕而起了衝突。然衝突之中，都衛軍難免舞刀弄劍，唯吾十分確信，這摩蘇一家人均有不錯的武功底子，再加上對峙當下，其可運用熟悉之幻術輔助，故見得都衛軍兵困於其使出之招式，猶如涸轍之鮒！」阿山回道。

「幻術輔助？」龍武尊對著常老，道：「一生精研武學，還真沒見過以幻術為輔，似是而非之招式啊！嗯……來者不善，善者不來！面對未來諸多不可知與不可測，龍某已同常老一般，漸生憂心與疑慮了！」

忽然！客棧小二前來敲響房門並喊著：「常真人，龍大師，一隊來自北州人馬到臨，小的已先領其前往會賓房等候！」

狼行山開了房門，打賞了小二後，一夥人遂朝會賓房而去。

「常真人別來無恙吧！」莫烈一見常元逸踏入會賓房，恭敬說道。

「嗨呀！龍大師久違啦！距上回大師造訪北州，至今又歷了數載，眼前一見，依舊容光煥發啊！欸……此一相貌斯文者是……？」莫又問道。

「見過莫前輩！晚輩，狼行山！」狼拱手恭敬道。

「哦……原來是嵐映湖五俠之一的狼四俠啊！」

「不敢不敢！晚輩涉世未深，還望莫前輩指教。」狼回應道。

待莫烈介紹了隨行之北州軍機總管……符戩之後，不禁皺了下眉頭，隨即看著狼行山，道：「嗯，一見狼賢姪，直覺才貌出眾之輩，唯狼賢姪水濕過盛，超乎凡人甚多，切莫等閒視之！」

常、龍二老同時望了一下狼行山後，龍說道：「阿山啊！無怪乎你莫師叔會這麼說。北州乃眾江河之源，莫大俠於烏淼峰下，練就了一身獨特之氣轉大法，能將清水轉化態勢。曾目睹莫大俠將一盆清水，瞬間凍成固冰，如此神功，令人難望項背！故莫北主能感觸周遭水氣之多寡，若體內水濕過盛，極易身患重症而不自知！」

「感激莫師叔之提點，晚輩將進一步關切自體狀況。」狼回應後想著，「這世上果真臥虎藏龍，什麼樣兒的奇人異術都有。這個叫莫烈的前輩，還真有兩下子，竟能感知吾之水濕過盛！呵呵，龍師父與常師伯尚且不知，真正能由經脈傳送水濕，進而灌注他人經脈內之獨門功夫，唯我狼行山是也！凡人無以承受之水濕，對吾而言，何等重要啊！」

這時，莫烈令符戩總管留下，其餘隨從先移往客棧大廳休息待命。

接著，常真人直接切入近來中土醫藥贗品問題，問道：「何以中州所查緝之贗品，多數藥鋪均表明，該藥源來自北州？」

莫烈無奈地表示，已耗費數月追查藥草採集以至運出北州之一切環節。過程中均無疏失之處，幾可確認，中州有以假亂真之不肖者，以致世人對傳統藥材，逐漸失去了往日信心。

常老確認了莫北主之說後，以此推估，或許有心人散播不實藥材，為的是替新進藥品造勢鋪路；倘若再有官府人士從中護航，這傳統藥鋪若要生存下去，勢必得向新勢力靠攏。唉……世道鴻飛雪爪，若要防微杜漸，力挽狂瀾，確實需要花上一番功夫才成。

聽聞常真人口中之新勢力，北坎王顯出一知半解之貌，常真人遂將近年來發生之外族藉西州開放門戶，進而與西州聯盟，而後東進中州，甚將觸角伸入東州之諸多大事，逐一告知了莫烈。

龍玄桓則認為，摩蘇里奧應瞭解，中州輸入傳統藥草之最，當屬北州；北州應不易妥協外藥進駐，故至今尚未將觸角伸入北州。然而南州之政情與經濟尚不穩定，遂難以找出切入之點。不過，一旦中州介入南州勢力，未來局勢之難辨，恐非在座所能想像。

聽了常、龍二老之描述後，莫烈嚴肅了起來，話道：「無怪乎近年來，北州運至中州之藥材量，逐月銳減！」孰料，莫烈突然靜了下來，像是想起了某事兒……

半晌之後，見得莫北主臉色一陣發青，驚惶地由椅子上站了起來，卻又因及時之腿疼而令常真人上前扶了一把。待莫烈坐穩後，常老說道：「莫老弟是否因舟車勞頓，復發了足痺之證，或許平靜片刻後再言。」

莫烈搖了搖頭，回應表示，甫屆不惑之年，體態尚稱硬朗；惟過往輕狂，日夜倚水練功，忽略體內濕熱下注，以致下肢不時筋骨酸痛。此回南下雖趕了點兒路程，尚不礙事兒。唯突然憶起一事兒，令人生疑！

「憶得去年霜降立冬之際，常真人來訪北州，不巧適逢莫某足膝紅腫，筋骨疼痛之痺症發作；經常真人診治，應為夏秋之風熱內積，以成風熱濕痺之證候。而後猶記常老開出人稱**四妙丸**之**黃柏**、**蒼朮**、**薏仁**、**牛膝**四藥材，藉其**君**、**臣**、**佐**、**使**之角色以治症。」莫回憶道。

常老點頭表示，此方中之**黃柏**苦寒，能清熱燥濕故為君藥；**蒼朮**苦溫，燥濕健脾遂為臣藥；**薏仁**能祛濕熱，利筋絡列為佐藥；**牛膝**能補肝腎，強筋骨，並引藥下行則為使藥。

「沒錯，服以數日之後，清熱利濕，通筋利痺，果真為治濕熱痺證之妙劑。」莫又說：「順應常老之建議，莫某就此靜養一段時日。時至今年清明谷雨，莫烈為著端陽盛會而重啟水霰神功之際，不時見一背柴樵夫打遠方經過，而後又因佇於水池練功太過，不僅足痺復發，亦不慎趕上了風寒之證，遂一度臥榻不起。然此時刻，我辰星大殿巧來了兩位訪客，其中一位正是嵐映五俠之……寒肆楓！」

聽聞該名當下，常、龍二老互看了一下後，龍老對阿山問道：「怎麼寒肆楓會現身北州，爾倆不是同行嗎？」

阿山吱唔答道：「我……我後來與大師兄分頭找尋五弟，故沒同大師兄一路。」

聞得此段對話之莫烈，知悉龍玄桓並未派寒肆楓前來，霎時面色又是一陣鐵青。常真人則好奇問道：「兩位訪客？其一是寒肆楓，另一位是？」

莫烈嚥了口水後，回道：「見得是位兩眼極為深邃，綺年玉貌之姑娘，一眼即可識出此女子非出身中土。然經常真人詳述外族漸入中土一事兒，或可聯想此女子應來自境外之異族。」

聞訊之後，龍老眉頭深鎖地望著阿山，阿山立馬矯情飾貌地說道：「難道……難道大師兄身旁之隨行姑娘……是……摩蘇里奧的女兒……摩蘇莉？」

霎時，莫烈面露驚愕之貌，嘴唇稍有顫抖地表示，寒肆楓介紹隨行女子時，該女子確實叫……摩……蘇……莉！

這時，龍玄桓緊握茶杯之手掌，幾乎將其捏碎，隨即瞪了阿山一眼。常真人則緩頰表示，年輕人歷遊四海，不經意認識個女子乃稀鬆平常之事兒；倒是此二人做了何事兒？令莫北主面露驚愕？

莫烈嘆了一聲後表示，由於寒肆楓乃龍武尊之……義徒，莫烈不疑有他，更因二人遠到而來，莫某遂抱病接見。當下，寒賢姪見莫某面帶病容，出於關注前輩微恙之下，談起某種藥丸兒能減緩疼痛，並可退去因風寒而起之身熱。試問，當外邪與痼疾一併纏身之情況下，哪一病患會拒絕友人提供之治證良藥？這時，見女子取出兩粒藥丸兒，並表明了赤色丸解熱，黑色丸鎮痛。待莫某將丸藥兒服下，約莫兩刻鐘後，竟不可思議地身覺體熱漸退，而且足脛之疼痛感亦逐漸平息。

一旁的狼行山聽了莫烈這番敘述，心想，「嗯，這外來配方果然厲害！在座者除了莫前輩外，我狼行山也服過如此神奇的鎮痛妙藥；只是……隨之產生肌肉鬆弛無力之副症，不知莫前輩可有不妥之處？」

常真人嚴肅指出，從醫者為病患減輕痛苦、祛除病證，乃合情合理之事。惟醫者須經「辨證」後，再行「論治」，之所以未認同此等外來丸藥兒，姑且不談其成分是否違禁？單就以發熱即祛熱，疼痛即鎮痛，恐因病之本因未除而延誤醫治；甚因民間百姓僅求「速效解症」，毫不辨識病證由何而來？此乃捨本逐末之舉也！

「敢問王爺當時之症狀，因此紅、黑藥丸兒而痊癒？」常老問道。

「病證痊癒倒不盡然；不過，解決燃眉之急倒是事實。只不過……呃……」莫烈回應後，突然不發一語，龍玄桓一見即知莫烈有了異狀，道：「快……快令莫王爺躺下！」

一會兒之後，「龍大師，我主公情況如何？」一旁的符戩總管急忙問道。

龍武尊隨即取出隨身銀針，立馬針下**手太陰經**之**列缺穴**，另一針刺進下巴正下方之**廉泉穴**，並朝舌根處斜刺約一寸深。

然專注於下針之龍老暫無回應；常老則為符總管解說道：「莫王爺突然發生舌強不語，一時難以說話，此症若非中毒，即可能出於**任脈**之氣受阻；由於舌頭得不到真氣之濡潤而生麻，重者恐因僵硬而舌強不語。然舌部為**任脈**之氣道分支，龍武尊遂以**列缺**主**任脈**之氣；而**廉泉穴**位於喉結上前方之頷下凹陷處，此穴為**任脈**與**奇經八脈**之**陰維脈**交會處，針下於此可緩舌痛舌強之症。」

「哦……原來如此！」狼與符戩異口同聲道。

兩刻鐘後，龍老將雙針取出。待莫烈情況回復後，緩緩地起身道出：「甫聞常真人問及丸藥兒療效問題，吾僅回應能解燃眉之急，然丸藥兒之療效約為二至三個時辰，若病證有復發之情況，必須再續服下那對紅黑藥丸兒。如此，吾連續服藥近五日後，卻生了突發舌強不語之現象，惟發生此症時，寒肆楓二人已離開了辰星大殿，遂無法詢問服此速效丸劑，是否引發副症生成？」莫烈搖著頭，又說：「嗯，這個摩蘇里奧真是個角色，還以為莫某之頑劣個性，能令其勢力無以滲入北州；怎料竟透過其他管道，卸下他人心防，進而趁隙切入，甚讓我莫某人服下他的藥丸兒。」

「**傳統醫藥中，取之於天地間之藥草，其講求藥之性、味、歸經，藉以符合對應五臟六腑之病理。**但外來配方縱能達到速效，終須交由多方審核，始知其成分是否有害於人體？而不應只為治症而留下後遺之症啊！北坎王應持續關注，該副症是否退去？」龍老提醒道。

「常、龍二老之經驗相授，莫烈感激不盡；唯二老稱吾一聲北坎王，實在受之有愧！若真要提起封王稱號一事兒，始由莫烈推助而來！」莫烈嚥著口水說道。

待莫烈於突發異狀退去後，接續表示，由往來中州與北州之商賈、俠士得一消息，雷中主欲設立一機構，藉以矮化他州之勢力。然而現今中土五州得以安定，乃因各州相互制衡之結果。為了維持各州平等之地位，實應摒棄過去爭亂時代之梟雄割據，一旦任一霸主坐大，勢必侵略、併吞弱勢者，硝煙瀰漫，絕非百姓之福。因此，莫烈依循八卦，率先尊稱與北州友好之嚴東主為……東震王！而嚴震洲亦尊莫某為……北坎王！然西州與南州不願遭矮化，遂依循卦向，稱號為西兌王與南離王！眼下端陽大會在即，東道主雷嘯天怎能僅稱他人王號而不顧自身之聲勢？故遭局勢所逼而自封鼎於卦象之上之中鼎王，如此一來，王對王，平起平坐，無須矮化他人。

莫烈如此一說，令常、龍二老頻頻點頭。常真人認為，莫王爺藉此封王棋招，以地位均等為出發，五州平起平坐而非劃地自限，真是下了手妙棋啊！

接著，龍武尊將話題拉回，問及寒肆楓偕一女訪北州，可知其後續行蹤？

莫烈表示，隨行寒肆楓之女子摩蘇莉，其與寒肆楓相識不過是數月時間，但見二人之互動，有如相戀數年之親暱狀，惟因二人速解莫某之痛苦，感激之餘，遂贈予一通行令牌，方便二人遊歷北州各地。而後，他倆留下了些治證備用藥後，告知將南向行經中北二州州界之汨琤湖而回往中州。

龍老疑道：「寒肆楓平日不苟言笑，怎麼會隨意地搭上異地女子？難道……又是摩蘇一家人所使之迷惑幻術嗎？」

「嗯……這也不無可能！」莫回應道。

「由北州回往中州，尚有陸路與山徑等選擇，為何獨循水路而行？令老夫頓感不解！」龍疑道。

「喔……對了！他倆於離行前，曾問及汨琤湖中一島嶼，令吾甚為吃驚。」莫接續指出，位於中北州界上之汨琤湖，乃中土最大之內陸湖泊，湖中一島嶼名曰颯肓島。然因汨琤湖地層下，有著火山熔岩脈，故島上儲有極豐之地熱蒸氣，颯肓島遂成了嗜好溫泉者之天堂。昔日該島上有一約莫八百餘人之鄉鎮，鄉民們多以經營溫泉小館兒為業，繁盛時期，此地多為衣冠緒餘、高人雅士之休閒首選。當地居民結構，男丁單薄，陰盛陽衰，故多為女流之輩主持大小。而根據過往史冊記載，此島每逢月十五，湖面必生大風，直令船家難以撐船，故滿月前後，即為該島居民休作之日。

就地理方位而言，颯肓島歸屬北州管轄，過往北州曾調動三四百水軍進駐颯肓島；然因軍隊時有調動之虞，島上女子若與水軍譜出戀曲，大多難成眷屬；而島上遭棄之怨女，或見自縊而終其生命者，或有沉淪於酒色淫亂之所者，亦有削髮為尼，皈依宗教信仰者，日久月深，北州人對颯肓島之認知，僅為軍防之域與聲色之地，如此而已。

然於若干年前之瘟疫肆虐與地牛翻身，颯肓島幾乎遭滅！當時島上三百餘水軍，傳疾迅速，無一倖免，甚遇地底熔漿噴發，淹沒鄉鎮，以致居民死傷大半，而該地震令颯肓島一片斷垣殘壁，幾乎成了廢墟，殘存者無以維生，遂一一離開了颯肓島。自此之後，汨埒湖近颯肓島之湖面，霧氣頻繁，甚有漁夫傳出，島上彷彿見得駐紮水軍巡行等鬼魅傳說。時至今日，颯肓島僅淪為漁船臨時停靠，抑或修補船具之處，而我北州堅防軍僅派遣巡湖水軍，負責巡視該島外圍而已。

「寒肆楓刻意走水路，表示尚不急於回中州；而颯肓島乃一過氣之無人島嶼，他倆是否因好奇而登上該島？」龍老疑問道。

「既已成荒廢之地，登島遊歷之機會不高，除非……此島於過去極盛時期，曾流傳或記載過何種事蹟？以致引人一窺究竟？」常老推測道。

「嗯……這個嘛……莫烈過往征戰於城池，鮮少瞭解該島事蹟。若真要湊出一事兒，僅記得一雷嘯天之親信，名曰井上群，此人乃現今中州之內政大臣，其年輕時曾於島上經營一名為『溫醇坊』之小酒館兒，如此而已。」莫烈說著。

突然！佇於一旁之符戡總管說道：「在座之先進與少俠，符戡倒有一過往記憶，可供參考。」

符總管表示，初入堅防軍伍時，曾被編列於水師軍並派駐颯肓島一陣，當時之同行水兵皆形容該島……處處女人香，水軍於島上巡行，煞是威風，派駐此島，猶如人間天堂一般。一日，符戡因忽視風寒入侵，以致臥病數日，而後傷寒表證雖解，卻喘咳痰飲不止，且於每日清晨尤甚。這才覺到，島上並無從醫者，心想，「難道島上居民皆不患外邪內傷？」然因喘咳實在厲害，得一從旁經過之女尼，好心告知，每逢月之十、廿、卅日，可往島上唯一之芫淨庵，一諳醫者將前來庵中為人治病。

次日正是該月初十，符戡一早抵於庵中，見得十餘身體不適者已列著長伍，惟因符戡之喘咳嚴重，庵中女尼於取得患者同意後，讓符戡先行就診。待符戡上前一坐，一陣驚訝湧上，眼前之診脈醫者，竟是一蒙著深色面紗之中年女子！診脈之後，隨即見其抽出長短銀針，一短針下於符某右手手腕橫紋內側，另一長針則由左上胸膛接胳臂處刺入，進針後循著皮下，斜刺而上。接著見女醫執筆於白紙上，開出了**半夏**、**生薑**、**細辛**、**五味子**、**紫苑**、**款冬花**、**甘草**這幾味藥草名兒，符某隨即將之記下。孰料，半晌之後，一女尼將女醫所開藥材理成一紙包，令符鐵帶回煎服；待女醫將銀針取出後，果真症狀減緩。符某向醫者致謝後，欲探問其姓氏名號，怎料此女醫不發一語，僅閉目點頭而已，遂再循序診治下一患者。雖然此人為善不語，符鐵卻於島上服役期間，打探出諸多與之相關事蹟，且聞得芫淨庵中之尼姑們稱此女醫者為「芳子」，唯其真正全名則是……甄芳子！

昔日之甄芳子，曾於颯肓島識得一來自外洋之男子，名為川尻治彥，此人原是習武家族之後，年輕時患上怪異之濕症，白日自汗，夜裡盜汗；後因友人經營造船生意，遂決定至海外尋求解藥，故隻身自外洋來到中土，而後見識到博大精深之中醫醫理，遂選擇長居北州以研習醫書。然經多年之研習，川尻先生不僅治癒了自己之怪異病症，甚而開始遊歷行醫，藉以感恩與回饋中土。怎料，當川尻先生來到颯肓島，見島上之景致、民風，與其海外之家鄉極為相似，故終止了遊歷計畫，定居於颯肓島，並與島上一名為柳萱之女子相戀成婚。

一日，一女子亦因遊歷行醫而登上了颯肓島，其以奇特之催眠手法，為島上醫治了不少情志病患，而後於醫術之交流下，認識了川尻治彥，而此女子即為方才所述之甄芳子！後來突生一事兒，一來自北州富商，慕名前來島上，勞甄芳子治其失眠之症。孰料於催眠過程中，富商癲癇發作，病患於失控當下，打翻了油燈，火勢一發不可收拾，甄芳子為將病患救離火場，不僅遭火吻而損了容貌，更因此一事件，重挫了甄芳子藉由催眠治症之信心。

後來，甄芳子藉由川尻先生，領略到針灸與本草之神奇醫術，遂拜了川尻先生為師，師生二人自此成了颯肓島之醫護使者。然因二人皆來自異地，不時抵掌而談，進而促膝談心，因而生了曖昧情愫，甚而有了愛之結晶！此事兒令川尻結髮多年而無孕事之柳萱，不勝忍辱含羞，遂負氣離開了颯肓島。不久之後，甄芳子產下一女，惟芳子因一己輕浮之舉，毀了川尻家室，於鄉民輿論揶揄之下，自覺島上已無立足之地，遂於女嬰滿月之際，獨自離開了颯盲島。

川尻暫將女嬰託付予芫淨庵，惟不勝情感破碎，日日酗酒買醉，夜夜流落煙花柳巷；待芫淨庵之晦安師太曉以大義後，川尻攜著女嬰離開了颯盲島。數年之後，川尻捎了封信予晦安師太，表明當年攜女離開颯盲島後，回往了東洋家鄉，待女兒長成後將回中土，以尋訪柳氏於中州家鄉，而後即無川尻一家之消息。

然於川尻治彥回東洋後，甄芳子亦於消失數年後回到了颯盲島。晦安師太不願昔日孽緣再生糾葛，遂向芳子表明，川尻先生已偕女兒與柳氏團聚，過往已成歷史，莫再追究！自此之後，甄芳子鮮少開口；然為回饋芫淨庵當年照顧女兒之情，甄芳子願於芫淨庵為鄉民義診。符鐵透過女尼得知，當年符某於島上受診治時，芳子已於芫淨庵義診多年，其仍盼於此地，能再見到川尻治彥與女兒。不過，一如方才北坎王所言，中土瘟疫與地牛翻身之災，竟使得昔日水軍們形容之靚女溫泉鄉，成了人人敬鬼神而遠之之廢墟，諸事一切成空。

狼行山聞此敘述後，瞬間覺到，「颯盲島還真懸了！似乎於此留情之眷侶，終無以成雙成對，甚而難以善了。嗯……可怕！」

常元逸聽聞此段往事後表示，符總管之憶述，符合常某多年前於五藏殿修道，聽聞諸得道真人提及，曾有一來自北州之研醫者，姓氏川尻，頗具天賦，僅以三四寒暑時間專研醫經醫理，即能悟出諸多從醫者未能領略之處；而後，川尻決定以遊歷行醫方式回饋中土，然其首先拜訪之處，即為黃𡶶山之五藏殿。

常真人認為，以甄芳子之中醫醫術，始自於川尻治彥，再就其為符總管之診治手法，見得鑽堅仰高之水平。然符總管當年身受風寒外邪而咳喘不止，此乃心下水氣，水寒射肺，肺失宣發肅降所致，此證得以**麻黃**、**桂枝**、**芍藥**、**甘草**、**乾薑**、**細辛**、**半夏**、**五味子**所組之傳世名方……**小青龍湯**以治。

然面診當下，符總管已無傷寒之表證，唯每日清晨咳喘尤甚，故甄芳子針下手腕橫紋內側之**手太陰肺經**之**俞穴太淵**，此乃施行針術之「**病時間時甚者，取之俞穴也**」；再則，以長針針下**肺之募穴中府**，經皮下行針方式，刺向**雲門穴**，此乃止咳平喘之**中府透雲門**針法。

再視甄芳子所採之藥草組合，其應用了**小青龍湯**中之**半夏**、**細辛**、**五味子**，然**半夏**之味辛，可入肺宣散衛氣，助陽以散水邪，使水氣不相激而去濕痰；惟因**半夏**具毒性，故須藉**生薑**以中和其毒，二味同用，即能降逆止嘔。**細辛**配上**五味子**能溫散化飲，再以**紫苑**之苦以入心，推動營血鬱滯，使血脈得滋而陰不傷，並於包絡之相火得解而腎陰得滋，陰液滋則可潤肺下氣，能瀉上炎之火，散結滯之氣，故可潤肺消痰治虛咳。接續配上**款冬花**，此花得天之溫，味具辛甘發散為陽，辛溫入肺，可提振陽氣以降肺逆，遂可治久不癒之寒痰，故**紫苑**與**款冬花**合用，可達消痰止咳平喘之效。最終加以**甘草**調和諸藥，益氣和中。

「每輒聽聞常真人解析醫經藥理，無不引人領略中醫之妙，莫烈煞是佩服。過往莫烈長於北川征戰，若非符鐵總管提及服役往事，真不曉各地之軼事與傳聞。然而，往事已矣，眼下颯盲島已成荒廢之域，諸多事物已不可考，寒賢姪與摩蘇姑娘仍有登島之想法嗎？」莫烈推疑道。

「欸……這個……不瞞主公您說，我堅防水軍巡視湖域時曾回報，確見一對男女搭船登上了颯盲島，然對照方才回述之時間點，應是嵐映首俠與摩蘇姑娘沒錯。」符戩說道。

龍玄桓聽聞後頓時閉目不語，內心卻嘀咕著，「寒之行事，專注冷靜，唯神情冷漠，令人毛骨悚然，何以會隨一外人登上荒島？更何況此人即是摩蘇里奧之女！唉……」這時，憂思中之龍老，突被莫烈之疑問所中斷！

「針對寒賢姪來訪北州，尚有一事兒令莫某頗為驚訝！」莫烈又說：「寒肆楓初抵辰星大殿時，正巧遇莫某受寒發熱，尚不覺有何異狀。適值身子回復後，以莫某一生練就水氣易態之術，幾可明顯地感受到寒之體溫低於常人甚多，恕莫烈直言，以寒賢姪當下態狀，應已近於日薄西山，行將就木之人才是啊！」

龍老隨即表示，觀察寒肆楓近年來之狀態，豈止一個怪字所能形容；尤當提及雷嘯天時，其眼神所顯殺戮之氣，非比尋常，惟因自幼所生之仇恨，幾乎佔其大半思想，時隔多年，非但毫無化解，反而成就了其異於常人之體質。去年冬至，無意發覺阿楓練劍後之木質劍柄，不僅無常人緊握後之餘溫，卻如霜雪覆蓋之冰涼；原以為其受外感風寒，待吾診其寸關尺脈，脈象沉伏且四肢厥逆，猶如醫經所述「陽氣太盛，陰氣不能相榮也。不相榮者，不相入也。既不相入，則格陰於外，故曰陽盛格陰也。」

「龍老之意思乃寒肆楓患上俗稱真熱假寒之陽盛格陰證！」常真人驚道。

「非也！真正陽盛格陰者，實因邪熱內盛，深陷於裡，陽氣被遏，無以外透，格陰於外；其表現為四肢逆冷，但不惡寒反惡熱，身大寒而不欲近衣，而呈現熱盛本質的症候。」龍老又說：「阿楓除了四肢厥逆外，整體溫度也低，卻無任何熱盛本質現象。再則，龍某練就經脈武藝，著重體內真氣之運行；人立於天地之間，須仰賴體內之三陰三陽脈平衡，而寒肆楓體內之三陰脈明顯強於三陽脈甚多。然習武之人皆曉，如此不平衡之氣態，何以練就絕世武藝？」

一旁默默聽著對話的狼行山，心想，「原來大師兄身擁特異之體質啊！打從建寧城的盛隆客棧，見大師兄於客棧大廳移走雷婕兒那一劍剎那，即對一向沉默寡言之大師兄萌生好奇；嗯……嵐映五俠果真各具天賦，遂能成就常人不及之特異神功！」

「寒肆楓之身心異狀，仍有待龍大師對其發蒙解惑並開釋左右；否則，如此仇念深重，一旦受有心人利用，終將成為武林之憂！」莫烈冀望道。

莫烈接續表示，眼前吾等所重者，應慎防明日之端陽大會，中鼎王是否仗勢欺弱，圖謀不軌？再則，北州與東州向來友好，益於協商諸事，卻與南州不甚和睦。眾所皆知，其因之一乃南州教派挾威勢干政，不易溝通。然中州之火力能源，長期倚仗北州之黑煤輸入，惟自地牛翻身後，南州出土之火焰石，其釋放之熱能為同等大小之煤炭數十倍，以致近年來中州減少黑煤需求，進而提高對南州之採購，如此消長之下，南北雙方官員根本無談判空間。

龍老聞訊後認為，火焰石之出現，著實讓南州強壯了不少。龍某曾拜訪過現今之南離王盧餤，其大舉建造熱熔爐以提昇人民工作機會，並下令自行鑄造防衛兵器，自給自足。盧餤亦具設計理念，其耗費了數年，聯合諸鐵匠煉製了一柄堅實威猛之〈赤焰霹烽刀〉，使其徒增了談判籌碼。然而，向來利用鐵砂與鑄造兵器外輸，實為西州之經濟主力，南離王諸多自

給政策，亦令南州與西州之關係趨於緊張，而雷中主甚有滲透南州之計劃，不容小覷！

「冥冥之中，中土大地脫離不了五色與五行生剋之理。北州產煤，其色為黑，位居諸江河源頭，故五行歸於水。南州磚窯遍布，亦出焰石，其色為紅，為火山密集之域，故五行歸於火。然西州地產棉花、石膏，其色為白，鐵礦遍布，故五行歸屬金。若依方才所談，現今局勢真如『水火相剋』、『火金相剋』！嗯……看來明日的五霸盛會，將是各州展現實力與魄力，據理力爭之時刻了。」常真人推測道。

「明兒個於常、龍二老與會下，中鼎王應不致一手遮天才是。而莫某身為五主之一，雖不隨強勢起舞，卻將關注盛會之步調……隨機應變！」莫烈總結道。

常、龍二老與莫烈晤談後，各自回房打座靜修以備明日所需。而狼行山則暫別常真人與龍師父，獨自回往原宿之匯賢客棧，以待明日隨常、龍二老齊往瑞辰大殿，參與五霸盛會。

狼行山步出了祥陞客棧，立見承豐大街飄揚著代表中州之黃色棋海，更因端午已至，時時嗅得粽葉飄香，處處見得驅凶避邪之艾葉。街上人來人往，不時可見酤著雄黃酒的婦人，趕著張羅應景物品，此等節慶所帶動之熱鬧氣息，對初次到訪惠陽城之異鄉人而言，格外興奮，想當然爾，遠自濮陽城而來的蔓晶仙，亦不例外。

見濮陽聶城主為領頭之人伍，正伴著蔓晶仙賞著市集叫賣之應景飾物；怎料另一由惠陽城主只瀧所率隊伍，亦領著一人，齊巡著市集。聶忞超一見此人，恭敬上前，拱手話道：「濮陽城主聶忞超，見過雷大公子、只瀧城主。」

「嗨呀！只瀧墨突不黔，不知老友來訪，待卸了大事兒，記得留下小酌幾杯啊！」

「謝過只瀧大人之盛情，聶某乃奉公主之命前來。」聶忞超回道。

孰料，此句「公主之命」，瞬令雷世勛起了興趣，遂問了聶忞超來由。

聶忞超知悉雷世勛乃拈花弄柳，穿花蛺蝶之輩，極不願提及自己心儀的蔓姑娘；唯眼前之疑者乃雷家大公子，無奈之下，遂將事情始末，告知了雷世勛。

「哪兒啊？哪位是蔓晶仙姑娘啊？」雷世勛心氣高傲地問道。

這時，蔓晶仙拿著才買的飾品走了過來，雷世勛見眼前一綺年玉貌，鬢影衣香之姑娘走近，隨即手勢一舉，令兩城主退下；接著，雷上前對蔓晶仙表明了身份後，立馬邀著蔓姑娘隨其參觀惠陽之名勝古蹟，惟蔓姑娘早已耳聞雷世勛生性風流，遂以暑熱難耐，且須為明日演奏調適情緒而予以婉拒。

怎料蔓這一拒，更加引動了雷世勛對蔓之興趣，畢竟以雷世勛之身份，要多少女人，有多少女人，幾乎無人能拒絕。雷心裡自知，過去僅一獵物自手中逃掉，即於盛隆客棧攔了一外來表演幻術之女子，不僅當場吃了閉門羹，甚而招上了癱軟無力之症，故此回學會了步調放緩，面對會婉拒的姑娘，絕不能硬著來，遂以地主兼交友名義，再邀蔓晶仙到茶坊品茶。有道是「盛情難卻」，於雷世勛恭敬態度下，蔓終於點了頭，並隨雷世勛入了大街旁之淨心茶坊。

難得見雷大少對陌生姑娘這般態度，霎令一旁的兩城主看傻了眼。

「走吧！忞超兄，這事兒咱們是插不上手的，到酒館兒喝兩杯吧！」話說完了，只瀧拉著聶忞超離開大街，惟見聶仍不安地頻頻回頭，望著茶坊方向。只瀧隨即令隨扈成兩組人馬，分守茶坊與酒館周圍，不得有誤。

光陰荏苒，見兩城主於酒館閣樓台上喝個酩酊，殊不知樓層下之一隅，亦有一人飲著酐酒，澆著愁，心唸著，「算了，眼前大局要緊，還管著什麼兒女私情啊！」原來，狼行山離開了祥陞客棧後，獨自一人在酒館裡悶著。待狼走出了酒館兒，一路向著匯賢客棧走去。突然！街角傳出了一聲聲「狼公子……狼公子……」

狼行山一回頭，見著蔓晶仙在淨心茶坊門口喚著，但怎麼瞧都不對，立於蔓姑娘身旁的，怎不是聶忞超嘞？

「真是巧啊！竟會在這兒遇上好友。」蔓對雷世勛說道。

狼行山走近後，狼、雷二人不約而同，道：「是……是你！」

「欸……你們認識？」蔓問道。

「呵呵，這兒是京城啊！雷大公子名聲響亮，若不識雷大公子者，應是名不見經傳，抑或販夫走卒之輩呀！」狼回道。

「哼！算你識點兒世面。蔓姑娘，依您的氣質，怎會認識這樣的朋友哩？」

「哦……狼公子是小女子奏琴之知音，亦曾助我解決不少麻煩。」蔓回道。

這時，一都衛騎兵突然來到三人面前，下了馬後直道：「稟大公子，中鼎王有要事待商，公子務必速回瑞辰大殿！」雷世勛立馬向蔓姑娘表示，立派遣馬車送蔓姑娘回客棧。蔓隨即應道：「雷公子多禮了，公子要務為重，小女子於他鄉遇故知，欲與之喝杯清茶，敘敘舊，暫不回客棧了。」雷世勛再次遭到婉拒。

雷世勛走近狼行山，咬牙怒道：「臭小子，吾三番四請才讓佳人點頭，爾卻不費吹灰之力，即與蔓姑娘相邀茶飲；哼！咱們走著瞧。」雷狠狠地瞪了狼行山後，跨步上馬，轉眼離開了承豐大街。

狼行山眼前有美人相陪，哪兒在乎那氣得齜牙裂嘴的雷大公子！而蔓晶仙再次進了同一茶坊，惟此回之同飲者，易了另一男主角。

「先前答應了雷婕兒，明兒個去瑞辰殿前演奏，狼公子會去嗎？」蔓晶仙問道。

「當然會囉！吾隨龍師父及陽晌觀之常真人前往。唉……真是的，蔓姑娘只是為了在下闖的禍而蹚了這渾水，否則，大可在舒適的怡紅園演奏即可；況且，明日之五霸聚會，恐有擦槍走火之虞，要不？蔓姑娘演出結束，在下送你離開惠陽，如何？」

「不勞狼公子了，聶城主已表明，演奏之後，將派人接仙兒回客棧；待端陽盛會結束，即隨原車隊一同回往濮陽城。」

狼吃味兒地應道：「真羨慕有這麼個周到的城主，沒準兒哪天，狼某也搬到濮陽城住算了。」此話一出，不禁讓蔓姑娘笑了出來。

「明明是蔓姑娘幫在下解圍了多次，卻反向雷世勛說我幫了姑娘解決了許多麻煩事兒。」狼說著。

「仙兒幫了公子什麼啦？」蔓問道。

「蔓姑娘幫過狼某太多了，在下擾了您的場子，還得您贈了一小麻袋兒，緩解手汗之症；吾毀了雷婕兒衣袖，姑娘卻答應來惠陽城奏琴，藉以緩和當下尷尬；還有……」狼欲言又止地望著蔓晶仙。

「還有什麼呢？」蔓再問道。

「嗯……還有一回，蔓姑娘雖不在場，但以我狼行山之敏感度，應可感受到……冥冥之中，蔓姑娘依舊幫了在下一把。」

「什麼樣兒的感覺，會令狼公子有如此想法？」

「初次聆聽蔓姑娘彈奏時，我倆相隔甚遠，再加上怡紅園的姑娘何其多，在下因手汗不受控而出糗，當下只想儘速逃離，對周遭並無太多記憶。待蔓姑娘自衣袖取出了能驅濕之小麻袋兒相助，唯纏住小麻袋兒外頭之絲帶，可留了蔓姑娘衣袖上的味道兒。您瞧瞧，狼某受著姑娘的恩惠，這獨特之女子香氣，能不入吾鼻腔，甚於腦袋裡留下記憶嗎？」

狼接著表示，曾於怡紅園門外，遭那東州邸大人怒斥，並聞其表明欲教訓狼某，怎料先令幾個隨扈圍攻我，後又與我對掌，筋疲力盡之下，自然不支倒地！而後，有個人影兒將狼某救走，當下雖四肢疲弱，睜不開眼皮兒，惟依偎著救命恩人時，自鼻腔傳來之氣息，霎時連上了腦海記憶，隨即提醒了狼行山……這味道與小麻袋上之絲帶香味是一致的。自此，狼某便尋訪著這救命恩人，沒想到，今日能與其偶遇於承豐大街，同品茶香。

蔓晶仙雙手握著茶杯，淺淺地笑道：「怎麼沒猜想……是雷婕兒救了你呢？」

「不不不……絕不可能是她！」狼接著分析，與邸欽對峙時，雷大小姐尚於一旁觀戰！

當下依稀意識到，有一黑衣人自屋簷上跳下；想想，雷婕兒哪兒有時間更衣？再則，舞刀弄劍的雷婕兒，相較於蔓姑娘之香氣，三歲娃兒都分辨的出來。只是……為何狼某醒來時，眼前出現的是雷婕兒？

「仙兒帶狼公子離開現場後，雷婕兒一路窮追；殊不知，狼公子頗具份量，若持續攜著疲弱的狼公子，恐有被追上之疑慮，遂繞往東郊廢墟去，待將公子安妥後，怎料雷婕兒又追來，仙兒只好先行離開。」蔓解釋道。

「欸……真是不好意思，狼某飲食是該節制點兒了，如此，欲救狼某的人才能輕鬆點兒才是。」

「噗……」的一聲，蔓竟笑得噴出口中茶水，蔓晶仙對自己的失態，頗感尷尬。

狼行山順此時機，問道：「原來蔓姑娘會武功啊！能自屋簷一躍而下，再將狼某救走，足見姑娘之輕功了得。」

「嗯……既然狼公子猶如查緝官般地識出黑衣人身分，那小女子也只好分享一點黑衣人的小故事囉！」

蔓晶仙接續指出，這個黑衣人啊！出生之後母親就去世了，當下其父因打擊甚大，沒留意此小娃兒有異，日後才發現，此娃兒是個生長遲緩之自閉兒！為了易於記憶，父親直喚娃兒為……仙兒。直至仙兒七歲那年，初聞父親之拜把兄弟……羽宮千葎，吹著橫笛，彈著琵琶，霎令仙兒如癡如醉；原來，眼前奏琴的羽宮叔叔乃一製琴名師，且為音樂世家之第三代傳人。而後，羽宮偕其妻子與胞妹，藉著音樂之吹奏，開啟了仙兒之世界，自此之後，每輒

聽得音樂響起，仙兒即手舞足蹈，眉開眼笑。然而羽宮世家有部傳家樂譜，名為《柔蔓弦晶》，藉由羽宮叔所製之琴簫，其妻精研該樂譜之簫笛，胞妹則專攻其中之弦琴；孰料，仙兒竟不出三年，演繹出該樂譜中之「柔聲綿延如蔓；弦音脆如冰晶」之奏法，羽宮叔遂取該樂譜之「蔓」、「晶」二字予仙兒，故有了「蔓晶仙」之名。待父親知悉音樂賦予了仙兒新生命，漸能與仙兒溝通，遂於仙兒學琴之餘，授予了家傳武學。待仙兒十四歲那年，亦即醫經所述之「**女子二七十四，天癸至**」；這女孩兒有了奇特的反應。

這時候，狼行山見著蔓姑娘唇上有些乾澀，連忙喚來小二再上壺花茶，好讓蔓姑娘清嗓潤喉。

一口茉莉熱飲入喉之後，蔓接續表示，值十四歲那年，一日，仙兒吹著笛子，伴著父親劈柴，這事兒對此父女來說，再家常不過了；孰料，父親不經意地猛力一劈，惟聞「嘞……」的一聲，斧柄即應聲斷裂，霎令梯刀頭直朝仙兒飛來，當下僅聞父親大喊一聲「啊……」

常人見物直衝而來，自然之反應即是以手擋物。霎時，怪事發生了！適值飛出之梯刀頭正朝著仙兒而來，隨後該刀頭竟於仙兒擋臂前方約一尺處，騰空停止。然此一幕，霎令父親直呼不可思議，倏令仙兒離開原處，待仙兒一離開原位置，這停滯空中之梯刀頭即垂直墜落地面。

狼行山聽了這敘述，驚嘆連連，立問道：「而後呢？曾再發生嗎？」

蔓接著指出，事發當下，仙兒不知發生了何事，惟父親發現仙兒身擁潛在能力，終察覺到仙兒可藉雙手，改變近身之磁場，卻僅限於實體之物而已。換言之，萬物受著大地引力影響而垂直墜下，唯仙兒能在一定範圍內，令實物不受引力或水平拋力之影響，使其與周圍之磁場相抵消而靜止，待相消條件去除後，該物則自行接受引力而墜落地面。所以，仙兒於磁場得以控制之情況下，練起輕功自然比他人快速！

仙兒自幼對音波之敏感度極強，遂由音樂找到了啟蒙點。然而天地間有流、灑、湧、滴等各種水聲，有微、旋、速、強等各類風聲，說話，彈奏，敲擊，均能生出不同音頻，故當有異物靠近，即改變了仙兒周遭原有的音頻，仙兒便能針對音頻有異之方向，倏令近身物之磁場改變。

「哦……吾終於瞭解了！原來，初次於怡紅園聆聽演奏時，蔓姑娘即能因周圍濕氣紊亂，影響了彈奏之正規音頻，進而藉音頻之差異，查出狼某水濕過剩之位置，對吧！」狼恍然大悟道。

「倘若狼公子任職查緝官，應無破不了之案子才是。」蔓微笑回應道。

這時，狼行山好奇心起，一口飲空茶杯後，將杯子持於蔓面前；蔓將右掌平伸於該茶杯下方後，點頭示意；待狼將茶杯一鬆手，結果……

果真如蔓所形容，見茶杯騰空靜止，待蔓一收手，茶杯立即掉落；倏將茶杯接回手中的狼行山，頻頻搖著頭，唸道：「太……不可思議啦！」

「仙兒視狼公子為好友，遂順勢而談，還望公子能保守秘密；仙兒一生只盼能沉醉於琴音樂理之中，非因身擁奇特能力而捲入其他事端。」

「一定一定！蔓姑娘能奏天籟美聲，少不得顧曲周郎。既能視狼某為好友，狼某自有替好友保密之義務囉！只是……蔓姑娘方才所述之磁場瞬變，為何強調僅對於實體之物？」狼允諾後問道。

蔓不疾不徐地表示，世間事物可分形體之有無；有形者為人所見，一如方才手持之茶杯，但無形者因不受大地引力影響，故無以改變其磁場。例如，人之內力發功，抑或江湖人敬稱「武尊」之龍玄桓，其所倡之「經脈武學」亦屬無形武藝，此等自體產生之內力，抑或結合刀劍所產生之劍氣，皆非仙兒能予以控制。

狼笑著回應道：「呵呵，蔓姑娘所提及之武尊，即為在下敬稱之龍師父，在下乃嵐映五俠中排行老四之狼行山，惟因資質駑鈍，遂無以領略龍師父之傲世武學。」

「原來你是……嗯，狼四俠客氣了，仙兒於怡紅園外，目睹了狼公子與邸欽對掌，嵐映英俠之名，當之無愧。」蔓又說道：「不過，仙兒未見過龍武尊，僅是聽父親提過嵐映湖畔之龍大師，其經脈武藝乃一發揮自身真氣之上乘武學，非一般舞刀弄槍者所能體會。」

「令尊見過我龍師父？」狼問道。

「父親出自武術世家，卻惡於刀劍殺戮之氣。耳聞『經脈武學』乃引動自身氣脈而成，遂冀望拜會龍大師。但因仙兒出世不久，母親又過世，父親因打擊過大而歸隱，故無緣一見龍大師！」蔓瞬間略顯愁容。

「快了快了！蔓姑娘就快見到我龍師父了。明兒個狼某將隨師父參與五霸盛會，屆時蔓姑娘就能見到龍師父啦！只是……令尊現於何處？為何蔓姑娘會居於……嗯……男人花天酒地之怡紅園呢？」狼問道。

蔓晶仙回應表示，父親於歸隱後，見仙兒反應遲緩，遂勤於研究醫理；孰料音樂卻成了仙兒之救命丹。然而，多年前中土大地發生了瘟疫，父親為了幫忙醫救眾多患病百姓，遂深入了貧民災區，協助病患度過難關，無奈貧民區建築老舊，根本不堪大地震之無情地摧殘，一夜之間，貧民區慘遭崩落土石掩埋，父親沒能及時逃離，而後僅於殘堆瓦礫中，找到一具有著父親衣著的破碎遺體。

後來發現父親於臨行前留了封信，信上述及若因故無回，要仙兒到濮陽城找柳氏親戚；自此之後，仙兒遂投靠於母系親戚，怎知這親戚所經營的，正是那怡紅園！所幸，仙兒之琴藝尚能值幾個錢，故能與園內的姊妹們分工合作，她們安撫著達官顯要，而仙兒獨負責放送琴弦樂聲而已。蔓表述完後，又飲了口花茶。

狼急忙回道：「狼某真的是為著聽蔓姑娘演奏才進怡紅園的，不是去讓你姊妹們安撫的，我……我……蔓姑娘千萬別誤會啊！」

「噗……」的一聲，蔓又笑得噴出些口中茶水，隨後即應道……

「不會的啦！若以此評斷一個人的話，那常來怡紅園的聶城主怎麼辦哩？」才說出了聶忞超三個字，突見一人慌張地衝進茶坊……

「蔓姑娘……蔓姑娘……實在抱歉，甫與只瀧城主酣飲敘舊，耽誤了些時間，遂來晚了。」聶城主自覺理虧地說道。

「欸……怎麼又是你，蔓姑娘不是陪著雷大少爺嗎？何時又出現這油嘴滑舌小子來攪和啊！」聶忞超沒好氣地說道。

「喂喂喂！雷大少早走人了，是你自個兒喝茫了，怠忽職守；狼某認為蔓姑娘之安危堪慮，故充當了片刻的隨行護衛。倘若蔓姑娘有何閃失，明兒個沒法演奏，教你如何向雷大小姐交代啊！爾應感激在下才是啊！」

蔓姑娘向聶城主點點頭，以贊同狼行山所說。

聶忞超既不好意思又不甘心地向狼行山致謝；隨即又道：「蔓姑娘，時候不早，該回客棧休息以備明日之需。」

蔓晶仙微笑地謝過狼行山相陪，隨後上了聶城主備好的馬車，駛離了茶坊。

「哼！有馬車，了不得啊！至少明兒個我狼行山可是代表著嵐映五俠之一，直接立於龍武尊後方，爾僅是個濮陽城主，嗨呀！明兒個站在哪兒？應不容易被瞧見吧！呵……呵……」狼行山自言自語道。

突然！對街之衚衕裡走出了批和尚，見一手持法杖之領頭於街旁左顧右盼，而後，行伍中一僧人越過了大街，走向了狼行山，道：「阿彌陀佛……貧僧請教施主，惠陽之群瓏客棧，位處何地？」

「欸……沿大街不遠處即見祥陞客棧，再循南向直行三街口處即是群瓏客棧。」狼告知了確實方位後，問道：「依高僧之口音，應來自外地吧！」

「阿彌陀佛……貧僧法號沁茗，來自東州菩巖寶剎！此回由我榮本方丈率領眾僧，前來參與端陽大會。」

「在下狼行山！哇……能住得起群瓏客棧者，多為達官顯要；但由一群出家僧人入住，煞是罕見啊！」

「阿彌陀佛……吾等首訪惠陽，全程皆由中州國師招待，並安排下榻之所，事前並未瞭解群瓏客棧乃何水平？」

「哦……原來是由國師招待啊！那就不意外了。不過，此時正逢夏季，熱象尤勝於以往，還望遠道而來之諸位高僧能適應啊！」狼關注道。

沁茗法師隨即回道：「阿彌陀佛……春有百花秋有月，夏有涼風冬有雪；若無閒事心頭掛，便是人間好時節。多謝狼施主之善意與關注！」接著，沁茗法師走回對街，領著僧伍，倏循南向走去。

「嘿嘿……這批和尚進了群瓏客棧，定會引起一陣騷動。常聞出家人嘴上唸著：『色即是空，空即是色』。或許中州國師欲利用這機會，以浮華世界考驗一下和尚們的定力，以鑑定平日之修行如何！嘻嘻……」狼又覺到，「唉呀！方才獨飲清酒後，又隨蔓姑娘品茶，還真冷落了自個兒五臟廟嘞！」

待狼行山飽足後，一派輕鬆地走回大街上。

「唰……」忽見一金光於高處閃過。狼警覺到，「怎麼好端端的大街不走，硬是喜攀屋簷而行呢？嗯，反正回客棧也沒啥事，不如跟去瞧瞧。」狼倏而循著閃光方向，一路尾隨跟蹤，追了約莫三四里路程，來到了一荒廢寺廟。然為避免暴露行蹤，狼即匿於寺廟旁之隱密處；待仔細一瞧，原來甫見閃過之金光，實乃一金色袈裟反光所致。

「哇……鮮少見得身著如此金閃華麗之僧人，甚連拿在手上之佛珠串，粒粒鑲嵌著金質箍邊，相較一般出家人，此僧浮誇程度至極，頗不尋常。」狼直覺到。

半晌之後，又見一光頭和尚由寺廟另一方翻飛而來；此僧一落地，隨即上前向金袈裟僧人行禮後，道：「阿彌陀佛……甫遇瑣事耽擱，遂讓榮根大師久等了！」

「什麼，榮根大師？原來這穿金戴銀之浮誇和尚，即是日前與吾一牆之隔，同火連教主酒酣狂笑之中州國師，法號榮根之薩孤齊啊！」隨後，狼再次訝異到，「唉呀呀！這……遲來的和尚，不正是方才向吾探問之沁茗法師？咦……他倆在說啥嘞？唉……真是可惜！既然訂了奢華客棧不用，卻無端約在這種地方。欸……此二僧似乎要打架？」

突見薩孤齊與沁茗法師各退了數步，雙雙做出對招之勢。狼一頭見著薩孤齊持起頸項之金箍珠串，另一頭瞧著沁茗法師自身後拎出一對金色雙環，二人備好架式後，屏息片刻。突然！二人迎面對衝，寺前寧靜瞬間翻為鏗鏘作響。然因薩孤齊之佛珠串鑲有金屬箍邊，揮甩之威力非比尋常；狼於一旁見此珠串輕輕劃過寺旁樹木，所觸及之樹皮瞬遭撕裂。而另一頭之耀金雙環亦不遑多讓，驚見金環所擊之處，枝斷石碎。然此二僧對戰，霎令狼行山瞪眼咋舌，不禁覺到，「一對不具利刃之金環，竟有如此之破壞力；真不知旋錚鐵扇能否抵得住？」

「窣……窣……窣……」薩孤齊俄頃拋出了金箍珠串，惟見珠串於空中旋飛，直朝對手而去，沁茗法師立以雙環抵擋，當下瞬聞「鏗……」之擊響，並伴出擦擊火光後，雖見法師雙腿定步，但全身卻朝後滑退了數步之遠，隨後即見旋飛之珠串又飛回薩孤齊手中。

「哇！好厲害的一招迴旋飛擊啊！不過，甫見他倆似乎議論著某事，怎麼說動手就動手哩？該不該上前勸阻嘞？」狼心裡疑著。

正當狼於一旁躊躇時，兩僧人約莫對決了十餘招後止住，隨後見得兩僧走近，又是一陣對話。此時兩僧位置稍遠於狼行山，以致聽不清雙方所言。

霎時，狼直覺到，「這不是衝突，倒像兩高手之武藝切磋。咦……那金禿驢拿了一小包東西交予了沁茗，會是啥嘞？」

此刻之薩孤齊語帶手勢，好似解說著某一過程。狼又懷疑到，「不對不對！這金禿驢嘴裡說著說著，另一禿驢則頻頻點頭。明兒個即是端陽盛會，這東州菩巖寶剎的和尚，為何千里迢迢湊上一腳？再說，明明是金禿驢邀僧人們入住群瓏客棧，為何要相約在此打鬥？就算雙方有衝突急須化解，也該由寶剎的榮本方丈出面，親自與國師協調，這才地位齊等嘛！」

眼下又見薩孤齊拍了拍沁茗法師肩膀，沁茗法師隨即收起手上雙環，再次對著薩孤齊行禮後，瞬朝著甫來的方向離去。薩孤齊見著沁茗離去之背影，冷笑唸道：「吾曾修行於菩巖寶剎，論輩份，論武功，何時輪到榮本登上住持？前清森方丈賜予榮根佛珠串，榮根以此為榮，遂將佛珠鑲上金箍邊兒，怎料被冠上貪慕虛榮之名，並遭師兄弟聯合抵制？哼……雖然寶剎無我立足之地，所謂：寧與黃鵠比翼乎？將與雞鶩爭食乎？離開寶剎，獨闖江湖才是真英雄，以榮根現今地位，區區一寶剎能奈我何！」

薩孤齊又唸道：「黃金金閃為吾所喜，吾自踏出菩巖寶剎，一改過去所唸『一花一世界，一葉一如來』之修行。有權即能富有，且能使人臣服，有錢即可征服人心；若非勝任中州國師之榮根師兄，包下了群瓏客棧，寶剎內之眾師弟們，恐不曉浮華世界之魔力啊！哈……

哈……哈……」

薩孤齊自言之後，轉身揚長而去。狼聞得薩孤齊所言後，緩步走了出來，自言道：「原來薩孤齊之行徑，不乏偏激之處，其以過去蒙受恥辱而轉趨報復行動，心存偏執而無論是非，確實是個狠角色，吾得謹慎以應才是！」

然而，狼行山入宿惠陽不過四日，綜其所遇之潛在事件，一如火連教主突訪惠陽是一事，鬼祟的樊曳騫是一事，急招雷世勛回府是一事，薩孤齊密會沁茗法師又是一事。然台面上能較勁兒的，諸霸主早已虎視眈眈；而台面下能亂局的，各州卻尚無防備！唯居心叵測之薩孤齊，實已位居中鼎王智囊之列，為虎作倀，在所難免。眼下即將揭幕之端陽盛會，將是中土五霸相互制衡之奠定？抑或擬定五州制外之方針？各方眾說紛紜，莫衷一是，風雲萬變，難以預料！

第七回　專權跋扈

朝飛暮卷環抱著百卉含英之惠陽，浮嵐暖翠之群山，俯瞰著惠陽城郭之厲兵秣馬與城內之砥兵礪伍，相照民間之「仲夏端午，烹鶩角黍」與江上之龍舟爭旗，煞是對比！

然而，依舊的五月五，不變的端陽粽，唯今年之惠陽端午，卻是「兵之刃」猶勝「艾葉尖」，冑甲銅臭直抑粽米飄香，其因乃於瑞辰大殿匯聚中土五霸，軍衛懈怠不得。見得殿堂前之殿壇，環以梓木綠竹為飾，周遭卻環佈矛棍槍戟為赫，霎令殿壇之氣氛，莊嚴中略帶輕蔑，肅穆中夾雜詭譎！

時辰屆巳午之際，全城號角齊響，中土五路英雄豪傑，紛由四方前進瑞辰大殿。半晌之後，各路江湖人馬已紛佔瑞辰殿壇之環外席位，突聞一劍客表示，地牛翻身之後，中土各州形成相互制衡之態，亦為一平和局勢，何須勞師動眾，枉費民脂民膏，力邀五霸出席，令人不解？

一來自北州之商賈，回應指出，昔日之相互制衡已生變故，各州域於復甦後，皆以自地物產作為交易籌碼，日久月深，往來數量之鉅，已非過往所能比擬，尤其中州人口已近百萬，若不制訂維繫之規約，民間之運輸交易將無所適從。倘若今日訂出攸關民生之協議，對百姓而言，可謂桎轄之桎，茲事體大。

「欸……俺是個信差，難得遇上了惠陽辦五霸盛會，特地進城瞧瞧；怎料……這盛會都還沒開始嘞，一新鮮事兒就讓俺給遇上啦！」

「不就城裡多了些外來面孔罷了，有啥新鮮事兒好提的嘞？」旁人問道。

信差續說道：「嗨呀！俺進出惠陽城可不下數十回啦！這承豐大街上的客棧，小店兒不提也有一二十間，而最奢華的群瓏客棧可是無人不知，無人不曉吧！然這新鮮事兒就發生在昨晚，俺見到一群頭上留著戒疤的和尚，據聞也是來參與端陽盛會，但這群出家人入住的卻是群瓏客棧，和尚這般奢華，俺還是第一次見到哩！」

「對對對……咱們幾個弟兄打那兒經過，確實見著了和尚們入住群瓏客棧。唉……沒想到這年頭兒，出家人混得可比咱們好得多啦！」在場眾人呼應道。

這時，大殿號角響起，中鼎王偕夫人居前，國師薩孤齊居中，雷世勛與雷婕兒隨後，一一由大殿走出，來到殿外之六方殿壇；而各州霸主則陸續登上代表各州顏色之賓位，東州為青，南州為赤，中州為黃，西州為白，北州為黑；而常、龍二老則席坐東道主正對面之檜木賓位。

惠陽城主只瀧首先上壇，正經話道：「今日適逢端午，各路英雄豪傑齊聚惠陽，霎令惠陽蓬篳生輝。然五王分屬五色賓位，唯陽昫觀常真人與武尊龍玄桓，向為中鼎王所敬重，遂由國師設以檜木原色為其賓座。而中鼎王為表示對東震王、南離王、西兑王、北坎王之敬重，我中州首先由都衛總訓官戎兆犺，帶領第一禦國都衛軍，整齊列出六角精湛陣式，以雄壯軍容紛向各區之主致敬。」話一說完，立見一魁梧挺拔將領，振步走向台中，以渾厚嗓音發出號令！接著，六組手持槍矛，身著戰甲之禦國都衛精兵陸續登上殿壇，隨後於戎總訓官口令下，都衛軍兵個個擐甲執銳，穀馬礪兵，並於操演之中，模擬與強敵迎面對擊之聲勢。雖說此等操演是對各州主政者之敬意，但分坐各方上位之霸主，無一不曉，此乃雷嘯天藉由展示軍容之勢，順勢對各王行下馬威之舉，此等威嚇戲碼，不禁令常元逸搖頭以對。

待六組陣列交錯表演完畢，戎兆犺向中鼎王行禮致敬後，隨即帶領禦國都衛退下殿壇，並齊步回守瑞辰大殿；而後，戎兆犺隨同王府左右護衛，立馬佇立於雷嘯天夫婦後方，藉以壯大中鼎王聲勢。

接著，見濮陽城主走上殿壇，拱手喊道：「濮陽城主聶忞超，欣喜參與端陽盛會，濮陽城頗負盛名之琴瑟演藝者……蔓晶仙姑娘，其奏出之樂音猶如天籟美聲，卻從未於異地出演。此回承蒙雷大公主之邀，促使美聲能連及惠陽，然於一陣陽剛軍儀之後，且讓琴瑟中之**五音：宮、商、角、徵、羽**，平緩端陽之焰照，並祈今日盛會能達各方圓滿。」聶忞超向中鼎王行禮後退下。隨後，蔓晶仙由僕人安置好古箏奏台後，手捧另一琴盒兒，緩緩地走向殿壇中央。

雷世勛突然挪移到覃婾燕身旁，說道：「娘，眼前所見，即是勛兒昨兒個遇上的姑娘！」

雷夫人說道。

「嗯……果然氣質出眾，豔美絕俗，怪不得能令勛兒心動。先瞧瞧這姑娘有何本事？」

蔓晶仙一上台，環外席位稍有驚動；接著，蔓坐於古箏前，雙目閉闔，雙手輕撫於琴弦上，此刻全場鴉雀無聲，靜候琴音傳出。

蔓晶仙雙手於琴弦上前後撥動，首先傳出的是代表中州之音的宮聲，此聲「漫而緩」；接續而來乃代表西州之商音，其聲「促以清」。龍玄桓閉目聆聽，頻頻點頭，常真人則覺到，「眼前姑娘心靈性巧；首採宮音可視為國君，宮音為五音之主，統帥眾音，續接商音以表眾臣，兩音前呼後應，可寓為五倫常中之『君臣有義』啊！」

蔓晶仙之宮音樂曲讓雷嘯天頗為欣賞，一旁的覃媮燕亦覺動人心脾；而一向重利輕義的西兇王，竟對曼妙入耳之商音彈奏，不禁稱道，「此琴瑟傳音，感人肺腑」；然兩段樂曲呈現，霎時觸動了在場中西二州鄉親之思鄉情緒。

接續由蔓之指尖傳出角音，此時的東震王顯出情不可抑；惟因角音，其聲「呼以長」，透過琴弦斗鳴，扣人心弦，不禁讓嚴震洲眼眸一飄，看向了雷夫人一眼，此舉瞬時引來常、龍二老憶到：嚴震洲曾與覃媮燕墜入情網，卻難抵距離考驗；怎奈雷嘯天近水樓台，藉與覃媮燕共謀共事，日久生情，而後懷了雷世勛。待嚴震洲得知後，撕心裂肺，悵然若失，因而沉寂了一陣。

這時候，現場古箏弦音退去；蔓姑娘由另一木琴盒兒取出了把琵琶琴，此琴以「推手為琵」、「引手為琶」而名；見蔓將琵琶琴立於身前，以左手扶琴頸，右手輕觸琴之四弦。

忽然！蔓藉琴上之六相與廿四品，構出了十二平均律；其使出「並弦」與「絞弦」等技法，再配上右手五指於子弦、中弦、老弦、纏弦之四弦上，使上了彈、挑、摭、分、摘、滾、

輪、掃、拂等指法，分別奏出代表南州之徵音與北州之羽音。然徵音樂曲，其聲「雄以明」；羽音曲調，其聲「沉以細」；徵、羽二音一前一後，瞬時提振了瑞辰殿壇高亢之氣。不苟言笑之南離王盧錟，聞得操琴者單憑手指撥弄即能振奮人心，直覺不可思議；而性格圓滑老練之北坎王莫烈，更對眼前演奏者僅以手中四弦，直令孔武戰將感慕纏懷，由衷佩服。

最後，蔓晶仙以自編組曲，融合了宮、商、角、徵、羽五音，串以起、承、轉、合於彈奏之中；終以速而不紊，細而不疾之音律節奏引領全場，達成曲終奏雅之完美結局。咄嗟之間，換以全場如雷貫耳之掌聲回應，五州之主無不隨之鼓掌且點頭稱道。

蔓晶仙放下手中琵琶，立於殿壇中央，一一向中土五王及常、龍二老回禮致謝；唯於面對常、龍二老時，蔓特別放緩速度，雍容不迫地對二老致敬，而真正放緩之主因，實為針對佇立於二老身後之狼行山。

蔓於俄頃間對著狼行山莞爾一笑，而狼則不自覺地對著蔓姑娘揮手微笑；然蔓之動作含蓄，而狼行山之舉卻頓時招來四人注目，一是昨見蔓晶仙而一夜不成眠的雷世勛，二是與狼出遊東州的雷婕兒，三是早已心儀蔓之聶忞超；而第四對眼睛則是側身回頭斜看著阿山之龍玄桓。

「呃……沒……沒事的，一個朋友而已！」狼對著龍師父道。

蔓晶仙表演完後，隨即被雷夫人邀上賓座，並安排坐於雷世勛旁邊。然此突如其來之舉動，瞬令雷世勛雀躍不已，一掃方才見到狼行山揮手之怨氣；而雷夫人這招霸王硬上弓，亦讓一旁的聶忞超不是滋味。

樂聲之後，中鼎王起身，對眾人說道：「各位先進先賢、至尊前輩，以及蒞臨端陽盛會之各路菁英；今日盛會乃中州主邀，然案牘勞行，刺促不休之各州霸主，以及陽昫觀常真人與嵐映湖龍武尊，皆能撥冗參與盛會，雷嘯天銘感五內。」

雷王接續表示，眾王齊聚實屬不易，唯莫衷一是已成常態；為避免耗費冗長決議時間，本王設一規則，任何發起之議題均以贊同為順方，反者為逆方，順逆二陣營可各派代表登上殿壇中央，以各家武學切磋作為定奪；逆方以三次挑戰為上限，若三回皆不能取勝，逆方則視同歸順。然發起之議題均屬中土五州合議，若有私人恩怨須個案處置者，則不列合議範疇之內。而應邀出席之常、龍二聖，不僅為本盛會之見證者，倘若認為議題不妥，可予以修正議題內容後再做定奪。若與會人士均能遵守規則，相信協調結果，應不失各主所望才是。

一旁的狼行山聽聞後想到，「大會甫一揭幕就已制定好遊戲規則，雷嘯天確實有備而來。這兒是中州，對雷而言乃天時、地利、人和，且旗下高手如雲，若真要強勢通過議題，應非難事。看來眼前之六稜殿壇，絕對是各方角力之戰場。」

雷王接著表示，本次盛會之六稜殿壇，乃由中州薩孤齊國師設計監造！然此過程中，本王由衷感謝東州提供之檜木、梓木，南州提供之紅磚，西州供應之鐵製鋸釘，以及北州贈與之燃煤。為此，中州將以上等粳米與蔗糖，贈與四州之殘窮縣城以為回饋。此話一出，立即得到全場一致讚譽，然而各州一樣是贈與，卻要接受中鼎王的救濟殘窮之說，此等貶低之意，霎令四王嗤之以鼻。

待全場回歸肅靜後，身著金閃袈裟之榮根大師走上了殿壇，說道：「各位至尊至聖，今日中州一片繁榮，實為我中鼎王施行德政所致，亦是朝中王侯將相乃心王室所致。然中土大地歷經地牛翻身與狂疾肆虐後，以致各路英雄豪傑散居各地；在此，貧僧榮為中州國師，遂力諫我中鼎王廣納江湖流散之組織，實已獲得正面回應。」

又說：「貧僧於此宣布，凡親於我中州之江湖組織，我中鼎王將於中州境內為該組織設置中繼處；例如，南州之幫會教派可與我軍機處合作，一旦該組織須長途跋涉，即可以中州作為中繼應援，進而入宿中州軍機處為其安置之處所，此制度猶如各州於中州之分舵據點；倘若某一組織受到該州之迫害，亦可以此中繼據點作為庇護之所。」

「嗯……真是高招啊！薩孤齊藉由親於中州而非歸順中州之棋招，不僅可避開對各州王拔椿腳之尷尬，亦可拉攏各州之地方反逆勢力，此一屬於中州自修之政策，各州王何以提出逆向反對呢？」常真人對龍老說道。

「此招可說是循西兑王之開放政策，唯差別在於，侯士封是對外勢力開門，而雷嘯天則是對各州地方招手。薩孤齊果真是曲心矯肚之厲害人物！」龍老應道。

薩孤齊又說：「我中鼎王於大會起始，便對中土四州釋出善意，此舉乃貢禹彈冠之操，故僅由貧僧對外公告，而非諸王須決策之議題。」

這時，一鬚鬢皓然，衣冠甚偉之中年人，由紅旗賓位發出了質疑之聲……

「各位與會先進，盧錟雖出於地方聯軍之帥，但中土五州皆知，我南州人口約莫卅萬，唯宗教與幫派逾百之多。盧錟雖居主政之位，但維繫並凝聚各幫各派，實為盧某分內之職則。然中鼎王藉由國師對外之公告，本王認為有分化南州地方凝聚力之嫌疑，故本王表態，同意地方組織以訪問與交流之名，來往於各州之間；而針對中鼎王欲吸收各州地方組織之舉，我南州暫不同意地方組織與他州之中央機構合作設置中繼據點！」

「哈哈……」薩孤齊笑著回應道：「南離王言重啦！盧王爺之想法，直趨鎖國政策；若各地能人志士懷才不遇，那千里馬如何能為戰將所用？我中鼎王雖不若伯樂之慧眼獨具，唯造就培育賢才之機會與環境，絕不落於他人之後。貧僧出於東州卻不得志；而出於西州之知名鑄劍師公冶長瑜，亦遭迫害而出走南州；公冶大師若非受到南離王之禮遇，豈有今日陪同閣下出席之南州軍機總管……公冶成？」

盧錟頓時無言以對，薩孤齊又說：「倘若南離王能造就優質條件，又何須擔憂地方勢力遭分化？所以貧僧就此形容……盧王爺言重啦！」話後，一旁的雷嘯天對薩孤齊之應變極為稱道。

狼行山心想，「這個金禿驢的一張嘴，超乎吾所想像。回想先前與吾一牆之隔之邢彪，儘管其手上之子午鉞再鋒利，他的腦袋應被這金禿驢攪成一攤豆腐渣了吧！」

然此時刻，一刁天厥地，橫眉豎目之魁梧鬍客，手上亮著一對子午鉞，刻意走過南離王面前，轉個身子，昂然直登殿壇。此人瞬向薩孤齊點了個頭後，面朝中鼎王，道：「南州火連教教主邢彪，甫聞中州國師宣告：中鼎王能禮遇天下賢士，並為親和之組織，設立專屬陣地。此舉深得我火連教之肯定與敬重。因此，本教願於盛會之中率先響應！」邢彪話一說完，隨行之火連教徒，紛由殿壇兩側翻飛登壇，列於教主邢彪身後。

「邢教主且慢！南離王正著手整合南州勢力，以期化零為整，冀望邢教主能與我軍機處再行協商，共創雙贏局面！」一人突然由南州席位翻飛而出，並對邢彪喊道。

「哦……原來是咱們南州軍機處之公冶總管！」邢彪睥睨說道：「嗨呀！公冶兄弟，論及輩份，尚輪不著爾發聲；論及武藝，中州傳前主還得懼吾三分哩！欲向吾說教，老子越過之橋兒，多於爾行過之路嘞！不妨，公冶總管也隨我火連教，一同響應中鼎王之義舉，如何？」間歇後又說：「歐！不不不……差點兒忘了，公冶一家可是咱們南離王一手罩著的，嗯……前途無量啊！而南州除我火連教之外，火雲、火燎、火冥等教派，連南離王的小腿兒都勾不著哩！唉……前景堪慮啊！」

「邢教主，公冶成敬您一聲前輩，知悉前輩亦為恭敬桑梓之人，而非貪戀杯殘炙冷之徒；還望前輩能成為南州其他教派之典範，就此懸崖勒馬，否則，恐為南州人所恥笑。」

邢彪立馬亮出了雙弧子午鉞道：「好個恭敬桑梓之人啊！嗯……讀書人就是讀書人，能以文人之詞句當作說服之用。不巧，這回公冶大人遇上了個粗人，我邢彪歷經百戰，靠的是老子手上的傢伙；欲與我邢某人溝通，那就得試試能否說服吾手上這對雙弧子午鉞囉？」

邢彪雙手向外一撐，一雙銀亮鉞刃彷彿劍齒虎般之尖牙，正於壇上閃著。然薩孤齊驚見干戈在即，轉身對眾人表示，此事歸屬南州內政，他州應無插手之必要。一旁不斷搖著頭之東震王，對著幕僚，道：「原以為今日衝突應會出於各州力抗中州而生；孰料，率先交鋒者，竟是南州之同室操戈啊！」

然因公冶成執掌軍機要職，勢必維護南州紀律。見邢教主一意孤行且語帶挑釁，公冶成瞬將雙手平置於腰際上，順勢抽起一對繫於腰後之棱錐鋼鞭，馬步一紮，隨即展出右高左低之攻擊架式。現場惟聞南離王喊道：「小心！莫近其身，莫忽其擲啊！」

「嗯，頗為精緻之一對棱錐鋼鞭，想必是出自公冶長瑜之作吧！」常老說道。

龍玄桓回應指出，此鋼鞭具五寸之柱形銅把、二寸半之護手與二寸厚之方正鞭體；而三尺長之鞭身上，每六寸為一節，鞭身末端以方錐形作收，可作正面刺擊之用；若以精鐵煉製，每一棱錐鋼鞭可達十斤質重，若一般刀劍與之對擊，恐有麻手甚而斷刃之虞！

常真人則認為，弧形之雙刃對上無刃直鞭，雙方不僅兵器形制差異甚大，另見得邢教主約長於對手近十載；然邢彪出招兇狠懾人，而公冶總管年輕氣盛，能持久對峙而耗損敵對體力，二者決勝關鍵，端視應戰之經驗了！

這時候，火連教徒倏撤壇之周圍，隨後忽聞「喝」的一聲，邢彪立朝公冶成衝去；公冶成順移原馬步成一前一後之箭步，雙鞭立馬左右開弓；霎時，壇上鏗鏜擊響連連，在場無不深受震懾。然邢彪雖是肢體魁梧，惟年逾不惑，體態略顯臃腫而移位稍緩，遂頻使誘招以令對手能趨近對擊。公冶成雖機警禦招，卻因敵對鉞刃疾如旋踵而誤判其回馬攻勢，遂於「唰……」的一聲下，左肩披布遭鉞之鈹頭削中，瞬間裂了條長縫。公冶成中招後，旋即使出〈蒼鼠跳竄〉，忽而前後，又忽而左右，直令邢彪捉無定向。

孰料，跳竄之公冶成突然蹬躍而起，騰空使了招〈泰山壓頂〉，惟見一對棱錐鋼鞭凌空而下，邢彪瞬以子午鉞交叉抵擋，瞬間又是一鏗鏜巨響，當下並見擦擊火花四濺，如此強大震力，震得邢彪倒退了幾步方止。在場眼尖者實已發現，邢彪於受擊後，藉著左右臂交叉互壓，刻意作出鎮定之貌，其實，迎頭遭廿斤重鋼鞭慣壓，受擊者絕對手麻臂顫，而邢彪以兩臂互壓，為的即是緩解震擊後所生顫抖。

「好厲害的一對無刃鋼鞭啊！若非邢彪臂力堪用，藉子午鉞作擋，否則，這一記〈泰山壓頂〉，一般人不僅刀劍立斷，亦可能正擊腦門，一命嗚呼！」雷夫人驚訝道。

「夫人觀察細微，這邢彪也算是身經百戰之勇將，其於千鈞一髮之際，尚知向後挪退數步，遂解去敵對之二次追招。」雷王說道。

「此話怎解？」雷夫人疑道。

雷嘯天隨即指出，方才那一記〈泰山壓頂〉，實可作出二部追擊。一般對手倘若向上抵住重擊，鋼鞭使者可於著地之際，雙腳立即定位，再將雙鞭作平行刺擊；而對手於抵住〈泰山壓頂〉之後，雙臂已呈麻木而無暇他顧，頓時胸腹部盡是破綻，要是再受鋼鞭之二次平行突刺，輕者兩肋粉碎，重者穿胸爆肺，溢血而亡！

這時，杵於壇上之邢彪，不禁驚到，「沒料到這兔崽子竟有這等本事兒！過去對上傅宏義屬下所使之鋼鞭，並無這般威力，且不出十招，敵對手腕即遭我鉞鈹頭砍斷；而眼前這兔崽子之鋼鞭是粗重了點，唯其所施之迎頭重擊，絕對逾廿斤之重力，直震得吾雙手發麻。看來，我得玩點兒別招兒，免得讓眾家英雄看笑話啦！」

邢彪以右手食、中二指伸入鉞身間縫處，俄頃旋起右鉞刃，左鉞則橫向迎著敵對。孰料，此回換成公冶向著邢彪衝來，連環使出正擊、突刺、誘點、橫攔、交格等攻勢，試圖來段連攻，進而直搗黃龍！然而，薑是老的辣，邢彪先以左鉞抵擋鋼鞭，並趁對手轉換攻擊方式之際，猛然拋出右鉞，「窣……窣……窣……」眾人驚見飛鉞旋轉懾人，惟立於周圍之火連教徒，個個不為所動，只因此乃該兵刃攻勢之一……〈迴旋飛鉞〉！

公冶成首見旋飛而來之兵器，這才想到南離王所叮囑，「莫近其身，莫忽其擲」之意，遂於咄嗟之間收回雙鞭，閃過迎面飛鉞。然此〈迴旋飛鉞〉之招式，雖具飛旋之意，唯此「迴」字，不容小覷！霎時，見邢彪於對手閃過飛鉞之後，隨即藉左手鉞刃一陣猛攻，瞬令公冶成僅顧抵擋，疏忽了旋飛而回之另一飛鉞！

果然，現場又聞「窣……」的一聲，見迴旋飛鉞又回到了邢彪右手，唯閃避不及的公冶成，右肩眨眼噴出鮮血，且傷及上臂之韌帶，致使掌中之棱錐鋼鞭於一聲「鏗……」響下，直落地面，公冶成頓時失了平衡，一陣踉蹌之後，俯仆倒地。

「呵呵，公冶兄弟綆短汲深，經驗不足；倘若南離王肯改任我邢彪為軍機處總管，掌管南州聯軍的話，邢某倒可考慮考慮。」

「公冶成一時大意，以致中了邢教主之回馬槍！然治軍之職乃國防重任，豈能以條件作為交換？我南離王向來實事求是，絕非曲意逢迎之人。」公冶成撫著右肩，起身說道。

「哼！公冶總管抑不住我火連氣勢，何以管轄南州？待邢某再擺平了南離王，南州即屬我火連教為代表。」邢彪話一說完，雙手隨即舞起子午鉞，使上橫掃、正摧、反挫、側撩之四式連攻，絲毫不讓對手有喘息機會。待見敵對退至壇之邊緣，邢彪旋即以〈虎鉞雙扣〉出擊，公冶成雖及時擋下來自左方之襲擊，卻禦不及朝右眼**瞳子顟**扣來之鉞鈹頭，剎那間，公冶成雙目一閉，心裡直唸著，「完了……」

「鏗噹……」壇上忽聞一聲金屬擊響，眾人驚見一佛門棍器自邢彪身後竄出，及時攔住扣向公冶成之鉞鈹頭，令尚不及回頭之邢彪，喊道：「什麼來路？竟出手攔阻火連教主！」

隨後即聞一低沉之聲發出，「阿彌陀佛……老衲乃東州菩巖寶剎住持，法號棨本。上天有好生之德，邢教主何苦如此相逼？阿彌陀佛……」

「哦……原來是棨本方丈！我說方丈啊！這壇上可是各域領頭議論之處，甫聞中鼎王所言『任何私人恩怨須個案處置者，不列五州合議範疇之內』；然而眼前所見，歸我南州內政，尚不礙著你們出家人吧！」邢教主說道。

「阿彌陀佛……雖是南州內政，但若勝負已分，邢教主大可藉此與南離王協商共治，何須趕盡殺絕？更何況公冶總管乃南州現任軍機總長，邢教主實為南州庶民；然光天化日下，民已傷官，若進而戮官，真可謂暴民之類。老衲出手，唯不令邢教主當眾成為逾法罪犯啊！阿彌陀佛……」

「行行行……算您有理，至少大夥兒已明瞭，欲逆我教之子午鉞，下場即是如此。盧王爺啊！好好考慮怎與本教主……協商啊！哈……哈……哈……」隨著邢彪之得意笑聲，周圍之火連眾教徒立馬一陣呼號，「火連神教，威震天下，教主英明，所向披靡……」

接著，邢彪收下了子午鉞，走回壇中央，分別向中鼎王與薩孤齊拱手行禮後，倏領著眾教徒退出壇台；半晌之後，火連教派即消失於環外人群之中。

龍玄桓對著常老表示，昨日阿山述及薩孤齊夜訪邢彪一事兒，甫見眼前一幕即可證驗。換言之，中鼎王早已進行著拉攏各州地方派系之計畫；倘若無相對好處，以邢彪之行事作風，應不會輕易點頭，配合唱出這段雙簧的。

待南離王之隨扈，攙扶公冶總管回座療傷後，榮本方丈不但沒離開殿壇，反而朝著壇中央走去，隨後對中鼎王話道：「阿彌陀佛……老衲前來惠陽並非有意擾亂中土五王之合議，惟因天地自有公理，是非自在人心；老衲今日於此殿壇，無非對我菩巖寶剎負點兒責任！」

「榮本方丈乃六根清靜之聖僧，為何有此一說？」中鼎王問道。

「阿彌陀佛……榮根大師輔佐中鼎王，至使王爺聲勢如日中天，其功雖不可沒，殊不知，薩孤國師曾為我東州菩巖寶剎之弟子，法號榮根，過往亦為老衲之師兄，老衲雖虛長幾歲，惟論及輩份，榮根師兄之舅公，乃我創立寶剎之清森方丈，實長於老衲一層級。」

「呵呵……榮本方丈口中之榮根師兄，如今已是中州國師，方丈應與有榮焉才是！」雷王回道。

「阿彌陀佛……中鼎王可知我佛家有謂『佛傳七寶』！」

「中州多以道教為宗，至於佛教所謂『七寶』，本王略有所聞。」

「阿彌陀佛……所謂七寶乃佛傳般若經以金、銀、琉璃、珊瑚、琥珀、硨磲、瑪瑙，為七寶佛光遍照。」榮本方丈接續釋出……

金、銀代表太陽與月亮，陰與陽平衡。金，代表堅定不移。銀，代表純潔美善。

琉璃，代表光能，具強大包容力。

硨磲，代表堅定唸力，可消除煩惱業障，能協助調整磁場。

瑪瑙，代表沉靜，具幸福與祥和之氣。

琥珀，代表純潔美善，可保身納福吉祥，定魂魄，轉變磁場淨化空間。

珊瑚，代表純潔無瑕，有驅邪及逢凶化吉的功用。

「多謝榮本方丈指點，惟聞方丈之言，須對貴寶剎負點兒責任。這話怎說？」

「阿彌陀佛……中鼎王有所不知，十多年前，我寶剎前清森方丈因痼疾纏身，自知不久人世，遂召集寶剎上下弟子，當眾卸去方丈一職並宣布繼任者；原以為各方條件出眾之榮根師兄乃唯一繼任者，孰料清森方丈僅賜與榮根師兄一串鎮煞佛珠，而出乎意料地將方丈之職傳予了老衲，當下眾弟子無不訝異。自此之後，榮根師兄終日鬱鬱寡歡，僅於寶剎後院唸佛、練功，不發一語。而後因榮根師兄做了一事，引發了眾法師與弟子一致非議。阿彌陀佛……」

方丈接著表示，榮根師兄將前方丈所贈予之鎮煞佛珠，自行以真金重新煉造，將粒粒佛珠鑲上純金環箍並以此作為隨身法器，此事兒引來眾弟子以其不敬，並蓄意破壞鎮煞之物，更冠以浮華虛榮之名而予以撻伐；而後榮根師兄不願受師兄弟奚落，遂得老衲同意，脫離寶剎弟子身份，離開了菩巖寶剎。

本以為此事兒就此打住，怎料，適值榮根師兄離開之後，我菩巖寶剎內之佛傳七寶，竟遭人盜取其中之鎏金坐佛，更見一弟子臥於被盜處所外，其於氣絕前僅發出「薩……薩……」二字後，一命嗚呼！老衲雖於日後聽聞榮根師兄於坊間為人命相卜卦，甚而謀財之說；然此個人行徑，老衲不予置評，但菩巖寶剎竟於榮本接掌住持任內，遺失七寶之物且出了人命！老衲對此耿耿於懷，雖曾追探榮根師兄之跡，唯東州境內，魚沉雁杳，音訊全無；直至數年前得知，榮根師兄助中鼎王執掌了中州，並榮登國師之職，想當然爾，自此欲遇榮根師兄之機會……更行渺茫！然今日前來惠陽亦由國師所邀，故藉此機會對質國師，盼能得一合理解釋。阿彌陀佛……

這時，聽得耳殼子發燙之薩孤齊，斯須跨步一蹬，上了殿壇。

「哈哈哈……榮本方丈是否因舟車勞頓而胡言胡語了？堂堂菩巖寶刹住持，竟於中土五王前浮詞曲說，真是貽笑大方啊！」

薩孤齊又說：「貧僧向來千里一曲，不拘小節，實乃曲肱而枕也能自得其樂之人；唯此生幸遇主公，始得今日光耀門楣，今藉中鼎王隆辦盛會，遂邀昔日師兄弟一聚惠陽。憶得昔日貧僧於菩巖寶刹修行，幸得舅公開釋，遂悟得佛門精義。雖無榮本師弟之幸運，接任住持，然得此佛珠，貧僧如獲至寶，遂以雙親所遺留之真金與佛珠相融，一如方丈對七寶之釋，『金，代表堅定不移』，如此而已，怎奈師兄弟盡以貪慕虛榮扣名。而後，貧僧離開故地，重新定位自己，雖仍以僧人之態於江湖行事，唯貧僧已無任何包袱與框架，故能隨心所欲地做一已能做之事，走一已能走之路。」

「阿彌陀佛……國師如此一說，即否認盜取金佛，卸除戮殺寶刹弟子一事兒囉？」

「當然……當然！榮本方丈一上殿壇即羅織一無可對證之往事兒，藉以陷榮根於不義。方丈行事魯莽，於天下英雄之前對貧僧極盡誣衊毀謗，貧僧身著金閃袈裟，實受於中鼎王之賜，並以彰顯中州之富饒，唯貧僧今晨得知，方丈昨夜領著弟子前來惠陽，竟下榻奢華之群瓏客棧！唉……究竟貪慕虛榮之輩，是榮本？還是貧僧？世人自可定奪！」薩孤齊說完，雙手一攤，擺出若無其事之態。

「你……你這卑鄙無恥之徒。」薩孤齊這番辯詞，氣得榮本方丈指著怒罵道。

這時候，殿壇外圍嘈雜四起，有人喊道：「真覺得奇了，這輩子見富豪商賈進出群瓏，稀鬆平常。但昨夜見一群頭上留著戒疤之和尚，齊宿於群瓏客棧，還真傻了眼兒啊！」「是啊！他們該不會一邊兒飲酒食葷，一邊兒唸著阿彌陀佛吧！」另一人呼應後，霎時引來現場譏笑聲不斷。

忽然！一群和尚蜂擁而上，佇於方丈身後，一法師挺步說道：「阿彌陀佛……貧僧法號沁茗，榮根師兄已貴為中州國師，竟當眾羞辱本寺方丈，憶得金佛被盜之夜，聞得遇害之師弟遺言，今日國師定要給個交代，否則，莫怪貧僧無禮了！阿彌陀佛……」

薩孤齊苦笑著回道：「原出於一番好意，敬邀過往同師受業之弟兄前來一聚；孰料爾等竟登壇撒野。既然事出貧僧，亦應由貧僧親自解決才是。」

薩孤齊取了頸上之金箍佛珠後，馬步一紮，做出了出擊招勢。而沁茗法師雙手朝背後一伸，隨即取出一對耀金雙環。一旁的狼行山見狀，心想，「欸……這兩禿驢之對峙戲碼對照昨夜所見，幾乎是一個樣兒！而差別僅於昨兒個戲碼中，不見榮本住持同台演出，難道……」

此刻，定坐於另一頭之西兑王見狀，暗中一陣譏笑，「這個榮本方丈，心裡頭有沒有個底兒啊？這兒可是中州啊！不是以紀律嚴謹嚇唬人的東州啊！以為前來討個公道，對方即能賠你個不是兒？唉……真是異想天開啊！我看，這齣自取其辱戲碼，又將滿足中州再施一次下馬威罷了！」

忽然！見壇上之二僧，雙雙閉闔雙眼，霎時，二人同時亮眼，齊衝而上。惟見金箍珠串與耀金雙環互擊，瞬發鎗鎗啾唧之響！法師雙環時而攻上，時而襲下，國師則金箍串鏈，時而成圈，時而交叉。法師順勢翻了幾轉跟斗，倏竄國師腿邊，接著雙環使出〈金環捲葉〉之快招，左一掃來右一畫，畫得薩孤齊左腳急抬，右腿速提。適值沁茗法師左右連攻之際，不料一個溜手，以致左環交疊右環。薩孤齊見機不可失，使勁地踏出〈單足抑獸〉之招，硬是將對方之雙環定住；接著再使上一記後空迴踢，將對手踹飛數尺之後，順勢向敵對拋出了金箍珠串！沁茗法師於定步之後，俄而舉起雙環阻擋，立聞一聲鏗鏘擊響傳出。國師此一內力灌注之拋，直令已定步之法師，硬是向後退至壇邊方止，而後即見旋飛之珠串回到薩孤齊手中。

然此一幕，不禁令狼行山想到，「哇！就是這個，昨夜就是這招〈迴旋飛擊〉啊！嗯，我明白了，眼前又是齣雙簧戲碼。明明昨夜那白禿驢頻頻向著金禿驢又點頭又行禮的，而今日這白禿驢就順著方丈向薩孤齊討公道，這事兒絕對有隱情！唉……江湖黑暗啊！到底這戲要怎麼唱？……繼續瞧下去唄。」

榮本方丈舉起了鎏金法杖，並要沁茗退後，說道：「阿彌陀佛……榮根師兄內力深厚，老衲佩服，唯此事攸關菩巖寶刹之寶物與弟子冤魂，老衲親自領教了！」

「見方丈執迷不悟，根本不配執掌寶刹住持一職，恐是我舅公一時迷糊了，錯估了接任人選，以致令菩巖寶刹落得江湖恥笑之下場。」薩孤齊嗆道。

「阿彌陀佛……老衲今日若不能將嫌犯束手就擒，為寶刹討回公道，實在無顏執掌方丈一職。阿彌陀佛……」

榮本方丈持起鎏金法杖，瞬間移位數步至薩孤齊身前。薩孤齊倏以右手捲起金箍珠串，使其包覆整個拳頭。方丈咄嗟旋起法杖，揮擊推刺，立與對手之拳珠鏈對擊，霎時聞得壇上鏦鏦錚錚之聲響不斷。然二僧對峙，互有消長，榮本方丈雖年已耳順，惟平日調養生息得宜，身手依然速敏矯健，見質重之法杖於其手中揮舞，一如老師傅拉滾麵糰一般地順暢。反觀另一頭之榮根師兄，內心即道，「吾刻意安排菩巖寶剎的人前來，即是為了一吐多年怨氣。不過，以榮本這般狀況，沁茗想要接任住持，可能還得等上數年之久。所謂：人不自私，天誅地滅。吾答應助沁茗執掌寶剎，唯須配合吾之計畫行事，既有利於他，能不起私心嗎？只是……眼前榮本方丈內力甚深，功夫與吾伯仲之間，方才吾已耗掉一場體力，現只好以拖字訣，伺機而動了。」

榮本方丈於對決廿餘招後，仍未占得上風，遂轉身將鎏金法杖拋予沁茗，倏將雙手伸出袖口外，呈出拳腳功夫以應戰。榮根國師見狀，冷了一笑，立將珠串掛回項上，雙手捋袖，做出對陣之勢。此時，一陣清風掃來，二僧衣袍袖隨即揚起，薩孤齊一衝而上，使出〈伏虎擒狼手〉立扣方丈，方丈反以逆轉旋袖之式，以退為進，一一化解虎爪攻勢。接著方丈以右腿上踢，牽動下半身段，瞬間做出橫向飛踢回擊，國師雖以雙肘因應敵對連踢攻勢，卻節節敗退。為避免退落殿壇之下，國師改以橫向翻移，不隨方丈作正面抵擋；只是……使出這等閃避招勢，令在場英雄豪傑們略顯不以為然。方丈見橫向難以成勢，遂以雙掌推出掌風，國師見對手以內功出擊，隨即紮穩馬步，亦推出掌風，此時二僧相距數十尺，但壇上之風沙走石卻因二僧之對向掌風，猶有形成捲風之勢。

半晌之後，突然！榮本方丈直覺脾胃一陣刺痛，面容略顯痛苦狀，且因臟腑不適，致使推掌之力無以繼之，欲形成之壇上捲風因而瓦解，惟飛沙石粒瞬遭掌風推向了方丈。薩孤齊見著方掌之反應，心知交予沁茗之藥粉起了作用，瞬間收起了掌風，以致方丈瞬間沒了對峙時之頂力而身前傾，產生了踉蹌前仆之窘態。

薩孤齊抓準此一時刻，雙腳猛力一蹬，颯聲倏隨袈裟響起，立馬上躍丈高，倏而凌空朝著踉蹌之方丈旋踢而下，方丈雖穩住了步伐卻為時已晚，僅能以雙手擋下國師之旋轉連踢。此時的方丈不但處於弱勢，且於抬頭抵擋時，因對手之金閃袈裟反射著日照而睜不開眼。突然！薩孤齊於空中上下對翻，以雙手向下，使出〈撥叢探獸〉之招，惟聞「趴……趴……」兩聲，先將方丈雙手撥開，倏以食指、中指合併，直接衝灌方丈位於雙肩正中之**肩井穴**！方丈於「嗯……」了一長聲後，忍住了循**少陽經脈**引起之痲痛，而後即覺肩頸肌肉漸漸鬆軟無力。

一旁的常真人與龍玄桓見狀，異口同聲，「遭糕！這下不妙了！」

常真人隨即指出，**肩井穴**乃**足少陽膽經**於雙肩上之要穴，亦為與奇經八脈之**陽維脈**交會之處，此穴能使體內**三焦**之氣瞬間下行，醫者可治產婦乳泌不出，唯須切記，常人提及拍打孕婦雙肩恐有早產甚而流產之說，即與**肩井**有關。

說時遲那時快，榮本方丈被擊中**肩井**後，氣灌**上焦**；薩孤齊再順勢以雙指正面，鉤扣方丈**肩井**穴順下方之**缺盆穴**，霎聞方丈「呃……」之一長聲，一股熱氣衝向咽喉，迫使方丈出聲緩解；而另一真氣則循**陽明經**脈上行頭面，以致前額漲痛不已。方丈頓時痛苦難耐，倏以雙手回抱刺痛之心下胃脘部，惟此時之前胸部位，盡是破綻！薩孤齊收回了雙扣指，深吸了口氣，瞬以雙掌直擊方丈前胸，砉然一近似胸肋斷裂之聲響發出，方丈不堪如此一擊，全身失衡地直向後方退去。

常真人見狀，旋即起身一蹬，翻飛至殿壇邊緣，及時攙住正往後傾之榮本方丈。方丈於身背取得倚靠後，一口鮮血直吐而出，常真人隨即扯開方丈衣領，速以短針斜刺方丈**缺盆穴**，以及外膝眼（**犢鼻**）下三寸之**足陽明胃經**之**足三里穴**，待方丈稍有緩解後，常真人立對著薩孤齊說到……

常元逸曾與國師有一面之雅，知悉榮根大師乃一得道高僧。國師若是初聞毀謗之語，縱有冤屈，在場賢者、英雄皆能替雙方覓得解決之道，卻萬萬沒料到，二位高僧於拳腳對決之際，國師出手猶如復仇，招招鎖定至要穴道，待老夫驚覺不妥，為時已晚，國師已重創方丈鎖骨中點內側之**缺盆穴**。此穴乃**氣舍穴**外溢而來之**地部經水**，以及外散的天部之氣匯集之處，亦為**足陽明胃經**與**奇經八脈**中之**陰蹻經脈**交集之處；然**地部經水即為人之氣血精微**，傳行至本穴後，滿溢外散，輸布四方，猶如水注缺破之盆而現溢流之狀，故名**缺盆穴**。

所謂：**缺盆穴中滿痛者死**，**外潰不死**。意指**缺盆穴**腫脹痛滿，致使胃經氣血無法經由此穴順利傳輸，則面部**承泣穴**外輸之經脈氣血，上積頭頸而使人致命；但**缺盆穴**外潰則不致造成經脈氣血阻塞於頭項，遂能不死。常又說：「雖及時淺刺方丈**缺盆**，再以**足三里**將壅塞之氣順導而下，藉以緩其內積之苦。但因方丈前胸重創，氣衝胃脘而吐衄，此**上焦**阻塞之氣，恐已傷及方丈心肺，縱使方丈有命，來日恐須常臥榻上了。」常真人話一說完沁茗法師立上前致謝，並接手重創之榮本方丈後，速令弟子將方丈抬下殿壇，並火速離開了瑞辰大殿。

「呵呵，久違了常真人！貧僧過去受惠常真人許多，尤以常真人所述之醫經醫理，貧僧甚為佩服。惟自貧僧重涉世俗，深覺江湖世事豈能盡如人意，指顧之間即可使先前之預測全然翻盤。甫聞榮本方丈一心直指貧僧是個盜賊，是個兇手，甚而持器相向。然貧僧過去雖有怨恨，卻仍放下成見，敬邀昔日同門於此共襄盛舉，孰料卻遭其當眾醜化，是可忍也，孰不可忍也；其結果又是一次與預測全然翻盤之劇。貧僧覺到，每逢逆勢迎來，人在當下，身不由己；或許來日某一場合，被當場抬離者，沒準兒正是我薩孤齊啊！」

「人在當下，身不由己？」常真人甩回手中拂塵，不屑地說道：「常某至此才發覺，竟和一絕口不提『阿彌陀佛』之僧人說道理，甚而聞其枉口嚼舌，真是後知後覺！」常真人搖了搖頭，轉身走回原來賓位。壇上的薩孤齊則面朝中鼎王點頭一笑，似乎完成了階段任務，面顯得意地步下了殿壇。

中鼎王待薩孤齊退下後，起身對著與會諸王表示，現今中土大地於各王主政下，見得平和之象，實屬不易；然而，如此平和仍須倚仗諸王堅守領頭職責，始得以維繫。然因數年前，中土大地發生毀天滅地災難後，致使各州鎖國以治，後因中州市場大開，各州始有商務往來，物產得以運輸，文化得以交流，並藉由相互交易與書信往來，得以瞭解中土各地於災後重建之進展。

然而，各地或聞官員之說，或有坊間傳說，倘若消息不能如一，恐有道聽塗說，以訛傳訛，甚至危言聳聽，以致人心浮動之虞。正如五州於災後出土之奇晶異石，眾說紛紜，甚有傳出怪力亂神之說！雷又說：「然於各方獨自摸索下，僅南州採得之火焰石，為南州帶來極大經濟效益，卻也因此傷了北州之煤業市場。不過，是否亦由此之故？以致北坎王急與東震王合作，雙方私下結盟，合力探勘，至今並不見二王願提供相關進展。如此自私自利行徑，可有顧慮傷及比鄰而居之中州呢？」

東震王皺著眉頭，以低沉嗓音應道：「對於中鼎王所提晶石出土一事，本王至今僅知為罕見之色青水晶，不如南州可藉以增添經濟效應。然北坎王向來曲盡人情，與東州友好，其出土之烏晶石，亦是世間罕見，故提議北東二州各建一展堂，將晶石展列，以供世人觀賞，如此而已。外界刻意擴大晶石之神秘性，將無作有，實非本王樂見。」

另一頭的北坎王接話道：「東震王所言屬實，惟中鼎王可疑人自私自利，卻不見中州願分享自奇恆山開採黃晶石之心得啊！倒是常聞中州派人潛入他州窺探晶石訊息，一旦行蹤暴露便縱火破壞，傷及我堅防守兵，不知中州作何解釋？」

「北坎王言重啦！莫非北州治安已堪慮，宵小恣意横行？閣下或為安撫百姓，刻意栽贓中州罷了；除非人贓俱獲，否則，北坎王含沙射影之說，對我中州已具挑釁意味。不過，話說回來，此類與事實不符之傳聞，層出不窮，本王認為：是否該想個法子？好讓江湖傳聞得以證實，抑或傳聞初期，即能公諸於世，能如此，才不致如西兑王之魯莽行事，假藉與外族交流，實則開放門戶，待傳聞證實時，各州已無法及時給予牽制。再如北坎王為求稱霸中土一隅，刻意拉攏東州，自行稱王封號，以致連鎖效應，推助形成中土五州，五王分治之局勢！」雷王反諷道。

「哦……原來中鼎王繞了一大圈，就為了指桑罵槐，點我西州與外族交流一事啊！」侯士封又說：「雷嘯天乃中州之霸，所謂『苟不務直言，遠引曲喻，剿襲紛然，何益於事？』

甫聞雷王爺對眾提出『是否該想個法子？』，我看，雷王早有了法子，不妨您就直說了唄！」

龍玄桓見北坎王之譏諷，雷王爺避重就輕，雖苦笑以答，卻已萌生不悅。回想雷嘯天訪陽昫觀時，已能看出其論及侯西主時之咬牙切齒，如今侯士封再當眾藐視雷嘯天，不難嗅出現場煙硝味兒已漸趨攀升。這時，龍老對著常真人道：「吾等最擔心之中、西二州衝突已於醞釀當中，侯士封應是有備而來。」

「哈哈哈……衝著西兑王之直言，本王是有一建議！既然大夥兒都在揣測某事，何不立一專職門戶，藉以速查流言真相，而後公諸於世，以不致混淆視聽！」中鼎王此話一說，現場嘈雜聲四起，眾人交頭接耳，頗覺有理。

雷進一步表示，然此提議乃利多於弊，適逢中土五王在場，本王力推成立「正聽處」，藉以查證視聽，而該處所則設於中州出入最頻繁之惠陽城，如此一來，經由正聽處查證之消息，將可藉各州使節將訊息一一傳遞而出。

嚴震洲隨即認為，正聽處，美其名可正聽傳聞，惟中土五州時時皆有事發之可能，中鼎王刻意將正聽處成立於惠陽，此提議若四王不查而一致通過，是否即日起，各州之事件，均須主動提報予中州，抑或中州對他州傳聞有疑慮，便可派人藉正聽之意，直接查訪地方傳聞。一如中鼎王好奇之五州晶石，即可藉查證神怪之說為由，名正言順地出入各州，猶入無人之境一般；無形之中，東南西北四州，已成為中州附屬之域。

「呵呵，雷王啊雷王，您的棋招想得可真周到啊！還以為咱們幾位是被呼嚨大的嘞！」西兑王譏笑道。

莫烈接著疑道：「中鼎王欲藉『正聽』二字，以求證各州消息；然中州何其之大，人口何其之多，多數坊間傳聞皆出於中州。若正聽處盡是查證四州消息，而他州可有管道探得中州之諸傳聞……是否屬實嘞？」

南離王亦認為，正聽，對執掌者來說是義務，亦可降低因道聽塗說而起之衝突，唯中土五州行政方式差異甚大，如中州一君獨大，旗下唯命是從；東州以紀律嚴謹自居；北州分四大區域，施行地方自治，進而寓兵於農；西州則因外來族群與日遽增且語言迥異，何以查證？而我南州教派意見紛歧，相互對立，諸如方才火連教派一般，本王欲得知南州地方實情，已屬不易，何以讓正聽處以行「正聽」？故中鼎王之提議，一如敲冰求火，以冰致蠅，落落難合！

雷嘯天面對四王一輪逆意，尤以東震王一語道破雷之隱意，加上侯士封之不屑言詞，隨即眉一皺，臉一橫，重聲斥道：「本王之美意，竟遭四王曲解，正因中州不乏謀臣猛將，人強勢大，遂足以克服平庸者認為難為之事兒。如先前所言，任何攸關五州之議題，以贊同為順，反者為逆，逆方若三攻不敵，視同歸順議題。現由我中州首提『正聽』一案，異議者不妨上壇賜教！」話後，中鼎王使了個眼神，一武將隨即登上殿壇，對眾拱手話道：「雷王府右衛赫連雋，靜候在場先進……登壇賜教！」

霎時現場一陣騷動，一老叟表示，雷嘯天於傳前主時期，曾任中州都衛訓官，赫連雋與現任訓官戎兆犺，即是雷一手培育之勇將。據聞赫連將軍曾於一戰役中，連取敵營三勇將之首級。另一人接話道：「赫連雋手中所持兵刃，即是傳前主所使之三巡伏暢劍！如此陣仗把關，四州王欲否決雷王之提議……難囉！」

這時候，一方巾闊服，古貌古心，右外眉留有三寸疤痕者，自赤旗區緩緩走上殿壇，對著中鼎王，道：「盧錟乃南州之主，中鼎王方才招納他州地方勢力之提，實已對我州傷害極大，現又以正聽之名目，配合招納各地組織以進行蒐證，本王實在難以想像。來日，若火連教邢彪教主，假以協助正聽處之名，實為取我南州軍政機密，本王將何以主政？再則，昔日傳前主曾派兵助我南州平亂，當時傳所持之兵刃，即為赫連將軍手上之三巡伏暢劍；孰料當年此劍前來相助，而今卻是柄逆於南州之刃！好……就衝著這柄三巡伏暢劍，我盧錟即以自鑄之赤焰霽烽刀……討教了！」

南離王話聲方盡，忽見旗下兩隨扈抬了一石板上壇，並於板上置放一堆石頭。南離王盤坐於石板後方，另一隨扈則於石板旁架起刀架，並置上一覆著牛革皮套之兵刃，霎令全場鴉雀無聲。忽然……見盧錟雙掌朝下，平持於石堆之上，一會兒後，眾人立看傻了眼，紛紛驚道：「這……這石堆，居……居然漸漸轉紅啦！」隨後，「轟……」的一聲，眼前之泛紅石塊兒，竟瞬間著上了火。南離王此一神技，瞬令雷嘯天鉗口撟舌，一旁的薩孤齊驚訝表示，南離王能藉雙掌引燃火焰石，內力當真不凡！

龍玄桓對常老指出，此乃先前拜訪盧錟時所見之〈赤焰旋石掌〉，此一神技雷同「經脈武學」釋能之式，但如何配上新製之兵器？拭目以待！壇上之赫連雋見此異狀，莫敢大意，靜待南離王之出招。

待盧錟之眼膜映出了赤焰石熊熊火光後，見其蹬躍咄嗟，右手隨即抽出革套中之兵刃，直衝赫連雋而來。一頭另聞「窣……」的一響，赫連雋即已抽出三巡伏暢劍迎面對擊！然盧錟之赤焰霽峰刀，雖以刀為名，卻較一般兵刃要薄上許多，遂助其連續揮攻之速度。惟常理推之，使出速擊者，多數為求速戰速決；而儘管赫連雋使著快慢相間，三巡招勢一氣呵成之伏暢劍法，亦即六快劍合以三慢劍之交錯相使，南離王並未因對手之慢劍出招，隨之起舞，反倒是藉著九招快刀，連擊三巡伏暢。

然而，過往敗於伏暢劍者，無不疏忽於該劍快慢交替之際，而盧啖卻反以快制慢。龍武尊見狀表示，盧啖隨機應變能力不在話下，且敢於嘗試自製兵器者，多半已考慮了自身武藝之優勢。換言之，赤焰霽峰刀之威力，絕不僅是會會這三巡九招而已。

隨後再次見得南離王對上赫連雋之九招後，二人對決出現了變化。經使過兩次三巡劍法，赫連雋應有六次伏擊機會，唯對手硬是將赫連雋之慢劍拉成快招；六刺不成後，遂生急切之心，因而放棄三巡劍法，更以快劍迎合。半晌之後，赫連雋越打越覺不對，瞬間覺到，「六刺不力，雖令吾感到心焦，卻不曾感到體內有股內熱亂竄之感！再則，甫使使出最後兩次慢劍伏刺時機，均遭敵對識破，盧啖是有機會傷我的，怎會放過？然……更以快劍回擊，雖不見對手占得上風，但對方為何會越打越從容呢？」

接著，赫連雋使出〈疾豹襲羚〉之快劍，霎令三巡伏暢劍猶如獵豹出擊一般，時而滾地橫掃，時而翻躍，並藉挑、刺，轉身回擊。這時，殿壇外圍傳出一片驚異呼聲，甚連雷王亦起身注目！然此吸睛之原因，乃於盧啖手上之赤焰霽峰刀，其刀身自護手處，緩緩地循著刀尖方向，顯出了如石板上泛紅之赤焰石一般。赫連雋本以為擔綱獵豹飛撲之角色，待見得對手這般炙熱能量上刀，或可將角色轉成竄逃之羚羊了。

然而，堂堂中州王府雙衛之一，豈能隨意竄逃？故權宜之下，護劍為先。赫連雋倏將伏暢劍收回劍鞘內，盧錟見狀，立馬反身一躍，眨眼將手中之赤焰霽峰刀拋出，在場眾人只見一炙紅刀刃閃過，惟聞「窣……」的一聲，立見霽峰刀直入刀架上之牛革皮套中，然此單刀入鞘一幕，隨即引來全場驚異之聲。而後，赫連雋馬步一紮，順勢架出了拳掌之勢。南離王見對手作出攻擊之貌，深吸了口氣後，再次提運內力以應。

一旁觀戰之中鼎王，嘴裡嘖嘖作響，不禁訝異著，「沒想到，掘出火焰石之南州，不僅提振了南州經濟，更推助了南離王成就絕世神功。看來，此一局只能倚仗赫連雋之拳腳功夫了。」

赫連雋於一聲「喝」響推助下，倏以手刀出擊，一連三招〈橫刀扚繩〉打得對手連退三步，霎令盧錟覺到，「以此時之內力引動火焰石，尚嫌不足；倘若執意發功，恐有內力反斥之虞，對吾極為不利！嗯，暫先頂著打。不過，對手年輕氣盛，持久之戰亦不利於吾啊！」待赫連雋發覺對手之拳腳功夫，不若其耍刀之威猛，接續以赤拳再擊，一連四招〈雙擊破門〉攻勢，打得盧錟雙肘雙膝有些挨不住，一不留神，竟已退至石板區之對邊！

「嘿嘿……太好啦！」雷世勛見南離王每況愈下而欣喜若狂，一旁的蔓晶仙則問：「大公子何以如此興奮？」

「呵呵，蔓姑娘應知曉，昨夜咱倆飲茶之後，父王急昭世勛回往瑞辰殿一事兒。待回殿後即知，中州若能強勢通過提議，這正聽處將由我雷世勛掌管，屆時中土各州第一手消息，皆須向我雷世勛報備，您瞧，這職位何等威風啊！哈哈哈……欸，赫連將軍怎麼了？」

這時，壇上的盧錟逮住機會，以雙手掌含住敵對雙拳，並順勢將其推回殿壇中央。忽然！

盧錟雙掌一收，向上一蹬，翻飛回到石板旁，瞬以右掌朝下運功，竟聞石板上傳出「咖拉……咖拉……」聲響，現場頓時鴉雀無聲！接著大夥兒驚見三粒鵝卵般之火焰石轉圈飛起，待盧錟右拳朝圈中一伸，三粒炙熱之火焰石即如手環般地繞著盧錟手腕旋轉。龍玄桓立向常老提到：「上回見得盧錟可引動四粒火焰石，難道……方才使出的赤焰霽烽刀，耗其不少內力？以致影響此掌之威力？」

「此一神功，果真如其名之『旋石』啊！南離王有了這等身手，相信雷嘯天欲併吞南州，應得從長計議才是。」常老應道。

盧錟倏將衣袖上捋，以左手虎口壓著右臂肘橫紋處，一步步走到壇中央。赫連雋見敵對手腕處之火焰旋石，煞是吸睛，不禁自問，「單看南離王之右臂，令人心生畏懼！惟見其左臂輔著右臂，致使其左半身盡是破綻，依理吾應無退縮理由才是！」接著，赫連雋開始繞著壇台移步，伺機攻擊對手左側。怎料……挪移數步後，一股炙熱之氣，瞬間滯留於上焦胸口處，赫連雋遂於燥熱中擇出了應戰對策，隨即改採弧形移位，直攻盧錟左身。

盧錟見狀，左腿擋了一招，左肘擋下第二招後，盧錟伸出原為輔助之左手掌，作勢以單掌擊向對手前胸，敵對為閃這突來一掌，俄而後翻以應。盧錟抓此一瞬間，自丹田運聲而「喝……」，順勢將右手之〈赤焰旋石掌〉推出，現場驚見盧錟右掌射出一如慧星般火光，迅速衝向後翻而下之赫連雋，惟聞一聲「轟」響，火光不偏不倚地擊中赫連雋胸脘，然因力道甚強，霎令赫連雋向後退至殿壇邊緣。

雷王見狀，眨眼一躍而起，騰空踏了兩步後，及時撐住向後移位之赫連雋，硬是不讓中州將領翻落殿壇之外。隨後即聞南離王發出一聲：「呵呵，此一對決，中鼎王之愛將……承讓了！」

「這是哪門子功夫？竟能將炙熱之火光，直攻對手體內？」雷問道。

「呵呵，盧某原本之內力，僅能令火焰石著火，孰料，一經龍武尊賜教後，發覺盧某竟能運起**手厥陰經脈**之氣，且於推出真氣剎那，甚能引帶火石之光熱，遂有火光拖曳之效，而實為炙熱之掌氣也！」盧又說：「先前與赫連將軍對擊時，盧某藉快招摩擦生熱，順將內熱傳至刀身，以致對決當下，熱氣即順入對手體表；而後將軍又正面中了旋石掌，**人之正面即為陽明**，故炙熱之氣直入**陽明經脈**，倘若將軍中招於身背，那熱氣直入的即是**太陽經脈**！」

「沒想到南離王也受了龍武尊『經脈武學』之惠，遂啟發成絕世奇功，卻也因此毀了本王一愛將。」雷王咬牙切齒道。

這時，龍武尊上前一探赫連將軍之情狀後表示，赫連將軍先前僅是**陽明經表**受熱，而後熱邪由表入裡；接著再次受炙熱掌氣直入**陽明經脈**而不支。然以赫連將軍強健之體魄，倘若因應得當，排解體內熱邪應非難事兒。

「見吾愛將撫著胸脘而一語不發，如何因應得當？」雷王疑道。

龍武尊解析指出，對於**陽明熱證**，可分別使以傳世名方之**梔子豉湯**、**白虎湯**及**豬苓湯**，對證用藥，以治入身熱邪。

若將軍之熱在**上焦**，得採**清宣之法**，給邪氣以出路，使之由上吐而走，故清宣鬱熱，可採苦寒之**梔子**，始得泄熱除煩，降中帶宣；再配上**豆豉**之體輕氣寒，升散調中，宣中帶降，二藥合用得清宣上焦之熱。

如將軍之熱於中焦，上宣也宣不走，下利也利不掉，則須於中焦將熱邪中和，此為辛寒折熱法。可用辛甘大寒之石膏以清泄肺胃，透熱解肌，使熱邪內外分消；再配以苦甘寒之知母，可助石膏清泄肺胃實熱，二藥相須為用；再配以甘草、粳米益胃生津，則可中和清化中焦之熱。

若是熱留下焦，則用清利之法，清熱利尿滋陰，使熱邪由下而走。可藉豬苓之甘淡微苦，苦能降，甘能滲利水濕；加上茯苓以健脾利濕，澤瀉利水瀉熱，滑石清熱通淋，合以阿膠滋陰潤燥，諸藥合用即可達「利水而不傷陰，滋陰而不斂邪」使下焦之水氣去而邪熱除。

龍老接著指出，赫連將軍之內力頗豐，實為抗邪之基礎。而後將軍僅須辨得入身之熱邪，分滯何位？對症使藥，靜養數日之後，依舊是中鼎王之得力護衛。

待大夥兒退下殿壇，北坎王趁勢表示，南離王能引火熱之氣，結合兵刃與掌風出擊，堪稱一絕，令人佩服。

「北坎王過獎了，相較起莫大俠之〈化水易象〉神功，盧某望塵莫及啊！」

東震王接著表示，依照中鼎王原先所述，提議一方為順方，其可把關議題之通過與否。然「設置正聽處」之提案，僅中州為順方，而南離王乃代表反方。眾人已見順方之把關將軍未能鎮守，且順方已無他州支持者能派人再戰，故此一議題於此做罷。嚴東主此話一出，雷嘯天憤而捏碎手掌中之瓷杯。

東震王直撤雷王提議後，位於黃旗區之雷夫人，為緩中鼎王之尷尬，起身喊道：「在座四王、各路之至聖至賢！近來一事兒令我中州百姓頗為困擾，只因坊間之醫用藥草生了問題！年初以來，中州屢見草藥贋品魚目混珠，以致坊間醫者誤治事件頻傳。然於我中州藥物督驗官戚聿蓀徹查之下，發現贋品多來自北、西二州所產之藥材；其中又以滋陰護腎之**地黃**，與補氣之**參類**為鉅。而我都衛軍更查緝多起來自西州之**生石膏**與**天花粉**（**瓜蔞根**），暗中夾帶矇幻藥劑混入中州，此等天理不容之行徑，應遭五王 與眾家英雄豪傑一致撻伐才是！」此說隨即引來全場支持聲浪。

北坎王於指顧間起身，回應表示，不肖者之所以針對**地黃**與**參類**下手，實因百姓聞得**地黃**滋陰護腎、**參類**實補元氣而盲目濫用；僅知補虛而不知瀉盛，遂引來不肖者為牟利而假以不實之品。然百姓無以辨別，且對補品便宜行事，遂造成誤治誤食之例，以致纍病成疾。

接著，莫烈走上壇央指出，天地之間，萬物叢生，大地孕育**地黃**一物，乃賜予蒼生一滋陰益腎之品，此一珍品常以三態為醫者所用，其一為新鮮採集之生品，謂之**鮮生地**或**鮮地黃**；**其性寒而味甘苦，可清火，解熱，涼血而止血，滋陰生津**。

其二為曬乾後之**乾生地**，或稱**乾地黃**，此物**性涼**，**味甘微苦**，**可滋陰**，**涼血治消渴**。**而溫病入血分之證**，亦可用以治**陰虛內熱**與**虛煩不眠**。

其三則為北州盛名之**熟地**或曰**熟地黃**；此乃藉酒拌炒**砂仁**後，再經歷九次反覆地蒸熟與日曬而得。**其性微溫而味甘**，**歸於肝、腎二經**；可用於**補血滋腎陰**，**益精填髓**，**主治腎虛陰虧**，**頭暈目眩**，**遺精**，**崩漏**等症；並與**治血三寶**之**當歸**、**川芎**、**芍藥**合稱「**四物**」，為醫者常用以**補血調經兼能活血**，並適用於舌淡紅，脈弦細之**營血虛滯證**或**衝任虛損證**。

莫烈接著說道：「常人雖知**地黃**，卻不諳**地黃**三態！而不肖之徒藉**熟地**之炙工繁複，藉以作為價高之依據，反倒採取劣製兜售以獲取暴利，故莫烈本次與會，攜來千份辨識**地黃**之訣，待轉交中州藥物督驗處後，望能於各城張貼公告，藉此助民辨認。再則，莫某更令北州督檢處進駐各運藥關口，藉以加強查緝任務，望能固守我北州過往信譽，亦期望中州能肅查不肖兜售管道，以還我北州清白！」

北砍王接續指出，北州之參類多為補氣之用。人參可分**味甘微苦微溫**，**補氣生津**之**紅參**，以及**性味甘平**，可補氣、養血、生津之**白參**；尚有治**脾胃虛弱**、**肺氣不足**、**自汗口渴**之**黨參**；而**味甘苦涼**之**花旗參**（**西洋參**）則可**補氣生津**、**治貧血氣虛**，惟別於眾參之處乃其涼補之性；終再一味**玄參**，玄者，黑也，遂亦稱**黑參**；其可用於**養陰**、**瀉火**、**解毒**，為一**味甘苦寒**之品。

東震王隨後表示，北坎王所述詳實。然我東州尚有三參，一為**沙參**，其主**潤肺止咳**、**養胃生津**，可治**肺熱咳嗽**、**熱病傷津**、**口燥咽乾**。二為**活血通經**之**丹參**，丹者，赤也，故亦稱**赤參**，其主**經血不調**、**冠心病症**，醫經更有謂「**一味丹參，功同四物**」之說。三為苦寒之**苦參**，其主**清熱燥濕**、**殺蟲利尿**，可治**濕熱瀉痢**、**帶下陰癢**。

嚴震洲又說：「吾之所以補充，乃因東州之三參，並非昂貴之品，較無暴利可圖。然我衛林軍近來亦查緝多起以假亂真之上等**紅參**與**白參**，惟因此二參自北州運至東州後，直接由官方接收查驗，故流於東州之贗品，極可能由往來中、東二州之商、漁船夾帶而入，故可推測贗品之製造源頭可能來自於中州。至於雷夫人所提及之**生石膏**與**天花粉**均屬西州盛產，實非嚴某與北坎王能予以解釋。」

針對東震王之回應，雷夫人稍露靦腆而未敢直視，此幕隨即引來雷王不悅，道：「北、東二王一搭一唱，卻拐了個彎兒，從中點我中州縱曲枉直，是非不分！呵呵，請教東震王，初春之普沱江上，我一隊水師都衛於江中搜查三漁船時受阻，最終帶隊軍頭蔡昌與水兵馬研，雙雙斃命於船上，而後經水兵丁勝指出該事件乃一青衣者所為。怎麼？東震王能質疑他州把關不力，卻放任東州青衫軍於中、東之疆界處為所欲為？」

「中鼎王似乎一口咬定該事件乃東州所為？沒錯！數月前確有兩艘燒得焦黑之漁船漂至我州江岸，如此而已，其上並未見任何中軍屍首？」嚴東主回道。

「嚴東主顧左右而言他，硬是將阻殺我水師軍之責，推得一乾二淨。看來，本王得令戎兆犰總訓官，當面向東震王請教，東軍是如何掩蓋該事件，進而置身事外？」雷王話一出，戎兆犰立馬雙臂交叉，分握兩旁軍衛所持之雙劍後，惟聞一聲「咻……」響，雙劍齊出，隨即騰空跨步，來到殿壇中央。

常真人嘆了口氣後，立對龍老表示，今日之五霸大會，見得東道主頻下馬威！只是……雷中主挑釁各州主，卻僅是坐鎮指揮，獨不見其親自下場解決爭端？

龍老回道：「雷王近來耗費諸多精力打探西州動向，以致不諳他王之功力如何？遂先遣陣中勇將上前應對以探虛實。您瞧，方才若無赫連雋作先鋒，雷王怎知南離王已達如此地步？然眼下派出之戎將軍，應非等閒之輩，真不知嚴東主此局能有多少勝算？」

這時候，見一峨冠博帶，道貌非常之人，緩步走出了青旗區，眾人目光除了見東震王走上殿壇，其手持一桶形柱狀物，亦為大夥兒焦點所在。

戎兆犰雙劍向下一闔，向著東震王一拱手後，順勢將雙劍甩上，並於前胸做出交叉架勢。

嚴震洲對眾說道：「本王為政，嚴謹不怠；孰料，竟因一二擱淺漁舟而與中州武將持劍相向！中鼎王子虛烏有，欲加之罪，何患無辭！然為護我東州清譽，嚴某唯有挺身一搏了。」

話後，嚴東主將柱桶垂直立置，見其右手緊握立桶一端之手把，屏氣凝神，隨後自桶中抽出一長三尺之奇物，此物由握把處連上圓形護套，護套之後接上寸半柱座，長三尺之金屬橢圓椎劍身，而劍末端以錐尖作收。然其特別之處乃劍身之椎面並非光滑，而是由十二齒角自錐座延伸至劍尾以成數條長刃，構成了椎刃劍身；更奇特的是，該椎狀劍身之中，竟鑿留了逾尺長之橢狀空孔。然此一物現身，不僅令場外人士嘖嘖稱奇，亦讓壇外觀戰之要賓……一座皆驚！

「在下見聞淺薄，不知東震王所持何等兵器？」戎將軍疑問道。

「此乃東州嚴氏家族研修數年之鎮州神器……蒼宇陷空劍！」

東震王接著表示，東州林木繁盛，成就了諸多木雕工匠；其中二位著名　刻大師……齊幸安與卓長坤，曾合力以小葉紫檀木，雕出一鏤空圓椎藝品贈予先父，亦即東州之前主……嚴祺旭！一日，嚴某隨父親品賞此一作品，深感該作展釋威厲之氣，再配上小葉紫檀木本身特有之牛毛紋路，遂聯想可藉此一木雕為雛形，融以嚴氏沙場之經驗，鑄製一絕頂兵器。然歷經多年研修，卻於完成之際遇上中土巨災。又說：「然災後之中土，日趨平和，本以為此一兵器將退為傳世之用，孰料中鼎王所邀之端陽盛會，竟有蒼宇陷空劍出鞘之機會！適值戎將軍接令而手持雙劍以對，嚴某只好就此現醜了！」

東震王逑明劍之來歷後，眨眼提劍出招，戎兆犺立馬蹬躍揮出雙劍，騰空而下，使出〈鷙鷹齧蛇〉劍式，見其右劍橫掃，左劍下挫，轉身交叉，雙刃齊出；憑藉雙劍之輕速細薄，力搏未曾遇過之重椎堅刃。不過，輕重對擊，薄劍勢難連擋堅刃，唯有應以逢堅避刃，見隙削剛，招式速換，或可搏得上風。然於對決當下，本以為東震王之質重神器，恐有受風阻影響之虞，待見其出招後，大夥兒始明瞭蒼宇陷空劍之劍身鏤空結構，可助揮劍者減少風之阻力。再則，此劍末端收斂成尖錐狀，亦可於橫掃之際，瞬轉為直刺，力剉對手要害。說時遲那時快，嚴於一記低空橫掃後翻身躍起，反手一招〈冥鴞掠魚〉竄出，瞬間刺破對手左肩護甲，致使戎兆犺上身微微後傾，朝後踉蹌數步方止。

中鼎王見狀，霎時額冒冷汗，自覺到，「原以為吾精進了〈陰陽雹擊〉神功，即可藉由五霸大會力挫各王銳氣。然於一開場即抓住主軸之薩孤齊，不僅亂了南州陣勢，更因收買了沁茗法師，間接掌控了東州最大寶剎。國師藉由陰招出擊，即能暗鬥得勢，而吾採明爭恫嚇，卻是命蹇時乖；尤其一向不在我眼裡之南離王，不僅鑄成了赤焰霽烽刀，更練成了蓋世之赤焰神功。眼前更見故步自封之東震王，竟也使上一柄陷空神劍，刺損我戎將軍之肩甲！若欲逆轉這般頹勢，不能僅倚單打獨鬥之徑，應掌握各州矛盾之處，先行孤立一州，隨後再予以連鎖擊破才是。」

這時，一旁的薩孤齊見主公面露焦慮，主動移向雷王身後，順勢湊其耳邊唸唸有詞，隨後即見雷嘯天頻頻點頭，道：「嗯……國師這招順水推舟，不失為一妙計啊！」

薩孤齊此一挪動，頃刻引來龍武尊之關注。

然而，壇上鏗鏘對擊之聲持續，在場眾高手見中招後之戎兆犹，出手應對更行嚴謹，頻以雙劍交叉之〈春燕飛剪〉招式，接連擋下對手忽左忽右之回馬槍。然於指顧之際，戎發現對手反手出招之劍術雖高明，惟其下半身於轉身片刻，稍有破綻，故將左劍暫貼於後背，僅以右劍平胸出擊。東震王驚見對手改以單劍出擊，霎時心生顧忌，深覺敵對身後一劍，應為突擊之用，遂採半攻半守之招式，以防對手背劍突襲。

龍老突然恍然大悟，心想，「不愧是身經百戰之嚴震洲！蒼宇陷空劍乃錐狀且環身利刃，根本無須如一般刀劍轉刃應對；但嚴卻頻頻旋動手腕，誘令對手直覺其將反手回刺；果然，嚴東主自對方中招後，連續回刺了三回，待嚴準備撒網時，巧遇戎將軍換招攻其下盤；嚴遂改採半攻半守之招式，與對手保持一定距離。但戎將軍似乎沒察覺，自己猶如被蛇盯上之青蛙一般，嗯……戎將軍隱後之左劍……不妙了！」

「啪嚓……啪嚓……」東震王瞬間轉身，戎兆犹抓住此一時機，倏而收回右劍，更以左劍直刺突擊；雷王見狀，激動地握拳唸道：「對！就是這麼一劍，直接穿胸入膛，嗚呼咄嗟！」

「唰嚓……鏗噹……」在場驚聞一金屬擦擊聲後，接連一聲鏜響，瞬見戎將軍突襲之左劍，應聲斷成兩截！嚴震洲乘勝推出掌風，戎立馬向後空翻，緩掉了對手大半威力。雷王忽叫道：「這……這是怎麼回事？怎麼突襲之左劍……竟遭？」

戎兆犺立於壇邊，將手中斷劍拋開後，剖析道出……

「蒼宇陷空劍！此陷空二字，果然有料兒啊！此『陷』乃陷阱之陷，是一等待獵物上門之意；而這『空』字看似描繪劍身之鏤空，實為一誘人上鉤之虎口！沒想到，東州人之嚴謹行事，竟連個鏤空處也能刨成利刃！甫見東震王頻頻轉劍回擊，實乃轉動著捕捉獵物之陷空利刃。由於在下雙劍出擊，東震王則先鎖定敵對一劍，再刻意轉身釋出弱點，引誘對手直刺進攻，所以戎某連續攻擊之右劍，根本不是獵物！待戎某之左劍直刺，劍身遂直入陷空劍之中，隨後東震王再猛力一旋劍把，這陷空利刃便將獵物一截為二，此等兵器果然是經過多年盤算，研修而成。嗯，東州嚴氏家族想得可周到！無怪乎能接連三代，執掌東州！」

「哈哈哈……戎將軍確實是難得一遇之對手，甫過完招，即能鉅細靡遺地將對手之術路，詳述而出。」嚴又說：「遭人斷劍者於驚愕當下，幾乎難逃追擊掌風，而戎將軍機警非常，眼疾手快，將身子後翻於俄頃，單憑此一反應，足讓嚴某畏懼戎訓官所訓練之禦國都衛軍了！」

「東震王過獎了！方才在下以雙劍交叉之攻勢，霎令嚴東主難以狩獵。眼下戎某雖痛失一劍，卻已洞悉敵對把戲。眼下戎某尚有一劍在手，以專注一劍對決蒼宇陷空，勝負如何？言之過早！」霎時，壇上又聞「唰……」的一聲，戎兆犺之利劍已來到東震王身前，一招〈貫刺江鮒〉立馬予對手一陣飆發電舉。嚴震洲面對此一速劍攻勢，略顯招架不住，畢竟陷空劍頗具重量，根本不適拖延戰術。

適值嚴震洲斟酌之際，戎兆犹使了個騰空回刺之謊招，誘使對手側身閃劍以對。果然，戎將軍逮了機會，旋即一記回馬翻踢，踹中敵對腹脘。嚴中招後，頓失了平衡，朝後踉蹌了數步，立以陷空劍之尖錐頭向下一挫，一如船隻甩出錨鐵一般，瞬間定止於壇上。

目睹戎兆犹對戰攻勢之狼行山，頓時覺到，「嗯……中鼎王旗下，果真臥虎藏龍！眼前此一訓官之劍術卓越，見其出劍反轉回刺，一氣呵成，劍招之犀利，毫不含糊，即便中招斷劍依然面不改色，對決於千鈞一髮之際，見機必擊，見危速避。此役若是拖長了，絕對不利於東震王。再則，中州軍訓官已具獨當一面之威，但想到曾是東州軍訓官之佘翊先，不僅技不如人，還一肚子壞水！倘若東州由佘出戰戎兆犹，誰勝誰負，不言而喻。」

待嚴震洲緩下了腹脘疼痛後，左手叉腰，右手隨即持起陷空劍，並以尖錐頭向著對手。戎兆犹直覺對手即將反擊，遂架足了應對招式，心想，「東震王啊東震王！欲令吾劍再誤入陷空劍洞，直可以蹇人升天、煎水作冰為形容了，來吧！」

孰料，嚴震洲忽然持劍畫圈，對手懷疑有詐而稍退了一步。而後，嚴之手臂越畫越快，幾乎揚起了殿壇上砂粒，眾人見狀，無不驚奇，隨後即見一團橫向旋風於陷空劍周圍形成。嚴以左手置於橫向旋風之後，隨著強「喝」一聲，其左手向前一推，驚見一團約三尺長之橫向旋風隨即飛出，然因旋風含帶飛砂走石，致使壇外人士見得一團如旋轉棉花絮之氣流，直向戎兆犹飛去。戎將軍一見異狀，持劍猛然一揮，竟將氣團分割瓦解！這才發覺，以劍身側面即可削弱氣流威力，唯須耗掉不少振臂之力。

突然！嚴震洲再朝敵對連發三團旋氣，戎以退二進一之勢，使著速劍向前擊破氣旋；孰料，嚴一迅速移步，眨眼已來到戎兆犺身前。壇上惟聞一「唰嚓……」聲響，戎兆犺的劍又掉進了陷空利刃之中，惟此回之戎將軍見勢不利，又不願重蹈覆轍，遂趕於敵對旋轉劍把之前，雙腿使勁地一蹬，且雙臂握劍全力向上，瞬採以劍帶劍之方式，將對手連人帶劍，擎起於壇上數尺之高！嚴萬萬沒想到，此回藉旋氣再令敵手之利劍嵌入陷空利刃，對手竟能使出〈衝上雲霄〉，硬是將對手擎離地面；當下，東震王亦擔心，若不速戰速決，對手恐有抽劍逃脫之可能，遂決定於凌空使出〈神龍擺尾〉劍式，以全身扭轉，帶動陷空劍緊咬獵物不放，結果……

壇上再傳清脆「鏗噹……」一響，見得戎兆犺右劍應聲斷裂。然東震王因高空中扭身擺尾，雖達到折劍之目的，但原來兩刃相倚的互峙之力，卻於斷劍瞬間形成兩力失衡狀態，致使嚴震洲自高空翻落。然習武之人於受創當下，縱有應急閃避之能力，但若遇上衝撞力過大，亦有腦震骨傷之可能。

然戎兆犺因於力道向上之際，瞬遭斷劍，故所處高度足以翻飛而下；而東震王卻因力道集中於扭腰轉臂，以致失速較快而背身著地，剎那間，驚見東州隨扈一擁而上。

這時，常真人火速躍飛上壇，立展雙臂阻下了隨扈，而後，先令東震王平臥，並診其**寸關尺**脈。接著，常真人取出四根一寸銀針，立即針下東震王雙手手背，於虎口後方約寸半之**合谷穴**；另二針則下其雙腳背大趾與二趾掌骨間之**太衝穴**。

中鼎王與夫人見狀，立即上壇探問東震王之情況。

常真人隨即指出，嚴東主瞬間失衡受創，由於撞擊力道頗大，遂使體內一時五臟氣亂；

然而，針下雙手之合谷、雙足之太衝，即為「開四關」！

常老接續表示，關者何？是氣之關，是氣之門戶。四者，四肢也，人體之四正位乃上下左右，上者，頭頂天，上焦心肺，通天氣；下者，中下焦，通地氣；左者，少陽肝膽左升，右者，陽明肺胃大腸右降。更有「肝氣隨脾升，膽氣隨胃降」之說。

五行之性有謂「木火升發，金水沉降」。合谷穴位於屬金之手陽明大腸經上，此穴為陽明燥金，以降為順。其位於上肢之末，上舉及天，居於天位。其所稟者，天氣之降也。太衝穴位於屬木之足厥陰肝經上，此穴為厥陰風木，以升為順。其位於下肢之末，下踏於地，居於地位。其所稟者，氣之升也。

觀人體經脈，陽經下行，陰經上行。皆稟天氣地氣而或降或升，循行於自然天地之中。此即天地陰陽，自然之道。四關正好符合了厥陰與陽明之升降屬性，主導人體的左升右降，亦即左與右之平衡與協調。

嚴東主受創，雖無筋骨之損，惟五臟氣亂，得以四關穴調理其陰升陽降，左升右降之氣；待自體氣機恢復，可配以人參、黃耆以補其氣；升麻、柴胡以生其陽。

半晌之後，嚴震洲緩緩起身，感激常真人、中鼎王夫婦之關注，隨後回了個身子，拱手敬了對手戎兆犹後，緩緩地偕隨扈回往賓座。而雷嘯天見著愛將劍刃再次遭斷，已無顏再追究東州阻撓水軍一事兒，遂於回座之後，瞬轉了話題……

雷王再次提及夫人於先前所述：來自西州之生石膏與天花粉，趁隙夾帶矇幻白粉混入中州，以此質問西兑王，道：「贗品草藥充斥中州，北坎王能藉此自清北州境內檢驗無誤；但西州之**生石膏**與**天花粉**經中州查證，確由西州蒙混入關。西兑王是否僅知兵器之製造，且蠻橫調漲鐵砂，其餘之查緝檢驗工作，矯情飾貌，敷衍了事兒？」

「呵呵……」侯士封輕蔑地回應道：「中鼎王執掌人口幾近百萬之中州，市場之大，糧食之豐，均令各州難以望其項背，惟年年增稅，不僅中州百姓負擔甚鉅，甚而波及各州前往中州之商賈獲利。倘若我州運出之物產售價不隨之跟進，恐難應付雷王爺之重稅制度啊！」

西兑王如此一說，立馬引來在場人士一陣附和嘈雜。

西兑王表示，西州地勢較高，氣候寒涼，不若中州之熱疾四生，故中州醫者遇上大熱大渴之病患，便須用上解大熱之**生石膏**與生津解渴之**天花粉**。然而，**生石膏**別稱**寒水石**，**其性味辛甘寒，歸肺胃經；惟其寒，方足以化邪熱之充斥；惟其辛，方足以通上下之道路；其能瀉中焦大熱，心下胃火，透發體內之熱邪**。醫者用以清熱降溫，除煩止渴，收斂生肌，為治壯熱不退，日哺潮熱，胃火亢盛，肺熱喘咳之傳世名方……**白虎湯**，即以**生石膏**配上**知母**為主藥，合以**甘草**、**粳米**而成，藉以涼而能散，透表解肌，以達清熱瀉火之效。

再觀**天花粉**，此即**瓜蔞根**，**色白味苦微寒**，**潤枯燥者也**。加之則津液通行，是為渴所宜也。**天花粉**稟天地清寒之氣，能止渴、清身熱，煩滿大熱。熱散則氣復，故又主**補虛安中**。然而，**涼血**則**血和**，故能**續絕傷**。醫者用以降膈上熱痰，潤心中煩渴，除時疾狂熱，袪酒癉濕黃，治癰瘍，解毒排膿。

侯士封接著表出，上述二味藥材，幾乎為西州主銷中州之要藥，由於需求量甚鉅，故先以搗粉處理以方便計量。然中州藥物督驗官所驗出之矇幻成分，實乃來自罌粟花，此花僅生

於西州雪鑫山西側邊境，故能夾帶甚而蒙混入關者，恐為外地移民之類。

「沒錯！西兑王所言，契中主題。」中鼎王嚴肅指出，中土醫藥已有不肖者為亂，這外來草藥更是徒增查緝難度。自西兑王開放境外異族以來，經由水陸管道，間接入我中州者與日遽增，然此外族雖未燒殺擄掠，惟語言溝通與戶政管理上，已造成我州諸多困擾。再則，在座各州主無一不曉，西兑王近年來勤於招募散兵游勇，藉以繕甲厲兵，而其中之兵力來源，正是招攬境外異族！然侯西主為擴充軍備，如此將陋就簡，甚連吳市吹簫之徒亦能濫竽充數！雖是烏合之眾，惟執意擴編軍隊，挑釁意味濃厚，令州域不安，如此恣意妄為，終將惹禍招愆。

「怎麼……我西州人口不過廿餘萬，受上天眷顧，自產鐵砂而能鑄煉兵器以自衛。然中鼎王能透析我西州上下結構，乃因雷王府派遣竊取情資之探子，頻頻暗潛西州，我軍動向，雷王了如指掌，難道……此舉不具挑釁意味？令州域不安嗎？雷王如此雙面標準，沐猴而冠，何以服人？故我西州秉持『勿恃敵之不來，恃吾有以待之』，若一個不察，中州都衛軍即可越蟄泯江來犯，西州焉能不防！」

侯士封又說：「中土五州，確實由我西州開啟對外交流。外邦異族雖相對落後，卻有我中土值得參考之處。例如我中土固有之醫經醫理，雖能治病無數，惟論及『速效』二字，則遜於外來之治術。」此話一出，隨即引來常真人回應……

「西兑王雖出身礦區開採，卻能解說**生石膏**與**天花粉**之功用，著實令常某佩服。不過……醫經醫理著重的是『辨證論治』，藥草講求的是『性、味、歸經』，秉持治證而不傷身，力倡氣血暢行則百病不生。至於『速效』一論，並非治證之首要原則，僅治其表徵而不探其裡證源由，終將延誤治症時機！」

「常真人所言即是。我西州時時操兵備戰，刻不容緩；然風、暑、濕、燥、寒、火之六淫外邪，無不威脅體弱之軀，患者或身熱，或傷寒，或體痛，或暈眩失衡，甚而有腸胃癰瘍之疾，倘若面臨背城一戰、劍拔弩張之際，遇及兵士患疾，能不倚仗速效之劑嗎？若能速效抗疾，則不至兵馬倥傯；在座諸王皆曾征戰沙場，是否與侯某感同身受？」西兑王辯駁道。

中鼎王怒瞪著侯士封，嚴厲表示，西兑王單以「速效」二字混淆視聽，難道速效之劑包含外來之罌粟花株？以及矇幻麻醉之劑？所謂：曲學詖行者，不必淫邪放僻，顯顯狼狽，如流俗人不肖子者也。

接著，雷嘯天對著與會眾人提議：中土五州如此瓜分鼎峙，正因無統一之規矩，而任由群雄為所欲為。惟因醫治用藥與全中土人士關係密切，為免除地方百姓疑慮，本王藉此建議，由於中州人口幾乎可敵他州之和，故考慮將原中州之藥物督驗處，提升至掌管中土五州藥草之「正藥督檢處」，藉以匡正百姓之用藥常識；所有道聽途說之諸多藥材效用，均以此一公正管理處所公告之效用為依歸，所有新發現或新合成之藥草與方劑，均須經由正藥督檢處驗證後，始可交易販售；而掌管此一要務者，依舊由督檢經驗豐富之戚聿蓀，戚大人執掌。不知本王此一提議，各州是否一致附和？

「啪……啪……啪……」現場聞得常真人雙手拍掌，道：「中鼎王此一提案，正和老夫心意。然藥草之性、味、歸經，雖已有前人之撰述留世，但過去、現今與未來，均有二輪推動著世代前進，此二輪即為『發現』與『發明』！誠如中鼎王所述，新發現或新合成之藥草

與方劑，均須經由正藥督檢處驗證，此乃一惠民之舉！」一旁的龍玄桓亦隨之點頭拍掌，表示認同。

南離王接著表明，由中州主動蒐羅五州藥草訊息，相較隱有竊人機密嫌疑之「正廳處」，實在是百利而無害之舉！我南州雙手贊同常老之說與中鼎王之議。

東震王亦稱道表示，如此惠民之提議，諸王若不提出，我嚴震洲也會力求與中州合力推行。

北坎王聲如洪鐘地說道：「中鼎王此一提議，北州即可藉此洗刷遭污衊之名，並可進一步打擊流竄於中州之不肖份子。嗯……有此一議，這趟端陽盛會就沒白來啦！」

然而，各王一片附議聲中，唯獨西兑王不屑地冷笑以對，然此一幕，霎令龍玄桓頓感不安，心想，「盛會以來，無人不知中鼎王對西州早已心存不滿。不過，屢於諸王之前奚落並譏諷西兑王之舉，均不得眾人彼唱此和，反而將『正聽』改為『正藥』，隨即博得諸王附議，且抓準西兑王定會為反對而反對，以此凸顯侯士封之逆意，用以激發諸王對其產生反感，嗯……真是高招！欸……難道……此招是出自薩孤齊之獻計？唉……此人雖勝任國師之職，卻如古之所謂『心險於山川，難於知天；天猶有春秋冬夏旦暮之期，人者厚貌深情。』其心實不可測也！看來，雷王與侯西主之衝突，恐將一觸即發！」

北坎王向著侯士封說道：「西兑王不表贊同，恐不利於西州澄清曚幻藥劑一說。莫非……西州真有……真有見不得光之……白……白粉啊！」莫烈此話一出，立馬引起現場舉座嘩然。

「我說……北坎王啊！雖然我西州之治水工程，多倚賴著北州幫忙，惟西州每年回饋北州之蕃薯粉，亦不在少數啊！而同樣是色白細末狀，怎麼莫北主不猜疑，是否已夾雜了白粉，流入了北州市集了呢？所謂**金能生水**；侯某之政策，向與北州共同牽制中州，怎麼？一見中鼎王之恫疑虛喝，諸王個個狼顧狐疑，甚連北坎王也心生投杼之疑，唉……令人失望啊！」侯西主回應道。

侯士封又說：「常真人之『天人合一』言論與『謹守莫攻』之行徑，向為侯某所佩服。然有一物為醫藥常用，能活血，行氣，止痛，醫者將之稱為**延胡索**或稱**元胡**，於此請教常真人，可知其來源為何？」

「**延胡索**乃為罌粟科之多年生草本植物，取其圓形塊莖，除去鬚根，置沸水中以至無白心後，曬乾入藥。」常老回道。

西兑王回頭又質問著雷嘯天：「中鼎王每每提及罌粟，即直指其迷幻作用，視其為妖魔化身而列為禁物，以此深獲天下英雄們一致稱道。但為何中州知名料理之麻辣火鍋，甚而見得廚藝師傅展現料理時，用以提味並提升口感之調味香料，且將之謂為……御米，能於坊間使用！或許尚有人不曉，此一稱為御米之物，即為罌粟之籽，抑或罌粟之籽殼研磨搗粉而成。難道妖魔化是一回事兒？入口香料又是另一回事兒？」

「老夫確實聽聞坊間藉由御米烹煮以調味，但**延胡索**取其塊莖入藥，本身並無罌粟之毒性啊！」常老針對藥草回應道。

侯士封立對眾表示，毒性之定義有其變通之處。例如藥材中之**生烏頭**與**生附子**，其毒性之大，足以絕人性命。然醫者於回陽救逆時，此等藥材卻反為首選，此即侯某所言之變通性。

然外族醫療與中土不盡相同，對於瘻瘤痞塊，不乏以利刃割除，而其過程則須藉罌粟花之煉液，以減輕患者之疼痛。故侯某認為，可於某層面考慮其存在性。

龍玄桓隨即駁斥道：「在座各路英雄豪傑，龍玄桓正學以言，無曲學以阿世，虛談眩人。罌粟之毒雖有其應急之時，實出於不得已，由於罌粟於痲痺鎮痛當下，頗損臟腑經脈，尤其傷及屬火之心脈與屬水之腎脈，導致體內水火紊亂失衡，使心無以主神，腎氣無以滋腦益髓，終將損及五臟六腑而不自知。甚有生癮者，則深感活於矇幻飄然之中。倘若有心人牟利為用，任其煉製而流於坊間市集，沾染者妻離子散、傾家蕩產，在所難免。故龍某對於西兑王之浮詞曲說，難以苟同！」

雷嘯天見聞龍武尊反駁西兑王之謬論，當下一如吃了顆定心丸。然於掌控了與會多數支持後，雷王說話立場愈加強勢，冷笑道：「呵呵，西兑王一句：可於某層面考慮其存在性！已可說明西州恐有煉製罌粟之舉動，應遭眾人撻伐。再則，背離了四王贊同成立正藥督檢處之提議，西州無疑歸於逆方，逆方得以三次挑戰為上限，若不敵，則逆方視同歸順。然而，眼下僅侯西主孤軍奮鬥，閣下欲力戰三回且全勝而歸，那真是痴人說夢啊！哈哈哈……」

「哈……哈……哈……」

殿壇之上，本僅聞得雷王仰天長嘯之聲，但仔細一聽，此笑聲彷彿有著回音似地，不禁令大夥兒尋索這般回音，始知來自殿壇外圍。與會高手驚覺，此乃腹聲發音，且能由外傳至殿壇之上，不禁令雷嘯天洪聲朝壇外一問：「藉此腹聲震壇，不知何方高人阻撓我五霸盛會？」

突然！殿壇揚起一陣怪風，隨風之後，忽見一臥舖大小之毛毯，瞬自場外飛來，而毯之兩側繫著二長棍，分由四位身著墨綠布衫者抬著，凌空跨步而來。霎時，與會眾人無不抬頭關注，驚見毛毯上盤坐一銀灰鬢髮之叟翁，待四抬侍緩緩著落於殿壇前方，立見毛毯上之叟翁輕盈翻躍而下，隨即向著黃旗賓座行一拱手禮，道：「中鼎王、雷夫人，別來無恙吧！」

引頸而望之狼行山，眨眼識出了乘毯叟翁之身分，連忙上前對著常、龍二老表示，甫臨殿壇之異人即是……摩蘇里奧！

「見此人之衣著與身手，不似阿山所述，是位街坊雜耍，賣藝為生之輩啊！」龍老疑道。

「此一行伍，凌空而來，巧妙地躲開了戎訓官於瑞辰大殿外圍嚴佈之守兵，更見其臨場之非凡架勢，此號人物絕非等閒之輩！」常真人訝異道。

雷嘯天一見神醫到來，欣喜表示，神醫前來共襄盛舉，蓬篳生輝。接著，雷王對著眾人喊道：「常、龍二老、在座州主、與會之英雄好漢，今日適逢我中土五霸齊聚，然此時刻，吾等正提及醫藥問題，眼前臨時參與大會之雍容貴賓，即為治好小犬雷世勛罕見怪疾之神醫……摩蘇里奧！摩蘇先生僅以數粒藥丸即救回小犬，堪稱當代譽滿杏林之神醫啊！」

北坎王隨即岔話道：「幾粒藥丸兒救回令郎之怪疾，即可謂之神醫？難道……方才質疑西兌王以『速效』二字混淆視聽的中鼎王，現也崇尚速效啦！」此話頓時讓雷王跋前疐後，無言以對。

「哈哈哈……」侯士封嘲諷道：「看來，中鼎王僅知派遣探子查人情勢；聞雷王開口閉口皆以神醫稱之，似乎不瞭對方之真正身份啊？摩蘇先生，容侯某表述在先，免得讓中鼎王

貽笑大方啦！」

侯士封接著說道：「常、龍二老、各州之霸、江湖各路英豪；西州境外西南方二百里遠之國度……克威斯基，人口約莫廿餘萬，其在位國王查穆爾道，與我西州建立聯盟，由我方提供採礦技術，對方提供農作與醫藥資訊作為回饋。然居中之穿針引線者，即為克威斯基國之護國法師，該法師亦受查穆國王賜予高爵金蟾，故名為金蟾法王！然此法王即是在座眼前之摩蘇里奧！」侯又說：「方聞中鼎王所述，原來雷大公子早已是外來醫藥之受惠者，如此一來，不知中鼎王還排不排斥外來速效之劑啊？呵呵呵……」

「嗯……這個……」中鼎王頓時三緘其口，僅與雷夫人倆倆對看。

摩蘇里奧恭敬說道：「中土五王、江湖上之至聖至賢，在下摩蘇里奧！摩蘇歷數月時日，走訪中土各州，見著各地百姓搧風生火，除了炊煮食飧外，即為了熬煮煎藥，服飲治疾。然治症救急當下，難待煎煮之繁複過程，老朽遂於坊間推廣族人自製之速效藥丸兒，果真廣受迴響，故進一步以毛遂自薦方式，拜訪各州州主。孰料，各主政者縱有丸藥兒之受惠者，卻尚未完全接受，煞是可惜！故藉中鼎王主邀之端陽盛會，親自前來誠懇相識，盼由西兑王之推薦與雷大公子之速效，以期進一步與各州合作，共創雙贏局勢。」

「陽昫觀主常元逸，請教金蟾法王，可否告知所謂速效之劑，其所取為何？」

「哦……原來是陽昫觀常真人，久仰久仰！久仰常真人於中州之奉獻與中醫醫理之精研。」摩蘇又說：「我克威斯基之先祖有感於蒼生受患疾之痛苦，經數十年之研究，由麵餅生霉之原體、消化澱粉過程之原體為基礎，配合植物萃取液與自研精華，製出可針對降熱、鎮痛、祛炎、安眠、止瀉等症狀之速效丸劑，得以緩解疾患之苦痛。」

常真人立轉嚴肅表示，法王籠統含糊之說，對於歸屬何等植物之萃取液與何謂自研精華？相信先生均以祖傳秘方一詞，一語帶過。姑且不談秘方內容，惟因人之患疾，考驗地即是自體功能之發揮，發熱以抗外邪，疼痛以示臟腑經脈不暢，生炎多出於濕熱，失眠來自心神肝魂失序；而**發汗、湧吐、瀉下**，更是自體讓病邪以出路之法。然而，貴國之醫治理念，僅針對經脈臟腑外顯之證狀予以掩蓋、抑制與痲痺等手法處置，毫無考慮醫經所謂「**陰陽、表裡、虛實、寒暑**」之八綱辨證，完全罔顧阻礙經脈通暢之憂、自損臟腑功能之慮，甚有負面效應累身之虞。如此掩耳盜鈴之治法，令人難以接受。

「哈……哈……」常真人之說乃中土向來所倡之醫經藥理，在下不便評論。然減輕患者當前痛苦，實為我族治症之首要，亦是所有病患與家屬心之所向！有鑑於現今世道之所需，主政者亦可簡捷管理我族所歸類之藥類，一舉數得，時勢所趨啊！中鼎王若能訪查百姓意願，相信，民間之需求，絕對超乎爾等想像。再則，以我族製藥之經驗，若能與中土各州合作，其存在之龐大商機，難以計數啊！」

北坎王不屑地回應道：「哼！兜了一大圈兒，終於提到商機二字，真不愧金蟾之名啊！以經濟利益誘使各州主曲學阿世，亦即違背自己學識以投世俗喜好；莫某認為，利益乃法王前進中土之主要目的，難道中土尚有其他吸引摩蘇先生前來之理由？」

「呵呵，能聯手合作才能創造利益；然前來拓展中土市場之外，據聞黃垚山五藏殿之《五行真經》乃其鎮殿之寶，頗吸引老朽前往一探。」法王回道。

「哼！又是一個想伺機斂財並妄想壽與天齊之徒。」莫烈又道：「西兑王願臣服甚而助推反於中醫八綱之論調，我北州於此深表不願盲從。倒是回歸方才被中斷之議題，難得中鼎王能得常、龍二老與三位州王之力挺；待正藥督檢處議題通過後，這外來異族要賣啥藥丸兒？甚至能不能賣？自然有法可循。只是……雷王自聽了金蟾法王道出了『龐大商機』一詞，眼下是否呈顯出了騎虎難下？」

雷王心想，「好不容易採行薩孤齊之計，不僅得到眾多支持，亦可藉此教訓侯士封，機會難得，絕不容錯過。不過，世勛之怪症，是否仍須倚仗摩蘇里奧之藥丸兒？確是個問題！再則，如此龐大之醫藥商機亦讓人難以釋手，眼下對於摩蘇里奧之所提，大可將來採另案處理罷了！」

一陣深思之後，雷王對眾話道：「本王所提之正藥議題，著實惠於中土百姓，勢在必行。然西兑王一意孤行，自陷四面楚歌之境，如此鬥而鑄錐，錯失五州合作時機，將使西州每況愈下，日暮途窮。」

「喂喂喂……且慢，且慢！中鼎王啊，我西州並非孤軍奮戰哦！甫聞本王提到：克威斯基已與我西州建立聯盟。而且，眼下中州坊間支持選用速效藥丸兒者，與日遽增；再說，中鼎王所提之議題，牽扯到藥物檢驗，而我西州又支持引進外藥；由此可證，這金蟾法王是站在我西州這一方的，當然屬我同一陣線才是！」西兑王反駁道。

「摩蘇先生大可不必蹚這渾水，咱們就事論事，先行解決正藥督檢處議題；而後，只要各州王對金蟾法王有異議者，可另行提議再論。」中鼎王應道。

理之權宜處理。

摩蘇里奧上前表示，中鼎王乃公正明理之君，當前所提議，確實關係中土五州，西兌王責無旁貸，故老夫應可置身事外；待攸關老夫之事兒被提及時，再與諸王合議，此乃合情理之權宜處理。

雷嘯天聞得法王呼應後，隨即令屬下重整黃旗賓位，藉以安排克威斯基之護國法王入座。然於此一空檔，西兌王已先行閉目盤座運功，而一旁的中州左護衛尉遲罡，亦與中鼎王附耳低言，竊竊私語，隱隱透出了詭譎氣息。

然置身詭譎中之狼行山，心想，「眼前尉遲罡動作頻頻，莫非其將銜命登場？嗯……看來，中、西二州之衝突已難避免。然此六角殿壇可是薩孤齊依地理風水所建，終歸冀望此一盛會能順利圓滿。惟……金蟾法王臨場攪局，此刻又將入座賓位，顯然壞了六角格局；難道……冥冥之中，此股外來勢力……即是引燃中土爭端之起始？再則，摩蘇里奧隨行之四位抬轎者，除了其一乃摩蘇維外，其餘三者之身手，皆於水平之上，更見常師伯與龍師父於摩蘇里奧與會後，同顯出嚴肅之神態。唉！而後之局勢如何，霎令腦中浮想聯翩，著實難以逆料！」

第八回　力挽狂瀾

「嗨……喝……哧……咻……」，聞中土各路龍舟好手隨鼓齊喝，見其奮力划著舟槳，無不覬覦那作為犒賞之黃豆、豬油與百斤粳米。反觀瑞辰殿壇，同是來自中土各路高手，同是為著牟取自身利益，唯此處之競爭者須見微知著、舌劍唇槍，甚而揎拳捋袖、威嚇相逼；其所爭者，無非是制訂五州之往來規則，抑或為著潛在之利益而卯盡全力！

此刻，殿壇外圍不斷傳出嘰哩喳啦聲響，眾人目光無不投向兩白衫軍衛，齊力將一木桶置放於殿壇之上，此幕不禁引來旁人疑論，甫見南離王上壇時，見其隨扈端上石板塊與火焰石，甚連兵器與刀架隨攜上壇，莫非……西兑王亦有絕活欲使？惟因當前僅西州不贊同中鼎王之提議，西兑王必須以寡擊眾，倘若不能出奇制勝，西州遭人質疑魚目混珠、私運違禁品闖關一事兒，恐得歸正藥督檢處審查了。

「喂喂喂……大家看吶！眼前可不是中州雙衛之一……尉遲罡嗎？怎麼……他也捧了個長木盒兒上壇，莫非……尉遲將軍將替中州出戰？」聞一人嚷著。

「尉遲將軍使的不是西蒙秋延刀嗎？怎會捧著木盒兒上壇？難道……秋延刀已置於木盒兒之中？」常真人向著龍武尊疑道。

正當常、龍二老一陣狐疑下，狼行山突然上前指出，見西兇王自腰際取出某物，並於指顧間服下，隨後即閉目不語。龍老見狀，驚訝表示，憶得秉山所述，侯士封常於練劍前服下藥丸兒，果真如吾等眼前所見！

半晌之後，西兇王睜開雙目，挺直了腰桿兒，伸手持起侍衛捧出之兵刃，上壇佇於木桶一旁，另一侍衛立馬上前將木桶蓋掀開，此舉再次引來眾人引頸而望，惟見木桶內盛著色深如砂之物。

「呵呵，西兇王攜了桶烏黑之物，此與向來代表西州之雪白，煞是對比。敢問西兇王，此物何用啊？」中鼎王睥睨問道。

西兇王皮笑肉不笑地回應道：「西州雪鑫山終年雪白，白色確實為我西州之代表。然我西州礦業極盛，又以鐵砂蘊藏為最；而今本王獨排眾議，被迫親上殿壇，此刻攜上我州產物，以期為吾捎來好運。不過，更藉一柄由凌秉山大師所打造之『厲砂鋩滐劍』以助聲勢，要令本王登壇，體面不少。」

「嘩……」壇下一聞厲砂鋩滐劍，旋即引來了一陣騷動。

「厲砂鋩滐劍？哈哈哈……能讓凌大師親自鑄劍，雷某由衷羨慕；惟鑄劍鑄到凌大師須趁隙逃離侯王府，真是滑天下之大稽啊！哈……哈……」雷揶揄道。

「呵呵，吾早說了唄！雷王於我西州遍布探子，何事兒不知？何事兒不曉啊？唉呀呀……雷王爺該不會因侯某喜於露天泡湯，甚連尾椎上有顆痣都一清二楚吧！」

「哈……哈……哈……」此語引來在場一陣大笑。

侯接續道出：「凌大師之鑄劍技藝，超群出眾，惟畢生未鑄過如此厲害之兵器，甚連大師自個兒都受到驚嚇，遂奪門而出！倒是見得尉遲將軍登上了殿壇，置上了一木盒兒後則不見下文，該不會是中州水果滯銷，中鼎王特地拿了一箱，以備待會兒登壇行銷吧！」

「哈……嘻……」西兑王之幽默，壇外又是一陣嘻笑。

霎時，雷嘯天正容亢色，緩緩地步向殿壇木盒兒旁。眾人見木盒兒上蓋，呈出一金屬握柄，待中鼎王掌功一釋，木盒蓋隨即緩緩升起，直至該握把觸及雷之掌心，此舉立馬引來現場一片嘩然。而一旁摩蘇里奧見狀，驚訝疑到，「莫非中鼎王身擁隔空移物之術？」

「好厲害呀！這算哪門兒功夫啊？」狼行山問道。

「雷王能超乎常人地聚集靜電，並藉此靜電吸引木箱上之金屬把手。然而，能使實心木盒兒之上蓋，上浮一尺之高，此等內力非同小可，與其交手者，絕不可等閒視之。」龍老說道。

常真人則訝異指出，眼下所見中鼎王之集電能力，恐已高過先前於陽晌觀與龍老切磋之實力才是！

接著，雷自木盒兒中取出一銀鉞兵器，實乃一柄單刃鉞斧；然此鉞斧之直桿兒，乃由金屬外覆純銀煉鑄而成，前端並接上一銀槍鏑頭，此一神兵利器不僅可做橫、豎二向之重斧劈砍，亦能藉著尖銳槍頭，瞬行正面擊刺。

待雷嘯天持起銀閃銳斧，直對西兑王表示，神兵利器終是被動之物，縱然絕世名劍在握，亦須憑藉操使者之巧用，始可展現神器不凡之處，否則，不過廢鐵而已！又說：「過往僅藉傳統鉞斧征戰沙場，惟因特異體質之驅使，遂與諸工匠夜以繼日合議後，終煉製出手中之……疾剎剸犀斧！」此話一出，霎時又是一陣訝異聲四起。

狼行山心想，「雷嘯天此柄疾剎剸犀斧，乃採重金製成，難道不在乎徒增了鉞斧之質重以致出招遲緩？而明知鉞斧非以速度取勝，卻為兵器冠上『疾剎』二字，煞是矛盾啊！」

龍武尊見此銀光四射且帶上直擊槍頭之疾剎剸犀斧後，隨即悟到，「雷王如此煉製鉞斧，並刻意冠上疾剎之名，初聞者必覺矛盾；唯我龍某人曾與雷王交過手，遂能進一步領略此二字之含意。一旦雷王之敵對錯估形勢，恐須付上極大代價！」

西兑王則冷諷表示，初聞王爺之兵器，如雷貫耳，頗感威悍；惟名取「剸犀」，令人聯想，「此斧之銳，猶能水斷蛟龍，陸剸犀革。」惟鉞斧本歸質重兵器，雷王更將原本木桿易為金質銀槍，勢成累贅，為了一掩兵器之遲鈍，硬是冠以「疾剎」二字作為形容，俄頃之間，令人對其威悍之感，蕩然無存。

西兑王話一說完，左手水平橫持劍鞘，隨後驚見鋩崟劍由劍鞘中滑出，直至劍把平移至侯士封右手掌方止，此般猶如幻術一幕，霎令全場瞠目結舌。而後，侯士封持鋩崟劍揮向身旁木桶，立馬聞得「唰……唰……」聲響傳出，瞬見桶裡所盛之黑鐵砂迅速地移向鋩崟劍，並一一吸附於劍身表面，令原為銀灰之劍身，瞬呈烏黑一片。雷王見狀，未敢輕敵，旋即緊握剸犀斧，架出了攻擊之勢。

突然！「喝啊……」對決二人同發喝聲，迎面對衝出擊，壇上霎時響起鎗鎗啾唧之響！孰料三招不到，中鼎王左膀處之外袖，立已呈出數條撕裂紋路，一旁識出端倪之雷夫人，驚訝喊道：「小心啊！鋩[illegible]劍以磁力吸引鐵砂，當其甩劍出招時，拖曳之鐵砂則如鐵鞭一般，待其收招後，鐵砂即因磁力吸引而回附劍身。」

「哇……好厲害呀！能藉磁能吸斥之力，轉化為劍招！原來西兑王亦是身擁特異體質之奇人啊！」蔓晶仙訝異唸道。一旁的雷世勛立馬唸道：「蔓姑娘莫因西兑王譁眾取寵之勢而驚奇，待會兒不妨關注一下我父王如何還以顏色。」

這時，壇上接連傳出鏗鏘擊響。雖見中鼎王攻防伶俐，惟每一招式僅現出對半火侯，其因乃於對手甩出之鐵砂，時而鋩尖出擊，時而婆娑搖曳，雷必須於出招之後，隨即回防厲砂之曳擊，因而降低了剸犀斧揮砍之力道。西兑王見機不可失，旋即使出〈揮網擒鮒〉之式，見其先朝空中揮劍並將鐵砂甩向天空，續以〈旋向飛梭〉劍式出擊，霎時藉由螺旋直攻敵對，以考驗對手左右劈擋之速度。然而雷雖能顧及對手之旋向飛梭連攻，卻疏於防備凌空而下之鐵砂；侯士封遂於鐵砂落下瞬間，引動自身磁力於鋩[illegible]劍身，順勢引回鐵砂。

中鼎王驚覺，眼前經磁力加持之飛砂，一如凌空落下之鐵釘，且於抵禦敵對之引砂掃劍，身上皆感貓鼠爪傷一般；更因敵我相互迎擊之際，部分飛砂落於面頰側頸，待西兑王收劍引回鐵砂，煞如利爪摧裂，痛苦難捱。數招之後，雷王趁著對手收劍剎那，冷不防一招〈鏑探叢蚺〉之鏑頭剉擊，刺中了對手左前臂；待二人對戰一陣，負傷之西兑王於回修破綻後，續藉〈揮網擒鮒〉與〈旋向飛梭〉之二連招制敵，致使敵對被迫向後翻飛，暫保一段距離。惟止步後之雷王左臉頰，自顴骨循向鼻翼旁之迎香處，明顯呈出遭飛砂剉出三道撕裂痕，甚見該處滲著未凝赤血。

摩蘇里奧驚見矦士封能以其引斥體質，結合手中鉎鋆劍耍出犀利招式，不禁懷疑此一凌秉山鑄造之神器，是否與西州積極為克威斯基處理天外隕石有關？並唸著「嗯……此一西州領頭，雖與中鼎王同屬爭名逐利之輩，惟其居心叵測，吾不得不慎防矣！」

這時，雷婕兒俄頃翻上殿壇，扶著父王，道：「阿爹，那西賊王傷著您了！」並以指尖輕撫雷王臉上裂傷。

「婕兒啊！阿爹征戰沙場多年，肉傷骨折無數，卻從未讓人傷及面容，孰料這孬子能以磁力耍劍，硬是在吾臉上剉了三道痕。瞧，中、西二州都撕破臉了，阿爹還須顧什麼面子、裡子的？先回座安撫妳娘親，阿爹待會兒就來。」雷婕兒聽了父王所說，回頭狠瞪了西兑王一眼後，回到了雷夫人旁座。狼行山見著了雷婕兒這一瞪，不禁震懾了下，想到，「同離數尺之距，一個會操琴的蔓晶仙，一顰一笑，動我心扉；一個會操劍的雷婕兒，一嬌一拗，卻令吾難以應對！」

而後，殿壇一陣涼風吹起，眾人驚見中鼎王一手握拳，一手緊握剫犀斧，雙拳瞬間傳出啪聲響，此幕立馬引來常、龍二老同聲，道：「陰陽雹擊……登場了！」在場眾人驚見雷王兩拳間發出間歇性閃光，矦士封瞠目一見，難以置信地覺到，「這……這是藉摩擦所生之靜電，怎自雷王身上產生如此強大能量？」不甘示弱的西兑王隨即揮起厲砂鋩挙劍，再次施展內力，倏令劍身吸附更多鐵砂。

一旁觀戰的龍玄桓驚覺，「原來雷嘯天已能藉雙拳作為陰陽二極，並依此特質，將剸犀斧之直桿更為金屬，以藉金屬傳導電能；換言之，侯西主即將面對的不僅是能剸割犀革之利斧，更是一柄能使出電擊之絕頂利器！」

當下聞得疾剎剸犀斧之聲響越來越大，西兑王雙腿蹬躍斯須，順勢拖起一條鐵砂鞭。此刻，雷王舉斧上陣，以雙指伸入剸犀斧於手把尾端之鐏環中，使勁兒地令利斧迴旋，並使出眾英雄從未見過之〈疾旋盤斧〉奇招，以藉其盤轉斧面抵擋鐵砂鞭。然因侯士封甩出之鐵砂，勢將隨著遠離鋩挙劍身而引力漸小，遂使拖曳尾端較為鬆散，以致觸及疾旋中之重斧，立馬散落四處。而雷嘯天於製造剸犀斧時，瞭解木柄能絕緣，遂猜想敵對之鋩挙劍為能傳導磁能，勢必不採絕緣材質，故刻意於放電之際與鋩挙劍相擊，藉以傳導電能以襲擊侯士封。

「噼哩啪啦……啪拉噼哩……」壇上二人每一互擊，火光即伴隨電擊而起。眾人見及西兑王承招剎那，確實顯出顫抖之狀，以此推知雷王所釋之電能，確實擊中了對手。然此同時，一奇特異象萌生，霎令常、龍二老、在場諸王以及金蟾法王發現，雷王之剸犀斧不下廿斤重，一般刀劍根本承受不起多次對擊，縱使西兑王使的是鋩挙劍，其與剸犀斧對擊數十次，雖見侯士封受到間歇性電擊，卻不覺其承受重斧強壓之累。再則，雷王之剸犀斧乃銀鐵所鑄，依理可推得侯於運用磁能時，應與大面積之斧身側面相吸才是，怎見到兩兵器一對擊瞬間，雷王之斧即往右方飄走，然此怪異現象，直令眾人無法理解。

雷嘯天經十來招重斧出擊，不僅不見原有之摧力，更覺對手之體能超乎原先想像，權宜之下，退而改採〈燕叉雙劈〉之式應戰。而西兑王見雷之重斧無法得逞，再次使出〈揮網擒鮒〉，並將鐵砂灑向空中，以〈旋向飛梭〉劍式，試圖讓敵對措手不及，怎料對手將〈燕叉雙劈〉上提一角度，對上侯士封欲舉劍吸回凌空鐵砂之剎那，敵對俄而軀身微傾，立即轉斧橫劈，倏見斧刃直衝侯之雙膝。

侯士封頃刻失算，值躍起之剎那，發現膝蓋已對上轉向開攻之剸犀斧，隨即騰空伸腿一字馬以應，現場惟聞「唏唰」一聲，侯之衣著下擺瞬遭剸犀斧削下了一大塊。霎時，侯藉著位高之優勢，瞬持鋩挲劍導引空中鐵砂，凌空對著背部盡是破綻的雷王，猛然縱甩，驚見眨眼成形之鐵砂鞭，由上而下，直接鞭中雷王後背，更於收招剎那順勢一劃，一併將敵對頭髮削去一截。雷王受此摧擊，瞬由怒火引動電極，電力直掣剸犀斧之槍鏑頭；壇上惟見雷王仰首怒嚎，哈嗟一聲，一束電光即由剸犀斧之鏑頭發出，直中自空而下之敵對左腿，隨後傳出砰隆一聲，侯即摔落地面，口牙應聲斷裂而口角溢血。壇外眾人驚見西兑王口出鮮血且左腿微冒黑煙，而另一頭之中鼎王則因背受重創，不禁以剸犀斧拄著地面而單腳膝跪，其嘴唇亦因引電耗傷體內真氣與津液，瞬見龜裂出血。

然此受創一幕，立引雙方人馬傾巢而出，倏而上壇扶起自家主公。常真人更是提步咄嗟，火速來到西兑王旁邊，立即撕開其左腿覆蓋物，北坎王莫烈亦翻飛上前，瞬以雙掌釋出冰氣，藉以降緩西兑王因電擊所致之灼熱傷。

一旁狼行山憶起了豫麟飛曾提及**七日黃**，遂問及龍師父，如受電擊之傷，以致傷口呈現焦黑狀，是否能以**七日黃**敷其外傷？

「不妥不妥！」龍老搖頭表示，**七日黃**乃由**大黃**、**黃連**、**冰片**所成，而西兇王之腿傷正值燒熱狀態，使用冰片恐將阻礙火邪外散，甚而使火邪內陷；反觀**大黃**乃大苦大寒之藥，單一用以外敷，確實對於燒燙傷有緩解之效。

突然！一女子現身於常真人身後，順手拿出了一小圓盒兒，說道：「前輩，此乃先父專為燒燙傷口外敷之翠葉蘆薈膏，對西兇王之傷勢或有些許幫助。」

蘆薈？常真人聽了有些驚訝，道：「**蘆薈**之性苦寒，歸於肝經，可用以治熱結便秘、肝經實熱之頭暈目赤、煩躁失眠等症。蔓姑娘所提膏藥，可有用藥之理？」

蔓晶仙表示，**翠葉蘆薈**非同中土所見之類，其葉汁經燥濕後為紅色膏體，呈不透狀紅褐色，亦可稱之肝色蘆薈，唯此物不適服飲，卻可用以外敷燒燙傷口，更可避免傷口感染而潰爛，以此製成之藥膏中，更含清解熱毒之**大黃**，眼下西兇王受創，或可以此作為應急之用。常真人見蔓姑娘描述誠懇，遂用上翠葉蘆薈膏塗抹於西兇王灼熱傷口。

此時，壇上單腳膝跪之雷嘯天，因身上靜電未降，遂制止了隨扈近身觸碰。而另一頭因腿疼不堪而臥地不起之西兇王，經眾人及時施救後漸趨緩解；待隨扈們撐起西兇王時，壇上惟聞一低沉笑聲發出。

「哈……哈……」中鼎王仰天長嘯後 說道：「好個厲砂鋩犖劍啊！一條凌空而下之厲砂鐵鞭，竟能擔起回馬槍之角色！一柄婆娑起舞之磁能劍，竟能斷本王之毛髮！憶得醫經有謂：**髮為血之餘，齒為骨之餘**。侯西主削損本王**血之餘**，卻須以**骨之餘**作為代價……合理！不過，西兇王尚且賠上一條腿，恐怕……這未來之路……不甚好走啊！嘔……呃……」中鼎王話一說完，隨即口溢鮮血，雷夫人連忙攙扶其後。

侯士封吐出了裂牙，擦了嘴角溢血後，應道：「原來這疾剎劐犀斧之疾剎二字，來自疾如閃光之電擊，嗯……本王著實領教了！只不過……雷王爺所使之〈陰陽電擊〉神功，頗為耗損自體內存津液，倘若我倆再戰個三五回合，王爺恐有脫水昏厥之可能。還好，方才提及我西州之天花粉，或許成了您生津之一味良藥啊！至於王爺言之『血之餘對上骨之餘』，咱倆算是扯平，惟我侯士封僅藉一條腿行走天下，其也於可設想之範圍內；倒是雷王受創之處，近於身背龍骨，該處可是位居督脈之旁啊！倘若波及內臟，連鎖敗壞將在所難免！然督脈之損傷，何時發作？實乃不可設想之範疇，恐怕……這未來之路，亦不甚好走啊！」

「窣……咻……」「哼！侯士封，你這打草人拜石像，欺軟怕硬之輩，先吃我一劍再說。」

雷夫人被侯士封反譏後，惱羞成怒地拔劍迎對，然此突發之舉，旋即遭東震王上前攔下，並說：「雷夫人息怒啊！此乃一公開爭辯場合，中、西二主以武藝決定議題之去向。眾目睽睽之下，雙方劍去斧來，一招一式中，並無偷襲違規之處，怎奈刀劍無眼，頃刻失察即成千古之恨。覃女俠身為盛會主角之一，萬不可因一念之差，行刺殿壇上之傷者而遭天下英雄所唾棄，甚而遺臭萬年，還望夫人三思啊！」覃婻燕看著觸其腕臂之嚴震洲，腦海猶有過往種種閃過，雙目不禁熱淚盈框。

待雷夫人偕雷世勛攙扶著中鼎王回座後，雷仍質疑西兊王，道：「甫聞東震王所云，『中西二主對決，一招一式中，並無偷襲違規之處！』本王極度懷疑西兊王於過招中詐使邪術，以致斧劍對擊剎那，本王之利斧數度產生偏移？」

倚於椅背之西兌王，立對眾表示，中鼎王身具電力，而侯某身懷磁能，遂能進一步體驗常人不可知之處。常聞電有陰陽，殊不知磁亦有雙極。數年前，一天外飛石落於克威斯基國，經侯某訪探後發現該石具存磁能，待運回西州後，凌大師即認為，以天外之石鑄劍，千載難逢，遂順應侯某之引斥體質，鑄造出具有磁性之厲砂銼峑劍。然於對擊疾剎剸犀斧時，奇妙之事兒，瞬發於其中。此時全場鴉雀無聲，無不靜待西兌王之解說。

侯士封接續指出，當銼峑劍之磁力向上時，雷王瞬間放電於剸犀斧而迎面使來，然於電陰陽與磁雙極之雙效下，瞬間即生一偏向之力，此即剸犀斧發生偏移之原因。套一句方才常真人所言「過去、現今與未來，均有二力推動著世代前進，此二力即為發現與發明。」然而，發明了傳磁能之銼峑劍，卻也因傳電能之剸犀斧，進而發現了電磁雙效所產生之外力，故藉由中鼎王疑人使詐之際，以此作為解說。

這時，雷婕兒突然衝話而出：「各位先進與前輩，我父王與侯西主之戰，西兌王於壇上臥地不起，而我中鼎王僅為理氣而定位不移，是否應判我父王為勝？」雷婕兒此一勝敗論調，霎時令在場諸英雄倆倆互視，三緘其口。

南離王則表示，西兌王雖臥地不起，中鼎王亦當眾口溢鮮血，二王皆受重創，勝負尚難論定！

東震王則說：「中鼎王之電擊犀利，西兌王之磁功刁鑽，二人力戰數十招後，雷王內傷而無以繼，侯王腿傷而無以立，致使雙方對決無以持續。此戰結果，雷王無勝，侯王無敗，而西州是否繼續二戰，攸關正藥督檢處議題之存廢問題。」

北坎王拱手頷道：「各路英雄豪傑，東道主於盛會揭幕後即表明：常、龍二老得以修正議題內容，再行定奪。莫烈認為，是否藉此途徑，決定而後之議程如何進行？」北砍王此一建議，立獲在場英雄齊聲認同。

常、龍二老見狀後，二人立對議題是否修正與後續如何進行，正經而談。然此同時，摩蘇里奧父子亦趁此空檔，偕陣中武士沙盤推演，各抒己見。一會兒之後，龍武尊向著眾人表示，中鼎王之原意，乃因中州近擁百萬人口，故提議於中州成立「正藥督檢處」，以此直接查訪中土五州之製藥，並匡正百姓之醫藥認知，實屬惠民之舉。然遇西兑王之不認同而予以否定，雙方於認知差異下，常真人與龍某共商一磬言芻議，即中州速立「正藥督檢處」，其可督察一切輸入中州之各單味藥草，並改以進關檢驗處理；亦即中州於各城關港埠，設立醫藥倉儲，其餘各州欲運銷中州之藥材，得於報備後運至醫藥倉儲置放，待正藥處查驗無誤，先行交稅而後入關買賣，一旦查出何味藥之贗品或違禁品，即可先行扣留，再行追溯來源。至於已出現中州之贗品與違禁品，則由正藥處追緝後，全數銷毀。然此修議若能得五王青睞，西州則不必上壇二戰，甚而三戰。

龍老之修正建議一出，隨即獲得中鼎王與西兑王之認同，其餘諸王亦同意照辦，唯獨與會之外賓，另有意見……

摩蘇里奧恭敬提到：「久仰常、龍二老之名。聞龍武尊所述之修正議題，乃涉及中土五州之醫藥通行規則，而今西兑王與克威斯基結盟之後，我外來丸劑得於西州境內交流買賣；眼下之正藥督檢處若就此成立，除西州之外，他州百姓則無法再享『速效』之便利。倘若癥結出於稅務，我摩蘇里奧願與各州主作進一步商議，不知四王意下如何？」

「倘若金蟾法王僅以『速效』二字闖關，尚不如主動提供貴國各類藥劑之配方；若能驗證無傷人體與衍生副症之虞，或許於防範疾病之領域，法王可與中土五州達成共識才是。」常真人建議道。

這時候，法王自袋中取出四本冊子，分別對著常真人及在場眾人展示道：「眼前所示四冊子，實以克威斯基所通行之『痲略斯文』撰寫而成，其分別撰述《覡巫》、《喚靈》、《萃煉》、《鬥術》四門。然〈覡巫之術〉乃為我國男覡女巫研讀之法術；〈喚靈之術〉則為催眠與祭祀先人之用；〈萃煉之術〉即為我國醫藥之研究精華，其來自諸多萃取藥素，並於不同環境與條件下所成之醫藥合成術；而〈鬥術〉則為我國拳腳兵刃等武學之匯集。

然據老夫所知，中醫傳統藥草乃歷經先人無數試驗與應用之結果，卻從未聽聞中土先人具萃取精華之術。而我醫藥所講求之術道與法理，相較於中土醫藥之性、味、歸經，煞是南轅北轍，故對我先人萃取合成之製藥術，尚難以與中土人士交流與解析。然而，若依試驗結果而論，在場各路英雄，包括中土五王之中，亦有我藥之受惠者；一如中鼎王所述，其子雷世勛之怪症，得我藥所治；東震王雖暫不認同我藥可行，惟上回老夫拜訪東震大殿，正值嚴東主頭疼難捱，待服我二粒丸藥後不久，即覺痛楚消退，還有……

「不……不會吧！難道……連北坎王與南離王也……」雷嘯天驚訝疑道。南離王極力撇清，道：「本王曾聞幕僚提及外來速效之藥丸兒，惟至今未曾嘗試過；今日與會乃初次見過摩蘇里奧先生。只是……若能驗證外來之醫用丸劑，無傷於人，我南州可予審慎評估，並無完全拒人門外之理由。」北坎王亦接話，道：「喂喂喂！眼前之外來護國法師，或稱什麼金蟾法王的，我北州乃居中土藥草量產之最，舉凡清熱祛濕，滋陰益氣，樣樣均有，何需用到

啥速效藥丸兒哩？罩子放亮點兒，可別撈過界啦！」

「呵呵，北坎王勤於修練奇功，惟長於水池中修練，難保不受風寒入侵啊！」法王此話一出，霎令莫烈頻嚥口水，神色頓時鐵青，道：「你……你……莫非爾即是那行經水池邊兒之樵夫？莫某練功之際，僅以為一般平民百姓，遂不以為意，沒想到……」

「沒想到老夫會雪中送炭，是吧！」法王又說：「知悉北坎王乃擇善固執之人，欲與之正面推薦另類藥劑，絕不若東震王來得容易。然見莫王爺不僅身受風寒之苦，亦因痼疾復發之雙重夾擊下，以致神功瓶頸難越，老夫於心不忍，遂派小女摩蘇莉前往探視。孰料，巧遇一男子願勝任小女之護花使者，偕同小女前訪北州。北坎王一見二人探訪，遂於該男子建議下，服下了赤色之解熱丸與黑色之鎮痛丸，而後即見莫王爺之症狀緩解。在場諸位想想，這北坎王是否為我藥之受惠者啊？」

莫烈情急之下，爆口說出：「若非當下相信嵐映湖大弟子寒肆楓之建議，我莫烈怎會服下這不明來歷之藥丸兒？」然莫烈這一爆口，全場瞬起一片驚愕聲響，在場人士無不面向著龍玄桓，說三道四。

雷嘯天立馬挺直了身子，趁勢揶揄道：「北坎王服了摩蘇先生之藥丸兒，已是事實，然本王好奇的是，堂堂嵐映首俠寒肆楓，何時改了行兒，替人推銷藥丸兒啦？難道……摩蘇先生神通廣大，已將其靈丹妙藥擴及咱們武尊之地盤兒，未來是否嵐映五俠亦將一一為法王之藥丸兒背書呢？」雷王此一譏諷之言，著實地惱了正襟危坐之龍玄桓！

龍玄桓眉頭一鎖，雙拳一握，欲起身回應剎那，突感身後一雙手掌，輕觸著雙肩，回頭一瞧，立見阿山蹬躍而出，上了殿壇，對眾拱手說道……

「五州州主、各位英雄豪傑，在下乃嵐映五俠排行老四之狼行山！」狼行山此舉，隨即引來全場關注。這時的雷婕兒倏於雷王耳後唸道：「爹，眼前登壇發聲者，即是向您提過的……狼行山！」

狼行山對眾人表示，斗膽岔斷諸王論談，惟因中土之大，竟周旋於一外來勢力所夾帶之藥丸兒！吾等姑且不論金蟾法王對中土是何居心？惟眼下處於瑞辰大殿前之眾人中，在下應是見過這位摩蘇先生最多扮像之人。

約莫三個月前，在下與大師兄寒肆楓歇腳於中州建寧城盛隆客棧，後經劉掌櫃介紹，初次見到摩蘇先生偕同其一子一女，以賣藝者身份，呈出鮮少人見過之幻術表演。而後，因雷大公子對演出女子萌生輕薄之舉，以致突發衝突，隨後即見雷大少發生不明昏厥現象。不久之後，在下又於市集街坊，遇上摩蘇一家三人，分別以雜耍裝扮，向圍觀眾人兜售著鎮痛藥丸兒，卻不巧遇上了中州巡城都衛……梁進章！雙方因販賣私藥問題而起了衝突。然因稽查都衛人多勢眾，我大師兄遂出手助弱，後因專注救人而不幸受創；孰料摩蘇先生以煙霧奇招，及時讓大夥兒逃離了險境，而我大師兄亦隨煙霧之消散而無影無蹤。

「嗯……聞得狼少俠之所述，與我巡城都衛回報內容完全一致，故前後描述之可信度極高，可供作參考之用。」中鼎王回應道。

狼聞得雷王相挺之言，遂放膽表示，中鼎王見雷大少怪疾纏身，故日夜急尋各地名醫為其診治。雷夫人亦於救子心切下，讓摩蘇先生有了可趁之機。待雷世勛病況好轉，雷王府遂對摩蘇先生尊以神醫之稱謂。然中鼎王不僅沒查驗此一外藥，更因恭維摩蘇先生之醫術，以致對此人少了防備之心。

「呵呵，真沒料到，出自嵐映湖之俠士，竟擁如此說學逗唱之能力。然老夫行蹤遍佈各地，不外是查訪坊間對我丸藥之接受程度，只是……欲瞭解各階層之所需，老夫須有不同之扮演角色罷了，深入基層，何疑之有？再說，狼少俠差點兒命喪東州，且於危及之中，狼少俠亦吞下了吾之藥丸兒，過程中若非老夫出手相救，少俠早已上了東州梧嵩城之斷頭臺啦！」法王轉移焦點道。

然此一說，霎令東震王一頭霧水，這才想到，「哦……原來，前來惠陽城之前，吾閉關勤練蒼宇陷空劍，不瞭外頭發生了啥事兒，遂不解摩蘇里奧所言為何？」

「摩蘇前輩之角色扮演，無不為了鋪陳後路而來。」狼接續話道：「前些日子，在下於東州遭人嫁禍，以致身陷囹圄，後經同牢死囚建議，欲減輕苦痛，可服以無麻痛之丸藥後，再上絞台。所謂『人之將死，其言也善』，故信其所言，服下了藥丸兒；怎奈，法王之藥丸兒雖能無痛無麻，卻另生肌肉鬆弛之副症啊！」

「對對對！本王服下藥丸兒後，亦不時發生舌強不語之副症。摩蘇先生，您的藥丸兒……有待查驗啊！」北砍王連忙接話道。

這回，狼又見北坎王出言相挺，再展火侯，明確指出，金蟾法王雖極力辯解於中外醫藥之差異，惟人體之經脈穴道，何行何從？法王應是箇中翹楚才是。

「狼賢姪，此話怎講？」常真人問道。

請恕狼行山再將事件回溯至建寧城之盛隆客棧。雖說雷大公子對一女子有輕挑之舉，然堂堂五尺有餘之大漢，前一刻能酒酣起舞，卻於瞬間觸及一女子後不省人事！此一結果有三可能，一是雷大少自身醉倒，二是雷公子中了奇毒，三是雷世勛遭外力擊昏。

「勛兒被隨扈送回時，縱然是醉倒了，哪兒可能日日醒來，癱軟無力至午時？再則，每日午後，小犬依舊能如常應對，待觀察一陣時日後，並無所謂中毒現象。至於遭外力擊昏，亦不見其有任何外傷呀？」雷夫人當面質疑著狼之分析。

狼接續表示，方才法王展示了克威斯基於覡巫、喚靈、萃煉、鬥術四方面之建樹。所謂男為覡，女為巫，若法王之女摩蘇莉，於片刻間巧施巫術，確實存在使人昏厥之機！然此之描述，或可歸為揣測之說，惟聞雷公子日日於午前癱軟無力，此乃因午前之**辰時，實乃胃經氣脈盛行之時段，巳時為脾經脈氣之盛行時段，而脾胃乃人體氣血生化之源**，倘若人體脾胃經脈受阻，如何順利運化水穀精微？人若得不到水穀精微以生養氣血，導致體內失調而癱軟……在所難免。

接著，狼自腰間取出一粒如**赤小豆**大小之丸粒，問道：「摩蘇先生，這水滴狀小豆兒……您見過吧！此乃在下於當日表演台上拾獲，然此玩意兒原令晚輩百思不得其解。」狼接著又說：「一日，狼某手指不慎遭此滴狀小豆兒之尖銳端刺著，這才發現，此豆囊內之青色水液，迅速地與吾血液相結，約莫半時辰後，手指漸漸痲木，才瞭解到此青色水液與血液相結後，可形成一阻塞經脈之阻體，且當豆囊液流出之後，即成一空豆囊，任何風吹震動，皆可令其脫落，所幸在下拾了回來，得以作證。嗨呀！倘若以這玩意兒襲人，還能自動脫落而不著痕跡，難怪能被有心人看上啊！」

在場眾人聽聞至此，一陣七嘴八舌之嘈雜聲又起，待常真人上前察看後表示，生平未曾於中土各州見過此物。而後再經五王評鑑一番後，惟聞撐著腳傷之西兑王說道：「嗯……本王曾於走訪克威斯基國時，見過此一玩意兒，憶得其名曰『滴豆』。聞查穆爾道國王於介紹一飾品時指出，此豆由一橙色植物上生出，據說此植物極難栽植，僅生長於該國偏僻之域。然因其水滴模樣兒，頗為討喜，當地人遂將內液抽離後，另行編製成裝飾用品。」

狼接著說道：「由西兑王這一說詞，即可證實這滴豆之來源。然日前於惠陽城巧遇了中鼎王千金，當下二人回憶盛隆客棧之衝突種種，大公主印象中憶得其兄長頸部有些泛紅外，一如雷夫人所云：不見雷世勛有任何外傷。然因雷王府緊張於雷大少昏沉癱軟，對其當日頸部泛紅一事兒，僅以一般酣醉現象應對，如此謹毛失貌，因而錯失了至要線索與治症時機！」

狼此話一出，立即引來摩蘇里奧一陣不安，見其緊握法杖，神情瞬改一派輕鬆之貌，而另一頭的中鼎王則急問道：「狼四俠的意思是……」

狼表示，摩蘇先生雖能以各式扮像，藉以詮釋每一角色，然以一陣煙霧即能將諸人擄走，加上親睹摩蘇先生出手操劫囚車，先生武藝之高，絕非常人想像。此等高人欲將一滴豆於彈指間射向數尺內之標的物，應非難事，若是恰巧射中某人頸部之人迎穴，此穴道乃足陽明胃經上達頭面，下通軀幹，以至足趾末端之至要穴位，倘若於此處形成拴塞，每日行經辰、巳二時辰之脈氣，勢必氣滯不前，人體周身氣機失調，怎能不呈出昏沉癱軟之貌？

「摩蘇先生為了鋪陳醫藥市場，竟不惜傷我勛兒！」雷夫人激動道。

狼趁勢指出，摩蘇先生為了親近各州主，無所不用其極；惟聞摩蘇先生反駁之說詞，實已波及嵐映俠士，故不得不親自上壇澄清。

「好樣兒的，狼四俠！」北砍王又說：「於此聞得摩蘇先生所走路術，我莫烈不甚欣賞；我方之藥材雖不若外來之速效，唯藥品不傷身，始為治症首要觀念。」

南離王隨即表示，既然外來藥劑恐有副症之虞，我南州暫採觀望對待，不予置評。

此時，中鼎王臉上雖顯不悅，惟覬覦著摩蘇里奧所提之龐大醫藥商機，遂以低沉之聲表示，吾等聽聞狼少俠之片面推斷，煞有介事；然而，對於已無可對證之事兒，隨意羅織罪名而加諸他人，有失公道。又說：「倘若事件真如狼少俠所云，縱然摩蘇先生失手誤傷我兒，可推知是出於護衛子女所為。而後摩蘇先生亦親自前來為我兒診治，且已治癒，算得上誠意以對。如此一說，反倒是本王對小犬輕薄之舉，未對摩蘇先生致歉，實在理虧！再說，若整起事件純屬狼少俠個人臆測，而令當事人遭聽者奚落，試問與會諸賢，若我雷某人隨之起舞，是否有失一主政者之風範呢？然世事虛虛實實，真真假假，何為真實？何為虛假？可待時間給予證驗。」

「嗨呀……這雷王一向仗勢欺人，恫嚇弱小，怎麼這回連兒子都中招了，還能當眾演出一齣謙恭自卑、無爭無畏之戲碼，真是讓人看傻了眼兒！」北砍王自覺到。

東震王亦覺到，「不妙！雷王會拉下臉來說出『理虧』二字，極不尋常！再則，見摩蘇里奧遭狼四俠揭發瘡疤，已有惱羞成怒，引動干戈之勢，卻因雷王及時緩頰之說，瞬讓摩蘇里奧順下台階，以此可推，雷王已有護航外來勢力之意，此舉對於中土……不甚有利啊！」

「哈哈哈……中鼎王果真有中土大國國王之風啊！」法王又說：「甫聞北坎王與狼少俠

之副症一說，應屬個別案例才是。依我方之記載，並未有如此副症之例。再如滴豆一說，誠如西兑王所云，吾國境內之滴豆，均已處理成飾品出售，並非如狼四俠之胡謅亂道，而狼四俠所拾之滴豆，僅呈現一豆囊，應為小女於驚慌之中所遺落之飾品，不足為奇啊！」

法王接續引用西兑王所提，進階表示，沙場適逢劍拔弩張之際，諸王麾下之子弟兵若受外邪所侵，患者或身熱、或傷寒、或體痛、或暈眩失衡，甚有腸胃癰瘍之疾而無以速效救治之法，一旦再有病患相傳，敵方恐有兵不血刃，即占對峙上風之可能。然南離王乃老夫敬重之一方領袖，怎因一莽少之輕率胡謅，嘩眾取寵而呈顯取捨不定，躊躇不前！

常真人對著龍老疑問道：「方才西兑王提及這段話時，老夫記得這摩蘇先生尚未與會才是；莫非……此人早已混於人群之中，隨時探視著盛會進行！」

「嗯……認同如此猜測，或許大會如何進行，早已在金蟾法王謀劃之中，吾等不得不謹慎以對啊！」龍老點頭應道。

法王趁勢指出，中土醫經有所謂**木**、**火**、**土**、**金**、**水**之五行論說；**南為火**，**西為金**，**火金相剋**。以今日西州之兵力，雖有外族增助之傭兵，若再加以我速效之劑為後盾，直可謂如虎添翼！若南離王僅考慮民間需求與否，忽視強化國防軍兵之考量，或可使原本**火剋金**之說，反轉為**金侮火**之勢，望南離王能三思啊！

「這個嘛……」南離王頓時起了猶豫之態。

「原來，要當上一國之國師，嘴上功夫更勝其他能力啊！」北坎王此一譏諷，霎時引來薩孤齊之側目。莫烈又說：「僅藉彈丸大之藥劑，即已鯨吞西州，現又準備蠶食南州，中鼎王若再不警覺，中州恐有蛀蟲之患啊！」

摩蘇里奧轉以不悅口氣，道：「北坎王乃中州藥材供應之領頭，守舊之觀念得以維持北州經濟命脈，故一味逆向外藥，老夫尚能理解。倒是佇於壇上大放厥詞之嵐映俠士，竟當著天下英雄面前，扮起了斷案判官，直指老夫是非，如此斷港絕潢之舉，凸顯少俠輕浮莽撞；龍武尊如此調教後輩，老夫不以為然！」

「龍某育徒自有分寸，虛者虛，實者實，依理辨之，依道行之；後輩行事能如吾義徒之審曲面勢者，鮮矣！但見摩蘇先生能椎拍輐斷、與物宛轉，進而眩碧成朱、束蒲為脯，如此調教後輩，龍某未敢苟同！」

「呵呵，既然法王覺得後輩年少輕狂、放浪形骸；龍武尊亦自認敷教明倫、調教有方。金蟾法王可有指點狼四俠之興致？我中土人士亦可藉此一探克威斯基國之鬥術，達於何等境界？」雷王見縫插針說道。

「不妙！雷嘯天想藉阿山為棋子，試探摩蘇里奧之實力；但與摩蘇里奧這般老江湖對招，阿山肯定會吃虧地。」常真人憂心道。

「呵呵，中鼎王之提議，頗有幾分參考價值！」法王接續表示，甫與龍武尊之對話內容，無不針對後生晚輩，老夫見狼四俠少不更事、好勇爭鬥，恐不識切磋琢磨之意為何？若由老夫親自調教，恐有以長欺幼之虞。既然針對的是後輩徒子，老夫犬子摩蘇維，雖受瘖啞所困，唯耳聰目明，為吾所傲，不妨上壇與狼四俠討教一番。此話一出，立見摩蘇維提起一對短槍，翻躍上壇，與狼行山對立而站。

「呵呵，數月之前，我狼行山於客棧邂逅摩蘇一家之幻術表演，煞是驚奇。然此地本是中土五霸商議之殿壇，此刻竟成當日之台上演出者，與台下觀賞者相互對峙之處，煞是難料啊！」狼又說：「以一外來民族而言，摩蘇先生能熟悉中土用字，進而指教晚輩，在下深感佩服。然切磋琢磨之原意乃：治骨曰切，鑴象牙曰磋，雕玉石曰琢，修石器曰磨，均屬匡正循導之功，而前輩硬是將其趨向武藝對招，既然勢歸如此，狼行山只好恭敬不如從命了！」

狼行山倏自腰間取出旋錚鐵扇，惟異於過往的是，此回所遇乃瘖啞敵手，不僅見其冷靜出奇，甚而覺其呼吸頻率極為穩定。再則，常見江湖俠士操著數尺長槍，眼前對手卻是持上單一不及三尺之木桿短槍，且木柄尾端尚接著一銅鐏，想必將以速招出擊才是。

「唰……」壇上見得摩蘇維橫腿一掃，霎令對手翻躍以對，摩蘇維俄頃後向空翻，倏以左槍直刺、右槍橫截續攻；而狼行山至此未展鐵扇，僅倚拳腳與扇骨抵擋對方攻勢，心想，「嗯……真是怪異的外來槍法，其左臂氣力十足，故以刺、撩、衝、挑之四招為主要攻勢，另見右臂旋滾敏捷，以蓋、截、攔、帶之四式為主；相較於一般六尺長槍之串連攻法，摩蘇維之雙槍變化極速，惟吾僅以一柄鐵扇應對，以一招拆成兩招來用，根本不具任何殺傷力道啊！」

突然！摩蘇維向上拋出左槍，迅速衝向對手，狼見對手疾速殺來，旋即開展鐵扇迎對，瞬聞壇上鏗鏜連連。雖見狼行山左右搧削，前掃後擋，惟壇外觀戰眾人，無一不關注著方才拋向高空之短槍。而後，只見此槍凌空墜下，摩蘇維就定槍落位置，待槍頭光影直下，伴隨「唰喳」一聲，狼行山之左下腹已遭摩蘇維接回之左槍挑中。現場惟聞「啊……」的一聲慘叫，狼行山即撫著創處，後退數步以自保。適值狼慘叫當下，同坐於黃旗賓位之蔓晶仙與雷婕兒，立馬應聲而起，引頸翹望，隨後兩女尷尬對瞧。然此一幕，眨眼引來雷夫人與雷世勛之關注。

雷婕兒心裡唸道，「狼行山，你這個壞東西，口口聲聲跟我說欣賞蔓晶仙之琴藝，原來這蔓姑娘早已對你有愛慕之意，怎料吾又好心地將她請來參與盛會，間接拉近了爾等距離；惟因娘硬把蔓姑娘留下，這才發現爾倆這般曖昧。不過……娘是為著哥哥的要求而留下蔓姑娘；看來，哥哥見著了這一幕，心裡該也不是滋味才是！」

一旁的雷世勛也想著，「哼！姓狼的，為何有你出現，吾心儀的女人，始終令吾上不了手呢？不妨讓摩蘇維一槍刺死你吧！倒是……瞧婕兒如此緊張地盯著，應該是對這臭小子起了點兒意思才是。嗯，若是狼行山捱得過今天，就讓婕兒去纏住狼行山，這蔓姑娘就會死心，其餘則任我雷世勛發揮啦！呵呵……」

這時，敏感的雷夫人覺到，「眼前此一撫琴女子，不僅非屬我兒能擁，亦可能是婕兒情路上之絆腳石！唉……為娘的我，是否該即刻介入？嗯，還是與孩子的爹談談為先，否則，縱使財大業大，也難療為情所困之情傷啊！」憂慮片刻之雷夫人，似乎又憶起了過往種種。

甫於對決中受創之狼行山，瞬藉自體之水濕神功，及時穩住了出血，心想，「真是怪異的拋槍直擊招式！習武之人皆知，武術講求手法、眼法、身法、步法、精神、氣息、勁力、功夫，此八大法乃各門各派皆通之基本法，唯眼前這摩蘇維之出招，似乎脫出了這八大法則。」突然！一念頭閃過狼之腦海，「哦……我懂了！這摩蘇一家人常藉幻術表演而引人目光，而幻術乃虛實真假夾雜其中之手法，亦即演出者利用大夥兒焦點之外，迅速地挪移，藉以營造下一個驚喜的呈現。方才摩蘇維突然向上拋槍，立馬又正面快速對擊，然於對手頻於

接招之際，根本無暇顧及另一下墜之槍頭，何時、何地落下？待發現摩蘇維定位取槍時，為時已晚！倘若一個沒留神，甚可能直接被墜槍擊中而一命嗚呼。哼！卑鄙！用擾亂對手視聽之手法，算哪門子功夫啊？」

「狼四俠中了招，現又一動也不動，是否自知技不如人，而心生退卻之意啦？」雷嘯天於一旁嚷著。

「請恕晚輩直言，中鼎王辦了如此盛會，一見壯盛之軍容，星旗電戟，令眾人雙目為之一亮。二見殿壇風水座向，超古冠今；惟感口乾舌躁，卻難以覓得茶水一飲，與會至今，在下滴水未沾，以致頭目不清，遂不察對手以虛實招式上陣，因而中招。」狼行山此一回話，立即引來不少附和之聲，「是啊！看著諸王之几案上，也不過是清茶伺候，難得各路英雄慕名而來，卻連個水酒也見不著。是啊……是啊……」壇外嘈雜此起彼落。

「嗨呀……招待不週、招待不週啊！」只瀧城主隨即下令屬下，供上瓷壺清茶與桶裝水酒，狼行山順手接過尉遲罡拋來的一罈水酒，開罈即飲。半晌之後，雷王再問：「如此水酒供應，不知狼少俠可否滿意？」

狼行山暢飲後，倒置了空酒罈，回道：「嗯……好酒！酒乃水之形，火之性也。在下藉水以潤周身，藉酒以達頭目。嗯……果然暢快許多。」而一旁之摩蘇維仍盤座壇上，靜待對手就緒。狼行山趁隙潤了經脈，扭了下頸肩筋骨後，全展手上的鐵扇，倏以中指伸入扇頭處一鐵環，並將旋錚鐵扇持於胸口前。龍玄桓眼尖一見，想到，「旋錚鐵扇出於阿山自身設計，其扇面前緣之細齒利鋸，頗具殺傷力，現又以指套入鐵環，莫非阿山想到了應對之法？」

摩蘇維挺了胸膛，手持雙槍，順勢做出一上一下之刺擊式。霎時，狼雙目直盯對手短槍，想著，「所謂：槍扎一條線，棍打一大片；棍端連槍即為槍，棍端去尖即為棍。摩蘇維的三尺短槍，其槍頭約佔半尺餘，見其槍頭上拋，速墜而下，可知該槍頭頗具重量。嗯，倘若時間抓得準的話……」

這時，見摩蘇維改握木棍中點，旋即雙腳一蹬，倏於空中快旋雙槍出擊。然摩蘇維雖擁雙槍，唯轉速不若敵對之指環旋速，隨後即見狼凌空使出〈沙丁飛梭〉之橫向旋飛，加以鐵扇齒刃之摧而更見犀利，致使敵對轉攻為守，且見其使上雙反握槍式後，現場立聞「嘶……嘶……」兩聲響，待對戰二人翻飛而下，立見兩片墨綠衣料自空飄落，壇外觀戰者一致傾身向前，引領而望，原來，此回之凌空對擊，雙方雖不見掛彩，惟見摩蘇維之雙袖口遭對手削去大半，甚可見得雙肘外露。

狼行山面朝法王說道：「知悉摩蘇先生語文造詣極高，然中土形容短缺不足，窮於應付之窘態，曰為『捉襟見肘』，然此一詞語，絕非用來形容眼前摩蘇維之模樣兒啊！」此話一出，立即引來在場一陣嘻笑。雷嘯天頓時望向了法王，見其表情之嚴肅，為與會以來之最。突然！聞法王發聲道……

「在座各位英雄好漢，今日難得中土五王齊聚，誠如中鼎王所云，『攸關中土各州之重大議題，均可藉此提出建議』，然我克威斯基雖不屬於中土領域，惟我國之醫藥效能並不亞於中土，為著我方醫藥能否輸入中土，老夫就此提議：開放中土醫藥市場，民眾可自由決定選擇傳統草藥，抑或採用外藥以解症。」

「且慢！」北砍王急忙起身喊道：「自摩蘇先生與會之後，已親睹我通過正藥督檢處之進階方案，一切醫藥進關，得先予以備查，就算閣下以西兇王為靠山，您老還是得照規矩來，休想執意闖關啊！」

「哈哈……老夫當然清楚。甫見諸王尊重常、龍二老所提，其乃針對中土各州所產製之單一藥草，輸入中州時之檢測方案，唯其內容並不包含吾之多方合成丸劑，故須另行提案處理。」法王又說：「依中鼎王所定之規矩，此案由老夫所提，故中土除西州外之四州，均可上壇翻案。適值狼四俠於壇上與小犬會招，何不就此作為決定我藥劑能否入關之首戰，不知中鼎王意下如何？」

中鼎王理了下思緒後表示，摩蘇先生之表述，頗有道理，畢竟出現違禁之案例，均為單味藥材，待醫者辨證後開出治症之藥材即為藥方。而摩蘇先生之提議乃另類合成藥劑，且攸關中土各州，故可提案商議。摩蘇先生既已提出議案，反對者即可三試翻案，倘若翻案成功，此一提案隨即退回。眼下一如摩蘇先生所提，以嵐映湖狼四俠對上摩蘇維作為首戰，若無異議，就此進行。

常真人搖了搖頭，立對龍老話道：「吾等並非一味反對講求速效之外藥，只因不瞭該藥丸兒之組合成分，是否損及人體機能？甚至憂其引發不明副症！然而持著頭痛醫頭，腳痛醫腳為前言，再附上『速效』二字以行銷，百姓趨之若鶩，可想而知。而中鼎王為圖此商機，竟做出曲學阿世之舉，令常某頗為失望啊！看來，此案能否擋下？端看阿山能否挺住啦！」隨後即見龍老點頭以表認同，唯表情嚴肅，不發一語，一旁卻聞北坎王焦急喊道：「喂喂喂……狼賢姪任重道遠啊！放膽以旋錚鐵扇，將這班外來賣藥的搧到一邊涼快去！」

摩蘇維雙槍一握，一躍丈高，凌空使出左槍前刺，右槍平置之〈十字追魂〉式。然此同時，狼行山斯須蹬躍，倏以橫置鐵扇迎上，瞬見二人凌空互擊。摩蘇維於幾次對招後，似乎已抓住扇形兵器之攻守路術，而狼卻因鐵扇全展，阻力不小，能擋一槍是一槍，完全討不到便宜。一會兒後，狼暫且收扇退守，敵對見狼退卻，須臾壓低出擊，交叉對掃，絲毫不讓對手有喘息機會。

這時，狼行山一邊兒跳躍閃躲，一邊兒想著，「方才藉機飲下一大罈水酒，身上所儲存之水氣，已足以潤筋發功，憶得上回與東州之邸副總管對招，對方以雙掌對擊之式，遂令吾有機會將水氣灌入對方經脈中；但見眼前之敵對，雙手緊握雙槍，根本無對掌之機，且其招式怪異，橫掃直刺交叉出擊，除非能將其雙槍彈開，直接給予胸腹一掌，否則幾無機會觸及對方之經脈穴位啊！」

摩蘇維突使出雙槍上刺，瞬遭對手之鐵扇擋下，然此突來襲招，霎令狼識出了對手一絲破綻，想著，「對手之雙槍幾無停歇地使著，欲攻其經脈，唯屬位於無名指連接手掌背，順行前臂陽側，循向肘後方，再沿肩頸上達眉目外角**絲竹空**之**手少陽三焦經脈**。嗯，醫經有謂『**三焦者**，**決瀆之官**，**水道出焉**』，亦即**三焦**有疏通水道之功能。倘若吾能將水氣灌入對手之**三焦經脈**，藉由體內之**三焦**系統循環，即可快速地令其體內成災。嘿嘿，沒想到能識出這點子，竟是來自於方才削下對手之衣袖！」

一旁觀戰的龍玄桓，頻頻皺眉，覺到，「阿山的功夫……怎與過往差異甚大？並非其身手退了，而是其對招之間，不時地盯住對手某些部位，亦因此錯失出手之絕佳時機。難道……阿山正盤算著什麼？」

摩蘇維見對手僅採抵擋以對，稍起藐視敵手之意，遂將左槍反手於後，單以右槍迎戰敵手。狼見狀，先回以冷冷一笑，隨後亦如對手一般，將左手反置於後，僅以右手持扇以對。剎那間，狼行山左手併直中指與食指，心想，「這傢伙能讓我出掌的機會不多，不如先將水氣集中於左手中指之**厥陰經脈**，以備不時之需。」

而後，摩蘇維握著右槍，使出轉臂前刺一式，其轉速之快，猶如金梭魚竄衝一般。孰料，一鏦鎗巨響發於俄頃，壇外訝異聲隨之四起！原來，雙方對擊剎那，摩蘇維之竄襲槍頭，應聲將敵對扇面刺了個大洞，狼見勢不妙，後空一翻，立退回了壇邊。

「唉呀！這鐵扇被破了個大洞，還能使嗎？這下可不妙啦！」北砍王憂心道。

摩蘇維趁勝出擊，雙手回復了迴旋雙槍，並引誘敵對持起殘扇續戰，待見對手上鉤，瞬將迴旋中之左槍上拋，壇外眾人再次見到拋槍神技，唯此回拋得更高，藉以爭取更多水平纏鬥的時間。當下，狼行山不願重蹈覆轍，遂反原來攻勢，蹬躍上衝，此舉霎令敵對一驚，遂隨之躍上空中。這時，原上拋之短槍反轉而下，正巧遇上對峙二人上躍，如此逆向之下，無疑縮短了摩蘇維原先之估算時間。狼見摩蘇維凌空高舉左臂，欲接回其左槍，瞬將旋錚鐵扇水平拋出，並唸道：「不知能否凌空擊中那下墜短槍？」霎時，眾英雄無不驚訝狼於空中拋出鐵扇！孰料，狼這一拋，力道過猛，稍快於短槍落下，狼不禁一唸：「完了！此招失利，恐得再次捱槍了！」

然此凌空一幕，直令常、龍二老起身關注，齊道：「怎……怎麼會……」

原來，狼行山欲以飛扇擊中下墜短槍，藉以破對手接槍出招，怎料此飛扇是快了些到位，然拋飛之鐵扇是以旋轉方式行進，故於槍頭觸及鐵扇剎那，槍鏑頭恰巧穿過鐵扇扇面上之破洞，瞬間形成鐵扇擒住墜槍，隨後即見二兵器呈弧飛之態，墜落於殿壇之外。

摩蘇維忽見左槍遭劫，頓時失了方寸，遂以右槍連擊對手。狼行山先以拳腳抵擋，並於至要關頭擒住對方手腕，惟因對手之袖口已被削去大半，狼遂抓準時刻，擒著對手於空中旋轉，倏以預儲水氣之手指，直攻敵對位於肘後之**天井穴**，此處乃**手少陽三焦經脈之合穴**，受此一擊之摩蘇維，瞬感肩臂麻木而鬆了手中短槍。狼即於敵對中招剎那，更將水氣強行灌入對手**三焦經脈**之中。摩蘇維驚覺對手以異能襲身，一腳踹中狼之胸脘，二人隨即後翻而下，隨後，兩人對立壇上，動也不動。

突然！「噗……嚕……」摩蘇維自口中湧出一大口水，摩蘇里奧一躍上壇，攙住了摩蘇維，並指著狼行山嚷道：「你……你使了什麼妖術？這是哪門子邪門功夫？」

「喂喂喂……願賭服輸啊！」北坎王接續喊道：「大夥兒可是有目共睹喔！摩蘇維見其短槍遭鐵扇套住後就亂了套兒，以致失了衡。而咱們狼四俠則及時擒著對手，順勢來個鯉魚翻身，轉了幾圈兒，對手一暈頭轉向就吐了，此乃耳內平衡機制較差所致，並非牽扯啥邪門功夫啊！看來，這涕淚直流，神色慘白之摩蘇公子，應該是失了這一局啦！」

摩蘇里奧立讓摩蘇維服了顆藥丸兒，並令奇拉耶、奇拉喱兩隨行軍衛，攙扶摩蘇維至賓位休息，隨後見得另一護國大將查坦尤垶，捧上一形具三犄角，且內鑲一透淨水晶之原木法杖，緩步上壇，恭敬地交予摩蘇里奧。

待摩蘇里奧平持法杖後，於壇上盤腿而座，一改先前謙恭口吻，嚴肅地對著眾人喊道：

「與會之眾英雄們！針對本法王之提案已無須贅述，反對提案者已由狼行山代表出戰，並於首戰得利。然因情勢風譎雲詭，尚難以定案，倘若尚有逆於議案者，至此之後，將由本法王親自把關，隨時靜候各方指教！」

聞訊後之在場眾人嘈雜四起，惟中鼎王看了看東震王，東震王再望了下南離王；正當南離王朝向北坎王時，北坎王俄而起身，對眾嚴正表出……

端陽盛會揭幕至此，見南離王為著護衛南州國情機密，不惜一反「正聽處」之議案而挺身出戰。東震王為了自清，絕無阻撓與濫殺他州都衛而捨命一戰。再觀中鼎王為慎查西州恐有違禁贗品輸入中州，亦執意面對西兌王而論定公道。然而，針對金蟾法王之提案，受其衝擊之最者，非北州莫屬；換言之，為著維護中土之傳統醫藥，亦為著北州至關重要之經濟命脈，眼前這一戰……莫烈上壇討教了。

北砍王於發聲後，隨即持上一形似古箏之鐵盒，翻躍上壇。霎時，眾人無不關注此一約莫四寸厚之鐵盒，其較長之前後兩面，見有大小不一之菱形格孔，而較短的兩面則採實木為收邊。待北坎王面對法王盤腿而坐後，倏將該盒形兵器平置於身前。這時，見北砍王一隨從提了壺水上壇，順勢將水倒入鐵盒兩旁之木孔中，此一動作，立馬引來現場諸多質疑……

「這……這是啥子啊！北坎王不會是臨陣才想到要泡茶吧？」

「咦……不對呀！瞧著盒兒之前頭有著若干菱狀格孔，這水要是倒了進去，不就由格孔流出了嗎？」

「是啊！不過……這南離王練的是烈火狂刀，東震王則持木雕中悟出之陷空劍，西兌王乃運用鐵砂而研出鋩挐劍，中鼎王以靜電練出電擊斧。若照這般看來，眼前之北坎王應呈出與水相關之神功囉！」

「呵呵，憶得遊歷北州時，見過北坎王於水池中之絕技，令人佩服！眼下見得北坎王手持一長盒兒上壇，吾等已聞諸王之兵器名號，敢問北坎王所現之物為何？」法王問道。

「呵呵，法王之樵夫裝扮，莫某至今印象深刻；至於閣下所提及之水池練功，其乃內力之調和罷了。甫見過諸王之絕頂神器，令莫烈嘆為觀止，惟見法王僅持一法杖即安坐於壇上，莫某未敢輕忽，遂決定端上水霰盒，以〈水霰冰稜劍〉向金蟾法王討教了！」

話才說完，莫烈立即引上雙臂，雙掌朝下，一如彈奏古箏之架式，輕撫於水霰盒上方。一會兒後，隨著莫烈雙掌內力齊發，驚見水霰盒之前後方格孔，竟緩緩地冒出白色霧氣，惟見此冰寒之氣，緩緩漫於北坎王盤座周圍，一如飄座浮雲上之神仙一般，霎令眾人嘖嘖稱奇。忽然！見北坎王收回雙手臂而交於胸前，隨後以右臂揮出手刀，使勁地橫掃，惟聞「唰……」的一聲，一排稜狀冰針立隨莫烈之手刀招式，倏自水霰盒之前方菱格孔魚貫而出！法王見狀，雙手立旋法杖，迅速將首波襲來之冰針擊碎。莫烈再將水霰盒向上一拋後，蹬躍而上，眨眼即見對手跟上，倏以手指之律動，凌空射出大小不一之冰稜針。法王於空中再次速旋法杖，唯此回所遇之冰稜針，大小不一，故衝擊之力道與速度不盡相同，縱能攔下十之八九，仍有百密一疏之可能。果然，一較細狀之冰稜針，不偏不倚地劃過對手之右上額，立見創處滲出血跡，法王見勢不利，立馬翻飛而下。待二人回到壇上，法王拭去額上鮮血，瞬間覺到，「原來北坎王能以水轉冰，並藉著水霰盒將冰體形成稜狀，再伺機射出稜狀冰針；然冰針之尖刃雖亞於刀匕，惟其瞬間劃破肌膚時之溫度較低，故於中招當下，不若刀匕來的疼痛。嗯……

果真是一玄妙利器！」

一旁觀戰之南離王，見得北坎王能集水成冰，甚而成尖成刃，直覺不可思議，心想著，「火能融冰，唯冰化為水亦能滅火；換言之，縱使吾以赤焰霹峰刀阻擊水霰冰稜針，其融化之水亦能減化吾之熱力，但若閃躲冰稜針，亦可能遭冰針螫刺。嗯，為著來日可能遇上如此敵手，吾須儘快找出應對之法才是！」

摩蘇里奧見對手出招犀利，立馬持起法杖，唸出了「唄喳嚀啦嘛……唄喳嚀啦嘛……」，隨後，壇外眾人驚見法王三犄法杖之水晶球，漸發出白熾光芒，待其將法杖舉起，壇上立即旋起一陣飛砂走石。莫烈見狀，霎顯驚惶，雙手速向前方推撥，急令水霰盒之稜狀冰針魚貫而出，以期速戰速決。

「何以北坎王一見對手如此出招，機警地採取先發制人之式？」常真人問道。

龍老則回應認為，水之所以成冰，須一定低溫，方能達成。然北坎王之水霰盒，其駭人之菱形格孔乃冰針出鞘之處，對決者無不畏懼三分，尤當冰針齊發剎那，更令對手不知所措。然此冰針之出口，既是得利之處，亦是損利之點。一旦異物由菱孔飄入，致使水霰盒內之環境改變，進而導致水不及低溫而不易成冰，水霰冰稜盒即無用武之地，故莫烈必須在飛砂襲來之前，速速瓦解對方攻勢，甚而擊潰對方。

此刻，壇上續見法王揮舞法杖，倏令飛砂走石垂直上飄，形成一類似垂簾之砂幕，藉以作為抵擋水霰冰針之第一防線。果然……冰針經過砂幕後，數量與威力大減；法王僅以法杖做出扇狀揮舞，遂輕鬆將剩餘冰針一一掃除。

「嘿嘿……這個金蟾法王果然有一手，彈指之間即能拿出應對敵手之策。倘若吾遇上北坎王那般魚貫而出之冰針，震懾之餘，真不知該如何抵擋？嗯……這個莫北主，確實強過吾先前之想像！」侯士封自覺到。

一陣對戰之後，莫烈察覺砂幕雖能抵擋冰針攻勢，卻見部分冰針仍能穿過障礙，故決定採定點直攻之式，聚集火侯，擇以較大菱孔為主力，接連射出大型稜狀冰刃，果真於連出五波冰針剎那，見砂幕瞬間瓦解。莫烈見招式奏效，立馬再次上躍，凌空使出了〈侯雁南飛〉，以其雙手刀外掃，形成冰針扇狀齊發之式。法王見砂幕遭破解，又見扇狀冰針襲來，旋即以法杖畫出如身形長寬之橢圓，霎時形成一橢圓光壁，藉以擋下冰針飛擊。然此光壁雖及時擋下了冰針，卻不禁敵對再次更回單點連擊，遂於數波攻勢後，光壁一如破鏡一般，碎裂消失。

雷嘯天觀戰至此，對著夫人指出，摩蘇里奧除了聚集一些內力於法杖外，幾乎以抵擋為主。當然，任何高手對上這般水霰冰針襲來，當下僅能以擋為先。反觀北坎王一開始即引動內力，令水成冰，隨後令稜狀冰針能順勢射出，亦得靠內力揮振始成。雖說莫烈毫髮無傷，惟相較於法王之應對，莫烈實已耗去大半內力，卻僅換得對手額上之二寸傷痕。以吾之見，除非北坎王能出奇制勝，否則，法王以守代攻地耗下去，吃虧的終會是北坎王。覃婾燕聽了雷王剖析後，嚴肅反應道：「今日見聞諸事，不禁令吾對此外來之護國法王心存戒心，王爺身為中州領頭，可不能不防著點兒呀！」

摩蘇里奧見光壁破碎後，立馬揮動三犄法杖，瞬將四散之砂幕全數揮向對手。莫烈見飛砂襲來，一手以衣袖遮擋飛砂入眼，另一手倏將水霰盒轉向。然因砂石隨風亂竄，或多或少竄進水霰盒之菱形格孔，加上端陽正值五黃六月，若張火傘，經日照後之砂石，頗具溫度，值此飛砂侵入水霰盒內，勢將導致盒溫上升。如此，北坎王欲再次出擊，恐怕衝出稜格孔之物非為冰針，而是水柱了！

「呵呵，北坎王僅藉一鐵盒，竟發出如此犀利之水霰神功；相較其他四王之絕招，此般創意真是有過之而無不及啊！」法王發聲道。

西兌王立馬笑道：「呵呵，法王指的僅是創意十足，並非稱讚北砍王之功力！呵呵，見眼前水霰盒之格孔，頻頻漏出水來，倘若北坎王繼續藉此水盒兒出招，吾以為，壇外觀戰之英雄們，恐須穿上蓑衣，戴上斗笠才成囉！」侯士封此話一出，又是一陣哄堂譏笑。

忽然！見法王再次激發水晶之光，隨後以近似齊眉棍法，使出了變相纏繞。莫烈一記右踝上踢，令水霰盒翻飛向上，眾人驚見這凌空翻轉之水霰盒，竟由實木一側旋出一長物，莫烈縱身一躍，倏於高空接住此物。法王一飛而上，以三犄法杖迎面對擊，惟因莫烈未曾遇上使著詭異光氣之敵手，遂存三分戒心以防光氣襲身。然法王積極出招，頻以法杖左右開弓，莫烈則因敵對出招詭異，遂選擇翻回壇上對戰。法王見對手有些退卻，翻飛而下，以矯健之背滾換手，將法杖做出水平橫掃之式，此番連攻，令莫烈有些抵擋不及，一旁龍武尊見莫烈出現多處破綻，對手卻不急於擊破，倍感憂心。

法王於一陣連攻之後，激起了對手反攻慾望，待時機成熟，法王突然向後連續翻躍，且於就定位後倏朝敵手推出法杖。見得法王向後翻飛剎那，莫烈欲令敵對措手不及，遂火速向前出擊，惟原本慎防光氣逆襲之莫烈，卻於機要時刻直衝而去。眾人隨即見得壇上一道白熾光氣與莫烈正面對衝。

「呃啊……」，一聲慘叫傳自莫烈口中，隨後再聞「唰嚓……」之長聲連響，立見莫烈以前弓後箭步，朝後摩擦著地面，直退至壇邊方止。當下瞬見其雙肩微冒白煙，臉色一陣鐵青。這時，常真人一躍上壇，倏讓北坎王盤腿而座，並將真氣打入莫烈背脊第三椎下之**身柱穴**左右旁開寸半之**肺俞穴**，藉以中和**上焦**之寒，並防阻寒氣循經入裡。

「這……這是哪門子武功啊？難道……這就叫做鬥術？」西兑王向法王問道。

摩蘇里奧收回法杖，撫著長鬚說道：「方才眾英雄所見，乃我國鬥術中之〈集光陰氣〉，此等功夫歸屬『至陰神功』之一，吾精鍊至今僅達絕頂至陰之三成。方才北坎王上陣時即表明，將以水霰冰稜劍向老夫討教，惟對戰過程中，為何僅見稜狀冰針出擊，獨不見水霰冰稜劍出招？然北坎王乃身擁數十年功力之高人，豈是以針代劍，虛張聲勢之輩？原來，此一神劍藏於水霰盒中，然此劍能匯集冰寒之氣，故北坎王於使上冰針時，依舊能保冰稜劍處於低溫之中。」

法王又說：「待北坎王使出水霰冰稜劍時，驚見此劍之寒，超乎想像，其可藉揮劍者之出招，瞬發寒氣如細針般地飛刺而來。然於相互對擊之中，雖感北砍王出招有些顧忌，卻令老夫雙手冰刺難耐，居中縱然已發覺對手破綻，卻無出招致勝之把握，遂改採以退為進之策，藉以鬆懈對手之顧忌。孰料，北坎王於一念之差，錯估了形勢，竟以冰稜劍對衝吾之〈集光陰氣〉！惟因〈集光陰氣〉之能量勝於對手之衝力，故此能量不僅推倒了敵對逆襲之力，更順勢將冰稜劍釋出之寒氣一併推回，故北坎王眼前狀況，乃受到冰稜劍之寒氣反向襲身，深感逆冷僵硬罷了。」

待莫烈之逆冷稍見緩和，符戩總管於感激常真人後，立即將主公攙回。而莫烈隨即盤座，藉此調運體內之真氣循環。

「啪……啪……啪……」一人緩緩拍掌，唸道：「真是絕妙之逆向襲身啊！」中鼎王又說：「所謂：以其人之道，還治其人之身！即為法王此招之最佳寫照！」

「中鼎王過獎了，北坎王一時不察光氣力道而中招，倘若北坎王能閃過吾之〈集光陰氣〉，老夫恐無把握勝過北坎王手中之水霰冰稜劍！只可說，老夫運氣頗佳，能藉此扳回一點頹勢而已！哈哈哈……」

雷嘯天於元氣稍見回復後，對眾表示，針對摩蘇法王之提案，正反兩方各勝一局，惟因此一提案涉及西州以外之中土四州，故爭辯之角色仍以該四州為一主體，而克威斯基國則為另一主體，否則以單州為計，方才北坎王之旗靡轍亂，北州即屬失守，外藥大可輸入北州，然事實並非如此！倒是接下來之戰局，攸關外藥能否進入中土？一旦金蟾法王守關成功，外來藥劑即可依循單味藥草之管理，流通於中土五州。

「中鼎王麾下人才濟濟，應可隨時上壇應戰才是啊！」

「是否歸屬中土人士，皆可上壇應戰嘞？」壇外人士相繼嚷著、疑著。

「當然！當然！」雷嘯天回應道：「今日壇上諸多爭議之中，中州除了本王曾親自上陣示意之外，薩孤齊國師、赫連儁右衛、戎兆犺訓官，均相繼上壇討教；如今對上此一異國法王，倘若中州一再上陣，恐有藉著武林聚會，行恃強凌弱之嫌，故法王所提之議題，將由他州決斷後續方向。」

東震王搖頭覺到，「與會至此，何者識不出中鼎王已偏向護航議案之角色。然此異地護國法王身擁之武藝，詭異難測，要是吾至今未上壇，以眼下之實力，吾尚無取勝之把握。」

「今日上壇之應戰者，皆以一局之勝負即論定結果。甫見金蟾法王已交手了北坎王，接下來這一局，法王是否另行指派將士……上壇把關？」雷王問道。

法王輕鬆應道：「方才一戰，老夫多為堅守角色，遂未耗去多少氣力。然而，中土武學，博大精深，能與各高手切磋琢磨，實屬難得之機會。再則，老夫之所為，以期令人心服口服，故眼前關鍵一戰，依然由老夫親自把關，敬待眾英雄上壇賜教。」此話一出，摩蘇里奧隨即披上克威斯基之國師披風，再次登上了殿壇，隨後見其雙掌疊放，盤腿而座。

此刻，值眾人相互對看之際，忽見一人提著九環大刀，緩步走向了殿壇，然此一幕，霎令現場一陣嘈雜，議論紛紛。

「欸……那不是才扶著北坎王下壇的北州堅防軍總管符戩嗎？是他？他要上壇應戰？」

「不會吧！他們家主子一手凝水成冰之神功都鎩羽而歸了，難道這符戩還有其他絕學？還是他也能使出水霰冰稜劍嘞？」

「咦？不對呀！符總管提的是大刀，不是劍啊！」

符戩於眾人唧哩喳啦之議論聲中，緩緩地步上殿壇階梯，而隨其每上一階梯，在場之嘈雜聲有增無減。待符戩登壇前一步，壇外突然鴉雀無聲，惟見個個瞪著大眼兒，訝異地注視著符總管身後，突現一沉穩手掌，壓下了符戩之肩膀，止了其步伐，及時阻下符總管登壇。符戩訝異後隨即回頭，惟聞一人對其說道……

「符總管辛苦了！北坎王尚需人手照應，符總管就先別蹚這渾水了。老夫深居中土，此刻也該輪到龍某為中土盡點力的時候了！」

符鐵一見龍武尊親自上陣，隨即後退一步，拱手回應道：「符鐵不見各州推出人選，遂上壇充數。前輩能挺身出手，自然勝過符鐵於眾英雄前現醜。歐……對了，方才符某準備上陣前，及時受主公囑咐：『法王那炫亮白光，確具某種能量，唯對手因畏懼光氣之未知效果而生戒心，故將盯著白光對戰；怎料該炫光會使人產生幻覺，瞬令敵對心生飛蛾撲火之念頭，待向前一衝，卻反助其對撞之速。』然於主公中招之後，為摒住襲身寒氣，一時無法言語，遂任由摩蘇里奧胡謅北坎王自食寒氣之說。而符鐵上壇一試，心中所持之信念即是……莫受炫光影響！」

龍玄桓頻頻點頭，回應道：「符總管若不挺身而出，又怎會有北砍王之應戰心得傳於老夫耳裡呢？此乃天意啊！好吧，就讓老夫的十二經脈真氣，會一會這外來之至陰神功吧！」

龍玄桓這一上壇，霎時驚動了在座五王及與會英雄。雷王心想，「嘿嘿！這兩老終於對上了。法王若能一挫武尊之銳氣，未來即益於制伏嵐映諸俠於江湖上之勢力。」而一旁調理氣息之北坎王，聽了符鐵已告知龍武尊防備炫光後，鬆了口氣，隨即唸著：「龍老，此道防線就靠您了！」

見龍玄桓上了壇，摩蘇里奧雙眼一亮，撫了下鬍鬚，微笑道：「能遇上中土人士敬以『武尊』名號之龍玄桓，龍大師，實乃摩蘇里奧榮幸之至。所謂：名師出高徒。江湖上除了武尊名號外，就屬來自嵐映湖五俠之事蹟，最令老夫有感；唯其中一人之心性與特質出眾，為老夫深感潛力無限之後輩，待探其究竟，此少俠即是龍大師諸義徒之首，寒肆楓是也！」

「江湖上仍以『少俠』二字為我嵐映五義徒之稱謂，足見其涉世未深。五徒雖各自有其出眾特質，武藝各有其揮灑空間，惟情感與心智尚須自律，亦待歷經時局與環境之考驗，方能有成；否則，蓬心蒿目，孽緣纏身，誤入歧途，萬劫不復！」龍老應道。

「哈哈……龍大師教徒有方，寒肆楓知所進退，對於噓寒問暖、雪中送炭之事，不落人後，此事兒可由北坎王服下寒肆楓力薦丸藥而得到證驗。」法王說道。

「摩蘇先生甫提及此段過往時，眾人皆見北坎王火速澄清之舉，倘若北坎王事先知情，何須如此？只因摩蘇先生之行徑，不乏明裡來，暗裡去，進而引爆衝突，藉以坐收漁翁之利；如此先行謀劃，再行離間，真有違一國國師之風範啊！」龍老又說：「當前，龍某與法王對立於六角殿壇之上，不外乎於眾家英豪面前，正大光明地了結議案。摩蘇先生無須多所牽扯，閣下盡可保有自我思維，擴張預構之版圖；惟我龍某人亦有自個兒之信念，任何無理強行，絕不放任縱容。」

「好……好個守正不阿的龍大師！既然大師空手上陣，本法王就以拳腳內力向大師討教了。」話後，摩蘇里奧起身架勢，龍老亦藉雙手展出震旦之式以對。乍視之下，壇上對立二人年歲相仿，唯法王一頭銀灰鬚髮，面色暗沉，而龍武尊卻是烏鬚黑髮，紅光滿面。突然！二人一躍而上，凌空腕臂相擊，霹啪作響。法王以迅雷不及掩耳之勢，迎面使出肘鉤、指扣、展劈、橫掃四式交錯之〈鷹爪扣魚〉，龍老倏以側閃移位，頻讓鷹爪撲空後，順著對手鷹爪而下，直接鎖定其腕橫紋後二寸之**內關穴**，並匯集**手陽明經**脈真氣，由肘橫紋外側之**曲池**啟動，沿著前臂內側之手三里，經上廉、下廉，伸入溫溜、偏歷二穴後，直衝陽谿以至合谷；待氣集合谷穴後，再循著三間接上二間，終由手陽明經之井穴商陽，噴發而出。然此真陽氣功瞬間阻逆對手行經內關之脈氣，唯此一經脈直達心臟包膜，霎令法王突發一陣心悸動。

法王覺苗頭不對，倏以橫向旋身出擊，待對手以前臂正擋，法王立馬使上〈海蜇刺雷〉，此招之怪異，唯對招者始能體會。隨後見得法王雙手如麻花般扭旋，待龍老發覺不妙時，一陣刺痛感實已侵入雙臂。原來，此招〈海蜇刺雷〉出自一奇花之孢子，當此孢子觸及附著物，旋即如水母釋出螫針一般，而龍玄桓於對決當下，倏以雙臂連環抵禦，以致孢子附著其上，待螫針釋出，一陣刺麻痛感漸趨而生，在所難免。

龍武尊於刺痛感初起，立即暫退壇邊，並藉手太陽經脈真氣，鎮住手臂外側之疼痛，待疼痛感過後，一陣酥麻感隨之而來。龍老驚覺到，「此不明孢子粒，隱有麻痺作用，法王知吾能運行經脈之氣，遂由對招中刻意做出麻花扭旋，順藉飛砂揚起之際，釋出孢子，用以麻痺對手經脈。此傢伙盡使著見不得光之手段。再依北坎王之交戰心得，更加令人懷疑所謂的『鬥術』，簡直就是以陰招護航正招，再令對手於虛實紊亂、真假難分之際，不知不覺於正規應對中落入圈套。然眼下之首要對策，應先維持手太陽經脈之氣以阻擋麻痺擴散；唯手太陽乃巡行小腸之經脈，依小腸與心臟互為表裡之說，遂以手少陰心脈之氣作為支援，如此一來，雙手之三陽三陰脈，頓時僅剩二陽二陰可用，不知這傢伙還會耍什麼陰招，吾得多加提防，始為上策。」

至此，法王心知對手之雙臂，應已漸感麻痺，遂放膽拳腳齊出。這時，龍老雙手暫置於後，僅以足腿功夫應對；法王則上下出擊，並鎖定敵對足腿膝蓋，疾以連環掃腿出招。適值龍武尊擋下三招後，識出了法王恐藉〈海蜇刺雷〉襲擊敵對足腿，待對手手足皆處於麻痺狀態後，即可任法王宰割。果然，經幾次閃避法王之掃腿攻勢後，龍老見敵對右腳內踝高骨下，繫著一不尋常之囊包，霎時想到，「此一囊包定藏蹊蹺！然於對戰之中，倘若直接擊破囊包，是否因孢子四散，進而波及壇外眾人呢？嗯……對了，若能拖緩對戰速度，雙臂手太陽經氣即可化解孢子之毒；然於完全化解之前，不妨試著先將對手之足踝囊包削去，再伺機直擊其足內踝下之**照海穴**，若能成功，或可挽回一些頹勢。」

　　這時候，壇外眾英雄見龍武尊僅以雙足迎戰，似攻似逃，致使現場之鼓譟聲四起……「欸……眼前不見龍武尊雙手應招，卻僅倚著雙腿翻躍挪移，這算哪門子功夫啊？」一旁劍客亦搖頭直喊：「不解？實在不解？如此打法，壇外諸俠客皆可上壇一較高下哩！」「欸？怎麼？龍武尊之手指似乎滲出些血液嘞？」

　　諸話甫奚落完，瞬見龍玄桓雙臂橫展，面對法王之膝腿攻勢，龍老改以拳掌應對。隨後見對手使上仰角迴旋踢，龍則抓住機要時刻，回以一掌風，倏將敵對藏於內踝處之囊包震飛；待龍老收回掌風後，立以躡影追風之勢，引動拇指之**手太陰經脈**真氣，直擊法王足內踝高骨下一寸之**照海穴**；此穴不僅為**足少陰經脈**之要穴，亦為**奇經八脈**中之**陰蹻脈**主穴；更因**陰蹻脈**行經咽喉而上達眼內眥之**精明穴**，遂為醫者治喉痛之要穴。

　　眾人目睹法王足踝中招龍老之經脈神功後，一陣氣衝法王咽喉，頓時令其不能言語。然醫經有謂「**陽蹻脈氣盛則瞋目**，**陰蹻脈氣盛則瞑目**」；惟因金蟾法王瞬間氣衝**陰蹻經脈**，故見其收回掃腿攻勢後，速速退回殿壇邊緣，且感眼皮甚重，霎時有些張目不利。待摩蘇里奧緩解喉氣後，一臉狐疑地指問對手：「你……你的雙臂應已麻木？怎還能擊出經脈神功？」

「龍某甫與法王對擊，雙臂確實中了法王所釋之孢子奇毒，以致雙臂酥麻無力；惟龍某之經脈武藝能將毒素侷限，進而藉經脈之氣，將毒素推至經脈末梢，待吾瞬間咬破經脈之井穴，毒血遂順著出招而甩出，而後即展雙臂力戰法王，直攻法王橫掃之足踝處。」龍武尊解釋道。

東震王隨即嗤之以鼻，道：「哼！堂堂一國護國法王，竟於對決拳腳內力時施放毒物，難道……此即法王所謂之『鬥術』？眼前見得法王不甚光明之行徑，無怪乎常、龍二老始終質疑速效藥丸兒之合成？於此，嚴某亦同生懷疑。」

這時候，法王強睜著眼皮表示，毒物之定義為何？中土醫者常以烏頭、巴豆為治症醫藥，唯此二藥均為大熱大毒之品。然遇著亡陽虛脫、肢冷脈微之疾患，醫者以劇毒之烏頭作為回陽救逆、補火助陽之用；遇著寒邪食積、腹水腫脹之時，即以大毒之巴豆作為峻下冷積、逐水退腫之劑。又說：「方才與龍武尊過招之際，吾以〈鷹爪扣魚〉之式出擊，恐有傷及對手皮肉之虞，遂配合使出〈海蜇刺雷〉；然此物乃出於天然藤蕨之孢子，我國以其為麻痺陣痛之用，且無致命毒性；倘若對擊中致使對手深受皮肉之傷，亦可藉此緩減傷口疼痛。老夫用心之至，卻頻遭揶揄譏諷，而真正施以毒物之醫者，卻不受輿論批判，如此雙重標準，何以服人？」

南離王隨即表示，金蟾法王辯才無礙，能令頑石點頭。惟法王藉機麻痺以「經脈武學」為宗之龍武尊，倘若龍大師一時不察，以致雙手癱麻，經脈之氣無以施展，一代宗師即可任人宰割，此等如意算盤若能得逞，對法王乃百利而無害之策！又說：「與其招招皆須辯解，法王何不於眾家英雄前，展現貴國絕頂武學？若能就此勝出，不僅確保法王之提案通過，且以各路英雄之傳聲能力，不出幾日，貴國鬥術之威名必響徹中土五州，一舉數得，何樂不為？」

在場聞得南離王之説後，壇外立馬呼應聲四起，隨後回觀壇上對立之二人，雙雙有了動作，現場倏而肅靜，立見摩蘇里奧右步一擴，雙目一闔，雙掌平置；而龍武尊馬步一紮，雙掌朝上，倚於腰際。半晌之後，眾人再傳驚訝之聲，惟見法王將右掌一伸，其掌心瞬生一團白光且依循螺旋轉向，緩緩地沿著其手腕，前臂，肘頭，上臂以致整個肩膀；乍看之下，猶如一發光白蛇，纏繞著法王右臂。另一頭的龍武尊亦不遑多讓，隨即運起手足三陽三陰之真氣，暢行於十二經脈，接著見著兩道橙熾光氣透出武尊體表，形成雙肩對上雙腰，且交叉於**任脈膻中穴**之對稱光環。龍玄桓接續提掌向外一推，令雙臂平展，霎時，第三道橙光即由身後之龍骨向兩側發出，見光氣沿著雙臂，環向兩手手腕而回；眾人由其背面望去，即見以**督脈大椎穴**為中心，猶如蜻蜓飛翼之雙橢圓光氣環呈出。然此三重環氣一現，不僅引來諸王驚異之聲，甚連一旁的摩蘇維與隨行之查坦尤垶、奇拉耶與奇拉喱，個個看得瞪眼咋舌。

突然！法王震喝一聲後翻飛向前，龍老旋即跨步迎擊，見法王以左手作擋，右手作攻，龍玄桓則以三重環氣套入〈太極十三勢〉之中，使出掤、捋、擠、按之「四正」；採、挒、肘、靠之「四隅」；進、退、顧、盼、定之「五行」；循序使招於慢、圓、柔之調性中引動氣勁，並於順滑中引帶剛烈。其中之掤勁，即為螺旋纏絲勁，此乃一沾、粘、連、隨之功，似剛非剛，似柔非柔，能迅速斷出對手進攻力度之強弱與方向。

然值對手之強勁攻守下，摩蘇里奧伺機變換拳路，轉以挫敵之銳，摧敵之利為原則，分別針對敵對軀體之內側，與肢體之遠端為攻點，接連使出彈、抓、挑、擂、拉、劈、抄、截，

以期於對手剛柔之間切入，進而予以瓦解。惟見法王出擊之標的，幾近於軀體正面於任脈上之巨闕、中脘、水分三穴，甚至下攻神闕、陰交、關元三穴，以此紊亂對手胸中之宗氣，並潰散其內聚之經脈真元。然而，壇上二人拳掌相向不斷，歷經數十招後，龍武尊於弧旋拳路中，不僅護住任脈經氣，更於回手易招之際，儲備十二經脈真元。而法王拳走曲線，並於曲中求直，雙方互擊之中，見法王於攻中有防，防中有攻，並兼以匯聚右臂集光陰氣，該能量一如弓張，力似弩箭，一觸即發，更見白光勁疾而旋，環附於右拳周圍。

眾人驚覺壇上二老之對決策略，不約而同地藉由防守以蓄積能量，藉由攻勢以阻斷對手匯集聚能。半晌之後，法王右臂之白熾光氣已見枕戈坐甲之勢，而武尊全身之三重環氣亦漸趨橙赤，蓄勢待發。常真人雖見龍武尊渾身真元已備妥，惟見法王之右拳光氣似乎出奇耀亮，心想，「姑且相信有所謂〈集光陰氣〉之功，但切莫不可聽信敵對僅練就三成功力之說法才是。龍武尊，小心為上啊！」

「龍大師啊！我莫烈相信爾之經脈武藝，無人能出其右，眼前又見法王白光再現，您可得記住符籤於壇前所提啊！」北坎王內心喚道。

「哇！好厲害的三重環氣，此即父親生前久仰之『經脈武學』嗎？敵對有備而來，龍大師得千萬小心了！」蔓晶仙緊握著雙拳，擔心著龍武尊之安危。

「咻嘯……」一陣風突然吹向殿壇，龍玄桓一見法王之披風向後飄起，立覺到，「嗯……是時候了！」

剎那間，見得壇上二人互向後翻飛，並凌空備上落地出擊之勁力，結果……

法王以前弓後箭馬之勢及地後，左掌瞬間輔著右臂，振臂向前一轟，順勢推出一團如流星拖曳之白光團，迎面對上龍玄桓雙拳齊出兩道橙熾光氣合而為一，瞬間「轟……」的一聲巨響，立見橙白二光相互衝激，分外明耀，頓時難分高下。

此刻，清風再起，壇下目光無不注視於壇上對決，而狼行山驚見一幕，瞬向常真人提問：「常師伯，一陣清風吹來，怎見法王毛髮微脫之象？」

待常真人關注後表示，以此可見，金蟾法王之〈集光陰氣〉，極耗腎氣；有道是「**腎藏精；腎主骨、主髓；腎開竅於耳，其華在髮；髮為血之餘。**」**腎之藏精，精能化血，精盛血旺則毛髮得以潤澤固著**。依此推得，法王再耗下去，恐將波及腦氣，溫煦失司，甚至影響到**腎氣升提**以引**肺氣肅降**之功能。

「哇……嘩……」壇下眾人見龍武尊續推之經脈真陽光氣，逐漸衝退對手之白熾光團，法王見〈集光陰氣〉不力，隨即收掌，轉眼掏出一物，猛然朝地一甩，壇上瞬間發出一閃耀白光，並伴上一轟隆巨響，隨後即揚起一陣白色煙霧。法王此一臨陣拔樁，瞬令龍玄桓所推脈氣斷了空，遂將三重環氣回收，待壇上煙霧散去，見法王原佇立之處，僅留下其披風。突然……

驚見摩蘇里奧由壇上數丈高處緩降而下，撫鬚笑著道：「哈哈……好功夫，龍武尊之『經脈武學』，果然名不虛傳，惟老夫及時收回〈集光陰氣〉，此戰尚未成局啊！」此時，褪去披風之摩蘇里奧，以一席銀灰身著，再度回到殿壇。龍玄桓見對手架勢又起，旋即雙腿一挪，呈出後驅逆行之式以對。

接著，法王再次前衝出擊，立朝對手使出了挑、擂、劈、抄、截之招式。適值龍老疑惑著對手為何舊技重施之際，一個閃眼，一陣脊涼之感隨即湧上，覺到，「這是怎麼回事兒？吾之視線中……竟有……三個摩蘇里奧？不對……這應如北坎王所遇之幻術！不過，方才雙方光氣對衝，吾並未受到白光炫惑，為何會？難道……真有分身之術？」

「嚇……悉……唰……」法王紛朝對手左、中、右三向出擊。龍老見狀，倏將一招更為三招，並主打居中對象，唯此一應對方式，霎令壇下五王及眾英雄看傻了眼。

中州萬延標局之褚延軫總鏢頭，喊道：「這……這是龍武尊嗎？他……他在跟誰爭鬥啊？怎與方才見招拆招之龍大俠，判若二人嘞！」

「是啊！龍武尊似乎呈出與多人對打之勢，莫非武尊因經脈之氣逆流，頓時不受控啦？」南州火靈教護法曜寧，疑惑地話道。

常真人一見即覺，「不對！龍老肯定於對戰中受惑了！其常施之〈佈網擒獵〉乃以一擊多之招式，怎會於此施展？難道……遇上了幻術？」

接著，壇上的三法王紛採二疾一緩之陣式，朝對手行交叉對戰，而居中施以緩招者，即是摩蘇里奧之正身。這時候，法王跨步而出，作勢雙踏其分身肩膀而躍起，待對手一個不察，瞬朝龍老身後翻躍。然此時刻，龍玄桓藉一眼角餘光，識出了辨別對手虛實之方法，怎料不及法王凝聚內力出擊，眨眼即見法王一記〈制霸雙陵拳〉，現場惟聞「鐙……」的一聲，兩拳頭直接擊中龍老背部**足太陽經脈**上之**心俞穴**。龍老中招後，隱忍脹心之痛，吃力地使出三重環氣護身。然於龍老受創瞬間，中土五王同時起身，屏息關注著壇上之消長變化。

法王收拳後雖佇立壇上，一口禁不住之烏血，瞬由嘴角溢出，隨後對眾話道：「甫與龍武尊之光氣對衝，驚覺對手之經脈氣力，確實強大！吾見〈集光陰氣〉漸趨頹勢，權宜之下，立採收拳以對，怎料迎面氣道之強大，竟於收拳剎那，震及吾胸肋之**期門**穴位，然依中土經脈之說，此穴乃**肝之募穴**，唯此受震創擊，瞬將吾之肝血震溢而出，縱使強忍壓抑，終自嘴角外滲。」又說：「龍大師見對手收掌，卻因倏收真陽過疾，以致陽氣速衝上腦，雙目昏眩，甚而亂了陣式；而老夫順勢回敬雙拳於其**心俞**穴，唯此一**俞穴**中招，相對於吾之**募穴**內傷，嗯……雙方之拳腳功夫算是扯平啦！」

待法王拭去嘴邊溢血後，隨即使一手勢，佇於壇外之查坦尤垺隨即拋出三犄法杖，法王接握法杖並迴旋一圈後水平持置，道：「既然藉內力難分軒輊，老夫只得倚法杖與龍武尊一較高下囉！」

「哼！什麼難分軒輊？是法王臨陣脫逃吧！龍大師已見識過閣下把戲，將不再受法王之幻術迷惑啦！」符鐵沒好氣地喊道。

「啥？幻術？嘩……」壇下霎時又是一陣騷動。惟常老瞭解符鐵突如其來之喝聲，應是伺機提醒調息中之龍老。不過，真正令常真人擔心之事兒，應屬龍武尊之**太陽心俞**受創才是。

壇上煙硝味再次升高，龍玄桓雙目一睜，嚴肅地瞪了法王一眼後，出乎意料地向後翻躍，騰空踏步於殿壇外圍，順手取了根綠竹後，再躍經賓位區，截取端陽應景之**艾葉**，倏而回到殿壇之上。

「哇！好厲害的輕功擷物啊！」雷世勛訝異後，雷婕兒接話道：「法王不踏出壇外，僅由查坦將軍拋上法杖；而龍武尊為了不觸及壇外之地，遂藉翻飛跨步以取得二物，莫非……龍大師欲以綠竹……力抗法王之三犄法杖？」

此刻，回到壇上之龍武尊，倏將手上綠竹截成四尺長短，再將艾葉纏繞於右手掌腕處，並持起四尺綠竹為劍，隨後即深吸一氣，心氣下沉，重心落穩，蓄勢待發。法王見對手一語不發，僅以一四尺綠竹與艾葉上陣，不禁睥睨喊道：「呵呵，這算是中土武學嗎？欲以稀疏艾葉來驅魔嗎？呵呵，神也好，魔也罷，能分勝負，即見真章。」「喝啊……」

聞法王喝聲呼鳴，法杖立馬翻轉而出。龍老俄頃雙足蹬地、轉膝、擰襠轉腰，使出〈迅蛟翻騰〉之式，足隨麒麟步，接以旋脊、轉背、旋膀，順勢發出手少陽經脈真氣，劍舞足蹈，一氣呵成。法王見對手揮竹出擊，遂以法杖使出旋札、直刺、反抨、橫攔，直以折竹為標的，唯對手使招迅速，一時之內，不見法王占得上風。

突然！三犄法杖之水晶再度釋光，龍老於指顧間收回竹節劍，並將其水平橫置，令纏著艾葉之掌腕，觸及鼻孔正下，心想，「法王能以眩光之術，引誘北坎王做出飛蛾撲火，亦可藉由無味粉塵，擾吾視覺，襲人於不備；吾雖經脈受損，無法十二經脈齊用，然艾葉乃純陽之物，不僅驅邪避凶，亦可助吾維持三陽脈氣。眼下即恃掌中之竹節劍，如何見招拆招了？」接著，龍玄桓深吸了口氣，瞬時引動體內真氣以達周身意氣相結後，以腰為軸，螺旋纏繞，剛柔相濟，鬆活彈抖，霎令真元節節貫穿。此回不待對手出招，倏見龍老上身前傾，以忽而左右之閃電路徑，使著咻咻聲響之竹節劍，立朝敵對擊去。

法王立以釋著白光之三犄法杖，迎著對手使出疾速旋轉，隨後即見法王單臂向上一挺，隨口發出「希……砦……噗……嘰……」之音後，水晶瞬間激發輻射白光，霎時壇上一陣耀閃，令全場為之傻眼！竟然……壇上除龍武尊外，眾人另見三位金蟾法王，分別立於六角殿壇之三分位置。此幕不禁令雷王夫婦驚訝道：「真……有……分身之術！」

「哼！原本僅是迷惑對手，孰料竟將幻術伎倆用上，令眾人一同眩惑其中！」龍老不屑法王之舉後，唯面對三方對手齊攻之際，仍不免使上側閃步，以行「避衝當飛斜，逃直應急閃」之應對。法王則藉著以多擊少之勢，頻採包抄、突襲，以期速戰速決。惟此緊張時刻，壇下旁觀者個個看得模糊，只因識不出何者乃真正金蟾法王？惟見壇上諸法王圍繞著龍武尊，三身影交叉移位，企圖深度混淆對手。此時，龍老回身紮穩四平馬步後，瞬間展出左右交叉之二重環氣護身，接著再將右手**太陽、陽明、少陽**之經脈真氣推出，立見三道橙光真氣以螺旋包覆竹劍方式，延伸至竹節劍之尖端處。法王見狀，加速三方翻躍出擊，一陣嗦沙聲響之後，齊躍而上，而後三法王齊舉法杖凌空轟下，此幕霎令壇外眾英雄喊出：「不妙……完了……」

正當三法王齊躍之際，龍武尊以左腿畫出大步，瞬間壓低身子成前弓後箭馬步，待三法王凌空而下之剎那，龍老倏將聚能之竹節劍，朝著原居於身後之法王，疾速三刺，前二刺先後擊中對手之**中脘**、**膻中**二穴，而最終一刺則將竹節劍尖，抵住法王頸中線正下之**天突穴**方止。於此同時，眾人皆見壇上另二法王消失無影。然此一幕，不禁令北坎王深吸了口氣，喊道：「龍武尊技高一籌，勝負已分！」；此呼一出，隨即消解了殿前緊張氣氛，而眾人之歡呼聲響亦隨之而來。

待龍玄桓收回竹節劍，查坦尤垰快步上壇為法王披上披風，惟最終一幕，直令中鼎王好奇問道：「甫見龍武尊以一敵三，令本王與眾家英雄目不暇給；然法王輪番出招，甚而合力齊攻，何以龍大師能於指顧之間，斷出法王正身？」

「龍某先前不慎，致使太陽心俞遭人襲擊，當下深感法王之幻術，非同等閒。然因中鼎王擇於端陽時節舉行五王盛會，並藉艾葉以應景，採東州綠竹以為襯，以致龍某得以持竹為劍，藉艾為助，順勢向法王討教。」龍老又說：「吾將艾葉緊握於掌間，不免將其葉脈摧碎而溢出汁液，故於對戰之間，葉汁即隨劍揮灑而流佈於劍身。然竹者，其身空也；居中雖有竹節區隔，卻不敵龍某經脈真氣貫穿之力。而後，見壇上對戰呈出膠著之際，唯竹身外之葉汁，一經竹管內之熱氣蒸騰，遂生燃艾氣味。適值對手採分身幻術時，與多餘分身近身對擊，並無任何氣味散出，而法王正身所沾染之艾葉氣味，足以作為判斷方位之依據。」

回座賓區之摩蘇里奧，痛苦地撫著遭竹劍震擊之處，道：「真沒想到，老夫精練鬥術多年，竟於虛時真假之間，敗於應景之艾草！然龍武尊能恪守武藝切磋之點到為止，令人敬佩；否則，以老夫凌空而下之速，若遭龍大師猛然出擊，中脘、膻中、天突三穴任一重創，非死即傷。為此，我摩蘇里奧甘拜下風。」

龍武尊表示，依據法王所述，即知法王明瞭人體經脈穴位。然臟、腑、氣、血、筋、脈、骨、髓之精氣匯聚之處，即為醫經所云：臟會章門，腑會中脘，氣會膻中，血會膈俞，筋會陽陵泉，脈會太淵，骨會大杼，髓會絕骨之八大會穴；其中，章門亦為脾之募穴，中脘亦為胃之募穴。然而，龍某見法王雙臂上舉，凌空灌下，若不以點刺阻其下降之速，恐有直傷會穴之可能，而最終抵於法王天突穴，此穴為任脈與奇經八脈之陰維脈交會處，為任脈氣血在此吸熱生氣後，行經咽喉，突上頭面天部而得其名，故為醫者治咳、氣喘、喉腫之要穴。而法王歷經前二會穴之痛擊，攻擊力道已去大半，倘若龍某速退一二步伐，對手恐有失衡墜地之虞，故以天突作為抵點，瞬而瓦解敵對之攻勢。

雷嘯天知悉對戰始末後，步上殿壇，對眾表示……

今逢諸王與眾家英豪參與盛會，居中見得各方領袖為著諸議題之利弊得失，不吝上壇一展實力；其中更有常、龍二老主持議案之更替，與境外金蟾法王之引藥入關議案，終能於正反對峙之中，獲得中土五王之共識，我中鼎王亦將支持所有議案結果。然本王今日最大收穫，乃由常、龍二老所示，「弘揚中土傳統醫經醫理，不僅健身、養生，更能惠民、強國。」因此，中州將於境內廣設醫藥學堂，藉以匡正世人醫藥常識，並能給予從醫者進一步判斷醫藥品質之研習空間。

再則，中州勝任中流砥柱之要角，今以金蟾法王提及外藥之例，獨讓西州排除於中土聯繫之外，而西州既是中土盛產鐵礦，亦是量產兵器之域，為防範西州獨斷獨行，甚至引發他州擁兵自重，進而分化中土五州，我中州就此宣告，為強化境內民兵素質，將於各地設立隸屬中州軍機處管轄之軍武訓館，有志之士得藉此嶄露頭角，能者甚可晉升由我雷王府直轄之「神鬣門」，以此打擊、追緝流竄於地方之不肖份子。

然而施行上述二策，中州百姓或可藉習醫以懸壺濟世，或可入館習武以保家衛國。至於各州矚目之稅收問題，中州仍依稅務大臣徐崇之總管之規諫，維持現狀三年。此話一出，立即獲得四王一致點頭認同，並頻對徐大人之舉，深表讚賞。

雷又說：「眼下已至酉時，我惠陽城主已安排與會之四州主，下榻承豊大街各大客棧。於此盛會後之三日內，各域領頭有何指教之處，均可上瑞辰大殿與本王一議。」

一旁常真人仍關注著龍老傷勢，忽見一飄於足邊之小囊包，龍老隨即表示，此即法王欲作襲擊之囊包。待常真人將其妥善包覆後，道：「雷王向來之行事，皆留伏筆，其藉廣設醫藥學堂，以令醫研者有進一步判斷醫藥品質，是否正為著研究法王之外來藥劑而預做準備？二則，以軍武訓館吸收地方能人志士，若能因此管道而甄審入列，其中之驍勇善戰者，尚能晉升機動掃蕩之神鬣門；如此，坊間之舞刀弄劍者，能不趨之若鶩嗎？」

龍老回應認為，中鼎王本欲吸收他州反動勢力，卻遭南離王否決後，改以成立「神鬣門」之策，藉以吸收地方俠士，煞是高招！惟吾等及時擋下因摩蘇里奧而延伸之議案，煞是關鍵。不過，龍某雖撐住**太陽心俞穴**之陰寒震擊，惟下壇至此，左胸膛漸生隱約悶痛之感，恐是傷及了**心包**！

經常真人診斷後，立覺治症刻不容緩，瞬令狼行山回承豐大街，留意盛會後之虛實；而龍武尊則倏隨常老前往黃垚山五藏殿，以期儘速化解龍老之心俞內傷。待知會北坎王後，北坎王倏自腰間取出了一小紙包，道：「此即寒肆楓交予莫某，藉以作為備用之藥丸兒；而今莫某已棄之如敝屣，不妨將之交予常真人代為處置。」又說：「待此盛會落幕後，將隨符總管由汨竫湖循水路回往北州，既可作為巡視，亦可打探寒肆楓之行徑；有何動靜，必差人火速知會。」

待常、龍二老續與五州王致意之後，隨即離開瑞辰大殿。惟聞二老齊喝「駕……」聲下，黑白雙騎即於落日餘暉中，倏朝黃垚山之五藏殿，飛奔而去……

待續……

國家圖書館出版品預行編目資料

五行　經脈　命門關（一）/ 謝文慶
作 . -- 初版 . -- 臺北市 : 博客思 , 2019.01
　面；　公分
ISBN　978-986-97000-7-8　（平裝）

857.9　107022081

現代文學 50

五行　經脈　命門關（一）

作　　者：謝文慶
編　　輯：楊容容
美　　編：沈彥伶
封面設計：塗宇樵
出 版 者：博客思出版事業網
發　　行：博客思出版事業網
地　　址：台北市中正區重慶南路 1 段 121 號 8 樓之 14
電　　話：(02)2331-1675 或 (02)2331-1691
傳　　真：(02)2382-6225
E—MAIL：books5w@gmail.com 或 books5w@yahoo.com.tw
網路書店：http://bookstv.com.tw/
http://store.pchome.com.tw/yesbooks/
博客來網路書店、博客思網路書店
三民書局、金石堂書店
總 經 銷：聯合發行股份有限公司
電　　話：(02) 2917-8022　　傳 真：(02) 2915-7212
劃撥戶名：蘭臺出版社　帳號：18995335
香港代理：香港聯合零售有限公司
地　　址：香港新界大蒲汀麗路 36 號中華商務印刷大樓
C&C Building, 36,Ting, Lai, Road, Tai,Po, New,Territories
電　　話：(852)2150-2100　　傳真：(852)2356-0735
經　　銷：廈門外圖集團有限公司
地　　址：廈門市湖里區悅華路 8 號 4 樓
電　　話：86-592-2230177　　傳 真：86-592-5365089
出版日期：2019 年 1 月 初版
定　　價：新臺幣 300 元整（平裝）
ISBN：978-986-97000-7-8